KB111714

그냥
악역으로
살겠습니다

그냥 악역으로 살겠습니다 4

김다함 장편소설

초판 1쇄 찍은 날 | 2020년 12월 23일
초판 1쇄 펴낸 날 | 2020년 12월 30일

지은이 | 김다함
발행인 | 이진수
펴낸이 | 황현수

펴낸곳 | 주식회사 카카오페이지
등록번호 | 제2015-000037호
등록일자 | 2010년 8월 16일
주소 | 경기도 성남시 분당구 판교역로 221 6(일부)층

제작·감수 | KW북스
E-mail | cl_production@kwbooks.co.kr

© 김다함, 2020

ISBN 979-11-6509-648-9 04810
    979-11-6509-644-1 (set)

그냥 악역으로 살겠습니다

김다함 장편소설

IV

Yeondam

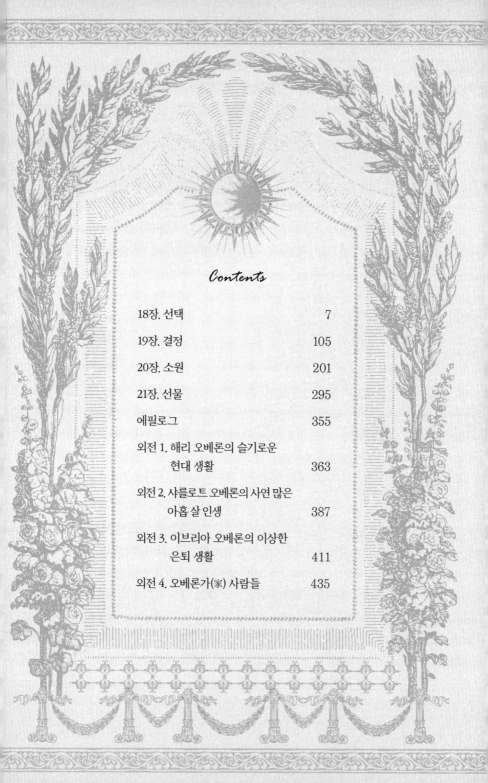

Contents

18장
선택

"왕성에서 편지가 왔어요."

나는 두 노예 왕자를 바라보며 국왕한테서 온 편지를 탁자 위에 올려놓았다.

"폐하의 인장이로군."

봉투에 찍힌 국왕의 문장을 알아본 리던이 미간을 찌푸렸다. 이 시기에 국왕한테서 편지가 올 이유가 하나뿐이라는 걸 이 자리에 있는 모두가 알고 있었다.

"이제 선택해야 하는 거지?"

누가 국왕의 후계자가 될 것인지를.

두 왕자의 시선이 허공에서 부딪혔다. 하지만 처음 에렐에 왔을 때처럼 긴장되고 경쟁적인 시선은 아니었다.

"국왕께선 왕도의 군중 앞에서 자신의 후계자를 발표하길 원하세요."

"군중 앞에서라면, 건국제의 연설에서?"

"네."

제레인트의 왕성은 국가의 위세를 증명이라도 하듯 아주 거대했다. 처음 시작은 작은 건물 하나였다. 그 뒤로 날이 갈수록 강성해지는 국력에 따라 다른 건물이 들어서며 지금의 왕성이 탄생했다.

매년 건국절, 국왕은 제레인트의 시조가 가장 먼저 세운 건물의 탑에 올라 백성을 향해 연설하는 것이 관례였다. 왕이 직접 탑에 올라 펼치는 연설은 초심을 잃지 않고 백성을 위한 왕이 되겠다는 의지를 보여 주는 중요한 행사였다. 그 귀한 연설을 듣기 위해 왕국의 수많은 백성이 몰려들었다.

국왕의 편지에는 자신의 후계자를 그들 앞에서 발표하길 원한다는 내용이 담겨 있었다. 의도는 뻔했다.

"아버지께선 그대의 명성을 이용하고 싶으신 겁니다."

카시안이 깊은 한숨을 내쉬며 머리를 짚었다. 리던도 동의한다는 듯 고개를 끄덕였다.

'노예 왕자들도 같은 생각인 걸 보니 내 짐작이 틀린 건 아니로구나.'

동요 없이 자신들을 바라보는 내 시선을 발견한 카시안이 미간을 찌푸렸다.

"……폐하의 의도를 이미 알고 있었군요."

"뭐, 폐하로서는 어쩔 수 없는 선택이라고 생각해요."

어쩌다 보니 왕국 전역에 내 명성이 높아진 상태였다. 인세티아 남작의 말로는 국민들이 나를 영웅으로 찬양하는 노래까지 부르고 다닌다니 내 생각보다 소문이 멀리 퍼졌을 것이다.

'소문에 예민한 왕성에서 그런 이야기를 모를 리 없지.'

국왕은 카시안에게 '그런 영웅이 선택한 나의 후계자'라는 타이틀을 주고 싶은 것이다. 게다가 이런 특별한 이벤트를 엶으로써 성검의 주인을 두고 다른 사람을 차기 왕으로 세운다는 것에 대한 반발 역시 불식시킬 수 있었다.

'국왕의 입장에서는 여러모로 당연한 선택이야.'

"그리고 저한테도 나쁜 이야기는 아니죠."

"그대에게도?"

카시안과 리턴이 이해할 수 없다는 듯 나를 바라보았다. 나를 이용하려는 수가 뻔히 보이는데 도대체 뭐가 나쁘지 않은 이야기냐는 듯한 눈빛이었다.

"물론 이용당하는 건 그리 유쾌하지 않아요."

"당연한 말을."

"그래도 그렇게 한 번 시원하게 도와주면 그 뒤론 절 귀찮게 안 하실 거 아니에요."

한 번의 편안함을 위해 평생이 귀찮은 것보다는 평생의 편안함을 위해 한 번의 귀찮음을 감수하는 쪽이 낫다.

'그 귀찮은 일의 스케일이 상당히 크긴 하지만……'

"어차피 거절할 명분도 없지요."

닫혀 있던 문이 조용히 열리며 메이슨이 빼꼼 고개를 내밀었다.

"그렇다면 기분이라도 좋게 가야지요."

"……너무 자연스럽게 끼어드는 거 아닌가요."

황당해하며 메이슨을 바라보니, 그가 이번에는 문을 활짝 열고 안으로 들어오며 안경을 고쳐 썼다.

"괜찮습니다. 전 밖에서 이야기를 다 들었으니까요. 맥락에 맞지 않는 엉뚱한 이야기는 하지 않습니다."

"……이번엔 이야기를 몰래 들었다는 말을 너무 자연스럽게 하시네요."

"전 제 갈 길을 가고 있었는데 이야기가 들린 것뿐입니다. 엄연히 제가 피해자입니다."

"갈 길을 가셨다니……. 여긴 막다른 골목에 있는 서재인데요."

그래서 일부러 두 노예 왕자의 일터를 이곳으로 정한 것이다.

"그렇더군요."

하지만 이번에도 메이슨은 당당했다.

"길이 막혀 있어서 앞으로 더 나가지 못하고 가만히 서 있었습니다. 그랬더니 이야기가 들려왔죠."

"또 길을 잃었군요."

"길을 잃은 게 아니라 잠시 멈춰 선 것뿐입니다."

"안내자가 나타날 때까지요?"

"네. 세상엔 안내자가 아주 많습니다."

당당한 길치를 논리로 이길 수는 없었다. 게다가 하필 그 당당한 길치가 논리로 이길 자가 없는 메이슨이었다.

'엄청난 조합이군.'

길치 메이슨은 천하무적이었다. 나는 나의 패배를 인정하고 두 손을 들었다.

"그럼 왕성에 돌아가지 않는 것도 안내자가 없어서였나요?"

제방 건설을 위한 자금 집행이 타당한지 지켜보겠다던 메이슨은 제방 완성이 코앞에 다가온 지금까지도 에렐을 떠나지 않았다.

'덕분에 이것저것 도움을 많이 받았지.'

하지만 이제 더 이상 도움받을 문제가 없으니 그만 떠나 줬으면 좋겠다는 심정이었다.

"그건 여기에 재밌는 게 많아서죠. 탐구는 나의 가장 큰 기쁨이니까요."

"재상께서 이렇게 오래 왕성을 비우셔도 돼요?"

"나 하나 없다고 흔들릴 체계를 만든 기억은 없습니다. 중요한 문제는 따로 보고를 받고 있고요."

그러고 보니 왕성의 행정 체계를 대대적으로 개편한 것이 바로 메이슨이었다. 행정관을 양성하고 선발하는 제도 역시 메이슨의 머리에서 나왔다.

'국왕이 명령을 내린 지 하루 만에 완벽한 개편안을 가져와서 재상으로 고속 승진을 했지.'

"하지만 이제 나도 떠날 때가 왔군요."

"흥미로운 게 더는 없나 봐요?"

"네. 그리고 이제 안내자가 생겼으니까요."

수도로 떠나게 될 나와 노예 왕자들을 말하는 게 틀림없었다.

'정말로 길잡이가 없어서 수도에 못 돌아간 거 아냐?'

나는 의심에 가득 차 가늘어진 눈으로 메이슨을 바라보았다.

"그리고 이건 그간 식사와 잠자리를 제공해 준 것에 대한 사례입니다."

메이슨이 슬그머니 내 시선을 피하며 품속에서 작은 노트를 꺼냈다.

"받으십시오."

"이게 뭔데요?"

나는 메이슨이 내미는 노트를 받아 내용을 확인했다.

'보나마나 또 엉뚱한 내용이 남겨 있겠지.'

그러나 대수롭지 않게 첫 장을 펼쳤던 나는 놀라서 눈을 크게 뜰 수밖에 없었다.

"이건 에렐의 새로운 행정 체계에 대한 설계잖아요?"

"맞습니다. 한동안 여길 둘러봤더니 체계가 완전히 엉망이더군요. 지금까지는 규모가 작아서 이런 주먹구구식 운영도 문제가 없었지만, 앞으로는 힘들어질 겁니다."

그건 나도 충분히 인식하고 있었다. 하지만 여력이 없다 보니 우선순위에 따라 잠시 미뤄 둔 문제였다.

'지금 당장은 큰 문제가 없으니까.'

그러나 에렐이 성장하는 속도를 생각하면 곧 문제가 생길 것이다. 메이슨이 준 노트에는 그때를 대비한 새로운 행정 체계가 담겨 있었다. 행정관의 양성과 등용, 교육과 업무 체계까지. 짧은 시간 둘러보고 작성했다고는 믿기 힘들 정도로 완벽한 에렐 맞춤형의 행정 체계였다.

'천재 만세! 역시 내가 가장 좋아했던 물고기!'

나는 감격에 차서 메이슨을 바라보았다.

"기분 나빠."

로이는 자신 앞에서 팔짱을 낀 채 말없이 자리를 지키고 있는 해리를 보며 입을 비죽 내밀었다.

"내가 왜 너랑 있어야 해."

"이브리아는 바빠. 너 같은 꼬맹이와 놀아 줄 시간이 없다고. 그래서 내가 보모 역할을 자처한 거잖아."

해리 역시 이 상황이 마음에 들지 않는다는 얼굴이었지만, 로이보다는 사정이 나았다.

'이브리아가 우리 애가 생기면 어쩔 거냐고 물어봤잖아.'

'우리 애'라는 말을 되새긴 해리의 얼굴이 빨개졌다.

'이 성가신 꼬맹이를 돌보는 건 그때를 위한 연습이야. 그러니까 참아라, 테오하리스.'

"……기분 나빠. 혼자 얼굴 빨개졌어."

로이가 코웃음을 흘리며 자리에서 일어섰다.

"난 갈래. 이브가 있는 곳으로."

"가긴 어딜 가? 넌 나랑……."

방을 나서려는 로이의 팔을 붙잡은 해리가 곧 이상한 점을 깨닫고는 미간을 찌푸렸다.

"왜 이브리아를 이브라고 불러?"

"이브가 엄마라고 부르면 안 된대."

"엄마라고 부르면 안 되는 건 당연하지. 내 말은 왜 애칭으로 부르냐는 거잖아!"

"이브가 그렇게 부르라고 했는데?"

"뭐라고?"

"이브가 이브라고 부르라고 했어. 이브를 이브라고 부르는 게 뭐가 문제야? 이브의 멍멍이?"

로이가 일부러 이브의 이름을 강조하며 몇 번이나 해리의 속을 긁었다. 해리가 발끈한 건 당연했다.

"내가 왜 이브리아의 멍멍이야?"

"이브의 눈치를 보면서 어쩔 줄 몰라 하니까. 보통 그런 행동 양식을 보이는 동물은 개라고 부르잖아."

"흥. 성가신 꼬마, 네가 뭘 모르는구나?"

해리가 턱을 치켜들고 오만한 시선으로 로이를 내려다보았다.

"난 이브리아의 연인이야. 나와 이브리아는 연애 중이라고. 원래 연애하는 사이는 그래."

"하지만 이브는 너한테 그러지 않던데?"

로이가 제대로 정곡을 찔렀다. 덕분에 하늘 높은 줄 모르고 치켜들었던 해리의 턱이 조금 아래로 내려왔다.

"그건 내가 이브리아를 더 좋아하기 때문이야. 원래 더 좋아하는 쪽이 안달 내는 법이라고."

해리가 민망한 듯 머리를 긁적이며 로이를 억지로 자리에 앉혔다.

"아무튼 난 지금 연습 중이니까 협조하라고, 성가신 꼬마."

"무슨 연습?"

"무슨 연습이긴. 당연히 육아 연습이지."

아래로 내려왔던 해리의 턱이 다시 위로 올라갔다.

"나와 이브리아는 곧 아이를 만들 거거든!"

"아이?"

아이라는 말에 로이의 눈이 반짝였다.

"그럼 내 동생이 생기는 거야?"

"뭐라고? 왜 그게 네 동생이야?"

"이브는 내 엄마니까, 엄마가 아이를 낳으면 그건 내 동생이야. 당연한 거잖아."

로이가 '이런 멍청한 어른이 다 있다니!'라고 한탄하는 표정으로 혀를 끌끌 찼다.

"애초에 이브리아는 네 엄마가 아니거든?"

"아냐. 엄마 맞아. 내가 그렇게 정했으니까."

"엄마는 그렇게 정해지는 게 아냐, 이 멍청한 용아."

"드래곤한테 멍청하다고 말하는 너야말로 멍청해."

"어휴. 이 머리에 피도 안 마른 게!"

"그러는 너는 그 피도 안 마른 어린애를 상대로 열을 올리고 있어."

구구절절 맞는 말에 해리의 입이 꾹 다물렸다. 할 말을 잃고 눈을 굴리는 해리를 보며 로이가 위로하듯 그의 어깨를 두드렸다.

"아무튼 난 동생은 찬성이야."

"흥. 네가 찬성하고 말고 할 문제가 아니라니까."

해리가 로이의 손을 쳐내며 부루퉁하게 대답했지만, 로이는 꿋꿋하게 '동생'을 포기하지 않았다.

"그럼 동생은 언제 태어나?"

"어? 그건 아직 몰라. 아직 아이를 만든 건 아니니까."

"뭐라고?"

해리의 말에 로이가 실망한 얼굴로 한숨을 내쉬었다.

"빨리 만들어 주면 안 돼?"

초조한 얼굴로 재촉하는 로이를 보며 해리가 황당해져 헛웃음을 흘렸다.

"야. 넌 왜 이렇게 동생을 원하는데?"

"드래곤은 세상에 몇 없어. 늘 외로워. 하지만 가족이 있으면 외롭지 않아."

"애가 태어나도 걘 드래곤이 아니잖아."

"그래도 엄마의 아이야. 그럼 내 동생이고. 가족 맞아."

차분한 목소리로 자신의 생각을 전하는 로이를 바라보며 해리가 어깨를 으쓱했다.

"그런 논리면 난 네 아빠인데. 동생의 아빠는 너의 아빠이기도 하잖아?"

해리의 지적에 로이가 입을 꾹 다물었다. 마음에 들지 않지만 인정하겠다는 얼굴이었다.

"이런 멍청한 아빠는 원치 않았지만 어쩔 수 없지. 이브가 좋다는 데 어쩌겠어."

"……그거 꼭 부모가 자식 결혼시킬 때 하는 말 같은데."

해리가 떨떠름하게 미간을 찌푸렸다. 로이는 그런 해리의 두 손을 붙잡으며 당부했다.

"너의 힘을 믿을게."

"힘?"

"응. 힘."

단호하게 대답한 로이의 시선이 해리의 두 다리 사이로 떨어졌다.

"좋아. 믿어도 되겠어."

"뭐, 무, 뭘 믿는데!"

당황해서 소리치는 해리를 향해 로이가 활짝 웃었다.

"힘내, 아빠."

⚜

수도로 떠날 일행은 빠르게 꾸려졌다. 나는 생일 파티를 위해 수도로 떠났던 그때처럼 가능한 간소하게 일행을 꾸리고 싶었지만, 인세티아 남작은 그때와 상황이 달라졌다며 반대했다. 인세티아 남작은 암살을 걱정하고 있었다. 그는 내가 누구를 왕으로 결정하든 반대쪽의 위협이 있을 거라고 말했다.

하지만 나는 그의 걱정이 기우로밖에 여겨지지 않았다. 내 주위에 강한 존재들이 얼마나 많은지 알고 있는 자라면 쉽게 암살을 계획할 수 없을 것이다.

아스페리츠나 로이에 대해서는 외부에 알려지지 않았지만, 내게 성검과 대마법사가 있다는 건 유명한 이야기였다. 그런 대단한 존재의 비호를 받는 자를 암살하려는 건 자살 시도나 마찬가지였다.

하지만 오랜 입씨름 끝에 결국 내가 패배하고 말았다. 나뿐만 아니라 두 왕자도 함께 수도로 떠나는데, 그 일행이 빈약했다가는 에렐의 왕족 대접이 변변찮았다는 오해를 살 수도 있다는 남작의 주장에 일리가 있었기 때문이었다.

'실제로 내가 노예 왕자들을 잘 챙겨 준 건 아니지만……'

겉치레를 잘해서 호의를 포장하는 건 나쁘지 않았다. 그 결과 인원이 불어나기를 반복해 대규모의 일행이 완성되었다.

나와 해리, 내게서 떨어질 줄 모르는 로이와 아스페리츠, 스승을 따라나선 이카난과 라이오넬을 비롯한 용기사단원들, 다시 수도로 돌아가야 하는 두 왕자와 메이슨까지. 거기에다 그들을 모실 사용인들도 추가되어 모두가 떠날 준비로 분주했다.

나 역시 수도로 가지고 갈 물품들을 선별하느라 고민에 빠져 있었다. 개인 물품은 모두 엠마가 꾸려 주겠지만, 수도로 가져가 판매할 물품들이 문제였다.

'이왕 수도에 가게 되었으니 우리 물건들을 제대로 홍보하고 와야지.'

이번의 주력 물품은 당연히 새로 개발한 포션이었다. 신전 포션보다 효과는 약하지만, 그보다 훨씬 저렴해 경쟁력이 있는 상품이었다.

'저렴한 가격보다 더 확실하게 와닿는 요소가 있으면 좋겠는데.'

신전 포션과 에렐 포션은 생김새가 유사하다. 얼핏 보면 구분이 되지 않으니 효과가 덜한 우리 쪽 포션이 신전 포션의 모조품으로 느껴질 수밖에 없었다.

'사실 모조품이 맞긴 하지.'

하지만 사실이 어떻든 포장이 중요한 법이다.

'겉으로 보기에도 확실히 차별되는 점이 있으면 좋을 것 같은데.'

단순한 차이가 아니라, 우리 포션이 돋보이는 차이라면 더 좋을 것이다.

'아. 그러고 보니.'

한참이나 붉은 포션을 바라보고 있으려니 번뜩 떠오르는 것이 있었다. 나는 재빨리 유피테르를 꺼내 손에 쥐었다.

[제가 필요해지셨습니까, 주인님?]

"네. 우리 그거 써요."

나는 씩 웃으며 유피테르의 쓸모없는 기능 중 하나를 떠올렸다. 후광을 쏟아 내는 것처럼 겉멋만 잔뜩 들었다고 생각해 머리 한구석에 밀어 놓은 기능이었다.

"별처럼 반짝거리는 가루를 만드는 능력!"

오랫동안 신전에서 포션 제작을 주도해 온 탓에 사람들에게 포션은 곧 신성한 것으로 인식되고 있었다.

신성함. 에렐에서 만든 포션에는 그런 요소가 부족했다. 하지만 에렐의 포션에 별처럼 반짝이는 가루가 들어 있다면 어떨까.

'어떻긴 어떻겠어. 엄청나게 신성해 보이겠지.'

"이 포션에 별 가루가 떠다니게 할 거예요."

[그 포션 안에요?]

내 말에 유피테르가 아쉬움이 가득한 목소리로 말했다.

[이 능력은 주인님의 등장을 더욱 화려하게 만들어 주는 것인데요.]

"난 지금도 이미 화려해요. 어디에 등장하든 다 나만 볼 텐데, 여기서 더 화려해져서 어쩌자는 거예요."

나는 눈에 띄고 싶지 않았다. 어디서든 있는 듯 없는 듯 조용하게 지내는 게 호의호식하는 지름길이었다. 하지만 성검과 대마법사의 주인이라는 거창한 이름을 갖게 된 순간부터 그 지름길은 걸을 수 없게 됐다.

'너무 화려한 꽃길이야. 아주 그냥 각종 꽃이 다 피었어. 종류를 셀 수도 없어.'

나는 내 길에 자라고 있는 꽃들을 하나씩 헤아리다 깊은 한숨을 내쉬었다.

'이제부터 내 길에 새로운 꽃은 금지야. 내 꽃밭은 이미 충분하다고.'

그러나 유피테르는 여전히 아쉬운 눈치였다.

[이 유피테르, 언젠가 주인님께서 등장하실 때 후광과 별 가루를 동시에 뿌리는 역할을 할 것이란 꿈을 가지고 있었는데요.]

"그렇다면 오늘부터 그 꿈은 버려요."

나는 싱긋 웃으며 유피테르를 꽉 쥐었다.

"별 가루는 내가 아니라 포션에 뿌리는 걸로 합시다, 우리."

[……주인님의 뜻이 그러시다면 저는 따를 뿐입니다.]

유피테르가 아쉬움을 지우지 못한 목소리로 대답하며 몸체에서 빛을 뿜어냈다. 뿜어져 나온 빛이 포션을 감쌌다가 사라졌다. 빛이 사라지고 모습을 드러낸 포션에는 반짝이는 은빛의 가루가 떠다니고 있었다.

'와. 예쁘다.'

하늘의 은하수를 포션으로 옮겨 온 것 같은 모습이었다.

'예상했던 대로 엄청나게 신성하게 보여.'

드래곤이 안전을 보증하고 성검의 축복으로 완성된 포션.

'이건 팔린다!'

좋은 예감에 절로 미소가 그려졌다.

⟨⟩

수도로 떠날 준비는 빠르게 마무리되었다. 와이번을 타고 빠르게 이동하는 것이다 보니 마차로 긴 시간을 이동할 때와 비교해 준비가 간소한 편이었다.

"다녀올게요. 업무량이 많아 혼자서는 쉽지 않겠지만, 그래도 잘할 거라고 믿어요."

내 말에 일행을 배웅하러 나온 인세티아 남작이 아쉽다는 듯 노예 왕자들을 바라보았다.

"그렇군요. 이젠 저 혼자네요. 그간 왕자님들께서 함께해 주셔서 큰 힘이 되었습니다. 정말 고생 많으셨습니다."

인세티아 남작의 인사에 리던과 카시안이 어색하게 미소를 지었다. 우리 역시 좋은 공부가 되었다고 인사치레를 해야 할 순서였지만, 그간의 고생을 떠올리니 차마 빈말이 나오지 않는 모양이었다.

"또다시 볼 일이 있을 거다. 회원권을 샀으니 온천을 즐기러 와야겠지."

리던의 말에 남작이 미소로 화답했다. 그렇게 인사를 마무리하고 우리 일행은 곧장 왕성이 있는 수도로 향했다. 와이번들이 열심히 날갯짓해 우리를 순식간에 수도로 옮겨 주었다.

오늘의 목적지는 오베론 저택이 아닌 왕성이었다. 국왕의 부름을 받고 왔으니, 가장 먼저 그에게 인사를 해야 한다고 했다.

"도착이군."

노예 왕자들은 처음 에렐에 왔을 때와 달리 여유로운 태도로 와이번 등에서 내려왔다.

'이제 너희 집에 왔다 이거지.'

왕성은 누구도 반박할 수 없는 왕자들의 홈그라운드였다. 당연히 모든 게 유리하고 편리할 것이다. 리턴과 카시안의 발이 땅에 닿자마자 도착 장소에 미리 대기하고 있던 시녀와 시종들이 그들 곁에 몰려들었다.

'왕자님은 왕자님이네.'

사람들에게 둘러싸여 귀한 취급을 받는 리턴과 카시안을 보고 있으니 새삼 그들의 신분이 느껴졌다.

'어제까지만 해도 내 노예들이었는데 말이야.'

서류의 산에 파묻혀 퀭한 얼굴을 하고 있던 두 사람의 모습을 떠올리며 속으로 웃음을 흘리고 있는데 익숙한 목소리가 공간을 울렸다.

"시안!"

맑고 아름다운 목소리였다. 누구든 이 목소리에 홀리지 않을 수는 없을 것 같았다. 두 왕자를 챙기느라 정신없던 시녀와 시종들까지 그 목소리에 홀려 목소리가 들려온 쪽으로 고개를 돌렸을 정도였다.

'캐서린이네.'

나는 이 공간 속에서 몇 안 되는 심드렁한 사람이었다. 고개를 돌리니 예상대로 캐서린이 예쁜 분홍빛 머리를 흩날리며 달려오고 있었다.

"보고 싶었어요!"

캐서린이 그대로 사람들을 지나쳐 카시안의 품 안으로 뛰어들었다. 카시안은 캐서린을 껴안고 훌쩍이는 그녀의 등을 토닥였다.

"캐서린."

아름다운 연인의 재회에 몰려든 사람들이 감동한 듯 눈을 빛냈다.

'누가 태양신이 쓴 연애 소설의 주인공들 아니랄까 봐.'

나는 속으로 혀를 끌끌 차며 그 닭살 돋는 장면을 지켜보았다. 그런 내 시선을 느꼈는지 카시안의 품에 얼굴을 묻고 있던 캐서린이 흠칫하며 내 쪽으로 시선을 돌렸다.

"이, 이브리아 양도 함께……."

덜덜 떨고 있는 캐서린은 언제나 그랬듯 가련해 보였다. 겁에 질린 캐서린의 감정에 동요된 것인지 나를 향한 주변의 공기가 순식간에 얼어붙었다.

그 공기를 부숴 준 건 의외로 카시안이었다.

"린, 걱정하지 않아도 됩니다. 이제 공녀는 더 이상 그대를 괴롭히지 않을 거예요."

"네?"

카시안이 나를 두둔하고 나설 줄 몰랐는지 캐서린이 눈을 동그랗게 떴다.

"오베론의 레이디에게는 이미 다른 연인이 있습니다. 그녀는 이제 당신의 자리를 탐내지 않아요."

"다른 연인이라니……."

캐서린이 믿을 수 없다는 듯 나를 바라보자, 내 옆에 서 있던 해리가 자연스럽게 내 어깨에 손을 얹었다. 해리와 눈이 마주친 것인지 캐서린이 화들짝 놀라며 두 손으로 입을 틀어막았다.

"세상에. 저 사람은……."

캐서린과 해리는 시장에서 우연히 마주친 적이 있었다. 그리 유쾌한 만남은 아니었지만, 그만큼 뇌리에 남을 만한 일이었기 때문인지 캐서린은 그날 만난 해리를 잊지 않은 듯했다.

'게다가 해리 얼굴은 한번 보면 쉽게 잊기 힘들지.'

엄청나게 잘생겼으니까. 나는 어쩐지 뿌듯해져 해리를 바라보았다. 나와 눈이 마주치자마자 그가 몸을 숙여 내 귓가에 조용히 속삭였다.

"저 여자, 시장에서 만났던 그 여자 맞지? 역겨운 냄새가 났는데."

"해리는 나 말고 다른 인간은 전부 역겹다면서요."

"저 여자는 특히 더 그랬어. 속이 울렁거리고 짜증이 나더라니까?"

픽 웃은 나는 열심히 내 기분을 맞춰 주는 해리의 머리를 쓰다듬었다. 그 모습을 보는 캐서린의 입이 떡 벌어졌다.

"상황이 이런지라, 왕세자 전하의 말씀처럼 더 이상 캐서린 양을 괴롭힐 이유가 없네요. 부디 마음 놓고 행복하게 연애하세요."

"……축복해 주셔서 감사합니다, 이브리아 양."

캐서린이 여전히 하얗게 질린 얼굴을 하면서도 감사 인사를 전했다. 그녀가 치맛자락을 붙잡아 무릎을 살짝 굽히는 순간 또 다른 손님이 들이닥쳤다. 엘을 선두로 한 왕립기사단이었다.

"왕립기사단이 성검의 주인께 인사드립니다."

단정하고 각 잡힌 정복을 차려입은 기사들이 내 앞으로 다가왔다. 왕자인 리던과 카시안은 눈에 보이지도 않는다는 듯한 걸음이었다. 기사들은 망설임 없이 한쪽 무릎을 꿇으며 내게 고개를 숙였다.

"수도에 계시는 동안 저희 왕립기사단이 성검의 주인을 지키겠습니다."

"왕립기사단은 국왕 폐하를 지키셔야죠."

"왕립기사단은 본디 '성검의 주인이신' 국왕 폐하를 지키는 집단입니다. 그간 성검의 주인이 나타나지 않아 국왕 폐하를 지켰으나 우선순위는 엄연히 성검의 주인입니다."

엘이 고개를 들어 나를 바라보았다. 눈빛에 단호함이 가득했다.

"에렐까지 따라가는 것은 허락하지 않으셨기에, 주인께서 돌아오시길 기다리며 왕성을 지켰습니다. 하지만 이제 주인께서 오셨으니 곁을 지키는 건 당연한 일입니다."

"원칙은 그렇겠죠. 하지만 폐하께서 좋아하지 않으실걸요. 전 폐하와 척지기 싫어요."

높은 사람과 사이가 틀어지면 인생이 고달파진다. 내가 성검을 뽑아 그의 후계자를 선택하게 된 시점에서 이미 사이가 틀어졌다지만, 국왕의 수호대까지 뺏어 가며 더 적극적으로 사이를 비틀 필요는 없었다.

"이미 폐하께 저희의 뜻을 전했습니다. 폐하께서도 원칙에 따라 움직이라고 하셨고요."

"그 말은, 폐하께서 날 지키는 것을 허락하셨다고요?"

나는 믿을 수 없어 미간을 찌푸렸다. 왕립기사단은 강력한 왕권을 상징하고 수호하는 중요한 조직이었다. 그 조직을 이렇게 쉽게 넘기는 건 이상했다.

"단장의 말이 옳다. 내가 그렇게 하라고 허락하였어."

그때 내 의문을 해결해 줄 장본인이 자리에 나타났다. 제레인트의 국왕이었다.

"폐하!"

사방에서 놀란 목소리가 터져 나왔다. 사람들은 재빨리 예를 갖추며 고개를 숙였다.

"됐다. 고개를 들어라."

국왕은 익숙하게 사람들의 인사를 받은 뒤 내 앞에 다가왔다. 그의 시선이 내게 무릎 꿇고 있는 왕립기사단을 잠시 향했다가, 곧 내게로 돌아왔다.

"왕의 후계를 선택하는 일은 결코 가볍지 않지. 위험과 어려움이 많을 것이야."

나를 바라보는 국왕의 눈빛이 위험하게 반짝였다.

'꼭 자기가 위험하게 만들어 주겠다는 눈빛이네.'

하지만 노골적인 그 눈빛은 순식간에 자취를 감추었다. 어느새 인자한 왕의 눈빛으로 가장한 그가 손을 뻗어 내 어깨를 가볍게 두드렸다.

"그래서 내가 그리하라고 했네. 그러니 부담 갖지 않아도 돼."

내 어깨에 손을 얹고, 왕립기사단의 호위를 허락한다. 이것은 내가 그의 아래에 있다는 것을 사람들에게 보여 주기 위한 일종의 쇼였다.

'주연은 국왕. 조연은 나.'

국왕은 그 사실을 분명히 하고 싶은 것 같았다.

"이건 또 뭐 하는 짓이야."

눈앞에서 제 주인이 조연으로 전락하는 모습을 지켜본 해리가 발끈해서 앞으로 나섰다.

"손 치워. 어디에다 손을 대? 허락을 구하지도 않고 건방지게."

해리가 내 어깨를 붙잡은 국왕의 손을 툭 쳐냈다. 아주 가벼운 손짓에도 국왕은 맥없이 밀려났다.

"물론 허락을 구했어도 내가 허락하지 않았을 테지만 말이야."

'아니, 내 어깨를 가지고 왜 네가 허락을 한다 만다야?'

나는 황당한 눈으로 해리를 올려다보았다. 물론 나 역시 국왕이 허락을 구했더라도 '아이고, 영광입니다! 그러십시오!'라고 말하며 어깨를 내어 줄 생각은 없었으니, 굳이 해리를 타박하지는 않았지만 말이다.

"……내가 실례를 했군."

국왕이 찡그린 얼굴로 밀려난 손을 붙잡고 있는 것을 보니 생각보다 강한 힘이 가해진 것 같았다. 막돼먹은 행동에 국왕의 속눈썹이 분노로 파르르 떨리는 것이 보였다. 하지만 국왕은 이번에도 재빨리 분노를 속으로 갈무리했다.

'역시 한 나라의 왕이야. 호락호락한 상대는 아니지.'

내가 빠른 감정 수습에 감탄하고 있으니 국왕이 해리를 향해 손을 내밀었다.

"소문은 들었네. 그대가 푸른 대마법사의 후손이라지. 홀연히 사라진 대마법사의 후손이 나타날 줄은 꿈에도 몰랐네."

해리는 악수를 청하는 국왕의 손을 싸늘하게 내려다보다가 코웃음을 흘렸다.

"내가 대마법사의 후손이라는 걸 알면서도 그따위 태도인가? 너희 시조가 푸른 불꽃의 대마법사를 어떻게 대접했는지 모르나 봐?"

제레인트의 시조는 푸른 불꽃의 대마법사를 극진히 대접했다고 전해진다. 대마법사에게 부와 명예를 주었고, 주위 사람들이 감탄할 정도로 공손한 태도로 그를 대했다고 한다.

'그래서 자신에게 충성을 맹세한 신하를 존중하는 시조라며 칭송받고 있지.'

"시조께서는 대마법사를 존중했지. 나 역시 그대를 존중하네."

하지만 해리의 말에 따르면, 제레인트의 시조가 대마법사에게 공손한 태도를 보인 건 제 부하를 존중해서가 아니었다. 그는 대마법사의 힘을 경계하고 두려워했다. 그래서 늘 조심스러운 태도를 보인 것이다.

"존중?"

해리가 별 우스운 소리를 다 들었다는 듯 코웃음을 흘렸다.

"나는 제레인트의 핏줄에 존중을 바라지 않아. 애초에 당신이 보이는 것도 존중은 아니겠지만."

해리가 한 발짝 걸음을 옮겨 국왕의 앞에 바짝 다가섰다. 그가 국왕의 어깨에 손을 얹자, 국왕을 호위하던 기사들이 재빨리 검을 뽑았다. 분명 검이 뽑히는 소리를 들었을 텐데 해리는 신경도 쓰지 않았다. 대신 그는 국왕을 똑바로 바라보며 입을 열었다.

"내가 제레인트의 핏줄에게 바라는 건 내 주인에게 알아서 기라는 것뿐이야. 날 우습게 보는 건 참아도, 내 주인을 그렇게 보면 곤란해."

정돈되지 않은 날것 그대로의 협박에 국왕의 입술이 파르르 떨렸다. 평생 누군가의 위에서 군림하며 살아온 그가 이런 취급을 받는 건 처음일 터.

"귀찮으니까 우리 주인님을 거슬리게 하는 놈들 전부 데리고 꺼져. 저 왕자들, 이 기사들, 그리고 저 역겨운 여자까지 전부 다."

해리의 시선이 리딘과 카시안, 엘을 비롯한 왕립기사단원, 캐서린을 차례로 훑었다. 날카로운 시선에 캐서린이 덜덜 떨며 카시안의 품으로 파고드는 것이 보였다. 모든 사람을 차례로 쳐다본 해리의 시선이 마지막으로 국왕에게 돌아왔다.

"그리고 제일 짜증 나는 너도 같이 꺼지면 되겠다. 간단하지?"

국왕은 더 이상 분노를 감추지 못했다. 오랜 세월 왕좌에 앉아 갈고닦은 감정 조절도 이렇게 막무가내식 협박에는 통하지 않는 모양이었다.

"푸른 불꽃의 마법사는 왕실에 충성을 바치는 것이 아니었나?"

"왜? 너희 시조가 그렇게 말했어? 와. 그놈 진짜 골 때리네. 거짓말이 아주 자연스러워."

해리가 혀를 끌끌 차며 국왕의 어깨를 툭 밀어냈다.

"계속 실없는 소리 할 거면 빨리 꺼져. 내가 기분이 나빠져서 나도 모르게 성을 날려 버릴지도 모르잖아?"

해리가 귀찮은 파리를 쫓아내는 것처럼 국왕의 얼굴에 대고 손을 휘휘 내저었다. 한 나라의 국왕을 개무시하는 해리의 태도에 모두가 얼어붙었다. 하지만 개무시를 한 존재가 건국왕을 도운 강력한 대마법사의 후손이라 누구 하나 해리의 태도를 지적할 수가 없었다. 개무시를 당한 국왕도, 그런 그를 지켜야 할 의무를 지닌 기사들도 마찬가지였다.

'……왜 사람들이 미친개를 키우는지 알겠어.'

내가 나서서 판을 엎기 곤란할 때 미친개가 대신 판을 엎어 주니 속이 아주 시원했다.

"……다들 돌아가자."

결국, 국왕이 이를 바드득 갈며 돌아섰다. 국왕의 뒷모습을 보며 해리가 활짝 웃는 낯으로 나를 바라보았다.

잘했지? 내가 쫓아냈어! 칭찬해 줘!

온몸으로 그런 소리를 외치고 있는 것 같았다. 나는 픽 웃으며 해리의 머리를 쓰다듬었다. 해리의 얼굴이 금세 기분 좋게 풀어졌다.

"……좋아. 이대로 가는 거야."

그런 우리를 보며 로이가 진지한 얼굴로 작게 중얼거렸다.

그리 유쾌하지 않은 국왕과의 만남을 뒤로하고 우리는 오베론 저택으로 향했다. 떠나려는 우리를 발견한 왕실의 시종이 허겁지겁 달려와 왕성 내에 숙소를 마련하겠다며 머리를 조아렸으나 생각해 볼 것도 없이 거절했다.

'수가 너무 빤히 보이잖아.'

국왕은 혹여 내가 건국제의 첫 번째 연설 전까지 쓸데없는 일을 벌이지는 않을까 걱정하고 있었다. 오늘 많은 사람 앞에서 나를 길들이려고 한 것도 그런 불안에서 기인한 것이리라.

'해리가 날뛰어 준 덕분에 일이 국왕의 뜻대로 흘러가진 않았지만 말이야.'

상황은 명백했다. 국왕은 나를 의심하고 있다. 그래서 나를 감시하며 통제하고 싶어 한다. 모든 것이 왕의 뜻에 따라 돌아가는 왕성은 그런 감시와 통제에 가장 용이한 곳이었다.

'돌아가는 상황을 전부 알면서 얌전히 왕성에 들어갈 필요는 없지.'

달리 머무를 곳이 없는 것도 아니었다. 내게는 오베론 저택이라는 남 부럽지 않은 집이 있지 않은가. 아무리 따져 봐도 국왕의 호의를 가장한 감시를 받아들일 이유가 없었다.

일행을 이끌고 오베론 저택에 도착하니 지난 성인식을 위해 집을 찾았던 때와 비슷한 풍경이 펼쳐져 있었다.

"왔구나. 먼 길 오느라 고생이 많았다."

가장 먼저 환영 인사를 건넨 사람 역시 아치볼드였다. 그의 뒤로 일행을 안내하고 시중을 들어 줄 사용인들이 얼을 맞춰 늘어서 있었다. 성인식을 위해 수도를 찾았을 때보다 일행이 늘어난 만큼 늘어서 있는 사용인들의 수도 많아졌다.

"우와."

이런 풍경을 처음 보는 제5 서리기사단원들이 입을 떡 벌리며 감탄했다.

"뭐 이런 거에 놀라고 그러냐? 촌스러운 시골 기사 티 좀 내지 마라."

라이오넬은 지난 방문 때 한 번 이런 대접을 받아 봤다며 다른 기사들에게 온갖 젠체를 해 댔다. 기사들은 그런 라이오넬의 잘난 척이 얄미운지 눈을 흘기면서도 오베론 저택의 분위기에 압도되어 입을 꾹 다물었다. 나는 긴장하는 기사들이 귀여워 속으로 웃음을 삼키며 아치볼드에게 다가섰다.

"피곤함을 느낄 만큼 그리 긴 여정은 아니었어요."

피곤함은 오히려 왕성에 도착한 후 국왕과 실랑이를 벌이느라 얻었다.

"그런데 어떻게 알고 마중 나오셨어요?"

지난번 방문 때는 대략적인 도착 시각을 미리 알렸었다. 하지만 이번에는 왕성에서 국왕을 알현하는 일정이 먼저였기 때문에 도착 시각을 정확히 알 수 없었다.

'그래서 오베론 저택에는 따로 기별을 넣지 않았는데.'

아치볼드를 비롯한 사용인들은 마치 우리가 언제 도착할 줄 알고 있었다는 양 준비된 자세로 일행을 맞이했다.

"수도 안에서 오베론의 눈과 귀를 피할 수 있는 건 아무것도 없지."

아치볼드가 어깨를 으쓱하며 나의 질문에 대답했다.

"폐하와 요란한 만남을 마치고 왕성을 떠났다는 소식을 받았다."

"왕성에도 사람을 심어 뒀어요?"

"뭐……. 그렇지 않은 집안이 드물걸?"

유력한 귀족 가문이라면 왕성 내에 눈과 귀를 심어 두는 게 당연했다. 대개 집안의 추천을 받아 왕족을 모시는 시종이나 시녀가 된 사람들이 그런 역할을 했다.

"하지만 그 사람들에게 고작 여동생이 언제 집에 들어오는지 물어보는 사람은 없지 않을까요?"

내 말에 아치볼드가 심드렁하게 손을 내저었다. 그의 눈에 귀찮은 기색이 역력했다.

"말에 틀린 구석이 있구나. 정확히는 '여동생이 언제 집에 들어오는지'가 아니라 '딸이 언제 집에 들어오는지'를 물어본 거거든."

"네?"

"내가 아니라 아버지께서 사람을 움직이신 거라고. 고작 네 귀가 시간을 알기 위해서 말이야."

아치볼드가 한숨을 내쉬며 그의 뒤쪽을 힐끗거렸다. 그를 따라 시선을 돌리니 멀리서 오베론 공작이 여유로운 걸음으로 우리 쪽을 향해 걸어오고 있었다.

"어제부터 도착 시간을 제대로 알아야 마중 나갈 게 아니냐며 닦달을 하셨다. 그러셨으면서 아닌 척 저렇게 여유롭게 걸어오시는 걸 봐라."

아치볼드가 가볍게 혀를 찼다.

"마음 같아서는 눈썹을 휘날리며 달려오고 싶으실 거다."

"아버지께서요? 설마요."

"그래. 네가 이러고 아버지께서 저러시니 내 속이 터지지."

아치볼드가 나와 공작을 번갈아 보며 다시 한번 깊은 한숨을 내쉬었다. 아치볼드의 한숨이 허공에 완전히 흩어졌을 무렵, 느긋하게 걸음을 옮기던 공작의 발이 드디어 내 앞에 당도했다.

"왔구나."

내가 오기를 기다리며 닦달을 해 댔다는 사람답지 않게 간결한 인사였다. 얼굴에도 찬바람이 쌩쌩 날리는 것이 그가 누군가를 환영하고 있다고는 생각할 수 없는 분위기였다.

"일행이 전보다 늘었구나."

"네. 인세티아 남작이 호위를 줄일 수 없다며 고집을 부리는 바람에 그리되었어요."

"그의 판단은 믿는 게 좋다. 통찰력이 좋은 사람이니까."

"예. 그러겠습니다."

내 대답에 공작이 작게 고개를 끄덕이고는 일행들의 면면을 살폈다. 찬 기운이 느껴지는 얼굴로 천천히 일행을 살피던 공작의 시선이 해리에게서 멈춰 섰다. 지난번 성인식 때는 서리기사단의 일원으로 저택을 찾았던 해리가 이제는 대마법사의 후손이 되어 찾아왔다. 오베론 공작이 그에게 관심을 가지는 건 당연했다.

"그대가……."

하지만 뒤이어 공작의 입에서 나온 질문은 내가 생각했던 것과 상당히 거리가 멀었다.

"이브리아의 연인이라고?"

그런 질문을 예상하지 못한 건 해리도 마찬가지인 것 같았다.

"……어, 그, 네?"

당황한 해리가 버벅거리자 오베론 공작의 미간이 보기 좋게 구겨졌다.

"대마법사의 후손이라더니 대답도 제대로 못 하는 반편이였나."

공작이 한심하다는 듯 혀를 차며 나를 돌아보았다.

"상대를 제대로 고르거라, 이브리아. 어디 이런 반편이를……. 멀쩡한 건 겉가죽뿐인 것 같구나."

공작의 눈이 다시 해리를 훑었다. 한심함과 못마땅함이 가득 담긴 눈빛에 해리가 움찔했다. 인간에게 절대 기세로 밀리지 않는 해리였다. 국왕 앞에서도 잘도 제 할 말을 하더니, 오베론 공작에게는 왜 이렇게 허둥대는지 모를 일이었다. 공작은 못마땅한 얼굴로 혀를 차고,

대마법사의 후손은 쩔쩔맸다. 이 불편한 공기 속에서 내 옆에 바짝 붙어 있던 로이가 치맛자락을 잡아당겼다.

"이브."

조용히 나를 부른 로이가 그리 작지 않은 목소리로 속삭였다.

"저 사람, 이브하고 똑같이 생겼어. 그래서 아빠도 맥을 못 추나 봐."

그리 작은 목소리가 아니었으니 로이의 말은 그대로 공작과 아치볼드의 귀까지 전달되었다.

"아빠?"

"아빠?"

아치볼드와 공작이 어울리지 않는 놀란 얼굴로 입을 떡 벌렸다.

"대마법사의 후손에게 이렇게 큰 아들이 있었어? 도대체 나이가 몇이길래?"

"이브리아, 너. 반편이인 것도 모자라서 애까지 딸린 놈과 교제하고 있는 거냐?"

해명을 바라는 두 사람의 눈이 내게 꽂혔다.

"아뇨. 그게 아니라, 상황이 조금 복잡한데요."

나는 한숨을 내쉬며 로이를 두 사람에게 소개했다.

"얘 이름은 로이예요. 보는 눈이 많으니 자세한 이야기는 안에 들어가서 조용히 하는 게 좋겠어요."

로이는 흑룡이었다. 아직 어리지만 곧 성체가 되어 동부에서 만난 흑룡처럼 대단해질 것이다. 그런 존재가 내 옆에 있다는 것이 알려지면 그렇지 않아도 시끄러운 내 소문이 더 요란해진다. 아치볼드와 공작, 두 사람에게만 조용히 로이의 정체를 알려 주는 게 좋을 것 같았다.

아치볼드와 공작 모두 내 제안에 동의했다. 내 입에서 나올 말이 무엇이든 사용인들 앞에서 할 말은 아니라고 판단한 것 같았다.

"왜 아빠가 아니야?"

하지만 걸음을 옮기기도 전에 로이가 다시 한번 내 옷자락을 잡아당겼다.

"이브는 내 엄마고, 해리는 엄마랑 아이를 만들 거잖아. 그럼 걔는 내 동생이고, 해리는 내 동생 아빠니까 내 아빠도 되는 거 아냐?"

로이의 폭탄 발언에 아치볼드가 눈을 크게 뜨며 작게 휘파람을 불었다.

"와, 놀랍네. 사고를 친 쪽이 내 동생이었다니."

흥미롭게 나와 로이를 바라보는 아치볼드와 달리 공작은 사색이 되어 입술을 파르르 떨고 있었다.

"누구와…… 언제……."

충격을 받았는지 말도 제대로 못 하는 공작을 바라보며 나는 깊은 한숨을 내쉬었다. 이대로 뒀다가는 오베론 공작이 뒷목을 잡고 쓰러질 기세였다.

"빨리 안으로 들어가죠. 당장 오해를 풀어야겠으니까."

⚜

나는 두 사람에게 동부의 흑룡을 처리하며 벌어진 일련의 사건을 이야기하며 로이에 대한 그들의 오해를 정정해 주었다. 다행히 두 사람 모두 내가 흑룡을 처리했다는 이야기를 이미 알고 있어 사정을 설명하기 어렵지 않았다.

"네가 동부의 흑룡을 처리했다는 이야기는 전해 들었다."

오베론 공작이 평소처럼 근엄하고 서늘한 목소리로 말했다. 금방이라도 뒷목을 잡고 쓰러질 것 같던 조금 전의 모습을 떠올리기 힘든 태도였다.

"외숙께서 이야기해 주셨나요?"

공작 부인이 세상을 떠난 이후 이샤 후작가와는 교류가 없는 줄 알았는데, 뒤에서 정보 교환 정도는 하는 모양이었다.

"······뭐, 그렇지."

하지만 공작의 대답이 시원치 않았다. 뭔가 걸리는 구석이 있는 얼굴이었다. 그 모습을 바라보던 아치볼드가 질린 얼굴로 고개를 내저었다.

"외숙께서도 이야기해 주셨지만, 우린 그 전에 이미 알고 있었다."

"어떻게 아셨는데요?"

"어떻게 알았겠니."

아치볼드가 어깨를 으쓱하고 손가락으로 제 입을 가볍게 두드렸다.

"때로는 음유시인들의 입을 타고 퍼지는 노래가 군대의 전령 새보다 빠르단다, 내 동생아."

"······음유시인이요."

불길한 예감이 머릿속을 스치고 지나갔다.

"설마 두 분께서도 들으신 건가요?"

"뭘? 네 영웅담을 노래하는 그 대서사시를?"

아치볼드가 뭘 그리 당연한 걸 묻냐는 듯 웃었다.

"어디 우리 둘뿐이냐. 수도의 귀족 평민 할 것 없이 모두 네 영웅담을 듣고 있는데. 요즘 사람이 둘 이상 모이면 전부 네 이야기를 할 정도다."

"······그 정도인가요."

"그렇다니까. 게다가 우리 저택에는 그 영웅담을 너어어무 좋아하는 분이 계셔서 말이다."

아치볼드의 시선이 슬쩍 오베론 공작을 향했다.

"음유시인을 고용해 아침저녁으로 노래를 들으시니 아주 노이로제가 걸릴 지경이다. 덕분에 내가 가사까지 다 외웠다는 거 아니냐. 한 번 들어 보겠어?"

아치볼드가 당장에라도 노래를 부를 기세였다. 나는 재빨리 손을 들어 그를 저지했다.

"사양할게요. 음유시인도 제발 해고해 주셨으면 좋겠네요. 아침저녁으로 그 노래를 듣고 싶진 않으니까요."

내 말에 아치볼드가 그럴 줄 알았다는 듯 오베론 공작을 바라보았다.

"들으셨죠, 아버지?"

"흠."

공작이 헛기침을 하며 아치볼드의 시선을 피했다. 그러나 아치볼드의 표정은 밝았다.

"고맙구나, 동생아. 네 덕분에 내가 이제 그 노래에서 해방될 수 있겠다."

"그렇다면 제게 빚을 지신 거네요, 오라버니."

만족스러운 얼굴을 하던 아치볼드의 표정이 굳었다. 좋지 않은 기시감을 느낀 것이 분명했다.

"설마 이번에도 그 빚을 갚기 위해 네게 내 하루를 줘야 하는 거냐?"

"오라버니의 하루로 이 빚을 다 갚을 수 있다니, 얼마나 간단한가요."

"또 뭔가를 팔 생각이구나."

"네. 새로운 발명품이 있거든요."

내 말에 아치볼드가 조금 흥미가 생긴 듯 눈을 반짝였다.

"그래? 이번엔 뭘 가지고 파티를 순회해 줄까?"

"이번에 가야 할 곳은 파티장이 아니에요."

"그럼?"

"저와 함께 서리기사단이 훈련하는 연무장을 방문해 주세요."

수도에는 에렐에 배치된 제5기사단을 제외한 1, 2, 3, 4기사단이 각각 오베론 저택의 동서남북을 지키고 있었다. 각각의 기사단은 단장을 중심으로 독립된 연무장에서 훈련을 했다.

"서리기사단의 연무장이라면 너 혼자 가도 되잖아?"

"서리기사단은 절 싫어하잖아요. 제가 혼자 가면 제대로 상대해 주지 않을 것 같아요."

수도의 서리기사단은 어중이떠중이만 모인 제5기사단과는 달랐다. 모두 출신이며 실력이 출중한 덕에 왕립기사단에 버금가는 명성을 누리고 있었다. 그만큼 그들은 자부심이 강했다. 오베론을 수호하는 검으로서 명예를 중요하게 생각했다.

'하지만 난 수도에 지낼 때 여기저기서 사고를 치고 다니며 오베론의 이름에 먹칠을 했지.'

당연히 기사들의 시선이 좋지 않았다. 집안에 소속된 기사들은 으레 그 집안의 아가씨를 제 레이디로 모시는 법인데, 서리기사단의 누구도 나를 자신의 레이디로 삼게 해 달라 청한 사람이 없을 정도였다.

하지만 아치볼드는 말도 안 된다는 듯 헛웃음을 흘렸다.

"그거야 네가 성검을 뽑기 전 이야기지. 지금은 다들 널 보고 싶어서 발을 동동 구르고 있을걸."

"설마요."

"정말이라니까."

아치볼드가 혀를 차며 내 머리를 가볍게 쓰다듬었다.

"하지만 네가 걱정이라면 기꺼이 내 하루를 내어 주지. 물론 연무장에 도착하면 그게 전부 쓸모없는 걱정이었다는 걸 알게 되겠지만 말이야."

"네 기사단을 모두 방문하려면 오후 일정을 전부 비워 두셔야 할 거예요."

"성검의 주인께서 하시는 명인데 제가 어찌 거절을."

아치볼드가 과장되게 인사하며 고개를 숙였다. 그 모습이 우스워 웃음을 터트리니 옆에서 싸늘한 시선이 느껴졌다. 오베론 공작의 눈빛이었다.

'아차.'

연무장을 방문하려는데 정작 공작의 허락을 구하지 않았다. 충분히 그의 기분이 상할 수 있는 상황이었다.

"죄송해요, 아버지. 아버지께 미리 허락을 구했어야 했는데."

"……아니다. 오베론의 사람이라면 누구나 우리 기사들을 만날 수 있지."

하지만 그렇게 대답하면서도 공작의 차가운 눈빛은 풀릴 줄 몰랐다. 영문을 몰라 고개를 갸웃거리는 나를 앞에 두고 아치볼드는 사정을 알겠다는 듯 고개를 내저었다.

"아버지. 같이 가고 싶으면 가고 싶다고 말씀하시죠."

"……아니다."

"아니긴요. 나중에 저만 이브리아와 시간을 보냈다며 절 괴롭히실 거잖아요."

"……아니라니까."

"그렇게 점잔 떨다간 이브리아와 산책 한번 못 하실 겁니다, 아버지."

아치볼드가 졌다는 듯 두 손을 들며 나를 바라보았다.

"그런데 이번엔 무슨 생각이냐. 기사단을 찾아가겠다니."

"음. 그게, 제가 이번에 포션을 개발했거든요."

"포션?"

아치볼드는 물론이고 공작까지 놀라서 눈을 크게 떴다. 나는 에렐에서 가져온 포션 시제품을 꺼내 두 사람에게 보여 주었다.

"웨어울프의 피로 만들었어요."

"그래. 네가 웨어울프를 제압했다는 이야기도 들었지."

내 말에 아치볼드는 돌아가는 사정을 알 만하다는 듯 포션을 바라보면서도 미심쩍은 기색을 지우지 못했다.

"웨어울프의 피? 그걸로 포션을 만들어도 되는 건가?"

"피를 정화한 뒤에 각종 원료를 배합했어요. 신전에서 파는 것보다 효과는 약하지만 웬만한 외상은 다 치료할 수 있죠."

"신전에서 파는 포션과 비교할 정도란 말이야?"

아치볼드가 믿을 수 없다는 듯 포션을 바라보았다. 당연한 반응이었다. 지금 시장에서 신전의 포션은 독보적인 위치를 차지하고 있었다.

'다들 그걸 대체할 수 있는 건 없다고 생각하지.'

웨어울프의 피를 얻지 못했더라면, 아스페리츠 덕분에 성분 분석을 간단하게 끝낼 수 없었더라면 나 역시도 이렇게 빨리 비슷한 포션을 만들어 내지 못했을 것이다.

"포션의 효과는 내일 확인할 수 있을 거예요."

아치볼드가 이제야 내 의도를 알겠다는 듯 고개를 끄덕였다.

"내일 기사단원들에게 포션을 소개할 생각이구나."

"네. 매일 훈련하고, 때로는 전투에 나서는 기사들만큼 이 포션이 필요한 사람은 없을 테니까요."

기사들은 크고 작은 부상을 달고 산다. 그것이 검을 든 자들의 숙명이었다.

'포션을 구입해 줄 가장 큰 고객이라 이거지.'

부상을 당하면 당연히 치료를 해야 한다. 하지만 신전의 포션은 너무 비싸고 효능이 넘쳐 죽음을 넘나드는 부상을 당한 것이 아니라면 사용하지 않는다. 대개는 약초로 만든 연고나 시중에 돌아다니는 저렴한 포션을 쓴다. 저렴한 가격으로 구할 수는 있지만 그만큼 효과가 떨어져서 얕게 베인 상처에도 최소 일주일은 약을 써야 한다.

하지만 에렐의 포션을 쓴다면 그런 상처쯤은 5분 안에 나을 수 있었다.

'한번 체험해 보면 구입하지 않을 수가 없을걸?'

내일은 기사들에게 포션을 무료로 나눠 줄 생각이었다. 실제 판매될 포션보다 작은 병에 딱 한 번 쓸 수 있는 양을 소분했으니 체험용으로는 손색이 없었다.

'이걸 쓴 기사들이 다른 기사들에게 소문을 내 주면 엄청난 홍보가 될 거야.'

판매하는 쪽에서 열심히 포션의 효과를 설명하는 것보다 실제 이용자들의 후기가 더 와닿는 법이었다.

'나도 쇼핑할 때는 다른 사람의 후기를 열심히 찾아봤다고.'

유력한 가문들은 모두 자신들만의 기사단을 가지고 있었다. 왕실에 몸담고 있는 기사들도 그 수가 엄청났다. 그들은 각자 다른 곳에 소속되어 있지만 결국 검을 든 자로서 유대감이 있었다.

'그러니까 한 집단만 제대로 잡으면 나머지도 자연스럽게 따라온다 이거야.'

돈을 벌 생각에 신이 나 미소를 짓자 아치볼드가 고개를 내저으며 혀를 찼다.

"어디 가서 그런 얼굴 하지 마라, 동생아. 꼭 작당 모의하는 악당 같으니까."

⸎

나는 공작과 아치볼드의 오해를 깨끗하게 풀어 준 뒤 로이를 찾아 나섰다. 다시 한번 그의 입을 단속하기 위해서였다.

수도는 아주 컸다. 그만큼 눈과 귀가 많은 건 당연했다. 덕분에 소문이 퍼져 나가는 속도도 훨씬 빨랐다. 에렐에서는 오베론 가문이 모든 것을 통제할 수 있었지만, 수도는 여러 가문과 왕실의 힘이 모두 작용하는 곳이었다. 소문이 퍼지기 시작하면 쉽게 잠재우기 힘들었다. 그러니 더욱 말과 행동을 조심해야 한다.

'무사히 건국제를 보내고 문제없이 에렐로 돌아가고 싶다고.'

그렇지 않아도 국왕이 예민하게 턱을 바짝 세우고 있었다. 그가 더욱 나를 경계하며 귀찮게 할 요소를 만들고 싶지 않았다.

'그러니까 로이를 따끔하게 훈육해야겠어.'

하지만 그런 생각으로 로이의 방을 찾았을 때, 그는 이미 다른 사람에게 제대로 야단을 맞고 있었다.

"야. 너 왜 이브리아를 곤란하게 하는 거야? 어?"

국왕을 상대할 때처럼 불량한 모습의 해리가 로이를 다그치고 있었다. 하지만 로이도 호락호락한 상대는 아니었다. 그는 당당하게 가슴을 펴고 오히려 해리가 답답하다는 듯 고개를 내저었다.

"어휴, 역시 바보잖아. 내가 도와준 거라는 걸 왜 몰라?"

"뭐? 네가 돕긴 뭘 도왔는데?"

해리가 황당하다는 듯 로이를 바라보았다. 그러자 로이가 더욱 한심한 눈으로 해리를 바라보며 어깨를 으쓱했다.

"이브의 아빠가 널 싫어했잖아. 넌 멍청하게 아무 말도 못 했고. 그래서 내가 나선 거라고."

"어어……."

공작의 매서운 눈초리에 제대로 말도 못 하고 버벅댔던 자신을 떠올렸는지 해리가 멋쩍게 볼을 긁적였다. 그 모습에 로이가 한숨을 내쉬며 답답하다는 듯 가슴을 두드렸다.

"이래서야 언제 이브와 아이를 만들겠어?"

"그건……."

분명 시작은 해리가 로이를 혼내는 것이었는데, 어느새 상황이 완전히 역전되었다. 이제는 로이가 해리를 향해 역정을 내고, 해리가 죄인처럼 침울하게 고개를 숙이고 있었다.

"차라리 다른 사람한테 내 동생을 만들어 달라고 하는 게 더 빠르겠어."

"뭐?"

침울하게 고개를 숙이고 있던 해리가 고개를 번쩍 들었다. 슬픈 양처럼 우울해하던 해리의 얼굴이 순식간에 분노한 야수처럼 변했다. 해리가 손을 뻗어 우악스럽게 로이의 멱살을 잡아 올렸다. 아직 어린 로이의 몸이 가볍게 달랑 들려 두 발이 허공에 떠올랐다.

"뭐 하는 짓이야?"

"너야말로 헛소리하지 마. 이브리아랑 아이를 만드는 건 나야!"

"그러니까 제대로 하라고. 빨리 동생 만들어 줘!"

나는 악마와 드래곤의 유치한 대화를 지켜보며 헛웃음을 흘리고 말았다.

'당사자는 난데. 왜 날 두고 자기들끼리 난리야.'

"그런 이야길 할 거면 내 의사부터 물어봐야 하는 거 아니에요?"

내 목소리에 서로를 향해 으르렁거리던 악마와 드래곤이 고개를 돌렸다.

"이브리아!"

"이브!"

일부러 순순히 잡혀 있어 주었던 건지, 로이가 해리의 손을 가볍게 뿌리치고 바닥으로 내려와 내 품으로 달려왔다. 나는 이제 제법 무거워진 로이의 무게에 휘청거리며 그를 안아 들었다.

"로이, 지금 이 대화가 도대체 뭔지 말해 줄래?"

나는 로이의 이마에 가볍게 내 이마를 부딪으며 일부러 목소리를 낮게 깔았다. 해리의 사나운 기세에도 당당하던 로이가 내 눈치를 살피며 입을 우물거렸다.

"해리가 이브랑 아이를 만들 거랬어."

"그랬어?"

나는 고개를 돌려 해리를 흘겨보았다.

[애한테 도대체 무슨 소리를 한 거예요?]

해리가 찔리는 구석이 있긴 한지 내 눈을 슬쩍 피하면서도 항변하는 것을 잊지 않았다.

[애라고 할 것도 없어. 쟤는 알 거 다 안다니까?]

[알 거 다 아는 사람한테도 그런 소리는 하는 거 아니거든요? 우리가 언제 잘 건지, 어떻게 잤는지 동네방네 다 떠들고 다닐 거예요?]

내 질문에 해리가 생각지도 못했는지 진지한 얼굴로 고민에 빠졌다.

'뭐야. 이걸 왜 고민해.'

내 미간이 찌푸려짐과 동시에 해리가 대답 대신 질문을 던졌다.

[……그래도 돼?]

[그 말은, 진짜 다 떠들고 다니겠다고요?]

[응.]

해리의 두 눈이 반짝였다. 된다고 했다가는 정말 동네방네 우리의 밤에 대해 떠들고 다닐 기세였다.

[미쳤어요? 절대 안 되죠!]

[하지만 난 자랑하고 싶은데. 내가 진짜 네 거라고, 진짜 네 거가 됐다고.]

가만히 듣다 보니 해리의 자랑에는 조금 이상한 구석이 있었다.

[음……. 그럴 땐 보통 내가 해리 거가 됐다는 걸 자랑하지 않나요?]

그래서 로맨스 영화의 남자주인공들도 낭만적인 고백이랍시고 이런 대사를 하지 않나.

여주인공, 내 여자가 되어 줘.

그리고 하룻밤을 보낸 뒤에는 이렇게 말하지.

여주인공, 이제 넌 내 여자야.

그런데 해리가 하고 싶다는 말은 완전히 반대였다.

[하지만 넌 내 것이 될 수 없잖아. 네 세상은 아주 넓으니까. 널 원하는 사람도 아주 많고, 넌 그 사람들을 외면하지도 못하지.]

해리가 대수롭지 않게 어깨를 으쓱했다.

[하지만 난 네 것이 될 수 있어. 내 세상은 너 하나뿐이거든. 날 원하는 사람은 아주 많지만, 난 그 사람들을 간단하게 외면할 수 있어.]

해리는 무덤덤했지만, 나는 그 말을 하는 해리가 무척이나 외로운 존재처럼 보였다. 별것도 아닌 내 한 줄기 애정에 마음을 활짝 열고 내 것이 되겠다며 눈을 반짝이는 이유도 그가 외로워서가 아니었을까 싶을 정도였다.

"이브."

로이가 해리와 마주 보며 눈빛을 교환하고 있는 내 귓가에 조심스럽게 속삭였다.

"지금 해리랑 아이 만들 거야? 자리 비켜 줄까?"

"뭐?"

나는 로이의 이마에 강하게 내 이마를 부딪으며 그를 질책했다.

"앞으로 그런 말 하는 건 금지야, 로이. 오늘도 다른 사람들 앞에서 그런 소리를 하는 바람에 내가 얼마나 곤란했는지 알아?"

"하지만 난 동생이 갖고 싶어."

"내가 곤란해지는 것보다 네가 동생이 갖고 싶은 게 더 중요한 문제야?"

빤히 바라보는 내 시선에 로이가 금세 침울해져 내 가슴팍에 얼굴을 파묻었다.

"……아니. 나도 엄마가 곤란해지는 건 싫어."

"그래. 그래야 착한 로이지."

"응. 나는 착한 로이예요."

로이가 평소에는 하지도 않던 높임말을 하며 아양을 부렸다. 그게 그리 얄밉지 않았다. 나는 품속으로 파고드는 로이의 등을 토닥이며 해리에게도 경고를 잊지 않았다.

"떠들고 다니는 건 안 돼요."

"하지만……."

해리의 얼굴이 실망으로 시무룩해졌다. 그런 해리를 달래는 것도
내 몫이었다.

"해리. 그런 건 우리 둘만의 비밀인 게 좋잖아요."

"어……. 우리 둘만의 비밀……."

해리가 내 말을 따라 하며 나사 풀린 사람처럼 웃었다. 둘만의 비밀
이라는 말이 꽤 마음에 드는 모양이었다.

"그리고 해리가 내 거라는 건 이미 모르는 사람이 없을걸요."

"모르는 사람이 없다고?"

내 말에 해리가 이해할 수 없다는 듯 고개를 갸웃거렸다.

"난 내가 내 주인님 거라고 자랑한 적이 한 번도 없는데? 다들 어
떻게 그걸 알아?"

진심으로 의아하다는 듯한 얼굴이었다.

'날 주인님이라고 부르면서 그렇게 졸졸 쫓아다니는데 모르는 사람
이 바보죠.'

내가 그런 생각을 하고 있는 것을 아는지 모르는지 해리가 감탄했
다는 듯 고개를 주억거렸다.

"인간들은 참 눈치가 빠르네. 다시 봤어."

아치볼드와 약속한 다음 날이 밝았다.

나는 드레스 대신 에렐에서 검을 배울 때—결국 검을 배우는 건 실패했지만—입었던 승마복을 입고 잘 보이는 허리춤에 유피테르를 찼다. 기사라면 누구나 성검을 궁금해할 테니 눈에 잘 보이는 곳에 유피테르를 차면 호기심과 호감을 불러올 수 있을 거라는 계산이었다.

'이용할 수 있는 건 전부 이용하는 게 좋으니까.'

머리까지 하나로 질끈 묶고 나온 나를 보며 아치볼드는 의외라는 듯 눈을 반짝였다.

"내 누이가 이런 복장도 해?"

"그럼 제가 드래곤을 때려잡을 때도 드레스를 입고 있었을까요?"

"그건 또 그렇네."

아치볼드가 뒤통수를 한 대 맞은 것처럼 멍한 얼굴을 했다. 미처 거기까지는 생각해 보지 않은 모양이었다.

"이건 전부 포션인가?"

아치볼드가 내가 손에 들린 커다란 바구니를 가져가며 물었다. 커다란 천이 덮여 있어 내용물은 보이지 않았다. 하지만 아치볼드는 내가 대답하기도 전에 스스로 답을 찾아냈다.

"음, 꽤 무거운 걸 보니 포션만 있는 건 아닌 것 같구나."

"네. 아무래도 빈손으로 가는 건 민망해서요. 주방에 부탁해서 훈련하는 기사들에게 나눠 줄 간식거리도 좀 챙겼어요."

"녀석들이 크게 환영하겠네. 훈련할 때는 다들 돌도 씹어 먹을 기세거든."

아치볼드가 어깨를 으쓱하고 앞장서 걷기 시작했다. 나도 그 뒤를 따랐다.

"먼저 동쪽으로 가자. 제1기사단부터."

"서리기사단의 본대라고 할 수 있는 곳이죠?"

"응. 오베론에서 가장 강한 기사들이 모인 곳이지. 서리기사단의 핵심이라고 할 수 있어."

외부에서 오베론의 서리기사단이라고 부르는 곳도 바로 제1기사단이었다. 연무장에 점점 가까워질수록 검이 바람을 가르는 소리와 우렁찬 기합 소리가 조금씩 선명해졌다.

마침내 모습을 드러낸 연무장 풍경은 대단했다. 검을 잘 모르는 내가 보기에도 모든 기사들의 움직임이 비범해 보였다.

[전체적인 수준이 아주 높습니다. 과연 오베론의 서리기사단이군요.]

유피테르도 이렇게 감탄하는 것을 보면 내 눈이 아예 틀리지는 않은 모양이었다.

"단장."

내가 기사들의 모습을 바라보며 감탄하는 사이, 아치볼드는 검을 휘두르는 기사들의 자세를 바로잡아 주던 중년 남자에게 손을 들어 인사했다. 우렁찬 기합 소리를 뚫고 전해지기에는 작은 목소리라고 생각했지만, 단장은 단번에 고개를 들어 아치볼드를 바라보았다.

"아치볼드 님."

단장이 기사의 곁을 떠나 아치볼드 앞에 다가와 고개를 숙였다.

"오늘도 훈련을 지켜보려고 나오셨습니까?"

"오늘은 나 말고 내 동생이 궁금하대서 왔습니다. 잠시 살펴봐도 되겠죠, 발더스 경?"

아치볼드의 말에 단장의 시선이 그 옆에 선 나를 향했다. 잠시 나를 바라보던 그가 놀란 듯 눈을 크게 뜨더니, 곧 허둥대며 고개를 숙였다.

"이브리아 님, 제가 기억하던 모습이 아니라 잠시 못 알아뵀습니다."

그럴 만도 했다. 오베론 저택에서 이브리아는 늘 완벽한 화장에 갖춰진 드레스 차림을 하고 있었으니까. 오늘은 화장도 하지 않고 승마복을 입은 채 머리도 대충 묶어 올렸으니 눈썰미 없는 기사가 한눈에 알아보긴 힘들었을 것이다.

"괜찮아요. 내가 많이 바뀐 건 나도 알고 있으니까."

나는 웃으며 아치볼드의 손에 들린 바구니를 가리켰다.

"기사들을 격려할 겸 간식을 가져왔는데. 잠시 휴식하면서 먹으라고 해도 될까요?"

"간식을요?"

발더스가 의외라는 듯 나를 보았다. 그의 눈빛으로 나는 예전의 이브리아에게 이런 센스가 전혀 없었다는 걸 알 수 있었다.

"간식과 휴식이라면 마다할 녀석들이 아니지요. 다들 기뻐할 겁니다."

발더스가 그렇게 말하며 기사들에게 휴식을 허락했다.

'그럼 난 간식을 나눠 줄까.'

바구니의 천을 걷은 뒤 간식을 집어 들고 고개를 드니 어느새 기사들이 내 주변에 우르르 몰려와 눈을 반짝이고 있었다.

'⋯⋯간식이 그렇게 먹고 싶었나?'

나는 서둘러 기사들에게 간식을 나눠 주었다. 훈련 중인 기사들이 간단하게 먹을 수 있도록 주방에 특별히 부탁해 만든 샌드위치였다. 하지만 기사들은 내게 간식을 받아 간 뒤에도 흩어지지 않고 내 주변에 모여 있었다. 간식으로 나눠 준 샌드위치도 먹는 둥 마는 둥이었다.

"혹시 맛이 없나요?"

주방장이 특별히 신경을 쓰겠다고 했지만, 너무 힘을 주는 바람에 오히려 뻐끗해 버린 걸지도 모른다. 걱정스러운 내 질문에 기사들이 펄쩍 뛰었다.

"아닙니다! 맛있습니다!"

그렇게 외친 기사들이 너 나 할 것 없이 엄청난 속도로 샌드위치를 먹어 치웠다. 그 커다란 샌드위치를 한 번에 입속으로 욱여넣은 기사도 있었다.

'저건 거의 묘기 아닌가.'

"와. 정말 잘 먹네요."

내가 감탄하여 그 기사를 바라보자 주변의 기사들이 말없이 그를 흘겨보았다. 어디선가 작은 소리로 '나도 저렇게 한 번에 먹어 버릴걸!' 하고 중얼거리는 소리가 들려왔다.

"그리고 이건 제가 준비한 선물이에요."

나는 바구니에서 포션을 꺼냈다. 성인의 엄지손가락만 한 크기의 작은 병이었다. 실제 판매할 포션은 이보다 훨씬 큰 병으로 제작하여 유통할 생각이었다.

"기사들에게 줄 선물까지 준비해 오셨습니까?"

내가 포션을 꺼내는 모습을 보며 발더스 단장이 놀라서 눈을 크게 떴다. 그건 막 엄청난 속도로 간식을 먹어 치운 기사들도 마찬가지였다.

'선물을 준다는데 싫어할 사람은 없지.'

나는 설렘 가득한 기사들의 얼굴을 보며 씩 웃었다.

"이건 제가 에렐에서 지내며 만든 포션이에요. 신전에서 만든 것보다는 못하지만 외상 치료에 큰 효과가 있답니다."

나는 말하는 동안 기사들을 천천히 둘러보았다. 내가 만든 포션의 효과를 보여 주기에 적당한 사람을 찾기 위해서였다. 그렇게 기사들을 둘러보다 보니 마침 적당한 사람 하나가 눈에 들어왔다. 왼쪽 팔에 피가 묻어 나온 붕대를 감고 있는 기사였다.

"경, 잠시 앞으로 나와 주겠어요?"

"저 말입니까?"

"네, 경이요."

지목을 받은 기사가 얼떨떨한 얼굴로 내 앞에 섰다.

"상처를 좀 살펴볼게요."

"예? 이브리아 님께서요?"

내 말에 기사들이 경악했다. 그중엔 '저렇게 다친 게 나여야 했는데!' 하는 중얼거림도 섞여 있었다.

"아가씨께서 이런 상처를 보시다니요. 좋은 광경이 아닐 겁니다."

"내 소문 못 들었어요? 여기저기 다니면서 그보다 더한 것도 많이 봤어요."

"하지만……."

다친 기사가 당장에라도 팔을 뺄 기세여서, 나는 재빨리 그의 어깨를 붙잡았다. 내 손이 그의 어깨에 닿자마자 몸을 빼려던 기사가 뻣뻣하게 굳어 버렸다.

'갑자기 왜 이래?'

하지만 목적은 달성했다.

'이유는 모르겠지만 상대를 제대로 제압했군.'

나는 기사의 팔에 감겨 있는 붕대를 풀고 그의 상처를 살폈다. 깊고 긴 자상이었다.

"훈련하다가 다친 건가요?"

"예. 대련 중에 잠시 딴생각을 했더니……."

얼굴이 살짝 붉어진 기사가 자신의 상처에 대한 변명을 쏟아 내기 시작했다. 이 상처가 생긴 이유는 결코 자신의 실력이 부족해서가 아니며, 앞으로는 대련에 집중하여 이런 불상사가 일어나지 않도록 노력할 것이라는 반성도 이어졌다.

나는 기사가 열심히 변명과 반성을 이어 가는 동안 그의 상처에 포션을 전부 쏟아부었다. 반짝이는 은빛 별 가루가 떠다니는 붉은 액체가 순식간에 기사의 상처로 스며들었다. 로이가 제 몸을 희생해 실험했을 때처럼 기사의 상처는 빠른 속도로 아물었다. 팔뚝이 길게 베인 커다란 상처였는데도 흉터 하나 남지 않았다.

"……어?"

서서히 상처의 고통이 사라지는 걸 느꼈는지, 상처가 생긴 사연을 구구절절하게 늘어놓던 기사가 입을 떡 벌렸다.

"상처가……."

기사가 믿을 수 없다는 듯 손으로 상처가 있던 자리를 더듬거렸다. 그 모습을 지켜보던 다른 기사들도 놀라서 입을 떡 벌렸다. 아치볼드 역시 놀란 얼굴이었다. 그 역시 어제 이야기만 들었을 뿐, 포션의 효과를 직접 보는 건 처음이었다.

'아주 성공적이군.'

나는 만족스럽게 웃으며 기사들에게 준비해 온 포션을 나눠 주었다.

"다들 하나씩 가져가세요. 곧 판매를 시작할 포션인데, 오늘은 무료로 나눠 줄게요."

내 말에 기사들이 간식을 받을 때보다 더 빠르게 움직였다. 눈앞에서 효과를 직접 보았으니 당연한 반응이었다.

"혹시 포션이 더 필요하다면 에렐로 주문을 넣어요. 우리 서리기사단에겐 특별히 저렴하게 판매할 테니까요."

기사들뿐만 아니라 오베론 가문에서 일하는 사용인들에게도 일반 판매가보다 저렴하게 제공할 생각이었다.

'일종의 임직원 할인이지.'

나는 감탄하며 고개를 끄덕이는 기사들을 바라보다 한 걸음 뒤로 물러섰다. 볼일은 모두 마쳤으니 이제 제2기사단을 만나러 갈 시간이었다. 그 뒤에도 제3, 제4기사단을 만나야 했다.

"훈련 중에 시간을 내주어서 고마워요. 난 인제 그만 떠날게요."

하지만 기사들은 내게 배웅 인사를 하는 대신 머뭇거리며 서로 눈치를 살폈다. 뭔가 할 말이 있는 것 같았다.

"이브리아 님."

차마 말을 꺼내지 못하는 기사들을 대신해 발더스 단장이 나섰다.

"혹 기사들에게 검술을 보여 주실 수 있겠습니까?"

"……네?"

"모두 성검의 주인께서 어떤 검술로 수많은 기적을 행하셨는지 궁금해하고 있습니다. 저 역시 그렇고요."

발더스 단장이 주먹을 쥔 손으로 왼쪽 가슴을 가볍게 두드리며 고개를 숙였다. 기사가 기사에게 존중을 담아 보내는 인사였다. 단장이 내게 그런 인사를 했다는 건, 그가 나를 한 사람의 기사로 인정한다는 뜻이었다.

'……이거 엄청나게 찔리는데.'

성검을 뽑기만 했을 뿐, 기사로서의 능력은 쩜오보다 못한 내가 받을 인사는 아니었다. 난처해져 기사들을 둘러보니 그들 역시 내게 발더스 단장과 같은 인사를 하고 있었다.

'절대 발을 뺄 수 있는 상황이 아닌 것 같아.'

나는 재빨리 유피테르에게 도움을 청했다.

[유피테르, 나한테 빙의할 수는 없어요? 내 안에 들어와서 유피테르가 막 화려하게 검을 휘두르면 안 되나?]

'소설에서 보면 그런 일도 많이 일어나던데.'

하지만 유피테르의 답은 내 기대에 부응하지 못했다.

[주인님, 저는 마검이 아닙니다. 선량한 성검이지요.]

[그럼 마검이라면 빙의도 가능하다는 말이에요?]

[그런 식으로 주인의 몸을 통제하는 마검도 있다고 들었습니다.]

[안타깝네요. 지금 유피테르가 그런 마검이었다면 좋았을 텐데.]

[주인님······.]

제법 진심이 담긴 한탄에 유피테르가 시무룩한 목소리로 나를 불렀다.

[말이 그렇다는 거죠. 나한테는 유피테르가 최고의 검이에요.]

[이미 본심을 다 들키셨습니다. 늦으셨어요.]

유피테르는 부루퉁한 목소리로 불만을 토로하면서도 지금 상황을 타개할 수 있는 아이디어를 내놓았다.

[빛으로 기사들의 시선을 교란하는 건 어떨까요?]

[시선을요?]

[예. 주인님께서 검을 휘두르실 때마다 빛을 뿜어내서 제대로 못 보게 만드는 거지요.]

[기사들은 시력이 남다르잖아요. 고작 빛으로 눈이 흐려지진 않을 것 같은데요.]

나의 걱정에 유피테르가 간단한 해답을 찾아냈다.

[그만큼 더 강한 빛을 내면 되지요.]

[……그런가요?]

[걱정 마십시오. 제가 뿜어내는 빛은 최고니까요.]

유피테르가 자부심 넘치는 목소리로 말했다. 여전히 미심쩍었지만 그것 말고는 딱히 방법이 없었다.

"……네. 그럼 간단하게 시범을 보일까요."

나는 기사들의 반짝이는 눈빛에 등을 떠밀려 허리춤에 차고 있던 유피테르를 뽑아 들었다. 말로만 들었던 성검의 등장에 기사들의 입에서 감탄이 터져 나왔다.

'이렇게 잔뜩 기대한 사람들을 앞에 두고 검에는 젬병인 내가 시범을 보이다니.'

나는 오래전 라이오넬에게 기초 검술을 배웠던 기억을 더듬어 자리를 잡았다. 그때 배운 것이라고는 고작 기초 베기뿐이었다.

'이 자리에 있는 기사들은 분명 다섯 살 때 그 베기를 모두 마스터 했겠지.'

하지만 그게 내가 알고 있는 검술의 전부이니 어쩔 수 없었다.

'내가 이 자리에서 죽는다면 사인은 분명 수치사일 거야.'

나는 참담한 심정으로 검을 들었다.

"그럼…… 할게요……."

도살장에 끌려 들어가는 심정이었다. 나는 유피테르를 번쩍 들어 위에서 아래로 빠르게 그어 내렸다. 검은 형편없이 비틀거리며 어설프게 허공을 갈랐다.

피슈웅 하고, 검이 맥없이 허공을 가르는 순간.

[저만 믿으십시오, 주인님!]

엄청나게 강한 빛이 번쩍하며 연무장을 덮쳤다.

이브리아가 떠난 뒤에도 기사들은 삼삼오오 모여 이야기를 멈추지 못했다. 평소라면 훈련을 제대로 하지 않는다며 기사들을 혼냈을 발더스 단장도 오늘은 너그러웠다. 오늘은 성검의 주인, 오베론의 아가씨, 이브리아가 훈련을 보러 와 준 날이지 않나. 성검의 주인이 훈련을 보러 와 준 것만으로도 영광스러운데, 이브리아는 간식과 선물까지 준비해 왔다.

"봤어? 그 아름답고 위엄 넘치는 얼굴!"

"역시 성검의 주인이셔."

기사들이 황홀한 얼굴로 이브리아를 찬양했다. 그중 한 기사가 떨리는 목소리로 말했다.

"그분의 시선이 나를 똑바로 향했다고. 분명 눈이 마주쳤어!"

샌드위치를 한입에 먹어 치워 이브리아의 시선을 받았던 그 기사였다. 그의 자랑에 다른 기사들의 기세가 금세 흉흉해졌다.

"그래. 저 녀석, 샌드위치를 한입에 먹어 치워서 이브리아 님의 시선을 독차지했지."

"일부러 그런 게 틀림없어. 치사한 자식!"

"어디서 그런 수법을 배워 온 거야?"

"치사한 놈은 죽어라!"

기사들이 우르르 몰려와 발길질을 시작했다. 하지만 몰매를 맞으면서도 기사는 행복하다는 듯 웃고 있었다.

"고작 눈빛 교환이 뭐가 대수야?"

그 소란에서 한발 떨어진 채 여유로운 얼굴로 턱을 치켜들고 있던 기사가 코웃음을 흘렸다.

"나는 이브리아 님의 손길을 받았다고. 그분의 손이 내 상처를 어루만져 주셨지!"

이브리아가 포션의 효과를 보여 주기 위해 상처를 치료해 주었던 기사였다.

"아주 영광스러운 일이야. 그분의 손길이 닿았던 내 왼팔을 절대 씻지 않을 거라고."

흐뭇한 얼굴로 제 왼팔을 쓰다듬는 기사를 보며 단원들이 이를 바드득 갈았다.

"저 자식, 대련 중에 일부러 다친 게 틀림없어. 검을 맞대고 있는데 일부러 힘을 빼더라니까?"

"자해까지 해서 관심을 얻으려고 하다니. 이 치사한 자식!"

물론 기사는 대련을 하다가 일부러 다친 것도, 자해를 한 것도 아니었다. 하지만 지금은 사실 관계가 전혀 중요하지 않았다.

"와, 진짜 무서운 놈이네."

"너도 죽어라, 이 자식!"

"저 더러운 몸에서 이브리아 님의 손길도 씻어 내자!"

"옳소! 몸을 아주 박박 닦아 내야지!"

이제 이브리아의 치료를 받았던 기사가 새로운 표적이 되었다. 기사들이 물이 가득 담긴 통을 들고 우르르 그를 향해 몰려들었다.

"몸을 닦는 건 절대 안 돼!"

여유롭게 기사들의 비난을 듣고 있던 그가 물통을 발견하고 질색해서 도망치기 시작했다. 하지만 혼자서 이겨 낼 수 있는 인원이 아니었다. 그는 머릿수에 밀려 금세 동료들에게 붙잡히고 말았다.

"묵은 때까지 전부 벗겨 주마!"

기사들은 그의 몸에 물을 끼얹어 왼팔을 집중적으로 닦아 내며 열심히 발길질을 해 댔다. 그렇게 응징이 이어지는 와중에 누군가가 조심스럽게 입을 열었다. 이브리아와 눈빛 교환을 했다는 이유로 몰매를 맞은 뒤 바닥에 늘어져 있던 기사였다.

"그런데 이브리아 님의 검술 말이야. 어딘가 조금 어설프지 않았어?"

그의 말에 기사들이 하나둘 동조하기 시작했다.

"맞아. 검에서 나온 빛이 너무 강렬해서 자세히 보지는 못했지만, 확실히 화려한 검술은 아니었지."

"제자리에서 움직이지 않고 검만 휘두르셨으니까 말이야."

"내가 어렸을 때 배웠던 기초 베기와 비슷했던 것 같아."

기사들의 목소리가 뒤섞여 금세 소리가 높아졌다. 하지만 혼란은 오래가지 않았다.

"멍청한 놈들."

그들을 질책하는 발더스 단장의 목소리 때문이었다.

"검술이 경지에 이르면 화려함은 아무런 소용이 없다. 그때부터는 아주 간단한 동작으로도 강한 상대를 제압할 수 있게 되지."

옳은 말이었다. 대단한 기사는 간단한 손짓 하나로 적을 제압한다고 들었다. 하지만 기사 하나가 조심스럽게 의문을 제기했다.

"하지만 이브리아 님의 동작은 간단하기만 한 것이 아니라 묘하게 어설퍼 보였습니다."

눈이 멀어 버릴 듯 번쩍이는 빛 때문에 눈을 가늘게 뜨고 지켜보긴 했지만, 그 와중에도 이브리아가 선보이는 간단한 동작들이 깔끔하지 않다는 것은 확실히 알 수 있었다.

"맞아."

"그랬어."

다른 기사들도 모두 동의한다는 듯 고개를 주억거렸다. 그러자 발더스 단장이 그들을 더욱 한심하게 바라보며 혀를 찼다.

"어리석은 놈들! 그러니 너희가 아직 경지에 이르지 못한 것이다."

발더스 단장은 검을 뽑아 직접 자세를 잡았다. 정석과도 같은 빈틈 없는 자세였다.

"너희가 싸울 상대가 이런 자세로 있다면 어떤 생각이 들지?"

기사들은 어리둥절하면서도 착실하게 발더스 단장의 질문에 대답했다.

"상당한 실력자임이 분명하니 경계할 겁니다."

"상대가 공격하기를 기다리며 열심히 수를 계산할 겁니다."

"그래, 당연히 그렇겠지."

발더스 단장이 고개를 끄덕이며 자세를 바꿨다.

"그럼 상대가 이런 자세라면 어떻지?"

이번에는 어설프고 흐트러짐이 많은 자세였다. 얼핏 봐도 빈틈이 보였다.

"쉬운 상대라고 생각하고 마음을 가볍게 먹겠지요."

"당장 달려들어도 크게 무리가 없다고 생각할 겁니다."

기사들의 대답에 발더스 단장이 픽 웃었다.

"그래. 하지만 너희 앞에 있는 나는 그런 어설픈 기사인가?"

절대 아니었다. 발더스는 서리기사단 제일의 실력자가 아닌가.

"어설프게 보인다고 진짜 어설픈 적인가? 높은 경지에 오른 자가 항상 완벽한 상태로 적을 맞이할까?"

발더스의 말에 기사들이 벼락을 맞은 듯 놀란 얼굴로 입을 벌렸다. 깨달음을 얻은 것이다.

"그럼 이브리아 님께서는……."

"그래. 이브리아 님은 너희에게 그런 가르침을 주고 싶으셨던 거다."

발더스 단장이 자세를 풀고 검집에 검을 집어넣으며 기사들을 바라보았다. 모두 감격한 얼굴이었다.

"성검의 주인께서 저희에게 그런 가르침을 주셨다니."

"절대 잊지 않겠습니다!"

"가슴에 새기고 어떤 적이든 무시하지 않겠습니다!"

기사들의 외침이 연무장을 울렸다.

⊱⊰

나는 차례로 기사단을 방문한 뒤 늦은 오후가 되어서야 방으로 돌아왔다.

'왜 다들 검술 시범을 보여 달라는 거야…….'

제1기사단에 이어 방문한 나머지 기사단에서도 눈을 빛내며 검술 시범을 요청하는 바람에 나는 민망한 기초 베기를 세 번이나 더 선보여야 했다.

그때마다 유피테르는 자신만 믿으라고 호언장담하며 온 힘을 다해 빛을 뿜어 댔다. 하지만 기사들의 눈이 꼼꼼하게 내 행동을 좇고 있었던 걸 보면 그다지 효과는 없었을 것이 분명했다.

'수치스럽다. 지구의 먼지가 되어 사라지고 싶다.'

나를 바라보던 기사들의 눈빛을 떠올릴 때마다 수치심이 증폭됐다. 나는 민망함을 떨치고자 힘없이 침대에 늘어진 채로 발을 동동 굴렀다. 하지만 그것도 마음처럼 쉽지는 않았다. 검술 시범을 보이느라 힘이 쭉 빠져 버린 두 다리가 내 말을 듣지 않았던 것이다.

'누가 보면 대단한 검술이라도 펼친 줄 알겠네.'

겨우 기초 베기를 했을 뿐인데, 이 쓰레기 몸은 목숨을 건 치열한 대련이라도 한 것처럼 비명을 질러 댔다.

"으어……."

몸을 조금만 움직여도 절로 앓는 소리가 나왔다.

"이브, 아파?"

그때 침대 옆에서 로이의 목소리가 들려왔다. 나는 힘겹게 고개만 돌려 침대를 붙잡고 서 있는 로이를 바라보았다.

"언제 왔어?"

"이브가 트롤처럼 어기적거리면서 방에 들어올 때부터."

"……트롤이라니. 너무하네."

나는 리안트로 숲에서 상대했던 트롤의 모습을 떠올리며 미간을 찌푸렸다. 내가 조금, 아니, 많이 어기적대며 걸어왔기로서니 트롤과 비교를 하다니! 투덜거리는 나를 보며 로이가 다시 한번 걱정스러운 목소리로 물었다.

"그런데 이브. 정말 아파?"

로이의 어린 두 눈에 걱정이 가득했다.

"응. 아파."

그런데 별거 아니라고 말하려는 순간, 로이가 울상을 하고 밖으로 달려 나갔다.

"이브 아파! 아프면 안 돼!"

나는 말릴 새도 없이 밖으로 뛰쳐나간 로이의 뒷모습을 바라보며 눈을 껌뻑였다.

'내가 아프다는데 왜 도망을 치는 거야?'

그렇게 뛰쳐나간 로이는 나의 황당함이 채 사라지기도 전에 다시 내 방으로 뛰어 들어왔다.

"이브!"

이번에는 로이 혼자가 아니었다.

"무슨 일이야! 이브리아가 아프다니!"

로이의 옆에는 놀란 얼굴로 씩씩대고 있는 해리가 함께 있었다.

'……해리를 데리러 간 거였어?'

내가 어이없어 로이를 바라보고 있는 사이, 길길이 날뛰던 해리가 침대에 힘없이 늘어져 있는 나를 발견하고는 재빨리 곁으로 다가왔다.

"이브리아! 어디가 아파? 응?"

"그래, 이브! 어디가 아픈데?"

걱정이 뚝뚝 떨어지는 악마와 드래곤의 눈을 보고 있으니 나의 상황을 설명하기가 심히 민망해지기 시작했다. 너희들과 달리 연약한 인간인 나는 고작 검을 몇 번 휘두른 것으로 근육통에 시달리고 있다는 말을 어떻게 하겠나. 고작 그 근육통에 놀라서 너희 둘이 펄쩍 뛰며 달려온 거라는 이야기는 또 어떻게 하고.

"……많이 아픈 거야?"

"그러면 안 돼!"

나의 침묵이 길어지자 해리와 로이의 얼굴이 하얗게 질렸다. 더 이상 침묵을 지키고 있을 수가 없었다.

나는 겨우 입을 떼 작게 속삭였다.

"……통이요."

"뭐?"

"근육통이라고요."

"뭐라고? 근육통이라고! 큰일……."

내 말이 끝나기 무섭게 펄쩍 뛰어올랐던 해리가 곧 이상한 점을 깨달았는지 멍한 얼굴로 고개를 갸웃거렸다.

"근육통이라고?"

"네. 근육통이요."

해리의 얼굴이 여전히 멍했다. 나는 가볍게 헛기침을 하며 변명 아닌 변명을 늘어놓았다.

"기사단을 돌면서 검술 시범을 보여 줬거든요. 평소에 안 움직이던 근육을 써서 그런지 온몸이 두들겨 맞은 것처럼 아파요."

"……네가 무슨 검술 시범을 보여 줘?"

내 검술 실력을 누구보다 잘 알고 있는 해리가 믿을 수 없다는 듯 물었다. 나는 더욱 민망해져서 크게 헛기침했다.

"아니, 그, 라이오넬 경한테 배웠던 기초 베기를 보여 줬어요. 내가 할 줄 아는 건 그것뿐이니까."

내 말에 해리가 좌우로 눈을 굴렸다. 방 안이 지나치게 조용해서 도로록 눈동자 굴러가는 소리가 들리는 것만 같았다.

"……그, 내가 아는 기초 베기?"

"네. 해리가 아는 그 기초 베기요."

나는 그렇게 대답하며 깊게 한숨을 내쉬었다.

"그걸 계속 물어서 날 더 민망하게 만들어야겠어요? 나도 고작 그거 했다고 근육통으로 고생하고 있는 내 몸이 믿기지 않거든요."

나는 무거운 몸을 억지로 일으켜 침대에 기대어 앉았다. 해리는 여전히 멍한 얼굴로 그 모습을 지켜보았고, 로이는 어리둥절한 얼굴로 고개를 갸웃거릴 뿐이었다.

"이브, 아픈 거 아니었어?"

"아픈 거 맞는데, 심각한 건 아냐. 그냥 움직이는 게 조금 불편한 정도? 며칠 지나면 깨끗하게 나을 거야."

그동안 트롤처럼–로이의 표현을 따르자면–어기적대며 걷게 되겠지만 말이다. 내 확답에 로이의 얼굴이 밝아졌다.

"정말?"

"정말."

"다행이야! 이브는 오래오래 살아야 해."

'이건 꼭 손자들이 할머니에게 하는 명절 인사 같은데.'

이 나이에 오래오래 살라는 인사를 듣다니. 어쩐지 폭삭 늙은 기분이었다.

"그런데 왜 의사가 아니라 해리를 불러왔어?"

"무슨 일이든 해리가 전부 해결해 줄 테니까. 해리는 조금 모자라지만 그래도 로이의 아빠야. 아빠는 못 하는 게 없어."

로이가 순진하게 눈을 깜빡였다.

"그때도 짜증 나는 할아버지를 혼쭐내 줬잖아. 어울리지도 않은 왕관을 쓰고 있던 그 할아버지 말이야."

해리가 왕성에서 국왕을 혼쭐냈던 일을 말하는 게 분명했다.

'하지만 할아버지라니.'

국왕이 장성한 두 아들을 두고 있긴 하지만, 아직 할아버지 소리를 들을 나이는 아니었다. 아마 국왕이 이 소리를 직접 들었다면 분노해서 입술을 파르르 떨었을 것이다. 국왕의 모습을 상상하며 웃고 있는데 해리가 조심스럽게 다가왔다.

"근육 풀어 줄까?"

"어떻게요?"

"뭉친 근육을 마사지해 주면 훨씬 움직이기 편할 거야. 내일도 고생하지 않고."

"그런 것도 할 줄 알아요?"

악마는 신체 능력이 뛰어나다. 당연히 근육통에 시달릴 리가 없고, 근육통에 좋은 마사지도 모를 것이라고 생각했다. 하지만 내 짐작이 틀린 모양이었다.

"신체 능력이 뛰어난 만큼 더 격하게 몸을 굴리니까. 근육통에 시달리는 일도 당연히 있다고."

해리가 어깨를 으쓱거린 뒤 내 팔을 가볍게 누르며 문질렀다.

"으악!"

아주 살짝 눌렀을 뿐인데도 요란스러운 비명이 터져 나왔다. 너무 아파서 눈물이 찔끔 나올 정도였다.

"아프잖아요!"

"이브 아프게 하지 마!"

나와 로이가 원망스러운 눈으로 해리를 바라보자 그가 쩔쩔매며 내 팔을 바라보았다.

"너무 아파? 그런데 이 정도로는 풀어 줘야 다음 날이 편해."

"그건 그렇겠지만……."

지금의 고통을 감수하고 내일이 편안해지느냐, 지금 고통을 피하고 내일 고생하느냐. 내 성격을 생각하면 더 고민할 것도 없는 문제였다.

나는 내일의 편안함을 위해 오늘의 고생을 감수하는 타입이었다.

'그러니까 내가 미래의 호의호식을 위해서 지금 성검의 주인이니, 대마법사의 주인이니 하며 고생하고 있지.'

나는 한숨을 내쉰 뒤 비장한 얼굴로 해리를 바라보았다.

"좋아요. 하세요! 내가 비명을 질러도 절대 멈추지 말고 계속 문질러요!"

"……아니, 그렇게 말하면 되게 분위기가 이상해지거든…….."

해리가 한숨을 내쉬며 내게 손을 뻗었고, 그날 내 방에는 비명이 끊이지 않았다.

⊹

에렐에서 만든 포션에 대한 소문은 빠르게 퍼져 나갔다. 소문의 중심은 역시 기사들이었다. 서리기사단에서 시작된 소문은 순식간에 수도의 기사들에게 퍼져 나갔다. 그들은 누구보다 포션이 많이 필요한 집단이었고, 그들끼리 강력한 네트워크도 형성되어 있었다. 소문이 빠르게 퍼져 나가기에는 이보다 좋은 조건이 없었다.

기사들에게서 시작된 소문은 서서히 수도의 일반인들과 귀족들에게까지 빠르게 전해졌다. 기사가 귀족과 평민을 모두 접하는 특수한 계층이라 벌어진 현상이었다.

'사실 그런 효과까지 바란 건 아니었는데.'

소가 뒷걸음질 치다 쥐를 잡은 격이었다. 나는 의외의 행운을 기쁘게 받아들였다.

물론 반갑지 않은 소식도 있었다. 신전의 움직임이었다.

"신전의 대신관이 노발대발했대요. 감히 신성력이라는 이름을 팔아 장사를 한다고요."

사용인들과 어울리며 빠르게 수도의 소문을 가져온 엠마가 걱정스러운 얼굴로 속삭였다.

"누가 누구한테 할 소리를."

나는 어이가 없어져 헛웃음을 흘렸다.

지금까지 신성력을 무기 삼아 사람들을 상대로 장사를 한 건 신전이었다. 그들이 진정한 성직자라면, 힘들고 고통받는 사람들에게 포션을 무료로 나눠 줘야 맞는 것 아닌가. 그런데 그들은 신전을 유지한다는 명목으로 포션을 비싼 값에 팔아 온 과거는 모두 잊은 것인지 우리를 비난하고 나섰다.

'내가 하면 로맨스고 남이 하면 불륜이냐.'

처음 듣는 논리는 아니었다. 세상을 살다 보면 그런 개똥 논리를 펼치는 사람들을 많이 만나게 된다.

'대처 방법은 간단하지.'

개무시. 나는 신전의 항의를 철저히 무시할 생각이었다. 어차피 신전의 성직자들은 수도에서 떨어진 곳에서 은둔하며 지내고 있었나. 성직자들은 속세와 떨어져 수양하는 것을 미덕으로 삼았다. 말로는 열심히 우리를 비난하며 목소리를 높이겠지만, 그게 전부일 것이다. 수도나 에렐까지 쳐들어와서 포션 판매를 막는 등의 적극적인 행동은 하지 못할 것이 뻔했다.

게다가 벌써 많은 사람이 에렐의 포션을 찾고 있었다. 만약 신전이 그간의 은둔을 깨고 행동에 나선다면, 상대는 에렐이나 내가 아니라 저렴한 가격에 훌륭한 치유 효과를 가진 포션을 쓰기 시작한 사람들일 것이다. 자신들의 신도와 싸우는 신전과 성직자라니. 말도 안 되는 소리였다. 결국, 어떤 방향으로든 신전은 우리에게 포션 문제로 시비를 걸 수 없었다.

'게다가 걔들은 태양신을 모신다고 했잖아. 난 태양신이랑 친하다고.'

무려 태양신이 직접 꽃길을 깔아 준 몸이었다.

'무슨 일이 터지면 태양신이 잘 알아서 해결해 주겠지.'

여러 가지 이유로 나는 신전과의 문제에 아주 당당했다. 하지만 속사정을 모르는 엠마는 조금 불안한 눈치였다.

"괜찮을까요? 아무리 그래도 신전인데요."

태양신은 대륙의 유일신으로서 사람들에게 추앙받고 있었다. 대륙 모든 사람이 곧 태양신의 신도였고, 덕분에 신전은 큰 힘을 휘두르며 영향력을 행사할 수 있었다. 신탁이 끊어진 지 오래되어 그 명성에 금이 갔다고는 해도 여전히 사람들은 마음속에 신에 대한 믿음을 갖고 살았다.

'태양신의 실체를 알게 되면 다들 믿음을 버리고 싶어질 텐데.'

나는 다소 방정맞았던 새를 떠올리며 한숨을 내쉬었다. 아무리 힘을 다 모으지 못해 어설픈 모습으로 나타난 거라지만, 그런 방정맞은 새는 너무하지 않은가.

"괜찮아. 신은 내 편이야."

한 치의 거짓도 없는 진실이었다.

"아가씨."

하지만 엠마는 자신감 넘치는 내 말에 묘한 눈빛으로 나를 바라보았다.

"전 아가씨를 정말 좋아하고 믿지만, 그런 소리를 하셨다간 허세병에 걸렸다며 손가락질을 받으실걸요."

"허세가 아닌데."

"그렇게 말하는 것이 허세병의 전형적인 증상이지요."

"그래. 나도 이게 내 허세였으면 좋겠어."

어째 말을 하면 할수록 더 허세병 환자 같은 대사가 쏟아져 나왔다. 나는 엠마의 시선이 점점 더 묘해지는 것을 느끼며 재빨리 화제를 돌렸다. 다행히 탁자 위에 수북이 쌓인 초대장들이 좋은 화젯거리가 되어 주었다.

"초대장이 너무 많은 거 아니야?"

"어머. 많다니요."

내가 초대장을 뒤적이며 불만스럽게 투덜거리자, 엠마가 무슨 소리냐는 듯 펄쩍 뛰었다.

"요즘 수도에서 아가씨보다 화제인 사람은 없는걸요. 그렇게 화제인 분이 에렐에만 계시다가 겨우 수도로 왔으니 초대가 쏟아지는 건 당연하지요."

"별로 참석하고 싶지 않은데."

원래도 파티를 별로 좋아하지 않았는데, 초대장을 보낸 사람들 중에 딱히 흥미로운 이름도 보이지 않았다.

"선택은 아가씨께서 하시는 거니까요. 초대를 거절했다고 노여워할 사람은 아무도 없답니다. 다들 거절당할 줄 알면서도 혹시나 하고 보낸 것이 분명해요."

"내가 그렇게 파티에 참석 안 하는 이미지였나?"

에렐로 떠나기 전 원래 이브리아는 온갖 파티를 휩쓸고 다니지 않았던가.

"그게 아니라, 아가씨께서 워낙 대단하신 분이니 바쁘실 거라고 생각하는 거지요. 음유시인이 노래하는 대서사시의 영웅이시잖아요?"

"으. 그 대서사시 이야긴 그만하는 걸로 정리되지 않았어?"

"아차."

엠마는 실수했다는 듯 입을 가리고 웃으면서도 뿌듯한 얼굴이었다. 자신이 모시는 아가씨가 사람들의 칭송을 받는 영웅이라는 것이 자랑스러운 모양이었다.

"꼭 참석해야 하는 파티는 없어?"

"그거라면, 국왕 폐하께서 주최하시는 전야제 파티가 있지요. 그건 수도의 모든 귀족이 참석하는 행사이니 아가씨께서도 꼭 참석하셔야 해요."

나는 엠마의 말이 끝나기 무섭게 왕실의 인장이 찍힌 초대장을 발견했다. 건국제의 전야제 파티에 나를 초대한다는 내용이었다.

"……또 한바탕 피곤한 기 싸움을 해야겠네."

수도의 모든 귀족이 모인다고 했으니 캐서린도 참석할 것이 분명했다. 이브리아의 캐서린 살해 시도가 무위로 돌아간 이후, 캐서린과 같은 파티에 참석하는 건 처음이었다. 캐서린의 추종자와 나를 비난했던 귀족 영애, 영식들도 모두 파티에 나올 것이다.

'생각만 해도 피곤한데.'

내가 그렇게 생각하고 있는 와중에 엠마는 다른 고민을 하고 있었던 모양이다.

"아가씨."

엠마가 나를 비장하게 부르는 목소리가 영 불길했다.

"이번에도 질 수 없지 않겠습니까?"

"그 말은……."

"아가씨의 성인식을 위해 뭉쳤던 그 삼인방, 다시 소집하겠습니다."

지난번 나의 성인식을 위해 힘을 써 주었던 세 디자이너가 다시 모였다.

"안녕하십니까, 아가씨."

"다시 뵙게 되어 영광입니다."

"이번에도 저희만 믿으세요!"

의상 디자이너 라나, 헤어 디자이너 데이지, 메이크업 디자이너 제니. 스스로를 최고의 레이디 조작단으로 부르는 세 사람이 차례로 인사했다. 나는 의욕에 불타오르는 그들의 눈을 바라보며 길게 하품했다.

"응. 그래. 반가워. 덕분에 지난 성인식은 훌륭했어."

단순한 인사치레가 아니었다. 그들이 만들어 낸 결과물은 확실히 놀라웠다. 파티에 참석했던 사람들 모두 나의 아름다움을 이야기할 정도였으니 그들의 공이 컸다. 나의 인사에 세 여인이 다시 한번 의욕으로 반짝였다.

"이번에도 믿고 맡겨 주신 만큼 최고의 결과로 보답하겠습니다."

"전야제 파티에서 아가씨보다 빛나는 사람은 없을 거예요."

"수도의 귀족 영식들 모두 아가씨의 아름다움에 넋을 놓겠지요!"

세 사람은 벌써 머릿속에 파티장의 풍경이 그려진다는 듯 아련한 목소리로 말을 이었다.

"그래. 믿고 맡길게."

"꼭 그 믿음에 보답하겠습니다."

정중한 인사는 그것으로 끝이었다. 우르르 내 곁으로 몰려온 최고의 레이디 조작단은 내 상태를 확인하며 혹평을 쏟아 냈다. 시작은 메이크업을 담당하는 제니였다.

"세상에. 지난 성인식 때보다 피부가 더 거칠어지셨군요! 초원에 우뚝 선 나무의 껍질도 이렇게 거칠고 퍽퍽하진 않을 거예요."

다음은 데이지였다. 그녀는 내 머리를 빗다 뚝 부러진 빗을 허망한 얼굴로 바라보며 고개를 내저었다.

"이 머리카락은 이제 빗을 부러뜨릴 수 있을 정도로 진화했군요."

마지막은 라나였다.

'라나에게는 혹평받을 이유가 없지!'

그러나 안심하고 있던 내게 라나의 신랄한 평가가 쏟아졌다.

"세상에. 아가씨, 전보다 살이 더 빠지셨군요. 이렇게 마르시면 드레스 선이 예쁘게 표현되지 않아요!"

빠르게 나의 상태를 점검한 세 여인이 서로 눈빛을 주고받았다. 비장한 얼굴로 눈빛을 교환하던 그들이 엄숙하게 선언했다.

"지금 아가씨의 상태는…… 이루 말할 수 없을 정도로 참담합니다."

최악이라고 말하고 싶지만, 나의 눈치를 봐서 돌려 말한다는 인상이었다.

'그렇게 심각한가?'

내가 보기에는 성인식 때나 지금이나 크게 다를 바가 없었다. 옷을 입으면 조금 헐렁하기에 살이 빠진 건 알고 있었지만, 피부나 머리카락의 상태는 늘 똑같이 느껴졌다. 하지만 심각한 세 여인의 표정을 보니 전문가들의 눈에만 보이는 차이점이 있는 모양이었다.

'하긴. 그동안 많은 일이 있었지.'

여기서 구르고, 저기서 구르고. 사방에서 구르다 보니 레이디답게나 자신을 관리할 시간이 전혀 없었다.

"하지만 걱정하지 마십시오, 아가씨."

"저희는 최고의 레이디 조작단이니까요."

"이번에도 완벽한 결과를 보여 드리겠습니다."

세 사람이 깊게 고개를 숙였다.

의욕에 불타오르는 그들 덕분에 전야제 파티까지 나의 일과는 단순했다. 아침에 일어나 목욕한 뒤 제니가 준비해 온 향유로 마사지를 하고, 점심을 먹은 뒤에는 데이지가 직접 만들었다는 헤어팩으로 머리카락을 관리했다. 해가 떨어져 저녁이 되면 겨우 두 사람에게서 해방되어 자유 시간을 가질 수 있었다.

저녁 식사는 공작과 아치볼드가 함께했다. 아무리 가족이라도 매일 식사를 함께하는 건 드문 일이었다. 하지만 내가 에렐에 머무르는 바람에 얼굴 볼 일이 많지 않으니 수도에 있는 동안엔 저녁 식사라도 같이하자는 아치볼드의 제안에 따라 오베론 가족은 매일 저녁을 같이 먹었다.

덕분에 해리는 나와 함께 보낼 수 있는 시간이 크게 줄었다. 그러다 보니 가족들과 식사를 마치고 방으로 돌아오면 상심한 해리가 내 침대 위를 뒹굴뒹굴하며 칭얼대고는 했다. 바로 지금처럼 말이다.

"늦었어. 평소보다 훨씬 더 늦었다고."

해리가 침대에 엎드려 고개만 돌린 채 입을 비죽 내밀었다. 그런 해리를 달래고 그와 놀아 주는 것이 내 하루의 마지막 일과였다. 그런데 오늘의 해리는 평소보다 늦어진 내 귀가 시간에 단단히 삐친 듯했다.

"하지만 30분 정도밖에 안 늦었는데요."

"30분이 짧아? 30분 동안 얼마나 많은 걸 할 수 있는데!"

"그래요? 예를 들면요? 30분 동안 어떤 많은 걸 할 수 있어요?"

"그건……."

해리가 당장 대답을 하지 못하고 우물거렸다. 기분이 내키는 대로 소리쳤지만, 구체적인 예까지는 생각하지 못한 모양이었다.

"왜 몰라요? 나는 알 것도 같은데."

"알긴 뭘 안다는 거야."

나는 토라진 해리의 곁으로 다가가 그의 머리를 쓰다듬으며 그의 뺨에 가볍게 입을 맞췄다. 내 입술이 제 뺨에 닿자마자 투덜거리던 해리의 입이 꾹 다물렸다. 대신 의식적으로 나를 피하고 있던 해리의 두 눈동자가 정확히 나를 향했다.

"오늘도 이런 걸로 나를 달래려고?"

해리의 질문에 나는 눈을 가늘게 떴다.

"왜요? 또 내가 해리의 몸만 좋아한다고 하려고요?"

"아니. 그게 아닌 건 이제 알아. 넌 나 엄청나게 좋아하잖아. 다 알아."

해리가 씩 웃으며 내 팔을 잡아당겼다. 나는 저항하지 않고 그가 이끄는 대로 침대에 몸을 뉘었다.

"그건 또 어디서 나오는 자신감이죠?"

장난기 섞인 내 질문에 해리가 등 뒤에서 나를 꼭 끌어안았다.

"네가 이런 걸 허락하는 존재는 나 하나뿐이잖아."

해리가 드레스를 약간 끌어 내려 어깻죽지에 살짝 입을 맞추었다. 닿았다 떨어지는 입술에 내 몸이 움찔하는 것을 느꼈는지, 귓가에 해리의 낮은 웃음소리가 울렸다.

"그래서 난 자신감이 넘쳐. 우리 주인님이 날 특별히 예뻐해 주셔서."

"그럼 이제 30분 늦은 걸로 화 안 내는 거예요?"

"우리 주인님 너무하시네. 겨우 뺨에 입 맞춰 준 걸로 끝내시려고?"

해리가 나를 끌어안은 팔에 힘을 풀었다. 나는 몸을 돌려 해리를 마주 보았다.

"그럼요?"

"몸으로 달래 주시려면 그것보단 더 해 주셔야지."

해리가 씩 웃으며 손가락으로 제 입술을 가볍게 두드렸다. 키스해 달라는 말이었다. 자연스러운 수작에 나는 진심으로 감탄해서 입을 떡 벌렸다.

"와. 언제 이렇게 음흉해졌어요? 누구한테 이런 거 배웠어!"

"누구긴. 우리 주인님을 잘 보고 배운 덕분이지."

"나요? 내가 이렇게 음흉한 수작을 부려요?"

"그걸 몰랐어?"

해리가 말도 안 된다는 듯 눈을 크게 떴다. 황당함이 가득 담긴 그의 시선이 상당히 민망했다.

'내가 음흉한 건 나도 잘 알고 있으니까 할 말이 없네.'

나는 민망함을 피하고자 슬쩍 눈을 돌려 아무것도 없는 허공을 바라보았다. 말없이 눈을 피하는 내 모습이 우스웠는지 해리에 입에서 웃음이 터져 나왔다.

"됐다. 내 주인님이 안 해 주면 그냥 내가 하지 뭐. 너무 기다리기만 하는 애완견은 매력 없잖아."

"뭘 한다는……."

내가 다시 해리에게로 눈을 돌리기도 전에 그가 내 입술을 깨물었다. 해리는 갑작스러운 행동에 놀라서 벌어진 내 입술 사이로 자연스럽게 파고들며 나를 바짝 끌어안았다. 서로의 몸이 밀착했다. 해리의 손은 내 등을 쓸어내렸고, 나는 해리의 목에 두 팔을 둘렀다. 정신없이 서로를 탐하는 동안 거칠어진 숨소리가 귀를 간질였다.

귀를 자극하는 건 거친 숨소리만이 아니었다. 입을 맞추며 발생하는 여러 소음이 귀를 어지럽혀 기분이 이상해졌다. 어느새 나는 침대에 똑바로 누운 채, 내 위에 올라탄 해리를 바라보고 있었다. 정신없이 입을 맞췄을 뿐인데 어쩌다 이런 자세가 된 건지 알 수가 없었다. 해리의 손이 내 뺨을 매만지고 있었다.

"부드럽다."

"요즘 열심히 관리를 받고 있거든요. 전야제 날은 더 부드러울 거예요."

내 말에 해리가 놀란 듯 눈을 크게 떴다.

"지금보다 더 부드럽다고? 그럴 수가 있나?"

그는 이해할 수 없다는 듯 고개를 갸웃거렸다. 나는 뺨을 쓰다듬는 해리의 손 위에 내 손을 얹어 그의 손을 매만졌다. 느리게 내 뺨을 쓰다듬던 해리의 손이 그대로 굳었다.

"해리 피부도 엄청 부드러운데. 몰랐어요? 어쩌면 나보다 더 부드러울지도 몰라."

해리의 피부는 완벽했다. 관리를 안 하는 건 나와 똑같은데, 어쩜 이렇게 깨끗하고 부드러울 수가 있을까.

'악마는 전부 이런 걸까?'

만져 보지는 못했지만, 레피와 리피도 상당히 피부가 좋아 보였다. 깨끗하고 부드러운 피부가 악마라는 종족의 특성이라면, 평범한 인간으로서는 참 부러운 일이었다.

'악마들한테는 최고의 레이디 조작단이 필요 없겠어.'

매일 그녀들에게 시달리고 있는 내게는 그것이 가장 부러운 점이었다.

"이제 화 안 낼 거예요?"

나는 멍한 얼굴로 나를 내려다보고 있는 해리에게 물었다. 내 목소리에 굳어 있던 해리의 얼굴에 조금씩 생기가 돌아오기 시작했다. 그가 씩 웃으며 내 입술에 가볍게 입을 맞추고는 귓가에 속삭였다.

"사실 처음부터 화 안 났어."

"그럼……."

"너한테 예쁨받고 싶어서 수작 부린 거지."

해리의 눈이 곱게 휘어졌다. 예쁘게 웃는 해리를 바라보고 있을 뿐인데도 얼굴이 순식간에 달아올랐다. 악마가 인간을 유혹한다는 건 진짜였다. 그렇지 않고서야 이 악마가 이럴 리가 없었다.

'와.'

나는 속으로 감탄하며 두 손으로 얼굴을 가렸다. 얼굴이 달아오른 것이 스스로도 느껴질 정도라 이 모습을 보여 주는 건 민망했다.

"왜 얼굴을 가려? 그렇게 가려도 빨개진 거 다 보여."

"그래도 이렇게 가리면 난 해리가 안 보이잖아요."

"그게 뭐야."

해리가 재미있다는 듯 웃음을 흘리더니 내 손을 붙잡아 아래로 끌어 내렸다. 덕분에 빨개진 내 얼굴이 적나라하게 드러났다.

"도대체 왜 갑자기 얼굴이 빨개진 거야?"

"해리가 너무 잘생겨서요."

"……그, 매일 보는 얼굴인데 왜 새삼스럽게."

"그 매일 보는 얼굴이 새삼스럽게 잘생겨서요."

태연하게 흘러나온 내 말에 이번에는 해리의 얼굴이 빨갛게 달아올랐다.

"야, 너는, 무슨 말을, 어? 그런 말을 막, 그렇게 쉽게 하고 그래?"

나는 당황해서 횡설수설하는 해리를 보며 씩 웃었다.

"잘생겼다는 말이 그렇게 부끄러워요? 평생 듣고 살았을 거면서."

"잘생겼다는 소리야 많이 들었지만……."

해리가 멋쩍게 볼을 긁적였다. 평범한 사람이 했다면 상당히 재수 없을 만한 대사였지만, 그 말을 하는 사람이 해리라면 이해할 수밖에 없었다.

'왜냐면 해리는 정말 잘생겼으니까.'

그런데도 내가 잘생겼다, 예쁘다 칭찬을 하면 해리는 늘 얼굴을 붉혔다.

"네가 말하는 건 전혀 다른 느낌이란 말이야."

해리가 작은 목소리로 속삭였다. 그의 얼굴이 잘생겼다는 칭찬을 들었을 때보다 더 빨개져 있었다.

"그러니까 넌 그런 소리 좀 함부로 하지 마."

해리가 내 두 손을 놓아주며 투덜거렸다. 하지만 해리의 경고는 완전히 틀렸다. 원래 하지 말라면 더 하고 싶은 것이 인간의 심리였다. 나는 붉은 기가 조금 남아 있는 해리의 얼굴을 바라보며 활짝 웃었다.

"잘생겼어요."

"어어……."

해리가 멍하니 나를 바라보며 입을 떡 벌렸다. 무엇엔가 홀린 듯 넋이 나간 얼굴이었다.

"방금 뭐라고……."

"잘생겼다고요. 우리 해리."

나는 다시 한번 활짝 웃으며 해리를 칭찬했다. 그러자 그의 얼굴이 지금까지와는 비교도 할 수 없을 정도로 새빨갛게 타올랐다. 순식간에 타오르는 그의 얼굴을 보며 나는 그만 웃음을 터트리고 말았다.

"해리, 잘생겼다는 말에 진짜 약하네요."

내가 자신을 놀린다는 걸 깨달았는지, 여전히 빨갛게 얼굴이 달아오른 해리가 손가락으로 가볍게 내 이마를 툭 쳤다.

"바보야. 이번엔 그 말 때문에 이러는 거 아니거든?"

"그럼 뭐 때문에 그러는데요?"

나는 눈을 껌뻑이며 질문했다. 그런 내 모습을 보며 잠시 입을 오물거리던 해리가 입을 비죽이며 고개를 돌렸다.

"됐어. 말 안 할래."

"왜요?"

"말하면 이걸로도 계속 나 놀릴 거잖아."

"안 놀려요. 내가 왜 해리를 놀려요?"

내 말에 해리가 어이없다는 듯 다시 나를 바라보며 입을 떡 벌렸다.

"그거 참 신뢰가 가는 말이네."

누가 들어도 반어법이 확실했다. 눈곱만큼도 신뢰가 안 간다는 뜻이었다.

"이거 진짜 나쁜 주인님이네."

해리가 눈을 가늘게 뜨고 혀를 끌끌 찼다.

"거짓말을 하려면 입에 침이나 바르고 하든지. 뭐 이렇게 자연스럽게 거짓말을 해?"

"어? 나 이미 입에 침은 발랐는데요?"

나는 타액이 남아 있는 입술을 가리키며 씩 웃었다. 내 입술을 이렇게 만든 건 당연히 내게 거짓말 타령을 하는 해리였다.

"누가 내 입술을 물고 빨고 하는 바람에 벌써 입에 침 잔뜩 묻었어요."

"그, 야, 너는……."

해리의 얼굴이 다시 한번, 금방이라도 터져 버릴 듯 빨갛게 달아올랐다.

'역시 해리를 놀리는 게 제일 재밌다니까.'

최고의 레이디 조작단의 지휘에 맞춰 바쁘게 시간을 보냈더니 금세 건국제의 전야가 다가왔다. 저녁에 열릴 전야제 파티는 수도의 모든 귀족이 모여 나라의 평안을 기원하고 국왕의 치세를 칭송하는 자리였다. 전야제 파티는 한 해 동안 왕실이 주최하는 여러 파티 중에서도 가장 규모가 컸다. 사교계의 주목을 받는 여러 사람이 한자리에 모이니 다양한 사건 사고도 끊이지 않았다.

"오늘의 가장 큰 사건은 바로 아가씨가 되실 거예요."

오랜 대장정 끝에 나의 치장을 완성한 최고의 레이디 조작단이 감격한 얼굴로 완성된 내 모습을 바라보았다. 나란히 선 세 사람은 손수건으로 감격의 눈물을 찍어 내며 연신 박수를 쳤다.

'도대체 내 모습이 어떻길래?'

궁금해하는 내게 엠마가 뿌듯한 얼굴로 거울을 가져왔다.

"자, 보세요. 아가씨."

엠마가 든 거울에 전문가의 손길을 거친 내 모습이 비쳤다. 그 모습에 나는 생각을 거칠 것도 없이 크게 감탄했다.

'와. 뭐냐.'

이건 성인식 때보다 더 미친 미모였다. 최고의 레이디 조작단 삼인방이 저렇게 눈물을 찍어 낼 가치가 있었다.

"⋯⋯오늘 나 좀 심각하게 예쁜 거 맞지?"

얼떨떨한 내 질문에 엠마가 연신 고개를 끄덕였다.

"그럼요! 오늘의 주인공은 누가 뭐래도 아가씨가 되실 거예요."

오늘의 드레스는 밤하늘을 연상시키는 짙은 푸른색이었다. 내게 잘 어울리는 색이라며 최고의 레이디 조작단 삼인방이 적극적으로 추천해 준 색이었다. 또 제레인트의 국기에 있는 색이기도 해서 건국제의 전야제라는 파티의 성격과도 잘 어울렸다.

성인식 드레스는 상체의 과감함을 강조했다면, 이번 전야제 드레스는 치마에 신경을 썼다. 밤하늘을 연상시키는 색의 드레스를 입은 만큼 치마에 작은 보석을 달아 별이 빛나는 것처럼 연출했다.

움직일 때마다 빛을 받아 아름답게 반짝이는 보석은 꼭 밤하늘의 은하수를 치마폭에 옮겨 놓은 듯 아름다웠다. 이 반짝임은 가만히 서 있을 때보다 움직일 때 더 아름답게 빛이 났다. 나는 제자리에서 한 바퀴 빙글 돌며 치마 위에서 반짝이는 보석을 바라보았다.

'이게 전부 다이아몬드란 말이지.'

다이아몬드는 모두 외숙부인 이샤 후작이 선물해 준 것이었다. 의상 담당인 라나가 디자인을 결정한 이후, 급하게 보석을 구하기 위해 다이아몬드 광산으로 유명한 이샤 영지에 주문을 넣었는데, 드레스를 입을 사람이 나라는 것을 알게 된 후작이 하루 만에 물량을 준비해 주었다고 했다. 그것도 최고급 다이아몬드를 무상으로 말이다.

'한 번 입을 드레스에 쓸 보석으로는 과하지 않나?'

라나 역시 이렇게 고급 다이아몬드를 드레스에 쓰게 될 줄은 몰랐다며 손을 덜덜 떨었을 정도였다.

"움직일 때 더 예쁘게 빛나는 드레스를 입었으니 춤을 추면 더욱 아름다우실 거예요."

"맞아요. 댄스 타임이 되면 아가씨밖에 안 보일걸요."

"물론 가만히 서 있어도 아가씨께서 제일 빛나실 테지만요!"

차례로 감탄을 쏟아 내는 삼인방을 흐뭇하게 바라보던 엠마가 시간을 확인하고 그녀들에게 눈짓했다.

"다들 거기까지만 하죠. 이제 떠나야 할 시간이니까."

"그렇죠. 밖에서 기다리고 계신 분도 있고요."

삼인방과 엠마가 눈빛을 주고받으며 의미심장하게 웃었다. 응접실에서 나를 기다리고 있을 해리를 떠올린 것이 분명했다.

"저희는 조용히 자리를 피해 드리겠습니다. 오늘도 약간의 여유가 있어요."

엠마가 남은 시간을 일러 주고 삼인방과 함께 조용히 자리를 떠났다. 나는 잠시 숨을 고른 뒤 여유를 가지고 응접실로 향하는 문을 열었다. 응접실로 나서자 역시나 예상했던 사람이 나를 기다리고 있었다.

"해리."

엠마와 삼인방이 떠나는 것을 보고 곧 내가 나올 것을 예상했는지 그는 조금 상기된 얼굴로 뻣뻣하게 서 있었다. 해리의 의상 역시 나와 같은 푸른색이었다. 우리가 나란히 서 있다면 누가 봐도 연인이라는 걸 알 수 있을 정도로 비슷한 느낌의 의상이었다.

"잘 어울려요."

나는 해리의 의상을 칭찬하며 그에게 다가갔다. 당연한 인사였지만 실제로 의상이 정말 그에게 잘 어울리기도 했다.

'저 얼굴에 도대체 어떤 옷이 안 어울릴까 싶기는 하다만.'

패션의 완성은 얼굴과 몸매라고 했던가. 해리는 양쪽 모두 훌륭하니 거적때기를 입혀 놔도 빛이 날 것이 분명했다.

"누구 남자인데 이렇게 잘생겼나 모르겠네."

나는 해리의 옷매무새를 만져 주며 씩 웃었다. 이쯤 되면 칭찬에 대한 보답이 돌아올 법도 한데, 해리의 입에서는 아무런 말도 나오지 않았다.

'지금 내가 너무 예뻐서 놀랐구만, 놀랐어.'

나는 뿌듯한 마음으로 고개를 들어 해리의 얼굴을 바라보았다. 하지만 그의 얼굴은 내가 예상하던 것과 전혀 다른 표정을 하고 있었다.

"표정이 왜 그래요?"

해리는 미간을 찌푸린 채 심각한 얼굴로 나를 내려다보고 있었다. 그 표정에 미묘하게 짜증이 섞여 있는 것 같기도 했다.

"……짜증 나."

내 예상이 맞았다. 지금 해리는 잔뜩 심통이 난 상태였다.

"왜 짜증이 나요?"

'혹시 뭐가 이상한가?'

나는 다급하게 내 모습을 내려다보았다. 아무리 봐도 이상한 구석은 없었다. 내가 분주하게 내 모습을 살피고 있으니 해리가 깊게 한숨을 내쉬며 머리를 짚었다.

"오늘 파티에 수도 귀족들은 전부 몰려온다며."

"그렇죠."

"그 인간들 전부 이 모습을 본다는 거고."

"네."

"바로 그 지점이 짜증 나는 부분이라고!"

해리가 분해서 어쩔 줄 모르겠다는 듯 주먹을 꽉 쥐었다. 내가 영문을 몰라 눈만 껌뻑이고 있으니 해리가 조심스럽게 날 끌어안으며 드러난 목덜미에 살짝 입을 맞췄다.

"이브리아, 내 앞에서만 예쁘면 안 돼?"

"난 항상 예뻐서 그런 건 불가능한데요."

"그건 그렇지."

해리는 다소 건방진 내 말에 동조하면서도 여전히 짜증 섞인 목소리로 씩씩댔다.

"하지만 오늘은 평소보다 수백 배는 더 예쁘잖아! 이런 모습으로 파티에 가면 다른 놈들이 전부 너한테 반해 버릴 거라고."

나를 끌어안은 해리의 팔에 힘이 들어갔다. 불안함에 안절부절못하는 해리를 보고 있으니 입가에 자연스럽게 미소가 번졌다. 이렇게 화를 내며 불안해하는 모습이 예쁘다는 칭찬보다 더 좋다면, 그건 내 성격이 나쁘기 때문일까?

"그러니까 다른 인간들 앞에서는 너무 예쁘지 마. 응?"

해리가 울상이 된 얼굴로 나를 바라보았다. 귀여운 요구에 나는 속으로 웃음을 삼키며 해리의 입술에 가볍게 입을 맞췄다.

"왜 이렇게 걱정이 많아요? 어차피 해리 얼굴을 보고 있으면 다른 사람들은 눈에 들어오지도 않거든요?"

"그래도……."

나의 말에도 해리는 여전히 불안한 얼굴이었다.

"난 너밖에 못 좋아하는데, 넌 누구나 좋아할 수 있잖아. 갑자기 네 마음이 바뀌면 어떡해."

"그럴 일 없어요."

"누구도 그런 장담은 할 수 없어, 이브리아."

해리가 시무룩한 얼굴로 고개를 숙였다. 잔뜩 풀 죽은 머리통을 바라보고 있으니 생각이 많아졌다. 만약 해리가 계약자 이외의 인간을 역겨워하지 않았더라면, 파티가 열리고 많은 사람 앞에 설 때마다 불안해하는 쪽은 나였을 거다. 상황을 뒤집어 생각하니 해리의 불안이 조금은 더 이해되었다.

'어떻게 달래 주지.'

이미 입을 맞춰 줬는데도 해리의 기분은 여전히 나아지지 않았다. 아무래도 이번 문제는 평범한 위로로는 해결하기 힘들 것 같았다. 고민에 빠져 침묵이 흐르는 공간에 조심스럽게 문 두드리는 소리가 울렸다. 그 뒤로 엠마의 목소리가 이어졌다.

"아가씨, 이제 곧 출발하셔야 합니다."

벌써 출발할 시간이 다가오고 있었다. 나는 풀 죽은 해리의 머리를 쓰다듬은 뒤 그의 팔을 잡아끌었다.

"이제 가요."

"으응……."

해리는 내 손에 이끌려 움직이면서도 연신 나를 힐끗댔다.

"혹시 어떻게 내 모습을 망칠 수 있을까 고민하는 거라면 그만둬요.

난 지금 모습이 아주 마음에 들거든요."

내 말에 해리가 어깨를 움찔했다.

"……혹시 내가 생각을 소리 내서 말했어?"

농담으로 한 말인데 정말 진지하게 내 완벽한 치장을 흐트러뜨리려고 생각했던 모양이었다. 걸음을 멈추고 황당하다는 듯 해리를 바라보니 그가 슬쩍 눈을 돌렸다.

"어, 음, 농담이었어."

"잘도 농담이겠네요."

"아냐! 실수인 척 물을 쏟아서 화장을 지워 버려야 되나, 그런 생각은 절대 안 했어! 정말이야!"

해리의 필사적인 변명에 어쩔 수 없이 눈이 가늘어졌다.

'했네, 했어.'

"정말인데……."

해리가 끝까지 변명하며 딴청을 피우다, 곧 무엇인가 생각났다는 듯 내 어깨를 붙잡았다. 동시의 그의 입에서 정체불명의 한 단어가 튀어나왔다.

"등!"

"등?"

"그래, 등!"

해리가 영문을 몰라 눈만 깜빡이는 나를 그대로 돌려세웠다. 순식간에 빙글 돌아 해리를 등지고 서게 된 나는 여전히 어리둥절한 심정으로 뒤를 향해 고개를 돌렸다. 하지만 해리의 시선은 내 얼굴보다 더 아래쪽을 향하고 있었다.

"해리? 도대체 뭘 보는 거예요?"

해리는 대답 대신 내 등에 손을 얹더니 안도의 한숨을 내쉬며 작게 중얼거렸다.

"다행이다. 오늘은 막혀 있어."

나는 그제야 해리가 외친 말의 의미를 알아챘다.

'이번에도 등이 많이 드러나 있을까 봐 걱정한 거구나.'

드레스 뒤쪽을 깊게 드러내 등이 훤히 보였던 성인식 드레스와 달리, 이번 전야제 드레스는 날개뼈 아래 선에서 얌전히 정리되어 있었다.

"오늘은 끈으로 묶여 있네."

해리의 손이 단단하게 묶인 끈을 타고 천천히 아래로 내려왔다.

"이게 쉽게 풀리진 않겠지?"

해리가 의심스러운 목소리로 꼼꼼하게 드레스의 끈을 살폈다. 안전 점검을 하는 전문가 같은 태도였다.

"누가 작정하고 풀지 않는 이상 안 풀려요."

지난 드레스는 등이 크게 드러나 있어 끈으로 뒤를 조이지 않았다. 하지만 이번에는 최고의 레이디 조작단 세 명과 엠마까지, 네 명이 모두 힘을 합쳐 단단하게 드레스를 조인 뒤 끈을 묶었다. 마지막 매듭은 치마 안으로 넣어 숨긴 뒤 재봉했다. 덕분에 겉으로는 끈의 마지막 부분이 보이지도 않았다. 아마 드레스의 구조를 모르는 사람은 어떻게 이 끈을 풀어야 하는지도 모를 것이다.

"하긴."

내 말에 해리도 동의한다는 듯 고개를 끄덕였다.

"성벽에서 네 드레스를 벗기려고 했을 때도 쉽게 되지는 않았……."

별생각 없이 말을 이어 가던 해리가 곧 제 입에서 나오는 말의 의미를 깨닫고는 황급히 입을 꾹 다물었다. 해리가 새빨갛게 물든 얼굴로 내 눈치를 살폈다.

'도대체 왜 이렇게 부끄러워하는지.'

이제 나와 해리는 드레스 벗기는 이야기에 얼굴을 붉힐 만한 사이
는 아니지 않나.

'애를 만드니 어쩌니 하는 사이인데.'

하지만 나는 그렇게 생각하면서도 겉으로는 실망한 척 고개를 내저
었다.

"음흉해. 드레스를 보면 벗길 생각부터 하나 봐요?"

내 말에 해리가 억울하다는 듯 입을 떡 벌리며 제 머리를 흐트러
뜨렸다.

"……진짜로 벗기고 그런 소리를 들었으면 억울하지나 않지."

✿

건국제의 전야제는 모든 수도 귀족들의 행사였다. 평소 한자리에 모
이기 힘든 유력 귀족들이 모두 참석하기 때문에 인맥을 만들고자 하
는 귀족들에게는 이보다 좋은 자리가 없었다. 특히 인연을 만들고자
하는 젊은이들에게는 더없이 좋은 자리였다. 그래서 이제까지의 전야
제 파티에서는 비슷한 나이대의 선남선녀들이 모여 바쁘게 눈짓을 주
고받으며 서로를 탐색하기 바빴다.

하지만 올해는 분위기가 남달랐다. 그들은 서로 눈짓을 주고받으며
짝을 탐색하는 대신 누군가의 등장을 기다리고 있었다. 젊은 귀족 영
애, 영식들이 삼삼오오 모여 파티장 입구를 바라보며 떠드는 주제는
하나였다. 과연 오늘의 주인공은 누가 될 것인가. 그들은 각자의 주장

을 펼치며 목소리를 높였다.

"당연히 오베론 공녀죠. 요즘 수도의 모든 소문은 그분을 향해 있다고요."

먼저 이브리아가 오늘의 주인공이 될 거라는 주장이 나왔다. 여기 저기서 맞아요, 그래요 하며 동조하는 목소리들이 쏟아졌다. 하지만 그렇게 생각하지 않는 사람들도 많았다.

"하지만 새로이 왕세자 전하의 약혼녀가 된 우드베르슨 양도 밀리지 않는다고요. 오베론 공녀가 수도를 떠난 이후, 사교계는 그분의 독무대였잖아요?"

원래 사교계 젊은 귀족들의 중심은 이브리아였다. 하지만 그녀가 불미스러운 사건 이후 사교계에 발을 끊자 자연스럽게 캐서린이 새로운 중심으로 부상했다.

이브리아와 달리 다정하고 겸손한 캐서린은 순식간에 귀족들의 호감을 샀다. 왕세자와 약혼을 하고서도 의무는 나 몰라라 한 채 카시안만 쫓아다녔던 이브리아와 달리, 캐서린은 왕세자가 수도를 비운 와중에도 그를 대신해 약혼녀로서 다양한 활동을 벌이고 있었다.

"게다가 이번 건국제의 가장 큰 이벤트는 내일 있을 후계자 선택이잖아요. 두 왕자님께서 주목을 받으실 테니, 그 옆에 있을 우드베르슨 양이 더 빛나지 않겠어요?"

"하지만 후계자를 선택하는 사람은 오베론 공녀인걸요. 그분이 더 주목받을 거예요."

"그럴 수도 있겠죠. 하지만 오베론 공녀는 이번 건국제가 끝나면 다시 변방으로 떠나잖아요. 잠깐의 신선한 바람에 그치겠죠. 앞으로도 계속 수도의 사교계를 이끌어 갈 사람은 우드베르슨 양이니까요."

그 말에 이브리아가 주인공이 될 거라고 목소리를 높이던 사람들의 입이 꾹 다물렸다. 금방 떠날 사람과 계속 이 자리에 머물 사람을 비교하면, 당연히 계속 머물 사람에게 마음이 기운다.

아무리 이브리아가 북방에서 소문을 몰고 온 영웅이라지만, 캐서린 역시 수도에서 선량함을 실천하고 있는 성녀였다. 이브리아를 향한 수도 사람들의 시선이 호기심과 놀라움이라면, 캐서린을 향한 시선은 감사과 존경에 가까웠다. 귀족들의 감상도 비슷했다. 덕분에 젊은 귀족들의 토론은 캐서린의 우세로 조금씩 기울고 있었다.

그런 흐름에 쐐기를 박기라도 하듯 파티장의 문이 활짝 열리며 캐서린이 등장했다. 그녀의 양옆을 카시안과 리던, 두 왕자가 에스코트하고 있었다.

"세상에! 우드베르슨 양이 두 왕자님의 에스코트를 받으며 들어오고 있어."

놀라운 광경에 귀족 영애들이 얼굴을 붉히며 두 손을 그러쥐었다. 왕자님의 에스코트를 받는 건 아름다운 동화를 읽고 자란 모든 여인의 꿈이었다.

"어쩜. 두 왕자님의 사랑을 받다니……. 너무 부러워요."

"우드베르슨 양은 두 왕자님뿐만 아니라 왕립기사단의 로이츠 경과 재상님의 사랑 역시 받고 계시죠."

"맞아요. 유명한 이야기잖아요."

그 이야기가 진실이라고 말하는 것처럼 먼저 파티장에 들어와 있던 엘과 메이슨이 입장하는 캐서린의 곁으로 다가갔다. 왕국에서 가장 인기 많은 남자들에게 둘러싸인 캐서린을 향해 부러움을 담은 시선들이 쏟아졌다.

"역시 오늘의 주인공은 우드베르슨 양이네요."

"맞아요."

젊은 귀족들이 입을 모아 동의했다. 지금 가장 빛나는 곳에 선 캐서린을 본다면 누구도 부정할 수 없는 사실이었다.

"그런데…… 이건 어디서 나오는 빛이죠?"

"아마 입구인 것 같은데요."

홀린 듯 캐서린과 네 남자를 바라보고 있던 귀족들이 입구에서 시작된 빛에 천천히 고개를 돌렸다. 활짝 열린 문 사이로 빛이 쏟아지고 있었다. 어찌나 빛이 강렬한지 눈을 제대로 뜰 수가 없을 지경이었다. 그 빛 사이로 조금씩 누군가의 모습이 드러나기 시작했다.

밝은 빛과 대비되는 짙은 푸른색의 드레스. 치맛자락에서 별처럼 반짝이는 보석. 당당한 걸음과 위엄 있는 표정.

"설마, 오베론 공녀……?"

모두의 주목을 받으며 이브리아가 빛 속에서 걸어 나오고 있었다.

나는 강한 빛을 뚫고 나가며 미간을 찌푸렸다. 이런 강한 빛이 자연적으로 발생했을 리 없다. 당연히 유피테르의 솜씨였다.

[빛이 너무 강한 거 아니에요?]

[오늘은 특별한 날이니까요. 더욱 신경 써서 힘을 썼습니다.]

유피테르의 목소리에 뿌듯함이 묻어났다.

[유피테르는 후광 효과를 쓸 때 가장 즐거워 보이네요.]

[제 능력 중 가장 유용하고 멋진 것이니까요. 부디 자주 사용해 주

십시오.]

[지금도 충분히 많이 사용하고 있거든요. 문을 열고 다닐 때마다 후광을 뿜어 댈 수는 없잖아요.]

[문을 열 때마다 후광이라니, 너무나 멋진…….]

유피테르가 감격한 목소리로 말했다. 가만히 뒀다가는 정말 그렇게 할 기세라, 나는 재빨리 그의 말을 끊었다.

[유피테르.]

[예에……. 멋진 일은 마음속에 품고 있을 때 더욱 빛나는 법이지요…….]

단호하게 말이 잘리자 유피테르가 아쉬움이 역력한 목소리로 한 걸음 물러섰다. 실망한 유피테르가 서서히 후광을 거둬들이자 새하얀 빛에 가려져 있던 파티장의 풍경이 눈에 들어오기 시작했다. 파티장의 모든 사람이 입을 떡 벌린 채 나를 보고 있었다. 정말 단 한 사람도 빠짐없이.

'후광 효과가 확실하긴 하구나.'

사람들의 시선을 느끼며 파티장 안으로 들어서니 최근에 보았던 얼굴이 조금씩 보였다. 나의 성인식 생일 파티에 와서 축하해 줬던 사람들의 얼굴이었다.

왕세자의 약혼식과 내 성인식 생일 파티.

'내 파티는 왕세자파와 1왕자파의 기 싸움에 이용당한 것뿐이지만…….'

어쨌든 둘 중에서 내 쪽을 선택해 주었던 사람들이다 보니 기본적으로 호의가 있었다. 나는 익숙한 얼굴들을 향해 눈인사를 건넸다. 그러자 내 시선을 받은 사람들이 화들짝 놀라며 허둥대기 시작했다. 자지러질 듯 놀라며 얼굴이 벌게지는 사람들을 보고 있자니 억울하다는 생각이 들었다.

'아니, 이렇게 화장하고 꾸몄는데도 악역 얼굴의 효과가 사라지지 않는 거야?'

나이가 들어 인상이 변하는 걸 기다릴 수밖에 없는 걸까. 하지만 그것도 그리 희망적이지는 않았다. 나는 아치볼드와 함께 먼저 파티장에 들어와 있던 오베론 공작을 바라보며 고개를 내저었다. 중년의 오베론 공작이 아직도 악역 얼굴의 효과를 뽐내고 있는 것을 보면, 나 역시 나이가 들어도 인상이 변하지 않을 가능성이 컸다.

"이브리아 님."

속으로 투덜거리고 있는 내 앞에 엘이 다가왔다.

'캐서린 앞에 있지 않았나?'

그녀 앞에서 묵묵히 이야기를 듣고 있던 것을 보았는데, 어느 순간 그가 내 앞에서 고개를 숙이고 있었다.

"이 자리에서까지 왕립기사단장일 필요는 없는데요. 나도 성검의 주인이지 않을 거고요."

"……네."

엘이 내 말에 대답하면서도 어리둥절하다는 듯 고개를 한쪽으로 기울였다. 내 말에 담긴 뜻을 제대로 이해하지 못한 것이 틀림없었다. 나는 그에게 조금 더 직설적으로 의사를 전달할 필요가 있다는 사실을 깨달았다.

"그러니까 굳이 내 옆을 지키지 않아도 된다는 말이에요. 내 옆에 계신 신사분으로도 호위는 충분하니까요."

그렇지 않아도 해리가 눈을 부라리며 맹렬한 기세로 엘을 경계하고 있었다.

"로이츠 경도 전야제 파티를 즐겨야죠."

나는 그렇게 말하며 조금 전까지 엘이 곁을 지키고 있던 캐서린을 바라보았다. 부담스럽게 내 앞에서 이러지 말고 네가 좋아하는 캐서린 옆에서 재미있게 놀라는 뜻이었다. 하지만 캐서린 쪽을 바라보자마자 나는 놀라서 눈을 껌뻑였다.

'갑자기 저기가 왜 이렇게 횅해졌지?'

엘과 함께 캐서린 옆을 지키고 있던 메이슨과 리던의 모습도 보이지 않았다. 약혼자인 카시안만이 캐서린과 함께 이야기를 나누고 있을 뿐이었다. 어쩐지 캐서린의 얼굴이 어두워 보이는 것도 같았다.

'다들 어디 갔냐.'

리던과 메이슨 모두 파티에서 캐서린의 옆을 떠날 사람들이 아니었다. 그러나 그들의 행방은 금세 알 수 있었다.

"파티는 주인공 옆에서 즐겨야 제일 재미있는 거 아닌가?"

"그렇지요. 그런데 드레스에 붙어 있는 이 다이아몬드는 상당히 높은 등급이군요."

리던과 메이슨이 어느새 내 옆에 서서 마치 일행처럼 자연스럽게 말을 걸고 있었다. 심지어 메이슨은 등장부터 지식 폭력배의 면모를 자랑하며 쉴 새 없이 입을 움직였다.

"커팅도 섬세하고 빛의 반사도 훌륭하니, 이 정도의 다이아몬드라면 이샤 영지에서 나온 거겠죠."

그는 제자리에 쪼그려 앉아 내 치맛자락을 붙잡고는 다이아몬드의 산지를 분석하기 시작했다. 그 뒤로도 메이슨은 다이아몬드가 어떻게 생성되는지, 어떤 방식으로 커팅하는 것이 좋은지, 유색 다이아몬드는 왜 가치가 높은 것인지 떠들어 댔다. 리던은 익숙하게 그의 강의를 한 귀로 흘리며 내게 말을 걸었다.

"오늘 국왕께서 뭐라고 하시든 신경 쓰지 마."

"폐하께서요?"

"지난번에 제대로 망신을 당했잖아. 그게 왕성 내에도 소문이 쫙 퍼져서 말이야. 그걸 만회하려고 뭔가를 또 꾸미고 계실지도 몰라. 내가 아는 그분은 그러실 분이거든."

리던이 어깨를 으쓱하며 해리를 슬쩍 바라보았다. 해리는 내 치맛자락을 붙잡고 아직도 다이아몬드 강의를 하고 있는 메이슨을 경계하느라 정신이 없었다.

"뭐, 워낙 높은 자리에 계신 분이니까요. 자존심에 상처를 입은 상태로 조용히 있는 건 싫으시겠죠."

하지만 나 역시 순순히 당해 줄 생각은 없었다. 만약 그가 싸움을 걸어오면, 이번에는 해리가 아닌 내가 미친개가 되어 판을 뒤엎을 생각이었다.

왕성에 온 날 많은 사람 앞에서 나를 짓누르려 한 것부터 마음에 들지 않았다. 타인을 굴복시키는 것으로 자신의 권위를 증명하려고 하는 건 비겁하지 않나.

'다시 그런 수작을 부리지만 않는다면 알아서 적당히 대접해 줄 텐데.'

나는 정말 조용히 후계자만 선택하고 떠날 생각이다. 국왕 스스로가 긁어서 부스럼을 만들지만 않는다면, 이 평화는 유지될 것이다.

"그런데 내일 제가 그 높은 자리에 앉을 후계자를 선택한다는 게 좀 우습네요."

"왜? 위대하신 성검의 주인이시잖아, 그대는."

리던이 과장되게 정중한 태도로 내게 인사했다. 말투며 행동에 장난기가 묻어났다. 나 역시 그 장단에 맞춰 일부러 오만한 척 턱을 높이 치켜들었다.

"맞아요. 내가 좀 대단하긴 하죠."

"그래. 그댄 정말 대단해. 곁에서 지켜보고 있으면 늘 놀랍지."

하지만 돌아온 리던의 말이 생각보다 진지했다. 장난기가 섞여 있던 눈에도 어느새 진심이 담겨 있었다.

"⋯⋯갑자기 그렇게 진지해지면 잘난 척한 제가 좀 민망해지거든요?"

"겨우 이런 걸로 민망해한다고? 난 그대가 생각보다 더 뻔뻔한 사람이라는 걸 이미 알고 있다고."

"전하께 저는 그런 사람인가요⋯⋯."

리던 앞에서 보였던 나의 모습을 머릿속으로 복기하며 한숨을 내쉬니 어쩐지 얼굴이 따가웠다. 슬쩍 시선을 돌려 주위를 살피자 아직도 파티장의 귀족들이 전부 나를 보고 있었다.

'등장할 때는 후광 때문에 그랬다고 쳐.'

그런데 왜 아직도 다들 나만 보고 있단 말인가. 하지만 나는 고개를 돌려 내 주변을 살핀 뒤 금세 이유를 알아챘다.

'내 옆에 몰려 있는 이 화려한 남자들 때문이군.'

리던, 엘, 메이슨. 모두 수도 귀족들의 주목을 받고 있는 유명 인사들이었다. 그들이 한자리에 모여 있으니 시선이 꽂히는 건 당연했다.

'난 조용히 해리랑 놀고 싶단 말이야.'

나는 리던의 팔을 살짝 잡아당기며 그에게 속삭였다.

"왕자님. 인제 그만 캐서린 양한테 돌아가세요."

"뭐? 지금 당장 꺼지라고?"

"이왕이면 로이츠 경과 메이슨 재상님도 같이요."

"이왕이면 두 사람을 다 데리고 꺼지라고?"

"아니, 제가 언제 그렇게 말했어요?"

"조금 순화했을 뿐이지 딱 그런 말이었잖아."

그렇게 리던과 실랑이를 벌이고 있으니, 거대한 문이 열리고 이 파티의 마지막 참석자가 안으로 들어섰다. 국왕과 왕비였다. 화려하게 장식된 옷을 입고 등장한 두 사람을 향해 모두가 고개를 숙여 예를 갖추었다.

"고개를 들라. 오늘은 축제의 전야이니, 모두 춤추고 노래하며 축배를 들 것이다."

중앙의 단 위로 나아간 국왕이 잔을 높이 들었다. 시종들이 분주하게 움직여 아래쪽의 귀족들에게도 와인이 담긴 잔을 나눠 주었다.

"자. 모두 잔을 들어 제레인트의 영원한 번영을 기원하지."

국왕의 제안에 따라 모두가 잔을 높이 들었다. 그는 파티장의 귀족들을 천천히 훑어보더니 마지막으로 내게 시선을 고정했다.

"제레인트의 번영을."

국왕이 나를 똑바로 바라보며 잔에 든 와인을 모두 비워 냈다.

"제레인트의 번영을!"

국왕을 따라 귀족들 역시 하나둘씩 들고 있던 잔을 비워 냈지만, 여전히 나를 응시하는 국왕의 시선이 이상하게 불길해 쉬이 잔을 비우기가 힘들었다. 그러는 사이 모든 귀족이 잔을 깨끗하게 비웠다. 남은 사람은 이제 나 하나뿐이었다.

"오베론 공녀, 왜 술을 들지 않지?"

국왕의 지적에 그를 향해 있던 모두의 시선이 다시 나를 향했다.

"성검의 주인이 기원하는 제레인트의 번영을 모두 듣고 싶을 터인데."

"······제레인트의 번영을."

나는 고개를 숙여 국왕의 시선을 피한 뒤 손에 든 잔을 바라보았다.

[계약자!]

고개를 숙이자마자 잔 속에서 아스페리츠의 얼굴이 불쑥 나타났다. 다행히 잔에서 튀어나온 아스페리츠의 얼굴은 엄지손톱만큼 작은 크기여서 그걸 볼 수 있는 사람은 잔은 들고 있는 나 하나뿐이었다.

[이거 마시지 마! 뭔가 이상해.]

[이상하다고? 독이라도 들었어? 그럼 정화해 줘. 너 그거 잘하잖아.]

웨어울프의 피도 정화하는 정령들의 왕이 고작 인간이 부린 수작을 정화하지 못할 리가 없었다. 하지만 내가 생각한 것과 상황이 조금 달랐다. 아스페리츠는 민망한 듯 헛기침을 하며 내게 속삭였다.

[조용히 정화하려고 했는데 이상하게 그게 안 되네? 성분도 잘 모르겠고······. 뭔가 좀 특별한 방식으로 만들었나 봐.]

나는 눈만 살짝 굴려 국왕을 바라보았다. 내 시선을 느꼈는지 국왕이 비죽 웃음을 흘렸다.

'와. 진짜 비열해.'

그가 내 잔에 수작을 부린 게 틀림없었다.

[이거 마시면 죽을까?]

[사람이 죽을 만한 독은 아닐 것 같아. 그래도 술에서 이상한 기운이 느껴져. 불길하니까 네가 이걸 안 마셨으면 좋겠어.]

하지만 마시지 않을 수 있는 상황이 아니었다. 모두가 바라보는 이 자리에서 국왕이 내린 술을 거부할 수는 없지 않은가.

내가 난처한 기분이 되어 술을 바라보고 있을 때, 갑자기 옆에서 손이 불쑥 튀어나와 잔을 가져갔다. 놀라서 고개를 돌리니 내 손에 있던 잔을 든 해리가 망설임 없이 제 입으로 술을 털어 넣는 모습이 보였다.

"아. 한 잔으로는 술이 부족해서."

모두의 시선을 받은 해리가 천연덕스럽게 웃으며 빈 잔을 다시 내 손에 돌려주었다. 씩 웃는 해리를 보며 나는 입술을 질끈 깨물고 구두로 그의 정강이를 걷어찼다.

"으. 왜 걷어차? 대신 마셔 줬는데 칭찬을 해 줘야지."

나는 입을 비죽이며 불만을 토로하는 해리를 향해 눈을 부라렸다.

[그걸 먹으면 어떡해요! 아스페리츠 말 못 들었어요? 이상한 게 들었다잖아요.]

[아. 들었지.]

해리가 대수롭지 않게 어깨를 으쓱했다.

[그런데 뭐, 어차피 인간이 부린 수작일 거 아냐. 악마의 몸은 인간보다 훨씬 튼튼해서 그런 약물에 영향을 안 받는다고.]

[아스페리츠도 정화를 못 한다고 했다고요. 악마의 몸에도 영향을 주는 강력한 약일 수도 있잖아요!]

나는 서둘러 해리의 몸을 이리저리 살폈다. 해리 본인은 느끼지 못하는 이상 징후가 발견될 수도 있었다.

[이브리아.]

해리가 분주히 그의 몸을 살피는 나를 보며 한숨을 내쉬었다.

[넌 왜 이렇게 날 우습게 봐? 나 악마라니까. 그것도 모든 악마들의 첫 번째에 서는 대악마. 악마 중에 나보다 높은 놈이 없다고. 난 고작 인간이 만든 약에 당하지 않아.]

해리가 귀찮다는 듯 고개를 젓더니 곧 정중하게 손을 내밀었다.

"그러지 말고 저와 춤이나 추시죠, 주인님?"

"춤? 추움?"

나는 황당해져 헛웃음을 흘렸다. 해리가 뭘 마셨는지도 모르는 이 상황에 무슨 춤을 춘단 말인가. 하지만 해리는 내 손을 자연스럽게 잡아끌어 황당해서 입을 벌리고 있는 나를 중앙으로 이끌었다. 중앙은 이미 음악에 맞춰 춤을 추는 귀족들로 가득했다.

"사람들 사이에 있는 거 역겹다더니 춤은 무슨 춤이에요?"

"응. 역겨워."

가운데 자리를 잡은 해리가 나를 바짝 끌어당겼다. 서로의 거리가 입맞춤을 할 때처럼 아주 가까워졌다.

"그러니까 네 냄새만 느껴지게 이렇게 딱 붙어 있어. 여기선 춤출 때 말고는 이렇게 가까이 못 붙어 있잖아."

해리의 손이 내 등을 쓸어내려 가 허리에 가볍게 안착했다.

"음……. 춤은 천 년 전이랑 달라진 게 없겠지?"

그가 춤추는 사람들을 힐끗 바라보며 작게 중얼거리더니 발을 움직이기 시작했다.

사람들은 중앙에서 춤을 추는 이브리아와 해리를 바라봤다. 두 사람이 빙글 돌 때마다 이브리아의 치마에서 다이아몬드가 아름답게 반짝였다.

"어머. 저 춤은 카타롬이네요."

누군가의 속삭임에 사람들은 춤의 정체를 깨달았다. 천 년 전 건국왕 시절에 유행하던 춤이었다. 지금은 카타롬보다 빠르고 경쾌한 테세네가 유행이었지만, 오늘은 천 년 전의 유행이 더 잘 어울리는 날이었다.

"건국제의 전야에 잘 어울리는 춤이네요."

중앙에서 춤을 추던 사람들 역시 두 사람의 아름다운 모습을 보기 위해 어느새 자리에서 물러났다. 덕분에 무대는 두 사람만의 자리였다. 그러나 서로에게 푹 빠진 두 사람은 그 사실조차 깨닫지 못하고 있는 것 같았다.

"역시…… 오늘의 주인공은 오베론 공녀였어요."

파티 시작 전 열심히 주인공이 누구일지를 토론하던 이들이 감탄하며 결론을 내렸다. 오늘의 주인공은 캐서린도, 국왕도, 왕자들도 아니었다. 지금 중앙에서 춤을 추는 저 두 사람이야말로 오늘의 주인공이었다.

파티의 주최자인 국왕 역시 모든 이들의 이목을 가져간 이브리아와 해리를 보고 있었다. 두 사람을 좇는 국왕의 두 눈이 지나치게 차가웠다. 그의 시선은 두 사람 중에서도 해리를 더욱 집요하게 좇고 있었다.

'역시 그랬어.'

국왕이 눈을 내리깔며 주먹을 꽉 쥐었다.

'건국왕께서 남긴 경고는 거짓이 아니었어.'

19장
결정

긴 음악이 끝나 가고 있었다. 이 음악이 멈추면 나와 해리의 춤도 끝나게 될 것이다. 그렇다면 이제 중앙의 댄스홀에서 벗어나 다른 사람들과 이야기를 나눌 시간이었다. 그것이 평범한 사교 활동이었다. 대화를 통해 친교를 쌓고 교양을 넓히는 것이야말로 귀족적인 활동 아니겠나.

하지만 나와 해리 모두 귀족적인 활동에는 전혀 관심이 없었다.

'귀찮네.'

나는 우리에게 다가오고 싶어 아까부터 눈을 반짝이는 귀족들을 바라보며 슬쩍 해리를 불렀다.

"해리."

나와 비슷하게 질린 얼굴로 사람들의 얼굴을 훑던 해리가 고개를 돌려 나를 보았다.

"귀찮은데 도망갈까요?"

나는 싱긋 웃으며 제안했다. 분명 해리가 혹할 만한 제안일 것이다.

"그래도 돼?"

내 예상대로 해리가 반색했다. 역겨운 냄새가 코를 찌르는 저 사람들 틈으로 들어가는 게 아무래도 내키지 않았던 것 같았다.

"아직 국왕이 있으니 그보다 먼저 파티장을 떠날 순 없죠. 하지만 파티장 안에도 도망칠 장소는 충분히 있거든요.”

나는 턱 끝으로 커튼이 드리워진 테라스를 가리켰다. 파티가 워낙 긴 시간 이어지다 보니, 어떤 파티든 저런 휴식 공간이 마련되어 있었다. 테라스에 들어간 뒤 커튼을 치면 이미 휴식하는 사람이 있으니 방해하지 말라는 뜻이었다.

“내 성인식 파티 때도 그렇게 도망갔잖아요.”

“한 번 도망쳐 봤으니, 두 번은 더 잘할 수 있어.”

“얼마나 잘하시려고.”

호언장담하는 해리를 보며 픽 웃음을 흘리자마자 음악이 끝났다. 댄스홀 밖에서 우리가 돌아오기를 기다리고 있던 귀족들의 눈이 반짝였다.

“해리. 이제 도망…….”

해리의 손목을 잡으며 그를 재촉하기도 전에 몸이 뒤로 기울며 두 발이 공중으로 붕 떠올랐다.

“앗!”

어느새 해리의 씩 웃는 얼굴이 눈앞에 있었다. 상황 파악이 되지 않아 눈만 껌뻑이던 나는 조금 시간이 흐른 뒤에야 상황을 파악할 수 있었다.

“갑자기 왜 날 안아 들어요?”

나는 지금 해리에게 안겨 있었다. 그것도 파티장의 한가운데에서. 모든 사람의 시선을 받으면서.

“도망가려면 이게 편하잖아.”

“정말 그렇게 생각해요? 이렇게 주목을 받아 버렸는데.”

원래 도망의 미덕은 은밀함이 아니었던가. 하지만 이 상황은 은밀함과는 거리가 멀어도 너무 멀었다. 내 지적에도 해리는 당당했다.

"주목은 처음부터 받고 있었잖아. 몰래 도망가는 건 무리였어."

"그렇다고 더 주목받을 필요까진 없었잖아요."

"아냐. 이쪽이 더 낫다니까."

해리가 여전히 웃는 낯으로 고개를 숙여 내 이마에 입을 맞췄다.

"이런 모습으로 걸어가는 연인을 붙잡을 정신 나간 인간은 없을 테니까."

"이런 모습으로 걸어가는 정신 나간 연인도 없죠. 보통은요."

"잠깐 정신 나간 연인 하지, 뭐."

"그런 걸 하고 싶으면 미리 내 동의도 받아야 하는 거 아니에요?"

"아. 그런 건가? 다음에는 미리 동의를 받을게."

"아뇨. 다음부턴 정신 나간 연인을 안 하면 되거든요."

나의 한숨에 해리가 웃음을 터트리고는 미리 봐 두었던 테라스로 걸음을 옮겼다. 해리의 장담처럼 이야기를 나누자며 우리를 붙잡는 정신 나간 사람은 하나도 없었다. 오히려 해리가 걸어가는 방향에 서 있던 사람들이 좌우로 물러나 알아서 길을 터 주기까지 했다.

'왜 민망함은 나의 몫이지.'

뻔뻔하게 테라스를 향해 걷는 해리와 달리 그의 품에 안겨 있는 나는 민망해 죽을 지경이었다. 나는 우리를 바라보는 사람들과 눈을 마주치지 않기 위해 필사적으로 딴청을 부리며 달아오른 얼굴을 진정시키려고 애썼다.

"이제 편하게 있어도 돼."

누구도 막지 않은 덕분에 우리는 빠르게 테라스에 도착했다. 자리를 잡고 커튼을 치자마자 밖에서 사람들이 웅성대기 시작했다. 여러 가지 소리가 섞여 무슨 대화를 나누는지는 알아들을 수 없었지만, 들지 않아도 내용은 뻔했다.

'다들 정신 나간 연인 이야기나 하고 있겠지, 뭐.'

하지만 그게 뭐가 대수겠나. 한차례 민망함은 지나갔고, 이제 테라스에 무사히 도착했으니 편안하게 늘어질 시간이었다. 나는 곧장 불편한 구두를 벗어 던졌다. 해리가 바닥에 아무렇게나 뒹구는 구두를 주워 내 옆에 가지런히 놓아 주었다.

"발이 빨갛다."

해리가 불편한 구두에 혹사당한 내 발을 빤히 바라보고 있었다. 나는 그의 시선에 민망해져 치마 속으로 발을 숨겼다.

"구두는 예쁘면 예쁠수록 불편하거든요."

"만져 줄까?"

해리가 치마를 살짝 걷어 내 발을 붙잡았다. 일부러 발을 숨긴 보람이 없었다.

"더러워요. 만지지 말지."

"더러워? 네 발인데 뭐가 더러워?"

해리가 이해할 수 없다는 듯 고개를 갸웃거리며 조심스럽게 내 발을 주물렀다. 해리의 손이 닿자마자 온몸이 녹아내릴 것처럼 늘어졌다.

'으. 시원하기는 한데.'

루크에게 발 마사지를 하라며 장난을 쳤을 때와 달리 마냥 시원함을 즐길 수가 없었다.

'계속 기분이 이상해진다고.'

나는 기분이 더 이상해지기 전에 해리를 만류했다.

"그만해도 돼요."

하지만 해리는 쉽게 물러서지 않았다.

"왜? 더 해 줄게. 발 아프잖아."

"아니, 그게……."

'네가 발을 만지니까 계속 이상한 생각이 나서 곤란하다는 이야기를 어떻게 하냐고.'

내가 생각해도 변태 같은데.

"목이 말라서 그래요. 발은 됐으니까, 마실 거 좀 가져다줘요."

나는 재빨리 머리를 굴려 그럴듯한 변명을 찾아냈다. 다행히 이번 이야기는 잘 먹혀 들었다.

"샴페인?"

"네. 그거면 돼요."

"응. 금방 다녀올게."

해리가 테라스를 나서고 나는 어깨에 들어갔던 힘을 풀었다.

'아무것도 모르는 남자는 귀엽지만 위험한 존재였구나.'

나는 발끝을 타고 올라왔던 감각을 잊으려고 애쓰며 괜히 손으로 부채질을 해 보았다. 손짓이 불러온 바람은 미약했지만, 기분 탓인지 두 뺨에 오른 열이 조금 내려가는 것 같기도 했다.

굳게 닫혀 있던 커튼은 생각보다 빠르게 열렸다. 당연히 해리일 거라고 생각했지만, 커튼을 열고 안으로 들어온 사람은 낯선 시녀였다.

"무슨 일이지?"

이런 파티에 배속된 시녀라면 굳게 쳐진 커튼의 의미를 모를 리 없었다.

'설마 또 국왕이 무슨 수작을 부리는 건가?'

경계심 가득한 내 눈빛에 시녀가 다소 거칠게 머리를 긁적였다.

"어쩐지 귀찮네."

시녀의 입에서 흘러나온 목소리는 사내의 것이었다. 심지어 익숙한 목소리였다.

"루크?"

"응. 나야."

루크는 자연스럽게 걸어와 내 앞에 섰다. 겉모습은 여전히 시녀였다.

"루크 당신, 여자로 변장하는 거 되게 좋아하나 봐."

처음엔 엠마로 변장하더니, 이번에는 시녀였다. 엠마 때는 어쩔 수 없었다고 하더라도 이번엔 시종들도 많았는데.

"여자한테 접근하려면 여자로 변장하는 게 제일 편하잖아. 다 계산된 거라고."

"그렇게 열심히 계산해 놓고 왜 끝까지 연기 안 해?"

"어차피 넌 금방 알아챌 거잖아. 뭐 하러 귀찮게 연기하면서 기력을 낭비하겠어?"

"변장을 자주 들키는 편이야? 포기가 빠르네."

내 말에 시녀의 모습을 한 루크가 발끈했다.

"날 알아차리는 사람은 손에 꼽을 정도야. 걔들도 매번 알아차리는 건 아니라고."

"그중 하나가 나야? 이거 영광이네."

"영광은 무슨."

일부러 과장되게 인사하며 웃자 루크가 자존심 상한다는 듯 미간을 찌푸렸다.

"들켰으니까 이제 도망가야 하는 거 아냐?"

"그럴 거면 먼저 정체를 드러내지도 않았지. 어차피 오늘 변장은 너한테 접근하기 위한 수단일 뿐이었어."

"나한테? 왜?"

"당연히 네 정보가 돈이 되기 때문이지."

루크가 어깨를 으쓱하며 눈을 반짝였다.

"나한테 정보를 팔아."

"무슨 정보?"

"내일 누굴 후계자로 선택할 거야? 결정은 이미 내렸을 거 아냐."

"어차피 내일이면 알게 될 거야. 뭐가 그렇게 급해?"

"설마 몰라?"

내 말에 루크가 눈을 가늘게 떴다.

"지금 수도에 커다란 도박판이 열렸거든. 네가 누굴 후계자로 선택할지."

"이런 일에 돈을 걸고 도박판을 벌였단 말이야?"

"사람들은 모든 승부에 돈을 걸지. 재밌잖아. 게다가 이번 도박은 단순히 재미 문제만은 아니니까."

루크가 고개를 돌려 보이지 않는 커튼 너머를 응시했다.

"귀족들은 아주 필사적이야. 어느 왕자에게 줄을 대야 하나. 그 답을 찾기 위해 이쪽 세계의 정보까지 구하러 와. 그들에겐 가문의 미래가 걸린 일이잖아?"

"그렇겠지."

아마 이렇게 테라스로 피신하지 않았다면, 루크가 아닌 귀족들한테서 이런 질문을 받고 있었을 것이다.

"배당은 어느 쪽이 더 높아?"

"왜? 도박에 관심 있어?"

"재밌잖아."

긍정이 섞인 말에 루크의 눈에 경계심이 스쳤다.

"네가 참여하는 건 반칙이야. 결정을 내리는 당사자니까."

"그럼, 내게서 얻은 정보로 네가 도박판을 흔드는 건 반칙이 아니고?"

내 질문에 루크의 입이 꾹 다물렸다. 생각지 못한 부분을 찔린 것이 틀림없었다.

"……사람들은 왕세자가 유리하다고 생각해."

루크가 머리를 긁적이며 바닥에 아무렇게나 주저앉았다.

"네가 왕세자를 좋아했던 건 워낙 유명하고, 또 오랫동안 왕의 후계자로서 이름을 알렸던 건 그쪽이잖아?"

"그럼 배당은 1왕자 쪽이 높겠구나?"

"아무래도."

루크는 나와 나누는 대화 속에서 조금이라도 힌트를 찾기 위해 열심히 나를 관찰하고 있었다.

"그렇게 봐도 말 안 해 줄 거니까 그냥 돌아가는 게 어때? 해리도 곧 돌아올 텐데."

"아. 그 대마법사의 후손 말이지."

내 말에 루크가 어깨를 으쓱했다.

"걘 금방 돌아오기 힘들걸? 국왕에게 붙잡혀서는 이야기 중이던데."

"……국왕과 해리가?"

참으로 불길한 조합 아닌가. 나는 자리에서 벌떡 일어나 재빨리 불편한 구두에 발을 밀어 넣었다.

"뭐야? 갑자기 왜 이래?"

"대화는 즐거웠어. 잘 가!"

나는 황당해하는 루크에게 인사하고 커튼을 활짝 열었다. 애써 해리의 위치를 찾을 필요도 없었다. 그는 모두의 주목을 받으며 국왕과 독대 중이었다. 다행히 아직까진 일이 터지지 않은 것 같았다.

'다행이다.'

하지만 내가 그렇게 생각하는 순간, 서늘한 얼굴로 국왕을 바라보던 해리의 표정이 일순간에 돌변했다.

"헉!"

해리가 국왕의 멱살을 틀어잡는 것을 본 귀족들이 놀라서 숨을 들이켰다. 파티장 곳곳에서 경계를 서고 있던 기사들이 순식간에 튀어나와 해리에게 검을 겨누었다. 일촉즉발의 상황이었다. 하지만 국왕의 얼굴은 여유로웠다.

"하하!"

국왕은 제 멱살을 붙잡은 해리의 손을 떼어 내며 사람 좋은 웃음을 터트렸다.

"됐다. 물러서. 위협이 될 일은 없다."

국왕이 손을 들어 기사들을 물렸다. 해리는 여전히 국왕을 노려보고 있었고, 국왕은 그런 시선을 여유롭게 받아넘겼다. 국왕이 해리의 어깨를 툭툭 두드렸다. 해리는 입술을 질끈 깨물고 그 행동을 가만히 지켜보고 있을 뿐이었다.

'이상하네.'

저렇게 가만히 당하고 있을 해리가 아니었다. 내가 테라스에서 뛰쳐나온 이유도 해리가 미친개처럼 날뛸 거라고 생각했기 때문이다.

국왕은 마치 자신이 우위에 선 사람처럼 거만하게 웃고 있었다. 아니, 지금 상황만 떼 놓고 본다면 확실히 국왕이 우위에 서 있었다.

'와. 이거 열 받네?'

왕성에 도착했던 날. 해리가 왜 미친개처럼 날뛰며 판을 엎었는지 알 것 같았다. 귀한 내 남자가 별것도 아닌 놈에게 저런 취급을 받고 있으니 속에서 열이 났다. 나는 부글부글 끓는 속을 애써 차갑게 억누르며 걸음을 옮기기 시작했다. 어찌나 열이 받았는지 불편한 구두가 발을 짓누르는 감각이 전혀 느껴지지 않을 정도였다.

"폐하."

국왕을 노려보며 앞을 향해 걸었더니 금세 그의 앞에 다다랐다. 내가 차분한 얼굴로 부르자, 국왕이 승리자의 표정으로 나를 내려다보았다. 내 개를 제압했으니 나 정도는 우습게 이길 수 있다고 자신하는 것 같았다.

'하지만 국왕 당신이 모르는 게 하나 있지.'

나 역시 해리 못지않은 미친개라는 것.

"그대가 없어 마법사와 잠시 독대 중이었어."

"그러셨군요."

"아무래도 마법사가 귀족 문화에 익숙하지 않다 보니 실수가 잦던데. 제대로 예의를 가르치는 게 좋겠군."

"예의. 네. 그거 중요하죠."

나는 웃으며 치마를 걷어 허벅지에 차고 있던 유피테르를 꺼내 들었다. 고민 없이 치마를 걷는 내 손길 때문이었는지, 아니면 모습을 드러낸 성검 때문이었는지, 해리가 국왕의 멱살을 잡았을 때보다 더 놀란 목소리가 곳곳에서 튀어나왔다.

"이게 뭔지 아시겠죠, 폐하?"

나는 국왕을 향해 검을 겨누며 웃었다. 검을 물렸던 기사들이 다시 검을 뽑아 내게 겨누었지만, 기사는 내 뒤에도 있었다. 성검의 주인을 수호하는 것이 자신의 사명이라던 왕립기사단장 엘이었다.

엘이 자신들을 노려보자 왕의 기사들이 놀라서 흠칫 떨었다. 엘 로이츠의 검은 왕국 최고였다. 웬만한 기사들 수백이 몰려와도 그를 제압하긴 힘들었다.

"이건 성검 유피테르입니다. 건국왕께서는 이걸 뽑는 자가 자신의 진정한 후계자라고 하셨다죠. 왕의 자격을 가진 자라고요."

나는 국왕의 머리 위에서 반짝이고 있는 왕관을 힐끗 바라보며 물었다.

"그런데 지금 그 '왕의 자격'을 쥐고 있는 건 저인가요, 폐하인가요?"

나는 국왕을 겨누고 있던 유피테르를 그대로 바닥에 내리꽂았다. 살짝 던졌을 뿐인데도 유피테르가 바닥 깊숙하게 꽂혔다. 내 힘으로는 어림도 없는 일이었다. 바닥에 깊이 박히기. 유피테르가 가진 쓸모없는 기능 중 하나였다.

"지금 이 자리에서 시험해 볼까요? 폐하께 왕의 자격이 있나, 없나."

국왕이 딱딱하게 굳은 얼굴로 바닥에 꽂힌 유피테르를 슬쩍 바라보았다. 그는 어떠한 움직임도, 어떠한 말도 없었다.

'열심히 머리를 굴리고 있겠지.'

나는 코웃음을 흘리며 국왕을 도발했다.

"왜요? 검을 뽑을 자신이 없으신가요?"

국왕은 섣불리 움직이지 못했다.

'당연히 그러시겠지.'

그는 제레인트의 왕이었다. 이미 왕위를 가진 사람이 검을 뽑아서 왕의 자격을 증명하는 것이 무슨 의미가 있겠나. 하지만 성검을 뽑아 자격을 증명한 사람을 앞에 두고 정작 왕인 그가 검을 뽑지 못한다면?

'꼴이 상당히 우스워진다고.'

국왕의 입장에서는 검을 뽑으면 본전이요, 뽑지 못하면 망신을 당하는 어려운 상황인 것이다. 국왕과 나의 기묘한 대치가 이어졌다. 길어지는 침묵에 파티의 분위기도 차갑게 식어 버렸다.

'오늘 파티는 여기서 끝이구나.'

사실 해리가 국왕의 멱살을 잡았을 때부터 즐거운 파티는 끝났다고 볼 수 있었다. 이제 적당히 치고 빠질 타이밍이었다. 한번 그의 체면을 바닥에 처박았으니, 이번에는 적당히 띄워 줄 차례였다.

"뭐. 제가 뽑은 이 검을 폐하께서 뽑지 못할 리가 없겠지요."

나는 국왕을 향해 웃으며 보란 듯이 유피테르를 뽑아냈다. 유피테르가 뽑혀 나간 자리엔 검이 꽂혀 있던 깊은 흔적이 고스란히 남았다.

"저는 성검의 주인입니다. 그러나 지금 폐하께 이리 고개를 숙이고 있지요."

나는 최대한 우아하게 치맛자락을 올려 국왕에게 인사를 올렸다.

"폐하께서 저와 제 사람들을 존중해 주신다면, 저 역시 성검의 주인으로서 폐하께 정중한 인사를 올릴 겁니다. 앞으로도 계속."

충성스러운 신하인 듯 정중한 인사를 올렸지만, 결국 나를 존중해 주지 않는다면 국물도 없다는 경고였다. 그리고 나는 이게 경고라는 사실을 숨길 생각이 없었다.

'그러니까 대접해 줄 때 적당히 하세요, 폐하. 쓸데없는 견제 하다가 진짜 곤란해지는 수가 있으십니다.'

인사를 올리면서도 그를 똑바로 쳐다보는 나의 시선에 국왕의 입매가 파르르 떨렸다. 나는 그의 선택을 기다렸다. 국왕이 서로 존중하고 각자의 길을 가자는 나의 제안을 받아들인다면 더 이상 부딪힐 일은 없었다.

'거절하고 한판 붙자는 식으로 나온다면 곤란해지겠지만⋯⋯.'

나는 국왕이 그러지 않을 거라고 생각했다.

제레인트 사람들은 나라를 세운 건국왕을 신성하게 여기고 존경한다. 성검을 뽑은 나는 그의 전설을 잇는 존재. 나와 척을 졌다간 아무리 국왕이라도 거대한 비난과 반발을 피할 수 없을 것이다.

내 예상은 적중했다.

"⋯⋯내가 그대와 그대의 사람들을 존중하지 않을 리가 있겠나."

국왕은 떨떠름한 얼굴을 하면서도 나의 제안을 받아들였다. 그의 대답에 꽁꽁 얼어 있던 파티장의 분위기가 조금 녹아내리는 것이 느껴졌다.

"그렇게 말씀해 주시니 감사합니다."

나는 다시 한번 정중하게 인사를 올리고는 멍하니 나를 바라보고 있는 해리의 팔을 잡아끌었다.

"그리고 파티 분위기를 엉망으로 만들었으니 저희가 자리를 떠나는 것으로 책임지겠습니다. 다른 벌이 필요하다고 하시면 그 역시 따르겠습니다."

물론 마음에도 없는 소리였다. 국왕 역시 ㄱ 사실을 잘 알고 있을 터였다.

"⋯⋯아니다. 벌이라니 당치도 않다. 떠나는 것을 허락하겠다."

"관대하신 처사에 감사드립니다."

나는 싱긋 웃으며 팔꿈치로 해리의 옆구리를 쿡 찔렀다.

[빨리 국왕한테 대충 인사해요. 집에 가야겠어요.]

내 말에 해리가 허둥대며 국왕에게 대충 고개를 숙였다. 예법으로 따진다면 말도 안 되는 인사였지만 그걸 지적할 사람은 아무도 없었다.

국왕에게 인사까지 마쳤겠다, 이제는 더 이상 거리낄 것이 없었다. 우리가 당장 파티장을 떠난다고 해도 붙잡을 사람이 없었다. 나는 해리의 손목을 잡고 그대로 뒤로 물러서려다 유피테르가 바닥에 남긴 흔적을 발견했다.

"참, 잊을 뻔했네요. 깨진 바닥 타일값은 제 앞으로 청구하세요. 기꺼이 배상하겠습니다."

나는 싱긋 웃으며 손에 든 유피테르를 가볍게 흔들었다.

"거기에 검을 꽂은 것도, 다시 검을 뽑은 것도 저니까요."

⌘

나는 그대로 해리의 손을 붙잡고 저택으로 돌아왔다. 엠마는 생각보다 빨리 돌아온 나를 보며 상당히 놀란 눈치였지만, 내 손에 질질 끌려오고 있는 해리를 보고서는 말없이 자리를 비켜 주었다.

나는 해리를 침대에 앉히고 그 앞에 서서 가만히 그를 관찰했다.

'분위기가 영 이상한데.'

평소라면 열심히 떠들어 댔을 해리가 돌아오는 내내 아무런 말이 없었던 것이 마음에 걸렸다. 말수가 없을 뿐만 아니라 안색도 영 좋지 않았다. 해리가 먼저 입을 열기를 기다리던 나는 결국 답답해져 그에게 물었다.

"도대체 국왕한테 무슨 말을 들었길래 이래요?"

"어?"

홀로 생각에 잠겨 있던 해리가 화들짝 놀라며 고개를 들었다.

"그, 아무 말도 안 들었어."

"거짓말."

나는 눈을 가늘게 뜨며 해리를 바라보았다.

'이제 본인이 거짓말을 잘 못 한다는 걸 깨달을 때도 되지 않았나?'

왜 계속 내 앞에서 되지도 않는 거짓말을 하는지 모를 일이었다.

"아무 말도 안 들었는데 반응이 이렇다고요?"

"그냥 역겨운 인간 냄새에 시달려서 그래. 피곤해서."

"아닌 것 같은데……"

해리가 집요하게 따라붙는 내 시선을 피하며 자리에서 벌떡 일어섰다.

"나 좀 쉬어야겠어. 그럼 괜찮아질 거야."

나는 도망칠 생각으로 가득 찬 해리의 손목을 붙잡아 그의 도주를 저지했다.

"어딜 도망가려고. 무슨 말 들었는지 말해 주기 전까진 못 가요."

"말하기 싫어."

해리가 고개를 저으며 거부했다. 그가 이 정도까지 거부 의사를 표현하는 건 흔치 않았다.

"나 해리한테 명령하고 싶지 않아요. 그러니까 그냥 말해 주면 안 돼요?"

나는 해리의 팔을 살짝 잡아끌며 그를 바라보았다. 내 시선에 해리의 어깨가 축 늘어졌다.

"나빴다."

해리가 바짝 다가와 내 어깨에 힘없이 얼굴을 묻었다.

"네가 그렇게 말하면 내가 어떻게 입을 다물고 있어."

"……심각한 일이에요?"

해리가 평소처럼 나를 껴안지 않고 고개만 푹 숙인 것이 불안해서 내가 먼저 그를 꼭 껴안아 주었다. 그래도 해리는 나를 마주 안아 주지 않았다.

"국왕이……."

해리가 여전히 내 어깨에 이마를 댄 채 조심스럽게 입을 열었다.

"알고 있어."

"뭘요?"

"내가 악마라는 거."

"……네?"

전혀 생각지도 못한 말이었다. 내가 깜짝 놀라 되묻자 해리의 입에서 한숨이 흘러나와 어깨를 간질였다.

"내 첫 계약자인 그 머저리 놈, 그러니까 그 건국왕이라는 놈이 기록을 남겼대."

한번 입을 열기 시작하니 그 뒤로는 쉬웠다. 해리의 입에서 국왕과 단둘이 나누었던 대화가 조금씩 흘러나왔다.

"제레인트의 왕들은 즉위식이 끝나고 건국왕이 후손들에게 남긴 일기를 볼 수 있다고 하더라."

건국왕의 일기라니. 예감이 좋지 않았다.

"설마 거기에……."

"응. 자기가 악마를 불러 도움을 받았다는 고백이 절절하게 기록되어 있대. 그 악마가 푸른 불꽃의 대마법사라는 사실도, 그 악마를 조심해야 한다는 조언도 함께."

가슴이 철렁 내려앉는 기분이었다. 악마의 도움을 받아 나라를 세운 것은 자신의 신성함과 정당성을 모두 흔들 수 있는 문제였다. 때문에 건국왕이 이를 절대로 후손들에게 알리지 않을 거라고 생각했는데.

'악마를 너무나도 두려워했던 거로군.'

제레인트의 시조는 자신의 신성함과 정당성을 지키는 것보다 후손들에게 악마에 대한 경고를 남기는 것이 더 중요하다고 생각했던 모양이다. 모두에게 그것을 알리는 것은 위험하니 왕이 되는 자들에게만 그 사실을 전했던 것이고.

"그래서 그 왕이 내가 악마라는 걸 폭로하고, 내가 주인으로 모시는 널 마녀로 몰아 없애 버릴 수도 있다고……."

"해리를 협박했어요?"

해리가 머뭇거리다 고개를 끄덕였다.

'협박은 협박일 뿐이야. 해리가 악마라는 게 밝혀지면 제레인트 왕실의 약점도 동시에 드러나게 되니까, 쉽게 폭로할 수는 없을 테지.'

하지만 국왕에게 약점을 잡혔다는 게 문제였다.

"……해리를 대마법사의 후손이라고 소개하는 게 아니었어요."

건국왕이 남겼다는 일기에서 해리를 어떻게 묘사했는지는 알 수 없었다. 하지만 내가 해리를 그냥 평범한 기사인 척 내버려 뒀다면 국왕이 그를 알아차리지 못했을 것이다. 그전까지는 국왕이 어떠한 낌새도 보이지 않았으니까.

"내 실수예요."

자책하는 내 말에 해리가 고개를 번쩍 들었다.

"뭐? 네 잘못 아냐!"

침울한 내 얼굴을 발견한 그가 안절부절못하며 내 어깨를 붙잡았다.

"그냥 내가 악마라서, 그래서 그런 거야. 네가 무슨 잘못을 했다고 그래? 다 내가 감당할 문제야."

"무슨 말이에요?"

나는 미간을 찌푸리며 해리를 바라보았다.

"그 악마를 불러낸 건 나라고요. 그것 때문에 무슨 일이 생긴다면 당연히 내 책임이고요."

원래 그런 것이다. 문제가 생기면 해결하는 건 주인님의 몫이었다.

"그러니까 혼자 책임지겠다고 질질 짜면서 도망갈 생각은 하지도 말아요!"

"······어?"

해리가 놀란 듯 눈을 껌뻑였다. 그 눈이 마치 어떻게 내 생각을 알았냐고 묻는 것 같았다.

"해리 생각이야 뻔하죠. 내가 그걸 모르겠어요? 하지만 난 그거 절대 허락 못 해요."

"그렇지만······."

"그렇지만이고 자시고 안 된다고요. 내 옆에 있어요. 이건 명령이에요. 이걸 어기면 계약 위반으로 벌 받는 거 알죠?"

악마가 계약을 위반하면 다음 생은 리피와 레피처럼 힘없는 하급 악마가 되어서 평생 봉사하는 삶을 살아야 한다. 강한 힘과 파괴, 쾌락만이 의미를 갖는 악마들에게는 최고의 벌이었다. 내 명령에 해리의 얼굴이 난처하게 일그러졌다. 나는 그런 해리를 꼭 껴안으며 그의 등을 토닥였다.

"괜찮아요. 국왕도 함부로 폭로하진 못해요. 왕실의 정당성도 함께 엮여 있는걸."

"알아."

"그걸 알면서 내게서 도망칠 생각을 했어요?"

"국왕은 이미 내가 악마라는 걸 알고 있잖아. 내가 네 곁에 있다는 이유만으로 그 자식이 널 어떻게 모욕했는지……."

화가 나서 소리치던 해리가 곧 실수했다는 듯 입을 꾹 다물었다.

"국왕이 날 욕했어요?"

"……방금 그 말은 잊어. 들을 가치도 없는 말이었으니까."

"하지만 해리는 그 말을 듣고 화냈잖아요. 그래서 국왕 멱살도 잡았고."

내 말에 해리가 나를 빤히 쳐다보았다. 흔들림 없는 시선이 내 얼굴을 살피고 있으니 어쩐지 낯간지러운 기분이 들었다. 나는 해리의 시선을 슬쩍 피하며 일부러 밝게 웃었다.

"왜요? 내가 악마한테 몸을 팔아서 힘을 얻었대요?"

"그……!"

직설적인 말에 해리의 얼굴이 새빨갛게 달아올랐다. 할 말을 잃고 '그, 이, 저!' 하며 허둥대는 해리를 보고 있으니 웃음이 터져 나왔다.

"이건 또 어떻게 알았냐고요?"

내 질문에 해리가 눈동자를 도로록 굴렸다.

"……설마 이번에도 내가 소리 내서 생각을 말했어?"

"아뇨."

귀여운 생각에 나는 다시 한번 웃음을 터트리며 고개를 저었다.

"권력을 가진 사내들이 악마를 불러낸 여자한테 할 말이야 뻔하잖아요. 여자한테는 바칠 수 있는 게 몸밖에 없다고 생각하는 족속들이시라."

"그러니까, 난 그게 싫다고."

어느새 해리의 얼굴이 완전히 일그러져 있었다. 금방이라도 눈물이 뚝뚝 떨어질 것처럼 그의 눈이 이리저리 흔들렸다.

"넌 아무것도 안 했잖아. 왜 내가 곁에 있다는 이유만으로 네가 그 딴 더러운 취급을 받는데. 넌 왜 그걸 또 당연하게 여기는데."

"그게 그렇게 억울했어요?"

나는 울먹이는 해리의 머리를 쓰다듬으며 어깨를 으쓱했다.

"난 그다지 안 억울한데."

"뭐?"

"그렇잖아요. 해리랑 이것저것 해서 즐거움을 얻고 있는 건 맞기도 하니까……?"

내 말에 해리가 입을 떡 벌렸다.

"아. 몸을 바치는 건 내가 아니라 해리인가? 그럼 좀 억울하네요. 다들 내가 바친다고만 생각할 거 아냐."

"……그게 중요해?"

"중요하죠! 앞으로 다른 사람이 물어보거든 몸을 바치는 건 내가 아 니라 해리라고 꼭 말해 줘요. 알았죠?"

"……넌 정말 알다가도 모르겠다."

해리가 얼빠진 얼굴로 한참 나를 바라보다 픽 하고 웃음을 흘렸다. 그 미소와 함께 그의 얼굴에 가득했던 불안과 두려움이 함께 쓸려 나갔다.

"이제 기분 풀렸어요?"

"응."

해리가 고개를 끄덕이며 평소처럼 나를 꼭 껴안았다.

"이 세상에 악마를 위로하는 인간은 너 하나뿐일 거야."

"괜찮아요. 인간한테 몸을 바치는 악마도 해리 하나뿐일 테니까."

"야!"

해리가 내게서 한 걸음 물러서며 펄쩍 뛰었다.

"너, 너, 너, 너는, 어? 그런 말을 막, 어? 함부로 하고 말이야!"

"왜요? 나한테 몸 바치기 싫어요? 지금 나한테 몸 좀 바치라고 하려고 했는데."

"누가 싫대? 그냥 그런 말 좀 막 하지 말라……."

질색하며 손을 내젓던 해리가 곧 무엇인가를 깨닫고 입을 꾹 다물었다. 잠시 눈을 좌우로 굴리며 고민하던 해리가 설마 하는 표정으로 입을 열었다.

"이브리아."

"네."

"아무래도 내 귀가 잘못된 것 같아. 네가 나한테 지금 몸을 바치라고 하는 소리를 들었어."

"다행이네요. 해리의 귀는 정상이에요. 축하해요."

내 말에 해리가 느리게 눈을 껌뻑였다.

"내 귀가 정상……."

잠시 굳어 있던 해리의 얼굴이 순식간에 새빨개졌다. 누가 톡 건드리면 금방이라도 폭발할 것 같았다.

"몸을 바치라고? 지금?"

"네. 마담 루이제 식으로."

"가, 가, 가, 갑자기?"

해리가 두 팔로 제 몸을 가리며 뒷걸음질 치기 시작했다.

"별로 갑자기는 아니잖아요. 오히려 지금까지 안 그런 게 이상했지."

나는 해리가 뒤로 걸을 때마다 한 걸음씩 앞으로 다가가 그를 따라잡았다. 얼마 지나지 않아 해리의 등이 벽에 닿았다. 나는 두 손을 뻗어 해리의 도주로를 차단했다.

"이, 이브리아…… 그게……."

도망칠 곳이 없어진 해리가 흔들리는 눈으로 나를 바라보았다.

'꼭 맹수 앞에 선 초식동물 같네.'

나는 씩 웃으며 해리의 셔츠로 손을 뻗었다.

"얌전히 옷 벗어요. 도망치기 전에 내 거라고 제대로 도장을 찍어 둬야겠으니까."

"……네? 벗어요? 옷을요?"

눈을 동그랗게 뜬 해리의 입에서 갑자기 평소엔 쓰지도 않던 존댓말이 튀어나왔다.

'악마를 당황스럽게 하면 존댓말을 들을 수 있구나.'

나는 새로운 정보-그러나 그다지 쓸모는 없어 보이는-를 머릿속에 새긴 뒤 해리의 셔츠를 붙잡았다. 내 손이 닿자마자 해리가 화들짝 놀라며 물러서려고 했지만, 이미 그는 벽에 등을 대고 있어서 도망갈 곳이 없었다.

"알아서 안 벗으면 내가 벗기죠, 뭐."

나는 해리의 셔츠 단추를 위부터 하나씩 풀어내기 시작했다. 벌어진 셔츠 사이로 제 가슴팍이 조금씩 드러나자 해리가 당황한 얼굴로 내 두 손을 붙잡았다.

"아, 아, 아, 안 벗긴다는 선택지는 없어?"

"안 벗고 하고 싶어요? 그래도 되긴 해요. 꼭 벗어야만 몸을 맞출 수 있는 건 아니죠."

"아니! 그 말이 아니라!"

해리가 새빨개진 얼굴로 이리저리 눈을 굴렸다. 어떻게든 이 상황을 빠져나갈 핑계를 찾는 모양이었다.

"그래, 너!"

한참이나 할 말을 찾던 해리가 곧 의기양양한 표정으로 나를 내려다보았다.

"너는 왜 안 벗어. 벗을 거면 너부터 벗어."

"나부터요?"

"그래. 주인님이 모범을 보이셔야 나도 따라 하지."

"알았어요."

"거봐. 너도 벗으라니까 못…… 어? 알았다고?"

"네."

가볍게 흘러나온 대답에 의기양양하던 해리의 표정이 멍해졌다. 나는 어깨를 으쓱하고 뒤돌아서 그에게 등을 내주었다.

"그런데 내 드레스는 혼자 못 벗어요. 끈이 뒤에 있어서요. 해리가 도와줘야 하는데, 그동안 공부 많이 했어요?"

해리의 대답을 기다렸지만 등 뒤가 조용했다.

"해리?"

의아해서 고개를 돌리자 그가 멍한 얼굴로 내 등을 바라보고 있었다. 아직도 드레스 벗기는 방법을 잘 모르는 게 분명했다.

"……음. 어려울 것 같으면 그냥 찢어 버려요."

가만히 굳어 있던 해리가 내 조언에 천천히 움직이기 시작했다. 하지만 해리의 손이 닿은 곳은 드레스가 아니라 그 위로 드러난 어깻죽지였다.

"진짜네."

그가 하얗게 드러난 내 어깨를 손가락으로 쓸어내리며 작게 감탄했다.

"뭐가 진짜예요?"

"네가 그랬잖아. 전야제 날은 피부가 더 부드러울 거라고."

해리의 입술이 어깻죽지에 내려앉았다.

"좋은 냄새도 나. 맛있을 것 같아."

"먹어 볼래요? 진짜 맛있는지."

"응. 먹어 볼래."

해리가 픽 웃으며 내 목덜미를 깨물었다. 그와 동시에 단단하게 내 몸을 감싸고 있던 드레스가 바닥으로 툭 떨어졌다.

"주인님이 모범을 보였으니, 다음은 당신 차례예요."

나는 돌아서 미처 벗기지 못했던 해리의 셔츠로 손을 뻗었다. 이번에는 해리도 피하지 않았다. 해리는 얌전히 서서 내가 그의 셔츠 단추를 풀어 내리는 모습을 지켜보았다.

"……예뻐."

그렇게 중얼거린 해리가 옷이 미처 벗겨지기도 전에 내 두 뺨을 감싸고 입을 맞춰 왔다. 부끄러움과 함께 참을성까지 저 멀리 던져 버리기라도 한 모양이었다.

'하지만 뭐 어때.'

나는 참을성 없는 해리가 아주 마음에 들었다.

⊱≼❀≽⊰

나는 쏟아지는 햇살에 눈을 떴다. 평소라면 기분 좋은 햇살과 함께 상쾌한 아침을 맞이했을 테지만, 오늘은 사정이 달랐다.

'……죽을 것 같아.'

온몸이 두들겨 맞은 것처럼 아파서 도저히 몸을 일으킬 수가 없을 지경이었다. 자타가 공인하는 저질 체력인 내 몸이 버텨 내기에 지난 밤은 너무 격렬했다.

'그래도 거기서 끝난 게 어디야.'

나는 지쳐서 쓰러지기 일보 직전이었는데, 해리는 아직 아무것도 하지 않은 것처럼 멀쩡했다. 해리의 페이스에 맞춰 일을 치렀다면 우리는 아마 지금까지도 잠들지 못했을 거다.

'그랬다면 난 사망이라고, 사망.'

나는 내 옆에서 천사 같은 얼굴로 잠들어 있는 해리를 슬쩍 바라보며 몸을 부르르 떨었다.

'역시 이놈은 악마였어.'

미안하다고 사과하면서도 계속 나를 구슬리고 달래더니, 결국에는 전부 자기 마음대로 했다.

[일어나셨습니까, 주인님.]

해리를 보며 질린 얼굴로 한숨을 쉬는 내게 유피테르가 정중하게 인사했다.

[아. 유피테르.]

어젯밤 정신없는 와중에 무어라 떠들어 대는 유피테르를 해리가 아무렇게나 던져 버린 기억이 떠올랐다. 무거운 몸을 억지로 일으켜 주위를 둘러보니, 역시나 유피테르가 창문 아래쪽 바닥에 아무렇게나 널브러져 있었다. 위치를 보아하니 해리가 유피테르를 창문 밖으로 던져 버리려다 실패한 것이 틀림없었다.

[다행히 이번에는 제대로 된 타이밍에 눈을 떴군요.]

[제대로 된 타이밍이요?]

내 질문에 유피테르가 길게 한숨을 내쉬었다.

[예. 중간에 몇 번이나 눈을 떴는데, 그때마다 아직도 계속 그걸 하고 계셔서……. 악마의 체력을 제가 너무 몰랐던 것 같습니다.]

[그건 나 역시 마찬가지였어요. 악마가 왜 악마라고 불리는지 이제야 알 것 같아요.]

[너무 힘드시다면 제가 치료해 드릴 수도 있는데요.]

[치료요?]

[예. 제게는 주인님의 외상을 치유하는 기능이 있잖습니까. 근육통도 치료해 드릴 수가…….]

뿌듯하게 설명을 이어 가던 유피테르가 곧 무엇인가를 깨달은 듯 시무룩하게 물었다.

[설마 잊고 계셨습니까?]

[……미안해요.]

유피테르에겐 쓸모없는 기능만 많다는 생각이 너무 강하게 박혀 있어서, 그런 유용한 기능이 있다는 걸 어느새 깜빡하고 있었다.

'그럼 기사단원들에게 검술 시범을 보였던 날에도 유피테르의 능력을 썼으면 간단하게 회복됐을 거라는 말이잖아?'

나는 유피테르를 우습게 본 과거를 반성하며 조심스럽게 침대에서 내려와 바닥에 뒹굴고 있는 슈미즈를 대충 꿰입었다. 당장에라도 으스러질 것 같은 몸을 이끌고 끙끙대며 유피테르를 손에 쥐자, 그가 능력을 과시라도 하는 것처럼 번쩍 빛을 뿜어냈다. 그 빛이 사라졌을 때쯤에는 무거웠던 몸이 아무 일도 없던 것처럼 가벼워져 있었다.

[와. 유피테르 진짜 성검은 성검이었네요.]

[……이제라도 알아주셔서 감사합니다.]

몸을 이리저리 움직이며 감탄하고 있으니 밖에서 문 두드리는 소리가 들려왔다.

"아가씨. 오늘 건국제 연설 시간에 맞추려면 지금부터 준비하셔야 합니다."

엠마가 평소와 달리 안으로 들오지 않고 밖에서 일정을 알려 주었다. 눈치가 빠른 아이라 어젯밤 나와 해리가 무슨 일을 치렀는지 알고 있는 것 같았다. 나는 해가 떠오른 창밖을 바라보며 숨을 깊게 들이마셨다.

'드디어 오늘이 후계자를 결정하는 날이구나.'

오늘만 지나면 국왕과의 어쭙잖은 기 싸움도 드디어 끝이었다.

나는 연설을 하는 국왕의 뒤에 서서 왕자들과 함께 조용히 차례를 기다리고 있었다. 국왕의 길고 긴 연설이 끝난 뒤, 비로소 후계자를 선택하는 이벤트가 진행될 예정이었다. 나와 왕자들의 뒤에는 왕립기사단과 해리, 왕비와 캐서린도 있었다.

나는 그다지 감동적이지 않은 국왕의 연설을 한 귀로 듣고 한 귀로 흘려 버리며 아래를 내려다보았다. 광장은 왕의 연설을 듣기 위해 모여든 사람으로 가득 차 발 디딜 틈도 보이지 않을 정도였다. 이 연설 뒤에는 후계자 선택이라는 재미있는 이벤트까지 있어 예년보다 더 많은 사람이 몰려들었다고 했다.

정신을 놓은 채 사람들의 모습을 구경하고 있으니 갑자기 그들에게서 박수갈채가 터져 나왔다. 아마 국왕의 연설이 끝난 모양이었다.

"이제 나의 후계자를 선택할 시간이다. 성검의 주인이 건국왕에게서 부여받은 신성한 권한으로 다음 대의 왕을 선택할 것이다."

국왕의 말에 아래에 선 사람들의 눈이 기대감으로 반짝이기 시작했다.

"와아!"

나는 사람들의 함성을 들으며 시종의 안내에 따라 왕자들과 함께 앞으로 나섰다. 우리가 모습을 드러내자 사람들의 함성이 더욱 커졌다.

"성검의 주인이 선택한 왕은 성군이 되어 제레인트를 영원한 번영으로 이끌 존재."

국왕의 시선이 나를 향했다.

"성검의 주인이여, 그대는 마음의 결정을 내렸는가."

"물론입니다."

나는 유피테르를 손에 든 채 한 걸음 더 앞으로 나섰다. 대중 앞에 처음 공개되는 성검의 모습에 사람들이 환호하기 시작하자, 기분이 좋아진 유피테르가 제멋대로 번쩍 빛을 쏟아 냈다. 그러자 사람들이 '오오!' 하고 감탄하며 박수갈채를 보냈다. 그 소리에 빛이 더욱 강해졌음은 더 말할 것도 없었다.

나는 픽 웃으며 유피테르를 바라보았다. 만약 그에게도 얼굴이 있다면 지금 아주 뿌듯한 표정을 하고 있을 것이다.

'지금은 마음껏 즐길 수 있도록 그냥 둘까.'

제가 가진 능력 중 가장 멋진 게 후광을 뿜어내는 것이라 굳게 믿고 있는 유피테르 아닌가. 이 기회에 원 없이 재주를 부리는 것도 나쁘지 않을 듯했다.

'앞으로는 이런 기회가 없을 테니까 말이야.'

에렐 같은 시골에서는 이런 능력을 뽐낼 기회가 별로 없었다.

"나는 결정을 내렸습니다."

나는 유피테르의 빛이 사라지기를 기다렸다가 천천히 입을 열었다. 웅성거리던 사람들이 나의 다음 말을 기다리며 긴장된 얼굴로 입을 꾹 다물었다.

"내가 선택한 다음 왕은⋯⋯."

내 입에서 후계자의 이름이 나오려는 순간이었다.

"모두 비키시오!"

광장의 끄트머리에서 누군가가 요란하게 소리를 지르며 사람들을 밀어내고 있었다.

"뭐야!"

"누군데 그래?"

뒤쪽에서 일어난 소란으로 광장은 순식간에 혼잡해졌다. 소란을 일으킨 것은 하얀 옷을 차려입은 한 무리의 사람들이었다. 그들은 똑같은 옷을 차려입고 당당하게 탑을 향해 걸어오고 있었다. 가장 선두에 선 사람의 옷차림이 일행과 조금 다른 것을 보니 그가 이 무리의 우두머리인 것 같았다.

'도대체 뭐 하는 사람들이야?'

사람들은 무엇에라도 홀린 것처럼 순순히 그들에게 길을 터 주었다. 깊게 고개를 숙여 그들에게 인사를 올리는 사람도 있었다.

"⋯⋯신전?"

중요한 순간에 판을 깨 버린 자들을 한참이나 바라보던 카시안이 놀란 목소리로 중얼거렸다. 가까워진 그들의 모습을 보고 무리의 정체를 파악한 모양이었다. 어느새 탑의 바로 앞까지 다가온 신관들이

걸음을 멈추고 우리를 향해 외쳤다.

"우리는 태양신의 성전에서 온 신관들입니다."

"옷차림으로 알아보았소."

국왕이 정중하게 대답했다. 신을 모시는 사제들은 국가의 권력에서 벗어난 존재. 아무리 국왕이라도 그들을 함부로 대할 수 없었다. 나는 불길한 심정으로 국왕을 바라보았다.

'혹시 국왕이 제보한 건가? 해리가 악마라고?'

어젯밤의 난리통을 생각하면 그럴 수도 있을 것 같았다. 하지만 마주한 국왕의 얼굴에도 감출 수 없는 당황스러움이 서려 있었다. 국왕 역시 나처럼 신관들이 등장했다는 사실에 크게 놀란 것 같았다.

'국왕이 꾸민 일은 아니로구나.'

하지만 완전히 마음을 놓을 수는 없었다. 불안한 얼굴로 뒤를 돌아보자, 해리 역시 찡그린 얼굴로 신관들의 모습을 살피고 있었다.

어수선한 와중에 국왕이 앞으로 나섰다.

"태양신을 모시는 사제들께서 이 자리에 어쩐 일이시오."

"우리는 신의 말씀을 전하러 왔습니다."

"신의 말씀이라면……."

"태양신께서 신탁을 내리셨습니다!"

신탁이라는 말에 온 광장이 술렁이기 시작했다. 나는 물론이고 국왕과 리던, 카시안도 놀라서 눈을 크게 떴다.

"정말 태양신께서 신탁을 내리셨단 말이오?"

당황스러운 기색이 역력한 국왕의 말에 신관이 날카로운 목소리로 외쳤다.

"지금 신의 말씀을 부정하는 것입니까?"

"신탁이 끊긴 것이 오래전이니 하는 말입니다."

국왕의 지적에 신관이 입을 꾹 다물었다. 신의 말씀이 오랫동안 끊어졌던 것은 누구도 부정할 수 없는 명백한 사실이었다.

"……며칠 전 대신관께서 직접 신의 전언을 받으셨습니다."

"신께서 빛의 형태로 나타나 대신관께 말씀을 전하셨지요."

"우리는 그 말씀을 전하기 위해 밤낮으로 달려 이 자리에 온 것입니다!"

신관들의 외침이 이어지는 가운데, 가장 선두에 선 신관이 머리 위로 두루마리를 번쩍 들어 올렸다.

"이곳에 태양신께서 전하신 말씀이 들어 있습니다! 모두 예를 갖춰 신의 말씀을 받으십시오!"

신관의 외침에 광장에 선 사람들이 우르르 무릎을 꿇고 앉았다.

"신의 말씀을 기다립니다!"

"저희에게 말씀을 내려 주십시오!"

사람들의 외침을 들으며 국왕과 왕자도 무릎을 꿇었다.

"……신의 말씀을 기다립니다."

그들 역시 왕족이기 이전에 한 인간으로서 신을 따르는 신도인 것이다.

'상황이 어떻게 돌아가는 건지 모르겠네.'

나는 사람들을 따라 무릎을 꿇으며 신관을 주시했다. 모든 사람이 신의 말씀을 들을 준비가 됐다고 생각했는지 신관이 서서히 두루마리를 펼쳤다.

"신께서는 이렇게 말씀하셨습니다."

이제 광장에 있는 모든 사람의 시선은 신관의 입을 향했다.

"나는 오래전 잃어버린 것을 찾기 위해 나의 대리인을 너희에게 보냈다."

모두의 주목 속에서 신관의 이야기가 이어졌다.

"혼란을 바로잡을 자. 평화를 가져올 자. 번영을 이룰 자. 모두 내 축복을 받은 자를 따르고 경외하여라."

신관의 입에서 쏟아지는 말에 사람들의 눈이 기대감으로 반짝이기 시작했다. 오늘은 왕의 후계자를 선택하는 날이었다. 하필 이런 날 신이 내린 신탁이 전해졌으니 엄청난 성군의 탄생을 예고하는 것이나 다름없었다.

제레인트에 또다시 엄청난 왕이 나타날 거야! 광장을 채운 사람들의 눈빛이 그렇게 외치고 있는 것만 같았다. 그 속에서 오로지 나만이 불안함에 덜덜 떨고 있었다. 할 수만 있다면 지금 당장에라도 저 신관의 입을 틀어막고 싶었다.

'해리가 문제가 아니라, 이건······.'

꽃길이다. 미친 태양신이 깔아 준 거지 같은 꽃길이 다시 펼쳐질 것이라는 예감이 들었다.

'그리고 이런 불길한 예감은 틀리는 법이 없었지.'

내가 불안하게 눈을 굴리는 와중에 우두머리 신관의 시선이 분명하게 나를 향했다. 나는 눈이 마주친 신관을 향해 눈빛으로 간절한 메시지를 전했다.

'말하지 마! 그게 무슨 말이든 그냥 하지 말라고!'

하지만 신관의 입은 멈추지 않았다.

"태양신께서는 그 신탁의 주인이 오늘 이 자리, 탑 위에 서 계실 것이라고 하셨습니다!"

"그 사람은 누구인가?"

국왕이 불안과 기대가 섞인 눈으로 질문했다. 그는 자신의 두 아들, 특히 제가 후계자로 점찍은 카시안이 저 신탁의 주인공이 되기를 바라고 있을 터였다.

그런 면에서 나와 국왕의 생각은 비슷했다. 신관이 가져온 저 신탁의 주인공은 리턴이나 카시안이어야 한다.

'나만 아니면 누구든 좋아.'

국왕과 나는 각자 다른 의미로 긴장한 채 신관의 입이 열리기를 기다렸다. 하지만 신관의 입에서 나온 이야기는 다소 싱거웠다.

"그건 저희 역시 알지 못합니다."

"뭐라고?"

허무한 대답에 국왕의 얼굴이 일그러졌다. 신관들을 둘러싸고 있는 군중 역시 실망으로 웅성거리기는 마찬가지였다.

"뭐야? 이 반쪽짜리 신탁은."

"결국 누가 태양신께서 점지하신 왕이라는 거야?"

맥 빠진 사람들의 투덜거림이 점점 높아지자 신관이 서둘러 진화에 나섰다.

"대신 태양신께서 신탁의 주인을 가릴 방법을 알려 주셨습니다."

신관이 품속에서 작은 상자 하나를 꺼내 들었다. 작은 상자 속에는 붉은빛을 품고 있는 보석이 하나 들어 있었다. 신관은 별다른 설명을 하지 않았지만, 나는 단번에 그 보석의 정체를 알아보았다.

'태양신의 심장 조각이잖아.'

보석 속에서 일렁이는 붉은빛이 아주 익숙했다.

"이건 태양신께서 이 땅에 남겨 두신 심장의 조각입니다."

내가 그렇게 생각하자마자 신관이 보석의 정체를 모두에게 공개했다.

"태양신의 심장에 대한 전설은 모두 알고 계시겠지요. 심장은 다섯 조각으로 나뉘어 각지에 흩어졌는데, 그중 하나를 저희 신전에서 보관 중이었습니다."

잠시 붉은 보석을 바라보던 신관이 그것을 두 손에 받쳐 머리 위로 들어 올렸다.

"이 심장 조각이 신탁의 주인을 가려 줄 것입니다!"

우두머리 신관이 비장하게 외치자, 그 뒤에 서 있던 신관들이 작은 목소리로 기도문을 외기 시작했다. 마치 노래를 부르는 듯했다. 엘프들이 거대한 세계수 앞에서 기도할 때와 비슷한 신성함이 느껴졌다. 사람들은 모두 그 소리에 홀려 넋을 놓았다. 공간을 울리는 신성한 소리에 맞춰 두 손을 모으고 간절하게 기도를 올리는 사람도 있었다.

하지만 나는 그 신성함에 빠져들 정신이 없었다. 대신 우두머리 신관의 손에 들린 보석에 집중했다. 보석 속에서 일렁이던 붉은빛이 그들의 목소리에 맞춰 요동치기 시작한 탓이었다. 그 붉은빛은 곧 더 넓은 세상으로 튀어나왔다.

'너무 격렬한 거 아니야?'

신관들의 기도에 자극을 받은 것일까. 붉은빛은 이전에 심장 조각을 모았을 때와 비교하기 힘들 정도로 격렬하게 움직이고 있었다.

하지만 붉은빛의 목적지는 같았다. 공간을 크게 돌아 군중의 머리 위를 스쳐 간 붉은빛이 내 손의 반지로 흡수되기 시작한 것이다.

'그래. 내가 이럴 줄 알았다.'

나는 헛웃음을 흘리며 반지를 바라보았다. 순식간에 붉은빛을 모두 먹어 치운 반지가 아무 일도 없었다는 듯 예쁘게 반짝이고 있었다.

'그런데 이걸로 어떻게 신탁의 주인을 증명한다는 거야?'

붉은빛은 내 눈에만 보인다. 지난 세 번의 경험으로 확실히 알고 있는 사실이었다. 이래서야 빛을 보지 못하는 다른 사람들은 신탁의 주인이 누구인지 확신할 길이 없지 않나.

'차라리 잘된 건가? 그냥 모르는 척하고 가만히 있어?'

하지만 그랬다가는 약삭빠른 국왕이 신탁을 저 좋을 대로 해석할 것이다.

'자기가 신탁의 주인이라고 우긴 뒤에 뭐든 맘대로 할지도 모르지.'

지금까지 국왕의 행보를 생각하면 불가능한 일도 아니었다. 누가 후손 아니랄까 봐, 그는 권위를 세우기 위해 온갖 거짓말을 일삼았던 제레인트의 시조와 똑 닮았다. 주인 잃은 신탁이 있다면 신이 나서 이용하려고 할 것이 분명했다.

'하지만 내가 신탁의 주인이라고 하면 일이 복잡해지는 거 아냐?'

흘러가는 분위기를 보니 신탁의 주인이 왕이 되어야 할 판이었다.

'그건 싫단 말이야!'

나의 꿈은 소박했다. 돈 많은 백수 영애로 호의호식하며 조용하게 사는 것. 이 간단한 꿈을 이루기가 이토록 힘들 줄 누가 알았겠는가.

"붉은빛을 품은 자여!"

나의 고민과 함께 신관들의 기도 역시 절정을 향했다.

그 순간, 얌전하게 잠들어 있던 반지가 신관들의 목소리에 반응했다. 심장 조각 네 개에서 나온 기운을 흡수했던 반지는 지금까지 모아 온 빛을 자랑하기라도 하는 듯 거대한 붉은빛을 뿜어냈다. 마치 자신을 부르는 신관의 외침에 답하기라도 하는 것 같았다. 썩 놀라운 풍경이었지만 나는 큰 감흥이 없었다.

'어차피 이 붉은빛도 내 눈에만 보일 거 아냐.'

하지만 이번에는 주위가 술렁거렸다.

"빛이다!"

"탑 위에서 붉은빛이!"

"누가 뿜어낸 빛이야?"

사람들의 반응에 나는 당황해서 주위를 둘러보았다. 탑 위에 선 사람들이 모두 놀란 얼굴로 나를 쳐다보고 있었다.

"……설마 보여요?"

나는 가장 가까이 서 있던 리던에게 조심스럽게 물었다. 그러자 리던이 정확히 빛이 뿜어져 나오는 반지를 바라보며 멍하니 고개를 끄덕였다.

'미쳤어.'

머리 아프게 고민을 할 필요도 없었다. 이놈의 태양신은 빼도 박도 못 하게 나를 꽃길에 집어넣을 작정이었다.

"흐윽!"

내가 머리를 부여잡고 경악하는 그때, 뒤쪽에 물러나 있던 사람들 사이에서 누군가의 신음이 터져 나왔다. 나를 비롯한 사람들의 시선이 자연스레 소리가 들려온 곳으로 향했다. 그곳에는 오른손으로 심장을 부여잡은 채 식은땀을 흘리고 있는 캐서린이 있었다. 땀에 젖은 캐서린의 모습이 무척이나 처연해 보였다.

"린!"

카시안이 놀라서 캐서린의 이름을 외치며 그녀의 곁으로 뛰어갔다. 그의 부축을 받은 캐서린의 얼굴이 금방이라도 쓰러질 것처럼 창백했다.

"그만……. 심장이 너무……."

가슴을 부여잡은 캐서린이 거칠게 숨을 몰아쉬며 기도문을 외고 있는 신관들을 바라보았다.

"……붉은빛이잖아?"

캐서린의 옆에 서 있던 왕비가 놀란 얼굴로 입을 떡 벌렸다. 그녀의 말처럼 숨을 몰아쉬는 캐서린의 가슴에서도 미약하게나마 붉은빛이 흘러나오고 있었다. 내 반지에서 흘러나오고 있는 붉은빛과 색이며 기운이 완전히 똑같았다.

'어? 왜 캐서린이 저 빛을 가지고 있지?'

나는 혼란스러워지기 시작했다. 이 자리에 있는 다른 사람들 역시 나와 비슷한 기분인지 멍한 얼굴로 나와 캐서린을 번갈아 보고 있었다.

하지만 더 깊게 고민할 시간이 없었다. 식은땀을 흘리며 바들바들 떨던 캐서린이 결국 혼절해 버린 탓이었다.

"린!"

카시안이 다시 한번 캐서린의 이름을 부르며 축 늘어진 그녀를 안아 들었다. 기절한 캐서린의 가슴에서는 여전히 붉은빛이 새어 나오고 있었다.

'도대체 일이 어떻게 돌아가고 있는 거야.'

나는 미간을 찌푸리며 탑 아래의 신관들을 바라보았다.

❧

즐거운 축제로 마무리될 것이라 생각했던 건국제는 소란으로 어수선하게 막을 내렸다. 국왕이 오래전부터 공언했던 후계자 선택 역시 흐지부지되어 광장에 모여든 사람들은 의문만 안은 채 돌아서야 했다.

모든 소란이 잦아든 뒤, 국왕은 집무실에 홀로 앉아 생각에 잠겨 있었다. 불조차 켜지 않은 집무실은 지나치게 어둡고 고요했다.

"폐하."

고요는 국왕이 총애하는 아들, 카시안의 등장으로 깨졌다.

"캐서린은?"

"의사의 말로는 큰 이상은 없다고 합니다."

"그럼, 그 붉은빛은?"

"……이제 사라졌습니다."

국왕은 말이 없었다. 그는 오늘을 맞이하며 여러 가지 가설을 세웠다. 수많은 상황에 대처할 방법 역시 모두 마련했다. 하지만 수십 가지의 가설 중 오늘 같은 소란은 없었다.

이브리아가 카시안을 선택하는 게 최상의 수였다. 만약 이브리아가 리던을 선택하더라도 어떻게든 상황을 바로잡았을 것이다. 그녀가 스스로 왕이 되겠다고 하면? 그 역시 큰 문제는 아니었다. 어차피 왕위는 혼자서 오를 수 있는 게 아니니까.

그는 만약의 상황에 대비해 오베론 공작가를 제외한 귀족들에게 손을 써 뒀다. 오베론 공작가는 중립을 표방하며 누구와도 어울리지 않았기에 쉽게 고립시킬 수 있었다.

'그렇게 모든 수를 계산하고 대비했는데.'

이브리아는 누구도 선택하지 않았고, 조용히 신전에 묻혀 살던 신관들이 신탁을 가지고 나타났다. 신관들은 신탁의 주인이 붉은빛을 품었다고 했다. 그 자리에서 붉은빛을 뿜어낸 사람은 두 명. 이브리아와 캐서린이었다.

"신관들은 뭐라고 하더냐?"

"그들 역시 혼란스러운 것 같았습니다. 누가 신탁의 주인인지 가려 내기 위해 대신관에게 사람을 보냈다고 합니다."

국왕은 가볍게 책상을 두드렸다. 결론이 내려지지 않았으니, 상황은 아직 그가 다룰 수 있는 범위 안에 있는 셈이었다.

"카시안."

"네."

"어떻게든 캐서린이 신탁의 주인이 되어야 한다."

"하지만 이브리아의 빛이 더 강했습니다. 캐서린이 품고 있던 빛은 아주 미약해서……."

이브리아가 신탁의 주인이다. 신이 선택한 이 땅의 왕이다.

그 빛을 보는 순간 카시안은 그렇게 생각했다. 탑 아래의 사람들은 확실히 보지 못했겠지만, 그 위에 있던 사람들은 누구의 빛이 더 강했는지 확실히 알고 있었다. 카시안은 아마 다른 사람들 역시 자신과 비슷한 결론을 내렸으리라 생각했다.

"카시안."

하지만 국왕은 다른 생각을 하는 것 같았다.

"나 역시 그 자리에 있었다. 내가 그걸 몰라서 하는 소리겠느냐?"

의미심장한 국왕의 말에 카시안이 미간을 찌푸렸다.

"설마, 신탁을 조작하시겠다는 겁니까?"

"조작이라니. 우리에게 유리하게 해석하겠다는 게지. 어차피 신탁의 진짜 의미는 아무도 모르지 않느냐."

신은 인간에게 명확한 답을 주지 않는다. 애매한 조언을 던져 주고 인간이 의문을 해결하는 과정에서 깨달음을 얻게 한다. 그래서 신탁은 언제나 모호했다. 오늘 신관들이 가져온 이 신탁처럼 말이다.

"중요한 건 신의 진의가 아니라 인간의 해석이다."

지난 세월 수많은 신탁이 그런 식으로 권력자들에게 이용되었다. 어느 순간 신탁이 끊어진 것도 그래서였는지 모른다.

"신탁의 후보는 둘. 하나가 사라지면 남은 자가 신탁의 주인이 되겠구나. 신이 선택한 자가 그렇게 맥없이 죽지는 않을 테니 말이다."

탁자를 두드리던 국왕의 손이 멈췄다.

"그럼 죽어야 하는 쪽은 누구여야 할까?"

답이 정해진 질문이었다. 국왕이 바라는 대답은 간단했다.

이브리아 오베론.

그녀가 사라지면 캐서린이 신탁의 주인이 되고, 그녀의 약혼자인 카시안이 후계자가 된다. 하지만 그것을 알면서도 카시안은 쉽게 이브리아의 이름을 입에 올릴 수 없었다.

"이브리아 오베론은……."

카시안은 허리 뒤로 숨긴 주먹을 꽉 쥐며 조심스럽게 입을 열었다.

"그녀는 성검의 주인입니다. 대마법사가 그 곁을 지키고 있지요. 또한 와이번과 엘프를 영지에 두고 있으며……."

"내 아들아. 그건 문제가 되지 않는다."

국왕이 카시안의 말을 자르며 의자에 몸을 기댔다. 그의 얼굴에 복잡한 상황에 맞지 않는 기묘한 여유가 떠올라 있었다.

"악마를 지배하려면 큰 대가를 바쳐야 하지. 건국왕께서는 첫째 아들의 영혼을 바쳤다고 하더구나."

카시안은 혼란스러운 눈으로 제 아버지를 바라보았다. 악마. 건국왕. 첫째 아들의 영혼. 한 나라 국왕의 입에서 나오기엔 너무 위험한 말들이 쏟아지고 있었다.

"……무슨 말씀을 하시는 건지 잘 모르겠습니다, 아버지."

"이제부터 알게 될 거다."

국왕이 웃으며 서랍을 열었다.

"조금 이르지만 네게도 이 진실을 보여 주는 것이 좋겠지. 어차피 내 후계자는 너 하나뿐이니 말이다."

서랍 속에서 나온 것은 책이었다. 세월이 고스란히 느껴지는 디자인이었지만 관리가 잘 된 것인지 낡았다는 느낌은 없었다.

"건국왕께서 남기신 일기장이다. 읽어 봐라."

"예?"

건국왕이 남긴 일기장이라니. 그 기록의 무게를 알고 있는 카시안이 깜짝 놀라서 고개를 숙였다.

"이건 제레인트의 왕위에 오른 자만이 읽을 수 있는 것입니다. 저는 감히 읽을 수 없습니다."

"너의 충성을 시험하고자 하는 것이 아니다. 이 상황을 타개하기 위해 너 역시 알아야 할 정보가 있고, 그 정보가 여기에 담겨 있다."

국왕의 표정은 담담했다. 정말 아들의 충성심을 시험하는 사람처럼은 보이지 않았다. 카시안은 잠시 고민하다 그가 내민 일기장을 받아 들었다. 천천히 페이지를 넘기는 아들을 지켜보며 국왕이 입을 열었다.

"건국왕께서는 대마법사의 힘을 두려워하셨다. 그 충성이 진실한 충성이 아님을 알고 계셨기 때문이지."

페이지를 넘기며 내용을 확인하는 카시안의 눈동자가 크게 떨렸다.

'일기장에 담긴 놀라운 내용 때문이겠지.'

국왕은 픽 하고 웃음을 흘렸다. 처음 왕위에 올라 이 유산을 보았을 때, 그 역시 지금의 카시안과 비슷한 모습이었다. 처음에는 믿기 힘들었다. 신성하다 믿었던 이 나라가 악마의 힘을 빌어 탄생했다니. 내가 그 나라의 왕이 되었다니.

"건국왕께서는 어떻게 하면 대마법사를, 아니, 악마를 진정한 자신의 것으로 만들 수 있을까 고민하셨다. 진실한 충성을 받아 낼 방법을, 그것이 불가능하다면 악마의 목숨을 끊을 방법이라도 찾아내려고 하셨지."

"그래서…… 이런……."

카시안이 덜덜 떨리는 손으로 일기장을 내려다보았다.

"그래. 수많은 실험을 하셨고 결국엔 성공하셨다."

국왕과 카시안의 시선이 허공에서 부딪혔다. 흔들림 없는 아버지와 흔들리는 아들의 시선. 흔들림 없는 아버지가 흔들리는 아들에게 말했다.

"내 아들아. 나와 너는 그 방법을 쓸 것이다. 그리하여 이브리아 오베론이 가진 가장 강한 힘을 빼앗게 되겠지."

꿍꿍

탑 위에서 일어난 소란 이후, 나는 왕성에 감금 아닌 감금을 당한 상태였다. 명분은 신탁의 주인이 가려지기 전까지 왕실에서 나와 캐서린을 보호하겠다는 것이었다.

'보호는 무슨. 내가 쓸데없는 짓을 하지는 않는지 감시하려는 거겠지.'

해리는 원한다면 저택으로 돌아갈 수 있었지만, 나만 왕성에 두고 떠날 수 없다며 내 옆방을 배정받은 상황이었다. 또 다른 신탁 후보인 캐서린 역시 치료를 받으며 왕성에 머무르고 있다고 들었다.

'지금쯤이면 에렐로 돌아가서 온천욕이나 하고 있을 줄 알았는데.'

갑자기 신관들이 나타나 신탁을 읊으며 태양신의 심장 조각을 꺼낼 건 뭐란 말인가.

"망할 태양신……."

나는 신관들이 들었다면 펄쩍 뛸 말을 내뱉으며 소파에 늘어졌다. 짜증스럽게 투덜거리는 내 모습이 뭐가 그리 재밌는지 마주 앉은 리던이 생글거리며 웃고 있었다. 나는 발끈해서 리던을 노려보았다.

"지금 웃음이 나와요?"

"당연히 웃음이 나오지. 돌아가는 상황이 재밌잖아."

"재밌어요? 이 상황이?"

"응. 엄청 재밌는데?"

리던이 어깨를 으쓱하고 탁자에 턱을 괴었다.

"이러다 내가 모시는 사람이 왕이 되게 생겼잖아. 모시는 사람이 높은 자리에 앉으면 나도 높은 자리 하나 차지하는 거고. 여러모로 폐하께서 목뒤를 잡고 넘어가실 일이군."

리던은 당연하다는 듯 나를 '모시는 사람'이라고 표현했다. 너무 당연하게 말하는 바람에 잠시 정신을 놓고 있다가 고개를 끄덕일 뻔했다.

"전 왕자님 같은 부하를 둔 적이 없는데요."

"부하가 아냐? 에렐에서 그렇게 부려 먹었으면서."

"그건 왕의 자격을 시험하기 위해서였죠. 왕자님을 부려 먹은 게 아니거든요?"

"그래. 노예를 부린 사람은 꼭 그렇게 말하더라고. 부려 먹은 게 아니라 가르치고 시험한 거라고."

리던이 찔리는 구석만 골라서 쿡쿡 찔러 댔다. 이 주제를 계속 끌고 가는 건 내게 손해였다. 나는 헛기침을 하며 서둘러 말을 돌렸다.

"그리고 전 왕 안 할 거예요."

"왕은 자기가 되고 싶다고 되는 게 아냐. 자기가 하기 싫다고 안 하는 것도 아니지."

"그건 또 무슨 헛소리예요."

"역사를 봐. 자기 의사에 따라 왕위에 오르고 내려간 사람은 손에 꼽을 정도일걸?"

리던이 손가락을 하나둘 접기 시작했다. 자신이 말한 기준에 부합하는 왕이 몇 명인지 헤아려 보는 모양이었다. 수는 금방 헤아려졌다.

"딱 셋이네."

제레인트의 긴 역사 속에 단 셋만이 자신의 의지로 왕이 되고 자리에서 내려왔다. 결국, 왕을 만드는 건 스스로의 의지가 아니라 타인의 열망과 흘러가는 상황이라는 소리였다.

"그런데 그대가 성검을 뽑고 왕위를 거부했을 때부터 궁금했는데 말이야."

생각에 잠긴 나를 보며 리던이 질문을 던졌다.

"그대는 왜 왕이 되고 싶지 않아?"

"왕자님도 모든 사람이 왕이 되고 싶어 한다고 생각하는 쪽이에요?"

"그건 아냐. 보다시피 나도 왕이 되고 싶지 않다고 말한 쪽이잖아?"

그랬다. 리던이 왕위를 원치 않는다고 말해 주었기 때문에 나는 한결 가벼운 마음으로 카시안을 왕의 후계로 선택할 수 있었다.

"하지만 같은 결론을 내려도 사람마다 이유는 다르잖아? 그러니 그대가 왕이 되고 싶지 않은 이유가 궁금한 거지."

리던이 다시 한번 같은 질문을 했다.

"그대는 왜 왕이 되고 싶지 않은데?"

첫 번째 질문을 던질 때보다 리던의 눈이 진지했다. 하지만 나의 이유는 그의 진지함에 보답하기 힘들 정도로 가볍고 우스운 것이었다.

"귀찮아서요."

"귀찮아? 뭐가?"

"왕이 되면 할 일이 얼마나 많아요? 작은 영지를 운영하는 것도 피곤해 죽겠는데 이 큰 나라를 어떻게……."

쏟아지는 일, 일, 일. 생각만 해도 머리가 어지러워지는 것 같았다.

"내 꿈은 벌어 둔 돈을 펑펑 쓰면서 호의호식하는 거거든요. 귀찮은 일은 생각 안 하고 신나게 늘어지는 거요."

"그래서 왕이 되기 싫다?"

"네. 왕이 되면 그런 삶은 끝이잖아요."

내 대답에 리던의 얼굴이 묘해졌다.

"에렐에 있을 때부터 생각한 건데……."

"네."

"그대는 참 성실하네."

"네?"

성실이라니. 평생 놀고먹는 게 꿈이라는 내 말을 듣고 어째서 성실함을 떠올린 걸까. 나는 고개를 갸웃거리며 손가락으로 나를 가리켰다.

"……성실요? 제가요?"

"응. 그대는 참 성실한 사람인 것 같아."

"도대체 제 이야기의 어떤 부분이 저의 성실함을 드러낸 거죠……?"

"아니, 그렇잖아."

도무지 이해가 되지 않아 멍하니 그를 바라보는 나의 눈빛에 리던이 픽 웃음을 흘렸다.

"왕이 되면 성실하게 일을 해야겠다고 생각하고 있으니까 왕이 되는 게 피곤하다고 생각한 거잖아. 왕이 된 뒤에 놀고먹는다는 생각은 없었던 거야?"

"……네?"

"생각해 봐. 역사에 성군으로 남은 성실한 왕이 몇이나 될 것 같아?"

그건 당연히 한 손에 꼽을 수 있을 정도로 적다. 그렇게 적은 수니까 사람들에게 성군이라며 칭송을 받는 게 아닌가. 멍한 내 얼굴을 보며 리던이 계속 말을 이어 갔다.

"대부분의 왕은 무능했어. 폭정을 일삼은 자도 많지. 하지만 그러고도 대개 죽을 때까지 왕위를 지켰잖아."

"……그랬죠."

제레인트는 왕권이 강한 나라였다. 왕이 지나치게 도를 넘지 않는 이상 죽는 순간까지 왕으로 극진히 모셨다.

"죽고 난 뒤에 무능한 왕, 폭정을 일삼은 왕이라고 손가락질받지만, 어차피 죽고 난 뒤의 일이고."

"어차피 그 사람들은 신경도 안 썼을걸요. 죽고 난 뒤의 비난이 무슨 소용이라고."

"그래. 그러니 생각해 보면 나태한 자들에겐 왕이라는 자리가 제멋대로 호의호식하기엔 가장 좋은 자리라는 거야."

고개를 끄덕이며 내 말에 동조한 리던의 두 눈이 똑바로 나를 향했다.

"왕이라면 성실하게 일해야 한다는 사명감만 없다면 말이야."

그 말에 머리를 한 대 맞은 것 같았다.

"왕이 되면 지금처럼 놀고 싶을 때 왕의 명령에 따라 갇혀 있을 이유도 없잖아? 놀고먹는 데는 최고의 자리지."

"무슨 그런 말이……."

나는 왕이라면 당연히 일을 해야 한다고 생각했다.

'일하지 않는 왕? 의무는 잊고 권리만 누리는 왕?'

"……그렇게는 생각해 본 적 없는데."

멍하니 중얼거리는 내 모습에 리던이 크게 웃으며 고개를 내저었다.

"그러니 그대가 착하고 성실한 사람이라는 거지. 그래서 내가 곁에 있고 싶다고 생각하게 된 거고."

리던이 흐뭇하게 웃으며 나를 보았다. 역시 자기 선택이 틀리지 않았다는 눈빛이었다. 나는 눈을 가늘게 뜨고 리던을 바라보았다.

"혹시 지금 저 왕 되라고 꼬드기는 거예요?"

왕의 좋은 점을 설파하는 게 꼭 그런 모양새였다. 하지만 리던은 억울하다는 듯 어깨를 으쓱했다.

"말했잖아. 왕은 되고 싶다고 되는 것도, 안 되고 싶다고 안 되는 것도 아니라고."

"그러니 어쩌다 왕이 될 것 같으면 그냥 돼라?"

"아. 들켰네."

내 지적에 리던이 얄밉게 웃었다. 나는 발을 뻗어 리던이 앉아 있던 의자를 걷어찼다. 웃느라 정신이 빠져 있던 리던은 그대로 의자와 함께 뒤로 넘어갔다. 요란하게 바닥을 뒹굴면서도 리던은 웃음을 멈추지 않았다.

"이것 봐. 네가 날 부하가 아닌 왕자님이라고 생각하면 어떻게 내 의자를 걷어차겠어? 넌 벌써 날 부하로 삼은 거나 마찬가지야."

"그렇게 제 부하가 되고 싶어요?"

"응. 네 옆에 있고 싶어."

웃고 있던 리던이 진지한 눈으로 나를 바라보았다. 확실히 농담이 아니었다. 나는 한숨을 내쉬며 자리에서 일어나 넘어진 그에게 손을 뻗었다. 그 손을 본 리던의 눈이 커졌다.

"나 부하로 삼아 주는 거야?"

"제가 누굴 부하로 삼을 수 있는 사람인가요."

내 말에 리던의 눈에 실망이 스쳐 갔다. 하지만 할 말은 더 남아 있었다.

"대신 만약에 제가 그럴 만한 사람이 되면 왕자님을 제일 첫 번째로 부하로 삼을게요. 왕자님 덕분에 머릿속이 깔끔해졌으니까, 그 보답으로요."

"보답치고는 과한데."

리던이 제 앞에 뻗어진 손을 맞잡으며 씩 웃었다.

"그래도 사양하진 않을게."

♣

대신관은 오랜 시간이 지나도 해석을 내리지 못하고 있었다. 들려오는 이야기로는 신전의 모든 신관이 한자리에 모여 대대적인 토론의 장을 열었다고 한다.

덕분에 나는 아직도 왕성에 머무르고 있었다. 이렇게까지 오래 에렐을 비울 생각이 아니었기 때문에, 그쪽에서 처리해야 할 일이 밀리기 시작했다. 다행히 서신을 주고받는 것은 막히지 않아 나는 인세티아 남작과 편지로 소통했다. 왕성 사람들이 편지의 내용을 검열하겠지만, 어차피 숨길 만한 내용은 없었기 때문에 나는 당당히 우편을 이용하고 있었다.

이 세계의 우편은 대부분 마법화되어 있었다. 각 영지의 주요 거점에 있는 우편소를 통해 마법으로 전달되고, 거기서부터는 인편으로 배달되는 식이었다. 덕분에 넓은 땅덩이에 비해 빠른 속도로 편지를 주고받을 수 있었다.

오늘 아침에도 인세티아 남작의 편지가 도착했다. 매년 에렐을 괴롭히던 우기가 시작되었다는 내용이 담긴 편지였다. 다행히 편지에 담긴 내용은 긍정적이었다. 두 노예 왕자가 힘써서 만든 보와 제방 덕분에 이번 우기에는 피해가 전혀 없다고 했다.

수도에 소문이 쫙 퍼진 에렐 포션 역시 성황리에 판매 중이었다. 남작은 주문이 너무 많이 밀려들어 포션 업무를 담당할 사람을 뽑아야겠다고 투덜거렸다. 물론 기분 좋은 투덜거림이었다.

하지만 워낙 포션의 인기가 좋다 보니 웨어울프들의 피 수급에 문제가 생겼다. 청요석을 만드는 수액이 부족하면 채취량을 늘릴 수 있지만, 웨어울프들의 피는 특성상 그렇게 공급량을 늘릴 수 없었다.

'이건 어쩔 수 없어. 한정 수량으로만 판매해야지.'

때로는 한정판이 더욱 매력적인 법이다. 그럴듯하게 포장하면 지금보다 더욱 인기가 높아질 수도 있을 것 같았다.

나는 생각을 정리해 남작에게 보낼 편지를 쓰기 시작했다.

하지만 제대로 편지를 작성하는 데 집중하기도 전에 굳게 닫혀 있던 창문이 활짝 열리며 강한 바람이 불어왔다. 덕분에 무방비하게 늘어져 있던 편지지가 사방으로 흩날려 순식간에 내부가 엉망이 되었다. 나는 종이로 엉망진창이 된 방을 허탈하게 바라보다 이 난장판의 원인이 된 창문을 노려보았다. 명색이 왕성이면서 어떻게 창문을 고장 난 채로 둘 수가 있나.

그러나 이를 바드득 갈며 바라본 창문에는 의외의 풍경이 펼쳐져 있었다. 검은 머리의 남자가 태연하게 창문을 넘어 내 방으로 들어오고 있는 것이다. 해리보다 머리 하나는 더 큰 거대한 남자였다.

'……누구지?'

나는 긴장의 끈을 바짝 조이며 남자의 얼굴을 바라보았다. 내가 머무르고 있는 곳은 1층이 아니다. 이렇게 쉽게 창문을 넘을 수 있는 곳이 아니었다. 남자는 망설임 없이 나를 향해 걸어왔다. 가까워질수록 그의 얼굴이 더욱 선명하게 보였다.

'국왕이 암살자라도 보낸 건가?'

그렇다기엔 얼굴을 당당하게 드러낸 점이 너무 이상했다.

'해가 중천에 떠 있는데 암살자가 오는 것도 이상하고.'

하지만 그게 아니고서는 갑자기 창문을 넘어온 검은 남자의 정체를 설명할 수 없었다.

'엄청난 실력자라 자신감이 넘쳐서 그런 건가? 어차피 죽이고 나면 얼굴을 봤어도 소용이 없으니까?'

그렇게 생각하고 보니 남자의 기운이 심상치 않았다.

[해리!]

어쩐지 위협적인 느낌에 내가 다급하게 해리를 부르는 순간, 어느새 코앞에 다다른 남자가 내게 팔을 뻗었다.

"악!"

나는 본능적으로 비명을 지르며 몸을 웅크렸다. 칼에라도 찔릴 것이라는 예상과 달리 몸에는 아무런 충격도 느껴지지 않았다. 오히려 남자는 안정감 있게 나를 꼭 끌어안으며 얼굴을 내 뺨에 비벼 댔다.

'……으응?'

아무리 봐도 나를 해치려고 온 사람 같지는 않았다.

"이브리아! 무슨 일이야!"

황당한 상황에 내가 굳은 채로 눈을 깜빡이는 사이, 해리가 굳게 닫혀 있던 문을 박살 내며 안으로 들어섰다. 창문과 문, 두 가지를 모두 잃은 방 안에 태풍이라도 부는 것처럼 바람이 요란하게 들이닥쳤다.

"너 이 자식, 도대체 누구야!"

해리가 나를 꼭 껴안고 있는 검은 남자를 보며 씩씩댔다. 한걸음에 달려온 해리가 남자의 뒷덜미를 잡아챘지만, 그는 꿈쩍도 하지 않았다.

"……어?"

당황한 해리가 얼빠진 소리를 냈다. 평범한 인간이라면 해리의 힘을 견뎌 낼 수가 없었다.

'설마……'

나는 설마 하는 심정으로 내게 찰싹 들러붙은 검은 남자를 밀어냈다. 거리를 벌리고 상대를 바라보니 남자의 두 눈이 물기로 촉촉했다.

"너 설마 로이야?"

내 질문에 나를 껴안은 남자가 더욱 깊이 내 품으로 파고들었다. 사실 남자의 덩치가 훨씬 커서 내 품에 파고들었다기보다는 나를 더욱 깊게 껴안았다는 게 더 맞는 표현이었다.

"뭐? 로이? 그 코흘리개가 이렇게 컸다고? 벌써 시간이 이렇게 됐어?"

해리가 믿을 수 없다는 듯 검은 남자, 로이를 훑어보았다. 저택에 두고 올 때만 해도 겨우 허리춤에 닿던 로이가 이제는 우리보다 훨씬 컸다.

"금방 온다고 했어. 한 밤만 자고 온댔는데……."

로이가 덩치에 어울리지 않게 훌쩍거리며 나를 원망스러운 눈으로 바라보았다. 왕성에 갈 때도 겨우 달래서 떼어 놓았는데 한참 동안 저택에 돌아가지 못했으니 안달이 나서 달려온 모양이었다.

"미안해, 로이. 혼자 외로웠어? 못 보는 사이에 많이 컸구나."

"응. 나 이제 어른이야."

"어른은 이렇게 안 우는데."

"그럼 안 울게."

로이가 눈을 부릅뜨고 입술을 질끈 깨물었다. 억지로 울음을 참느라 손이 부르르 떨렸다.

'겉은 어른인데, 속은 아직도 애잖아.'

나는 웃으며 로이의 머리를 쓰다듬었다.

"여긴 어떻게 왔어?"

"응. 걸어서 왔어."

"걸어서? 누가 막지 않았어?"

왕성의 경비는 삼엄했다. 창문을 넘어온 걸 보면 제대로 절차를 거쳐서 들어온 것 같지는 않았다.

"응."

나의 의문에 로이가 뿌듯한 얼굴로 고개를 끄덕였다.

"누가 길을 막길래 한 대 툭 쳤더니 저 멀리 하늘로 날아갔어. 몇 명을 그렇게 날려 버렸더니 그 뒤로는 아무도 날 막지 않았어."

'사고를 제대로 치면서 왔구나.'

하지만 뿌듯하게 나를 바라보고 있는 로이의 얼굴을 보고 있으니 차마 화를 낼 수가 없었다. 결국, 나는 한숨을 속으로 삼키며 로이의 머리를 쓰다듬는 것을 선택했다.

"잘했어! 왕궁 놈들은 한번 그렇게 날아가 봐야 정신을 차리지!"

해리 역시 로이를 칭찬하며 은근슬쩍 그를 내게서 떼어 냈다.

"하지만 이건 안 돼."

이번에는 좀 더 강한 힘을 쓴 건지 로이가 쉽게 떨어져 나갔다. 훌쩍거리던 로이가 해리의 손에 끌려가며 불만스럽게 그를 바라보았다.

"뭐야."

"코흘리개 시절이었다면 몰라도, 이젠 어른이 됐으니 이브리아한테 덥석덥석 안기는 건 그만둬야지?"

해리는 두 손으로 로이의 양 뺨을 잡아 늘이며 그에게 경고했다.

"으에어?"

로이가 불만스러운 얼굴로 눈썹을 꿈틀했다. 입이 양옆으로 벌어진 탓에 발음이 뭉개졌지만 '어째서?'라고 묻고 있는 것 같았다.

"그런 걸 해도 되는 어른 남자는 나 하나뿐이니까!"

해리가 당당하게 외치며 로이를 놓아주었다.

"그런 거라면 괜히 어른이 됐어. 그냥 어른 안 되고 이브 안고 싶은데."

로이가 그새 빨갛게 달아오른 양 뺨을 쓰다듬으며 불만스럽게 투덜거렸다. 해리는 그런 로이를 향해 승리자의 미소를 지으며 손가락으로 가볍게 그의 이마를 두드렸다.

"늦었어, 꼬마."

"나 꼬마 아냐."

"나이로 따지면 꼬마 맞거든?"

나는 투덕거리는 악마와 드래곤을 보며 묘한 기분에 빠져들었다. 분명 해리도 철없다고 생각했는데, 그보다 더 철없는 로이 앞에 있으니 그가 상당히 어른스럽게 보였다.

"여기다!"

내가 묘한 기분으로 둘을 바라보고 있는 와중에 입구가 소란스러워지기 시작했다. 박살 나 바닥을 뒹굴고 있는 문짝을 밟으며 기사들이 뛰어들었다.

"침입자를 잡아라!"

로이의 손에 몇 명이 날아간 뒤 한두 명만으로는 제압이 힘들겠다고 생각했는지 엄청난 수의 기사들이 입구에 모여 있었다.

'이게 무슨 뒷북이람.'

"날 보호한다고 왕성에 묶어 두더니, 이래서야 어디 제대로 보호해 줄 수 있겠어요?"

내 지적에 기사들이 움찔했다. 로이가 정말 암살자였다면 나는 벌써 칼에 맞아 드러누워 있었을 것이 분명했다.

"그리고 얜 침입자 아니에요. 내 동료니까 그냥 돌아가도 좋아요."

"저 괴물이 레이디의 동료라고요?"

내 말에 기사들이 하얗게 질린 얼굴로 로이를 쳐다보았다. 기사들의 시선을 받은 그 괴물은 해리와 열심히 투덕대며 내가 더 이브리아와 가깝다며 소리를 내지르는 중이었다.

"이브는 내 거야!"

"웃기시네. 왜 이브리아가 네 거야? 이브리아는 이브리아 거지!"

"그 말이 아니잖아, 이 바보!"

"바보 눈에는 바보만 보인댔는데. 네가 바보구나, 이 꼬마야!"

둘은 몰려온 기사들에게는 한 톨의 관심도 주지 않은 채 유치한 싸움에 집중하고 있었다. 무기를 단단히 틀어쥐고 있던 기사들이 멍한 얼굴로 그 싸움을 지켜보았다.

'창피하다! 부끄럽다!'

나는 달아오르는 얼굴을 애써 진정시키며 기사들에게 손을 내저 었다.

"아무튼 저 애는 위험하지 않으니까 다들 돌아가세요. 돌아가는 길에 부서진 문짝 고쳐 줄 사람이나 불러 주시고요."

"······제가 좋지 않은 때에 찾아온 것 같군요."

어수선한 분위기 속에서 카시안이 모습을 드러냈다.

"전하를 뵙습니다!"

기사들이 우르르 고개를 숙여 그에게 인사를 올렸다. 카시안은 손을 들어 그들의 인사를 물렀다.

"잠시 이야기를 하고 싶은데요."

"이야기요······."

나는 난처하게 웃었다. 문짝은 박살 났고, 기사들은 멍청한 얼굴로 서 있고, 해리와 로이는 여전히 투덕거리는 중이었다.

'말 그대로 난장판.'

"음, 그 이야기라는 게 문짝이 없는 곳에서도 나눌 만한 이야기 인가요?"

"······제 방으로 모시죠."

모두의 앞에서 할 수 없는 비밀스러운 이야기라는 뜻이었다.

'시기가 시기인 만큼 왕위 계승에 관한 거겠지.'

그런 이야기라면 문짝이 없는 공간에선 나눌 수 없었다.

"듣던 중 반가운 소리네요. 어떻게든 이 난장판을 빨리 벗어나고 싶었거든요."

나는 카시안의 옆으로 다가가 그에게 고개를 살짝 숙였다.

"그럼 안내해 주시죠, 왕세자 전하."

해리는 이브리아의 곁에서 떨어지기 싫다며 징징거리는 로이를 질질 끌고 겨우 제 방으로 돌아왔다. 그 사실이 못내 불만스러운지 로이는 침대에서 발을 동동 구르며 입을 비죽였다.

"여기 싫어. 이브 옆에 있을래."

"덩치에 안 어울리는 짓 좀 하지 마. 이러다 침대 부서지겠다."

"침대를 지키고 싶으면 날 이브에게 보내 줘."

"그건 안 돼. 이브리아를 좋아한다면 그 애의 생활을 존중해 줘야지, 꼬마야."

"난 그런 거 몰라. 이브 옆에 있을래!"

"……어휴. 이 멍청한 꼬마를 어쩌면 좋지."

해리가 한숨을 내쉬며 머리를 부여잡았다.

'난 원래 이렇게 칭얼대는 쪽이지 달래는 쪽이 아니란 말이야!'

언제나 이브리아에게 이렇게 할래, 저렇게 할래 칭얼거리기만 하던 해리였다. 이렇게 반대의 상황이 되어서 막무가내로 떼를 쓰는 녀석을 달래 본 적은 없었다. 심지어 이 녀석은 자신보다 더 막무가내-물론 해리의 생각이다-라 달래는 것도 보통 일이 아니었다.

"너 계속 그러면 다시 저택으로 돌려보낼 거야."

해리는 로이를 어르고 달래는 대신 협박을 선택했다. 그의 경험상 이쪽이 더 효과적이었다.

"……흥. 날 어떻게 돌려보내는데? 난 드래곤이라 엄청나게 세거든."

확실히 효과가 있었다. 말로는 걱정 없다고 하지만 눈동자가 이리저리 굴러가며 해리의 눈치를 보고 있었다.

"그래. 너 강하지. 그런데 아직 꼬마라 힘 다루는 게 미숙하잖아. 내게 당해 낼 수는 없을걸?"

"……치사해."

로이가 입을 부루퉁하게 내밀며 침대에 늘어졌다. 다행히 침대를 지켜낸 해리가 한숨을 내쉬며 로이의 머리를 토닥였다.

"참는 법을 배워. 자연에서 살아갈 거라면 멋대로 해도 되지만, 인간과 섞여 살아가려면 그게 필요해. 넌 계속 이브리아의 옆에 있고 싶은 거잖아. 그렇다면 어른스러워져야지."

해리의 말을 듣던 로이가 신기하다는 듯 눈을 반짝였다.

"의외야."

"뭐가?"

"해리는 아빠지만 어리광쟁이잖아. 그런 말을 할 수도 있었어?"

"그러게. 나도 내가 이런 말을 할 줄 몰랐다."

첫 번째 계약자를 만났을 때는 그런 걸 몰랐다. 악마들의 세상에서 하던 것처럼 마음대로 날뛰었고, 계약자는 두려움에 휩싸여 명령으로 그를 짓눌렀다.

하지만 두 번째 계약은 달랐다. 지난 경험을 떠올리며 내숭을 부린 게 유효했다. 이브리아는 그를 두려워하지 않았고, 명령으로 그를 강제하지도 않았다. 덕분에 해리는 첫 번째 계약보다 자유롭게 인간 세계를 활보할 수 있었다. 계약자를 대하는 자신의 마음가짐이 달라진 건 예상 밖의 일이었지만, 해리는 지금의 생활이 썩 마음에 들었다.

'살육의 본능을 이렇게까지 오래 억눌러 둔 건 처음이지만…….'

해리는 손을 내려다보며 주먹을 쥐었다 폈다. 마계에 있을 때는 늘

피로 물들어 있던 손이 지나치게 깨끗해서, 이렇게 손을 볼 때마다 낯선 기분이 들었다.

'이젠 오히려 피 묻은 손이 낯설 정도라고.'

다른 쪽의 쾌락으로 몸과 마음이 충만해서 이제는 누군가를 죽이고 싶다는 생각조차 들지 않을 정도였다.

'악마가 이래도 되는 건가?'

해리가 자신의 정체성에 대해 깊이 고민하는 동안 로이가 침대에서 벌떡 일어났다. 로이는 해리의 주변을 맴돌며 진지한 눈으로 그를 관찰했다. 킁킁대며 냄새까지 맡았다.

"뭐 하는 거야?"

로이의 이상한 행동에 생각에 잠겨 있던 해리가 현실로 돌아왔다. 황당해하는 해리의 시선에도 로이는 관찰을 멈추지 않았다.

"이상하네. 왜 해리한테 이브 냄새가 나지?"

"냄새? 늘 같이 있으니까 그럴 수도 있겠지."

"아냐. 그거랑은 달라. 좀 더 깊은 곳에서……."

미간을 찌푸린 채 고민하던 로이가 곧 답을 깨달았다는 듯 고개를 들었다.

"번식 행위!"

"……뭐?"

"이브랑 번식 행위를 한 거야? 그런 거야? 이제 나 동생 생겨?"

로이의 말에 해리의 얼굴이 단번에 새빨개졌다.

"그, 그, 그런 말은 어디서 배운 거야?"

"이카난이 알려 줬는데. 이브랑 해리 없을 때 이카난이 나랑 많이 놀아 줬어."

인간보다는 엘프가 드래곤에 대한 이해가 높은 편이기에, 이브리아와 해리가 저택을 비운 동안 그가 로이를 맡는 건 자연스러운 일이었다. 해리는 태연하게 번식 행위라는 말을 입에 올리던 몹쓸 제자의 얼굴을 떠올리며 이를 바드득 갈았다.

"그 엘프 놈! 도대체 뭘 가르친 거야!"

이카난은 마법을 배우는 것만 빠른 게 아니라 남들에게 이상한 말을 가르치는 데도 선수였다.

"동생은 언제 태어나? 오늘? 내일?"

로이가 눈을 반짝이며 물었다. 해리는 어이가 없어져 헛웃음을 흘렸다.

"야. 같이 밤을 보낸 게 아직 한 달도 안 됐는데 벌써 애가 나오겠냐? 게다가 아직 겨우 한 번밖에…….''

"그렇구나. 이브랑 해리는 얼마 전에 딱 한 번 잤구나."

로이가 어느새 순진한 말투를 던져 버리고 진지한 얼굴로 고개를 주억거렸다.

"그럼 동생이 태어나는 건 아무리 빨라도 내년 여름이겠군."

로이가 손가락을 꼽아 가며 차분하게 날짜를 세었다. 그 모습이 아주 태연했다.

"이…….''

180도 달라진 모습에 해리가 이를 바드득 갈자, 로이가 갑자기 생각났다는 듯 손가락을 튕기며 그에게 당부했다.

"아, 그리고 그 전에 몇 번 더 잘 거지? 많을수록 좋아! 그래야 확실히 동생이 생겨!"

그 말에 해리가 금방이라도 터질 듯 새빨개진 얼굴로 소리쳤다.

"이…… 너, 전부 알면서 순진한 척을 하고!"

로이에게 어른스러워지라고 조언하던 의젓한 해리의 모습은 이제 찾아볼 수 없었다. 그가 씩씩대며 로이를 노려보았다.

"너! 이브 앞에서도 일부러 순진한 척하면서 덥석 안긴 거지? 전부 다 알면서!"

"무슨 소리야, 아빠. 난 아무것도 몰라."

로이가 다시 순진하게 눈을 반짝이며 해리의 팔을 잡아끌었다. 모르는 사람이 봤다면 정말 순진한 청년이라고 철석같이 믿었을 법한 모습이었다.

"필요할 때만 순진한 척하다니. 역시 드래곤은 요물이야."

해리가 질린 얼굴로 고개를 내젓는 순간, 밖에서 누군가가 문을 두드렸다.

왕성에서 해리를 찾아올 사람은 하나뿐이었다. 하지만 그 유일한 사람인 이브리아는 조금 전 카시안과 대화를 나누기 위해 떠났다.

'누구지?'

해리가 경계심을 바짝 세우고 문을 열었다. 문 앞에는 정갈하게 옷을 차려입은 시종이 서 있었다. 그는 해리를 발견하자마자 깊게 고개를 숙이며 반갑지 않은 말을 전했다.

"위대하신 대마법사님. 국왕께서 마법사님과의 대화를 청하셨습니다."

"국왕이?"

해리가 차갑게 되물었다. 로이 앞에서 얼굴이 벌게져 씩씩대던 모습은 흔적조차 찾을 수 없는 무표정한 얼굴이었다. 하지만 시종은 주눅 들지 않고 제 할 말을 이어 갔다.

"예. 온실에서 좋은 차를 한잔 대접하고 싶으시다 하셨습니다."

시종의 말에 해리의 눈이 가늘어졌다. 해리와 국왕은 나란히 앉아 정답게 차를 마실 만한 사이가 아니었다. 하지만 서로 풀어야 할 이야기가 있음은 확실했다. 전야제 파티에서 국왕의 이야기를 들은 이후, 해리는 줄곧 마음이 무거웠다. 국왕 역시 그 이야기를 하기 위해 따로 자리를 마련한 것이 분명했다.

'이브리아의 곁에서 떨어지는 건 불안하지만……'

지금은 로이가 있었다. 드래곤인 그가 곁에 있다면 잠깐 자리를 비우는 것 정도는 괜찮을 듯했다. 아직 힘을 다루는 건 미숙해도 성체가 된 드래곤 아닌가. 왕성에서 그를 당해 낼 수 있는 사람은 왕립기사단장인 엘 로이츠 정도일 것이다.

'하지만 그 녀석 역시 이브리아의 편이니까.'

안심하고 국왕과 담판을 지으러 갈 수 있었다.

"……좋아. 가지."

그 대답을 기다리고 있던 시종이 깊게 고개를 숙이며 온실이 있는 방향으로 몸을 틀었다.

"제가 온실까지 안내하겠습니다."

해리가 고개를 끄덕이고 로이를 바라보았다.

"로이."

별다른 말 없이 이름만 불렀을 뿐이지만 로이는 해리가 하려는 말을 알아차렸다.

"걱정하지 마."

진지하게 고개를 끄덕이는 로이를 보며 해리가 몸을 돌렸다.

❧

유리로 만들어진 온실은 고요하고 따뜻했다. 내부는 마법으로 늘 적정 온도가 유지되기 때문에 서늘한 바깥 공기를 피할 수 있었다.

그 평화로운 공간 속에 국왕과 해리가 마주 앉아 있었다. 평화와 전혀 어울리지 않는 조합이었다.

'청요석이네.'

해리는 유리 온실을 둘러보다 에렐의 청요석을 발견하고 슬쩍 미소 지었다. 이걸 만들고 판매하기 위해 동분서주하던 이브리아의 모습이 떠오른 탓이었다.

'열심히 하는 이브리아는 예쁘지.'

그런 팔불출 같은 생각을 하느라 실실 웃고 있는 해리에게 국왕이 차를 권했다.

"여기서 직접 기른 허브로 우린 차라네."

해리의 시선이 국왕에게 닿았다. 청요석을 바라보던 따뜻한 시선이 어느새 차갑게 가라앉아 있었다.

"지난번에 오베론 공녀를 초대했을 때도 대접했던 차야. 공녀는 맛이 깔끔하다고 좋아하더군."

해리는 제 앞으로 나온 찻잔을 바라보았다. 주홍빛으로 예쁘게 우러난 차가 좋은 향기를 자랑하고 있었다.

"이야기가 길어질 것 같아서 말이야. 그럴 때는 차가 필요하지 않겠나."

"우습군."

해리는 다시 한번 제게 차를 권하는 국왕을 비웃으며 찻잔을 집어 들었다. 하지만 찻잔이 향한 곳은 그의 입술이 아니었다. 해리는 그대로 찻잔을 뒤집었다. 찻잔에 담겨 있던 주홍빛 물이 그대로 쏟아져 다

과가 준비된 테이블을 적셨다. 하얀 테이블보가 푹 젖어 끝에서 주홍
빛 물이 뚝뚝 떨어질 정도였다.

"내가 왜 네가 주는 차를 마시겠어?"

해리가 씩 웃으며 빈 잔을 아무렇게나 던져 버렸다.

"전야제 때 이브리아의 샴페인에 이상한 수작을 부린 놈이 준 차
를, 내가 뭘 믿고?"

저 멀리서 잔이 깨지는 소리가 들려왔다. 동시에 여유로운 척 웃고
있던 국왕의 얼굴이 굳었다.

'수상하네.'

나는 카시안의 뒤를 따라 걸으며 눈을 가늘게 떴다. 분명히 자신의
방으로 안내하겠다더니 그는 영 엉뚱한 방향으로 나를 이끌고 있었다.

'이쪽으로 가면 미로 정원인데……'

미로 정원은 왕성의 명물이었다. 작정하고 만든 미로는 아니었지만,
머리 위까지 자란 나무와 복잡하게 얽힌 길 덕분에 미로 정원이라는
이름이 붙었다. 워낙 크고 복잡하다 보니 밀회를 즐길 수 있는 장소
도 많아 파티가 열리면 연인들이 은근슬쩍 자리를 피해 미로 정원으
로 빠져나가곤 했다.

'그러니 나랑 왕세자가 갈 만한 곳은 아니란 말이지.'

"전하."

나는 의심 끝에 뒤따르던 걸음을 우뚝 멈추고 카시안을 불렀다.

"여긴 전하의 방으로 가는 길이 아닌데요."

내 지적에 카시안이 나를 슬쩍 쳐다보더니 곧 눈을 돌려 주위를 살폈다. 복도에는 우리 두 사람뿐이었다. 주위에 아무도 없다는 사실을 확인한 카시안이 몸을 돌려 내 앞으로 바짝 다가섰다. 반사적으로 몸을 뒤로 뺐지만, 그보다 카시안이 손을 뻗어 내 손목을 잡는 게 먼저였다.

"그 방은 안 됩니다."

카시안이 조심스럽게 속삭였다. 나를 똑바로 향하는 그 시선에 묘한 이질감이 느껴졌다.

'이거 설마……'

나는 미간을 찌푸리며 고개를 한쪽으로 기울였다.

"그 방에 이 얼굴을 한 사람이 또 있나 보죠?"

카시안, 아니, 카시안인 척하고 있는 남자가 말없이 고개를 끄덕였다.

"루크."

나는 허탈한 심정으로 그의 이름을 부르며 붙잡힌 손목을 빼냈다.

"왜 카시안으로 변한 거야?"

"네가 순순히 따라나설 사람이 이 녀석밖에 떠오르지 않아서."

"나, 카시안이 불렀다고 순순히 따라 나가고 그런 사람 아니거든?"

"하지만 이렇게 따라왔잖아. 그럼 됐지."

루크가 어깨를 으쓱하고 다시 한번 내 팔을 잡아끌었다.

"여기서 이러고 있을 시간 없어. 조용히 따라와. 누구 눈에 띄면 곤란해. 오늘은 급하게 들어오느라 카시안 그놈을 못 재웠어."

루크가 빠르게 걸음을 옮겨 미로 정원으로 들어섰다. 어찌나 걸음이 빠른지 나는 그를 따라잡느라 숨이 넘어갈 지경이었다.

"좋아. 여기면 되겠다."

한참을 걸어가 인적이 드문 곳에 멈춰선 루크가 금방이라도 쓰러질 듯 헉헉대는 나를 보며 미간을 찌푸렸다.

"겨우 이거 걸었다고 이 상태야?"

"내 쓰레기 같은 체력에 뭐 하나 보태 준 거라도 있으신지? 그렇다면 그렇게 비난하는 걸 허락하겠어."

나는 턱 끝까지 차오른 숨을 겨우 진정시키며 허리를 바로 세웠다.

"또 왕족을 사칭했네. 그것도 왕성에서."

"어쩔 수 없었어. 국왕으로 변하지 않은 게 어디야?"

"그랬다면 진짜 반역죄로 목이 잘릴걸."

나는 루크의 대담함에 혀를 내둘렀다. 들키지 않을 거라는 확신이 있으니 이런 대담함을 가질 수 있는 거겠지. 실제로도 루크의 변장은 아주 훌륭해서 그가 먼저 힌트를 주지 않았다면 나 역시 알아차리지 못했을 것이다.

"왕족 사칭죄를 무릅쓰고 날 찾아온 이유가 뭐야? 또 사고 싶은 정보가 있어?"

그거라면 짐작 가는 것이 있었다. 신관들이 광장에서 요란하게 신탁을 발표한 이후, 모두의 관심은 그쪽에 쏠려 있었다.

"신탁의 주인에 대한 거라면 나도 몰라. 그건 신전에 가서 물어보는 게 빠를걸?"

"이미 그러고 있어. 너한테 온 건 그것 때문이 아니라고."

루크가 답답하다는 듯 한숨을 내쉬며 빠르게 내 얼굴을 살폈다. 그 시선에서 걱정하는 기색을 읽었다면 나의 착각일까.

"멀쩡하네."

하지만 루크의 입에서 흘러나온 말에 내 생각이 단순한 착각이 아님을 깨달았다. 나는 의아해져 고개를 갸웃거렸다.

"내 상태 보려고 찾아온 거야? 왜?"

"그건……."

눈을 동그랗게 뜨고 물으니 루크가 자신도 답답하다는 듯 머리를 벅벅 긁었다. 아직도 외관은 카시안이었기 때문에, 나는 카시안이 머리를 벅벅 긁는 진귀한 모습을 볼 수 있었다.

"나도 내가 왜 이러고 있는지 모르겠다. 지금 너한테 하려는 말도 엄청 비싼 정보인데."

루크가 혼란스러운 눈으로 나를 바라보았다.

"그게 문제였어?"

나는 어깨를 으쓱하고 귀에 건 귀걸이를 빼내 그의 손에 쥐여 주었다.

"정보값이야. 청요석으로 만든 귀걸이니까 꽤 비싸지. 부족하면 이걸 선금으로 쳐."

"뭐? 내 말은 그게 아니라……."

맨입으로 말해 주기엔 정보가 아깝다는 뜻인 줄 알았는데, 아무래도 그게 아니었던 모양이다. 내가 영문을 몰라 눈을 껌뻑이자 루크가 다시 한번 머리를 벅벅 긁었다.

"됐다. 내가 무슨 말을 하겠냐."

그의 입에서 긴 한숨과 함께 비싸다는 정보가 흘러나왔다.

"국왕이 최근에 특이한 약재를 사들였어."

"약재?"

"그리고 흑마법사들, 그러니까 마법사 중에서도 어둠의 마법에 심취해 협회에서 추방당한 마법사들과도 접촉했다고 해. 이런 시기에 국왕이 그런 위험한 쪽에 손을 댈 이유는……."

루크가 차마 말을 잇지 못하고 내 눈치를 살폈다.

"나 하나뿐이겠지."

나는 그가 차마 잇지 못한 뒷말을 이어 붙이며 입술을 질끈 깨물었다.

'이놈의 국왕. 도대체 무슨 일을 벌이려는 거야?'

"네 정체를 알고 있는 내 앞에서 뭘 믿고 그리 건방지게 굴지?"

국왕의 말에 해리가 헛웃음을 흘렸다.

"어이없네. 내 정체를 알고 있다는 인간이 이딴 식으로 협박을 하다니."

자신의 손짓 하나에 저항도 하지 못하고 녹아내릴 인간에게 건방지다는 소리를 듣고 있을 줄은 몰랐다.

"그 머저리 놈이 후손에게 좋은 걸 가르쳤군. 정작 그놈은 나만 보면 오줌 마려운 개처럼 벌벌 떨었는데 말이야."

선조를 모욕하는 말에 국왕이 발끈했다.

"감히 그런……."

"아. 실제로 지린 적도 있던가?"

해리는 픽 웃으며 국왕을 향해 강렬한 기운을 내뿜었다. 같은 악마들 역시 이 기운을 정통으로 받아 내면 두려움에 몸을 덜덜 떨고는 했다.

'그러니 네깟 놈이 이걸 견뎌 낼 리가 없지.'

"큭!"

해리의 예상대로 국왕은 기운을 견뎌 내지 못했다. 자신을 덮쳐 오는 기운에 숨이 턱 막히는지 하얗게 질린 얼굴로 목을 부여잡으며 헛구역질을 해 댔다. 해리는 팔짱을 낀 채 의자에 기대어 싸늘한 눈으로 국왕을 응시했다. 평소에는 인간들 사이에 잘 섞여 지내기 위해 이런 기운을 억눌러 두지만, 제게 건방지다며 입을 놀린 인간에게 그런 배려는 필요 없었다.

'이 정도로는 부족해.'

다시는 자신을 우습게 보지 못하도록 저 인간의 뼈에 공포를 새겨 놓아야 한다.

사실 해리는 고작 인간 따위가 자신을 우습게 본다는 사실에 큰 감흥이 없었다. 인간들도 제 주변을 얼쩡거리는 파리가 자신을 우습게 본다고 길길이 날뛰진 않을 것 아닌가. 언제든 짓눌러 제압할 수 있는 상대에게는 누구나 관대해지는 법이었다.

'하지만 주인님까지 우습게 보는 건 내가 못 참거든.'

해리는 기운을 조금 더 편안하게 풀어놓았다. 신이 나서 날뛰기 시작한 살기가 고스란히 국왕의 몸을 짓눌렀다.

"커헉!"

국왕이 핏기 없는 얼굴로 의자에서 굴러떨어졌다. 바닥에 납작 엎드린 국왕의 몸이 사시나무처럼 덜덜 떨리고 있었다.

"그, 커헉, 그만……!"

국왕은 핏발이 바짝 선 눈으로 간절하게 해리를 바라보았다.

"내가 왜 그래야 하는데?"

"날 죽이면, 크흑, 그 애도, 헉, 곤란해진다……!"

"글쎄. 너 하나 죽인다고 별로 곤란해지지는 않을 것 같은데."

해리가 상황에 어울리지 않는 천진한 얼굴로 고개를 갸웃거렸다.

"널 죽였다고 날뛰는 놈들의 목을 하나씩 날려 버리면 온 세상이 조용해질걸?"

그러지 못하는 이유는 이브리아가 사람을 죽여선 안 된다고 명령했기 때문이다. 하지만 눈앞의 인간은 해리와 이브리아가 나눈 그 약속을 알지 못한다. 해리는 눈앞에서 떨고 있는 연약한 인간을 바라보며 혀를 찼다.

"내가 요즘 우리 주인님 덕분에 너무 상식적으로 살았지? 그러니 너 같은 조무래기가 이딴 어이없는 협박을 하는 거 아냐."

해리는 조금 더 기운을 풀었다. 그러자 국왕의 눈에 지독한 공포가 서렸다.

"그만, 킥! 이제는, 못, 견디는, 크억!"

"내가 멈춰 주길 바란다면 제대로 사과를 하셔야지. 응?"

해리의 말에 국왕이 입술을 질끈 깨물었다. 치욕으로 입술이 파르르 떨렸다.

"내가 미안, 크흑, 미안하다!"

"미안? 말이 짧다. 죄송합니다, 라고 해야지, 머저리의 후손아."

"크흑! 죄송, 합니다."

국왕이 고개를 푹 숙이며 겨우 사죄의 말을 내뱉었다. 하지만 여기서 만족하면 악마가 아니었다.

"에이. 태도가 공손하지 못하잖아?"

영문 모를 해리의 말에 국왕이 고개를 들었다. 당장에라도 자신을 죽일 듯 폐부를 찌르는 살기에 눈을 마주치는 것조차 힘들었다.

겨우 시선이 마주치자 다리를 꼬고 앉은 해리가 씩 웃으며 발을 까딱였다.

"여기. 내 발밑에 와서 머리를 조아려야지."

"뭐, 라고……!"

국왕의 눈빛에 분노와 굴욕감이 가득했다. 하지만 그에게는 선택권이 없었다. 이 깊은 분노와 굴욕감도 살아 있을 때나 느낄 수 있는 감정이 아닌가. 국왕이 주먹을 불끈 쥐고 해리의 앞을 향해 엉금엉금 기었다. 온몸을 압박하는 기운 탓에 속도는 매우 느렸다. 그만큼 굴욕의 시간도 길었다. 국왕은 싸늘한 얼굴로 자신을 내려다보는 해리의 시선을 받으며 겨우 그의 앞까지 기어가 머리를 조아렸다.

"죄송, 크헉, 합니다."

해리는 제 앞에 조아린 국왕의 머리통을 내려다보며 싸늘하게 입꼬리를 끌어 올렸다. 조금 전까지 자신을 향해 건방지다며 혀를 차던 인간이 고작 몇 분 만에 이처럼 초라하게 자비를 구걸하고 있다니.

"별로 사죄가 마음에 와닿진 않네."

하지만 입 밖으로 꺼낸 말과 달리 해리는 그대로 기운을 제 속으로 갈무리했다. 창백하게 질려 있던 국왕이 안도의 한숨을 내쉬며 숨을 몰아쉬었다. 해리는 다리를 뻗어 정신없이 공기를 흡입하고 있는 국왕의 머리통을 걷어찼다.

"컥!"

무방비하게 주저앉아 있던 국왕의 몸이 힘없이 뒤로 넘어갔다. 단단한 구두에 살이 찢겼는지 머리에서는 피가 쏟아지고 있었다.

'이브리아가 죽이지 말랬지 때리지 말라고는 안 했으니까.'

해리가 그렇게 생각하며 한심한 국왕의 꼴을 쳐다보았다. 왕성의 신하들이 보면 기겁을 할 만한 모습이었지만 해리의 성에는 차지 않았다.

'아무래도 더 밟아 줘야겠는데?'

그러나 해리가 그 생각을 실행에 옮기기도 전에 바닥에 널브러진 국왕의 입에서 웃음이 터져 나왔다.

"큭, 크핫!"

작게 터져 나왔던 웃음은 점점 커져 금세 유리 온실을 가득 채웠다.

"으하하!"

엉망이 된 꼴로 바닥에 널브러져 있으면서도 국왕은 아주 즐거워 보였다.

'……한 대 맞더니 머리가 이상해졌나?'

해리는 어이없는 상황에 미간을 찌푸렸다. 그러는 사이 국왕이 겨우 웃음을 수습하고 천천히 상체를 일으켰다. 상처에서 흘러나온 피 때문에 그의 왼쪽 얼굴이 푹 젖어 있었다. 얼굴을 타고 흘러내린 피로 옷까지 엉망이었다. 국왕은 손으로 상처 부위를 눌러 쏟아지는 피를 막으며 해리를 힐끗거렸다. 제대로 그의 눈을 쳐다보지 못하는 것이 아직도 공포심이 몸에 남아 있는 듯했다.

"과연. 이게 악마의 힘이군."

혼잣말에 가까운 중얼거림이었지만 해리는 그 소리를 잡아챘다.

"그래. 이게 악마의 힘이야."

해리는 자리에서 일어나 국왕을 내려다보았다.

"제대로 알게 됐으니 똑바로 행동하는 게 좋을 거다, 머저리의 후손."

"큭. 글쎄."

해리의 경고에 국왕이 다시 웃음을 흘렸다. 완전히 제압당해 기죽은 인간의 반응이 아니었다. 미묘하게 어긋난 반응에 해리가 미간을 찌푸렸다. 어쩐지 기이한 불안함이 밀려와 그의 가슴 깊은 곳을 두드려 댔다.

"……뭐야. 그 반응은?"

"건국왕께서는 너를 두려워했지. 그래서 수많은 실험을 했다."

하지만 국왕의 입에서 흘러나온 것은 해리의 질문에 대한 답이
아니었다.

"흑마법을 연구하는 마법사들을 불러 모아 악마를 완전히 제압할
방법을 찾아 나섰다. 그러는 동안 바친 영혼이 몇 개인지……. 왕국
사형수들의 영혼은 모조리 그 실험에 쓰였어."

국왕의 두 눈이 해리를 향했다. 어느새 두려움은 씻겨 내려가고 기
이한 광기가 그의 눈빛을 물들이고 있었다.

"그 희생 끝에 건국왕께서는 방법을 찾아냈다. 악마를 완전히 사로
잡는 방법을."

"뭐?"

해리는 미간을 찌푸렸다. 그 모습을 본 국왕이 큭큭대며 웃었다.

"악마였다는 대마법사의 후손이 나타나 의심을 품고 있었는데, 전
야제 파티에서 약이 든 술을 먹고도 멀쩡한 네놈을 보고 인간이 아
님을 확신했지. 그걸 마시고도 멀쩡할 인간은 없으니까."

"……처음부터 내 정체를 확신하기 위해 약을 푼 거였군."

"그래. 너희는 계약자가 죽게 내버려 두지 못하잖아?"

큭큭대며 웃던 국왕이 비틀거리는 다리를 겨우 지탱하며 자리에서
일어섰다.

"그런데 그 충성스러운 악마를 내가 갖게 되다니!"

국왕의 광기 어린 눈이 무섭게 반짝였다.

"넌 이제 나를 위해 움직이게 될 거다, 악마여."

"내 주인님은 이브리아야."

"그래. 정신이 제대로 박혀 있다면 그렇겠지."

지나치게 당당한 국왕의 태도에 해리가 미간을 찌푸렸다. 국왕은

확실히 믿는 구석이 있는 것 같았다. 그렇지 않고서야 공포를 겪은 인간이 이토록 당당할 수는 없었다. 해리가 경계심에 찬 눈으로 국왕을 바라보았다. 국왕은 그 시선이 황홀하다는 듯 어깨를 으쓱하고 두 팔을 벌리며 숨을 깊게 들이마셨다.

"향기가 좋지 않나? 아주 독특한 향이지. 어디서도 찾을 수 없는."

'향기?'

해리는 후각에 집중했다. 그러고 보니 유리 온실에 들어섰을 때부터 기묘한 향기가 그의 코를 자극했다. 한번 의식하기 시작하자 달콤한 꽃향기가 유혹하듯 해리의 후각을 사로잡았다. 점점 짙어지는 향기에 머리가 아득해질 지경이었다.

"으."

"네놈이 차를 마시지 않을 건 처음부터 알고 있었다. 그래서 향을 준비한 거야. 이 공간에 발을 들여놓은 순간부터 악마, 네놈의 패배였다."

해리는 국왕의 웃음소리를 들으며 머리를 짚었다. 머리부터 시작해 몸 전체가 서서히 둔해져 그가 비틀거리기 시작했다.

"슬슬 기운이 도는 모양이군."

그렇게 몸이 둔해져 가는 와중에 심장이 아플 정도로 빠르게 뛰었다. 머리를 채우고 있던 수많은 생각이 사라지고 심장의 고동에서 비롯한 본능만이 강하게 몸을 지배하기 시작했다.

'기분 나빠.'

해리는 가슴을 부여잡았다.

두근. 두근. 심장의 고동이 온몸을 울리는 순간.

"내 목소리를 들어라, 악마."

거친 심장 소리를 뚫고 국왕의 목소리가 선명하게 해리의 귀를 파고들었다. 그 뒤로도 환희에 찬 국왕의 목소리가 계속 이어졌지만, 해리는 그 목소리를 인식하지 못했다. 분명히 소리는 들리는데 들끓는 본능에 흐려진 머리가 의미를 제대로 해석해 내지 못했다.

비틀거리던 해리가 몸을 주체하지 못하고 가슴을 붙잡으며 한쪽 무릎을 꿇었다. 창백한 얼굴을 타고 흘러내린 식은땀이 바닥으로 뚝뚝 떨어졌다.

"하아."

해리는 깊은 숨을 토해 내며 주먹을 꽉 쥐었다. 저릿하게 온몸을 자극하는 본능이 너무 짜릿해서 정신을 차릴 수가 없었다.

'정신 차려, 테오하리스.'

해리는 눈을 질끈 감으며 날뛰는 본능을 잠재우려고 애썼다. 하지만 본능을 지나치게 오래 억눌러 둔 부작용인지 쉽게 제어가 되지 않았다. 짜릿했다. 오랜만에 만난 이 본능이 너무 짜릿해서 이대로 날뛰도록 손을 놓고 싶었다.

거칠게 숨을 내쉬는 해리를 보며 국왕이 크게 웃음을 터트렸다.

"서로의 처지가 완전히 달라졌구나, 건방진 악마야."

국왕은 승리자들이 으레 그러하듯 오만한 미소를 지으며 해리 앞에 다가섰다. 해리는 날뛰는 본능을 주체하지 못하고 바닥에 무릎 꿇은 채 몸을 덜덜 떨고 있었다. 국왕은 몸을 숙여 해리와 눈높이를 맞추고 손으로 그의 뺨을 툭툭 두드렸다.

"조금 전처럼 건방지게 날뛰어 보지 그래? 응?"

뺨을 두드리는 손길이 더욱 거칠어졌다. 찢어질 듯 날카로운 소리가 몇 번이나 반복되는 동안 창백한 해리의 뺨이 벌겋게 부어올랐다.

"이렇게 다룰 수 있다니 악마도 별거 아니군. 본능에 충실한 저급한 생물 같으니라고."

마지막으로 강하게 해리의 뺨을 내려친 국왕이 그의 머리를 헤집어 뒤통수를 잡아챘다. 날뛰는 본능이 주는 쾌락에 해리의 두 눈은 이미 흐릿했다. 국왕은 이지를 잃은 눈동자를 보며 픽 하고 웃음을 흘렸다.

"이건 악마를 홀리는 마약이지. 본능을 자극하는 향에 정신이 흐려지고, 계속 이 향을 맡고 싶고, 그러니 향을 주는 자에게 복종하게 돼."

국왕이 틀어쥐고 있던 해리의 머리를 바짝 잡아당겨 그의 귀에 속삭였다.

"아주 기분이 좋지? 그래서 미치겠지?"

해리는 대답도 하지 못하고 거친 숨을 몰아쉬었다.

"계속 그 상태로 있고 싶다면 내 말을 따르는 게 좋을 거다."

국왕이 만족스러운 얼굴로 던지듯 거칠게 해리의 머리를 놓아주었다. 제대로 이해했다면 화가 들끓었을 말이지만 해리는 그 말을 이해할 정신이 없었다. 해리는 필사적으로 정신을 잡고 있었다. 이걸 놓으면 큰일이 벌어질 거라는 것을 그는 알고 있었다.

'약속했어. 이브리아랑, 약속을……'

해리는 이브리아의 얼굴과 그녀의 목소리를 떠올리려고 애썼다. 오로지 그녀만이 해리의 이성을 붙잡게 하는 존재였다. 하지만 아무리 존재를 되새겨 봐도 소용없었다. 코를 타고 흘러드는 향이 너무 강력했다.

'안 되는데……'

유리 온실을 채운 향이 짙어질수록 해리의 저항은 점점 얕아졌다. 그리고 어느 순간, 머릿속에 겨우 붙잡고 있던 이성이 뚝 끊어졌다. 진짜 해리를 잠재우고 있던 벽이 무너지고 본능이 봇물 터지듯 쏟아져 나왔다.

해리는 더 이상 몸을 떨지 않았다. 주먹을 꽉 쥐지도, 바닥에 무릎을 꿇지도 않았다. 텅 비어 버린 얼굴로 서서히 몸을 일으키는 해리를 보며 국왕이 만족스럽게 웃었다.

"이제 완전히 인형이 됐군. 어디 한번 시험해 볼까."

국왕은 만족스러운 얼굴로 명령을 내렸다.

"내게 무릎을 꿇고 머리를 조아리며 주인님이라고 불러라, 악마여."

텅 빈 해리의 시선이 국왕을 향했다. 명령이 내려졌음에도 그는 움직임이 없었다.

"명령을 듣지 못했나?"

국왕이 미간을 찌푸리며 다시 한번 입을 열었다.

"당장 무릎을 꿇고……."

하지만 국왕의 명령은 끝까지 이어지지 못했다. 멍하니 국왕을 바라보던 해리가 손을 뻗어 그의 목을 틀어쥔 탓이었다.

"크윽!"

무방비하게 서 있던 국왕이 거친 숨을 토해 내며 몸을 비틀었다.

"당장, 크흑, 놔라! 이게 무슨 짓, 크억!"

국왕의 호통에도 해리는 그의 목을 놓지 않았다. 오히려 더욱 강하게 그의 목을 조일 뿐이다.

"어째서, 큭! 향에, 크흑, 쾌락에!"

목을 쥐어짜인 국왕의 얼굴이 금방이라도 터질 듯 붉게 물들기 시작했다.

'숨이……!'

국왕은 필사적으로 움직였다. 제 목을 틀어쥔 해리의 손을 떼어 내기 위해 손톱을 세워 그의 손을 긁어 댔다. 하지만 해리는 손이 상처

투성이가 되어 피를 흘리면서도 여전히 무표정하게 국왕의 목을 죌 뿐이었다. 국왕 혼자서는 악마를 제압할 수 없었다.

"크흑, 거기, 누구, 허억! 없나!"

국왕은 필사적으로 눈을 굴리며 주변에 도움을 청했다. 하지만 악마와 대면하기 위해 주변을 물린 상태였기 때문에 누구도 그의 간곡한 요청을 듣지 못했다.

[쯧.]

그런데 의외의 곳에서 누군가가 등장했다. 국왕이 한 모금도 마시지 않고 내버려 둔 찻잔에서 아스페리츠가 솟아난 것이다.

[어리석은 인간이구나. 고작 이런 향으로 첫 번째 악마를 다루려고 했다니.]

우아하게 찻잔 속에서 빠져나온 아스페리츠가 여유롭게 국왕과 해리의 주변을 맴돌았다.

[조무래기 악마들에게는, 그래, 이런 방법이 잘 통했겠지. 하지만 얘는 그런 피라미들하고는 차원이 다르다고. 상대가 누군지 제대로 알지도 못하고 덤볐으니 이런 꼴이 되는 거야, 인간.]

급박한 상황에 어울리지 않는 차분한 목소리였다.

[아. 지금 네가 내 말을 알아들을 수 있는 건 나의 관대한 처사 덕분이야. 널 인정해서가 아니라, 네 상황을 좀 파악했으면 해서 특별히 내 언어를 이해하도록 해 주었지.]

국왕의 두 눈이 다급하게 그를 쫓았다.

"크흑! 누구, 허억, 도와, 큭!"

[아? 내가 누구냐고?]

아스페리츠는 국왕의 간절한 요청을 무시하고 느긋하게 고개를 까

딱였다.

[나는 정령들의 왕이다. 너는 인간들의 왕이니 우리는 같은 직업을 가진 셈이구나.]

"정령, 왕?"

국왕의 눈동자가 반짝였다. 갑자기 정령왕이 왜 나타났는지는 모르겠지만, 그 정도의 거물이라면 폭주해 버린 이 악마를 제압할 수도 있을 것 같았다.

"날, 커헉, 도와줘! 대가를, 헉, 지불하겠다! 무엇, 큭, 이든!"

[응. 싫어.]

아스페리츠는 귀를 후비적대며 국왕의 간절한 외침을 무시했다. 이렇게 깔끔하게 거절당할 줄은 몰랐던 터라 국왕이 눈을 크게 떴다. 아스페리츠는 손으로 국왕의 머리를 토닥이며 씩 웃었다.

[사실 나도 네가 썩 마음에 들지 않았거든. 내 계약자를 무시하는 게 영…….]

아스페리츠가 혀를 차며 고개를 내저었다.

[내 계약자를 무시하는 건 날 무시하는 것과 마찬가지잖아?]

"계약, 자……?"

국왕이 흔들리는 눈으로 아스페리츠를 바라보았다. 아스페리츠는 어느새 굳은 얼굴로 변해 그에게서 한 걸음 뒤로 물러섰다.

[그러게 왜 건드려서는 안 될 인간을 건드렸어, 인간의 왕.]

아스페리츠가 혀를 차며 차가운 물처럼 서늘하게 웃는 순간, 국왕의 목에서 으드득하는 기분 나쁜 소리가 흘러나왔다.

"억!"

동시에 국왕의 입에서 단말마의 비명이 터져 나오더니 그의 몸이 힘없이 축 늘어졌다. 부릅뜬 채 생기를 잃은 국왕의 두 눈은 이 상황을 이해하지 못한 듯 혼란을 담고 있었다.

[죽었네.]

아스페리츠가 감흥 없는 목소리로 국왕의 사망을 확인하며 길게 하품했다. 해리 역시 무감한 눈으로 늘어진 국왕의 몸을 짐짝처럼 아무렇게나 던져 버렸다. 국왕의 몸이 그대로 온실의 꽃 사이에 처박혔다.

아스페리츠는 휘파람을 불며 박수를 친 뒤 해리의 곁으로 다가가 그의 등을 토닥이며 칭찬했다.

[참 잘했어, 악마.]

그러나 칭찬의 보답으로 돌아온 건 거대한 불덩어리였다. 아스페리츠는 본능적으로 몸을 틀어 해리의 공격을 피했다. 하지만 워낙 갑작스러운 공격이었던 탓에 오른쪽 팔이 날아가는 것까지는 막을 수 없었다.

[뭐야! 난 왜 공격해?]

아스페리츠는 오른쪽 팔을 재생시키며 불만스럽게 투덜거렸다.

[이제 인간의 왕은 죽었으니까 진정하고…… 으악!]

알겠다는 말 대신 조금 전보다 더 강력한 불덩이가 날아왔다. 이번 공격에는 아스페리츠의 아름다운 하반신이 날아가 버렸다.

[진정하라니까! 정신 차려!]

아스페리츠는 서둘러 꼬리를 재생시키며 해리의 곁으로 다가섰다. 그러나 해리는 아스페리츠의 목소리를 듣지 않고 연신 불덩이를 날려 댈 뿐이었다. 해리의 눈동자는 여전히 텅 비어 있었다. 이미 본능에 잠식되어 이성을 잃은 상태였다.

[으으.]

이리저리 공격을 피하느라 아스페리츠의 꼴은 어느새 엉망이 되었다. 아름다운 유리 온실 곳곳에도 불이 붙어 불길이 하늘 위로 치솟았다. 아스페리츠는 이 미친 악마를 자기 혼자서는 달랠 수 없다는 것을 깨달았다.

[미친개를 달래려면 주인님이 오셔야지.]

이번에는 얼굴을 향해 거대한 불덩이가 날아왔다. 불이 얼굴을 수증기로 만들어 버리기 전에 아스페리츠가 사방으로 흩어져 모습을 감추었다.

텅 빈 공간에 홀로 남은 해리는 무표정한 얼굴로 주위를 둘러보았다. 살아 있는 생명을 탐색하는 눈이었다.

'죽여. 다 죽여 버려.'

본능이 쉴새 없이 해리를 부추겼다.

'저쪽이야. 저쪽에 살아 있는 생명이 있어.'

날카로운 본능이 곧장 다음 표적이 있는 곳을 감지해 냈다. 해리의 걸음이 그곳을 향해 서서히 움직이기 시작했다.

✦

"정말 아무 일도 없었어?"

루크가 내 모습을 샅샅이 살피며 물었다. 나는 두 팔을 벌려 내 몸을 살피며 고개를 끄덕였다. 왕성에 감금 아닌 감금을 당한 것 외에는 아무런 문제가 없었다.

"보다시피. 나도 모르는 사이에 뭔가 이상이 생겼을 수도 있겠지만⋯⋯."

그렇다기엔 지나치게 몸이 멀쩡했다. 나는 이곳이 적진이라는 사실을 분명히 알고 있었다. 이미 전야제 파티에서 이상한 낌새를 발견했기 때문에 먹고 마시는 일에도 신중을 기했다. 무엇이든 먹고 마실 것이 생기면 아스페리츠를 불러내 문제가 없는지 확인했다. 국왕은 음식에 장난을 치지 않았다. 그래서 나는 그가 신전의 대답이 올 때까지는 상황을 지켜볼 심산인가 보다 생각했다.

'그런데 이렇게 뒤에서 일을 꾸미고 있었다니.'

루크의 말을 들어 보면 그런 움직임을 보인 것이 꽤 오래전인 듯했다. 아마 신전의 신탁으로 후계자 선택이 흐지부지되어 버린 그날부터 수작질을 시작했을 것이다. 그렇다면 벌써 일을 벌이고도 남았을 시간인데 지금 나는 지나치게 멀쩡했다.

'설마 표적이 내가 아니라 해리인가?'

나는 국왕의 협박이 내가 아닌 해리를 향한 것을 떠올리며 미간을 찌푸렸다. 국왕은 내가 가진 패를 정확히 모른다. 해리만 제압하면 나를 쉽게 무너뜨릴 수 있을 거라 생각했을 수도 있었다.

'그렇다면 나를 치기 전에 해리를 먼저 노릴지도.'

흑마법사와 접촉했다는 점도 의심을 확신으로 만드는 부분이었다.

'아무래도 해리가 걱정돼. 국왕이 흑마법사와 접촉했다는 사실을 알려 줘야겠어.'

내가 그렇게 마음먹고 발을 떼려는 순간, 루크의 시선이 하늘을 향했다.

"연기?"

의아한 그의 목소리를 따라 시선을 돌리자 멀리서 검은 연기가 피어올라 하늘을 가로지르고 있었다. 연기가 피어올랐다는 건 어디선가 불이 났다는 소리였다.

'설마⋯⋯.'

[해리!]

나는 불길함에 재빨리 해리를 불렀다. 하지만 내 대답에 응답한 건 해리가 아닌 아스페리츠였다.

[계약자!]

부른 적도 없는 아스페리츠가 풀잎에 맺힌 이슬에서 솟아 나와 내 앞에 나타났다.

"이건 또 뭐⋯⋯."

갑자기 튀어나온 아스페리츠의 모습에 루크가 놀라서 뒷걸음질 쳤지만, 지금은 그를 신경 쓸 여력이 없었다. 내 앞에 선 아스페리츠의 얼굴이 상당히 다급해 보였기 때문이었다.

'벌써 무슨 일이 터진 게 틀림없어.'

내 예상은 적중했다.

[큰일 났어! 악마 놈이 폭주했어! 내 말은 듣지도 않고 날뛰는 중이야!]

아스페리츠가 다급하게 내 주위를 맴돌며 나를 잡아끌었다. 나는 입술을 질끈 깨물고 아스페리츠를 재촉했다.

"어디야? 해리, 지금 어디 있어?"

[이쪽⋯⋯ 아니, 그냥 내 위에 올라타!]

방향을 설명하려던 아스페리츠가 자기 몸 위에 나를 태우고 목표 지점을 향해 빠른 속도로 날아가기 시작했다.

[꽉 잡아, 계약자!]

이미 솟아오른 불길 때문에 왕성은 어수선했다. 시종과 시녀들은 당황스러운 얼굴로 물동이를 들고 불길이 치솟는 곳을 향해 달려가고 있었다. 나는 아스페리츠를 타고 그들을 지나쳐 소란의 중심 속으로 날아갔다.

[여기야.]

아스페리츠가 나를 내려 준 곳은 불길이 시작된 유리 온실에서 그리 멀지 않은 곳이었다. 나는 활활 타오르고 있는 온실을 힐끗 쳐다본 뒤 음산한 기운이 쏟아져 나오는 공간을 바라보았다. 빽빽하게 유리 온실을 둘러싸고 있는 나무들 사이를 지나쳐 갈수록 그 기운이 강해졌다.

'해리가 여기 있어.'

나는 본능적으로 그 사실을 깨달았다. 이렇게 소름 끼칠 정도로 서늘한 기운을 내뿜을 수 있는 존재는 악마뿐일 것이다. 이것이 해리의 기운이라는 사실을 알면서도 어쩔 수 없이 손이 떨렸다. 나는 애써 떨림을 진정시키고 더 안으로 걸음을 옮겼다.

어느 지점에 다다르자 우뚝 선 해리의 뒷모습이 보였다. 그의 주변에 내장이 쏟아져 나온 새 대여섯 마리가 널브러져 있었다. 나는 그제야 지난번 유리 온실을 향해 걸을 때 귓가를 울렸던 맑은 새소리가 들리지 않는다는 것을 깨달았다. 해리가 새들을 전부 죽여 버린 것이다.

"해리."

나는 조심스럽게 해리를 불렀다. 그러자 죽어 버린 새들을 발로 짓이기고 있던 해리가 천천히 뒤돌아 나를 보았다. 해리의 눈동자는 텅 비어 있었다. 그를 불러내고 얼마 지나지 않아 보았던 그때와 비슷했다.

'하지만 그때보다 더 차가워.'

나는 침을 꿀꺽 삼키며 치맛자락을 강하게 쥐었다. 그러는 동안 해리가 저벅저벅 걸음을 옮겨 내 앞으로 다가왔다. 그가 다가오자마자 비릿한 피 냄새가 코끝으로 훅 밀려들었다.

"해……."

깊게 심호흡하고 다시 한번 해리의 이름을 부르려는 순간 해리가 내 목을 붙잡았다. 심장의 박동이 손끝에 느껴지는지 해리가 씩 웃었다. 내가 처음 보는 진짜 악마의 모습이었다.

"윽."

목을 쥔 해리의 손에 힘이 들어갔다. 숨이 막힐 정도는 아니었지만 버거운 압박감과 함께 통증이 느껴졌다.

"해리."

나는 차분하게 해리의 이름을 부르며 목을 틀어쥔 그의 손에 내 손을 얹었다.

"이러면 안 돼요. 정신 차려요."

손을 떨쳐 내지 않고 저를 타이르는 내 태도가 신기한지 해리가 고개를 갸웃거렸다. 재밌다는 듯 탐색하는 시선이 나를 훑었다. 해리는 목을 틀어쥔 손에 힘을 풀지 않은 채 고개만 숙여 내 목덜미에 코를 박았다. 평소의 해리였다면 내 목덜미에 입을 맞추며 칭얼거렸을 것이다. 하지만 지금의 해리는 그런 다정한 행동을 하지 않았다. 대신 숨을 깊게 들이마시며 내 냄새에 집중했다.

'꼭 먹이를 탐색하는 맹수 같아.'

이대로 잡아먹힐 것 같다는 생각이 들자마자 해리가 내 목덜미를 강하게 깨물었다. 평소처럼 애정이 담긴 행동이 아니라 상처를 내기 위한 야만적인 행위였다.

"읏!"

나는 어깨를 움찔하며 본능적으로 해리를 밀어냈다. 하지만 그런 반항이 해리를 더 자극한 것 같았다. 목을 틀어쥔 손에 더욱 힘이 들어가더니, 해리가 나를 바닥에 내리꽂았다. 그대로 지면에 부딪히는 강한 고통에 숨이 턱 막혀 비명도 제대로 나오지 않았다.

[주인님!]

유피테르의 다급한 목소리가 들려왔지만 너무 아파 뭐라고 대꾸할 정신이 없었다. 해리는 괴로움에 헐떡이는 내 위로 여유롭게 올라타 나를 완전히 제압했다. 이지를 잃은 차가운 눈이 싸늘하게 나를 내려다보고 있었다.

'말이 통하는 상태가 아니네.'

나는 미간을 찌푸리며 속으로 한숨을 내쉬었다.

'갑자기 왜 이렇게 된 거야?'

해리가 처음으로 폭주했을 때는 본능이 요구하는 쾌락을 제대로 충족하지 못해서였다. 문제를 인식한 뒤 나와 해리는 쾌락을 충전하는 방법을 찾았고, 그 이후로는 이런 문제가 전혀 없었다.

'얼마 전에 함께 잤으니 충전이 부족한 것도 아닐 테고.'

결국, 누군가 일부러 해리의 본능을 자극해 이 사달이 났다는 소리였다.

'국왕이 벌써 손을 쓴 모양이네.'

루크가 말했던 대로 흑마법사들을 이용해 비겁한 수를 쓴 것 같았다. 하지만 내 생각은 거기서 더 이어지지 못했다. 내 위에 올라탄 해리가 다시 목을 조르기 시작한 탓이었다.

"윽!"

처음 내 목을 틀어잡았던 이유가 탐색과 경고를 위해서였다면, 이번 손길의 목적은 살상이 분명했다. 더욱 강해진 손길이 목을 죄어오자 숨이 턱 막혔다. 산소가 부족해지고 머릿속이 하얗게 물들었다.

'이름!'

나는 본능적으로 해리를 저지할 방법을 떠올렸다. 해리의 진명은 내가 유일하게 알고 있는 그의 목줄이었다.

"테오하리스! 멈춰요!"

나는 재빨리 해리의 이름을 부르며 명령했다.

"나중에 정신 차리면 나한테 미안해서 어쩌려고 이래요? 조금이라도 덜 미안할 때 정신 차려요!"

방법이 유효했던지 내 목을 조르던 해리가 멈칫하며 손에서 힘을 풀었다. 목을 틀어쥐고 있던 손이 힘없이 바닥에 툭 떨어졌다.

'이제 정신이 돌아온 건가?'

하지만 해리의 두 눈은 여전히 흐렸다. 이성이 돌아오지 않은 것이다.

'진짜 이름을 불러도 안 돌아온다면……'

나는 입술을 질끈 깨물고 해리의 멱살을 잡아당겼다. 커다란 움직임에 등에서 아릿한 둔통이 느껴졌지만 애써 무시했다. 이름을 듣고 멍하니 정신을 놓고 있던 해리가 힘없이 내 손길을 따라 끌려왔다.

내 앞으로 바짝 다가온 그의 눈동자가 나를 빤히 응시하고 있었다. 나는 고개를 살짝 들어 해리의 입술에 입을 맞췄다. 맞닿는 온기에 실이 끊어진 마리오네트처럼 늘어져 있던 해리가 눈동자를 잘게 떨었다.

'효과가 있어!'

방법을 찾았다. 나는 망설임 없이 해리의 입술을 핥았다. 가벼운 자극에 그의 입이 저항 없이 열렸다. 나는 그 속으로 파고들어 여린 속살을 쓸어내렸다. 말캉한 혀와 함께 서로의 숨이 질척하게 뒤섞이며 호흡이 거칠어졌다.

"흐으……."

해리의 입에서 옅은 신음이 새어 나왔다. 입술을 자극하는 울림에 나는 재빨리 해리의 눈을 바라보았다. 차가웠던 그의 눈에 어느새 열기가 감돌고 있었다.

'돌아왔다!'

나는 반가운 마음에 웃으며 해리의 멱살을 놓고 그의 입술에서 입을 뗐다. 그 순간 해리의 눈이 위험하게 번뜩였다. 손을 뻗어 거칠게 내 턱을 붙잡은 해리가 억지로 입을 벌리게 하고는 그 속으로 혀를 밀어 넣었다. 내가 놀라서 몸을 비틀자, 다른 손이 내 어깨를 짓눌러 가볍게 나를 제압했다.

'으아. 돌아온 게 아니었어!'

돌아오기는커녕 다른 쪽의 본능을 제대로 건드려 버린 모양이었다.

'목을 졸리거나 바닥에 내던져지는 것보단 이게 낫긴 한데…….'

이 방법으로도 해리를 진정시킬 수 없다면 도대체 어떤 방법을 쓸 수 있단 말인가. 머릿속으로 방법을 고민하는 사이 해리의 입맞춤은 더욱 농밀해졌다. 어깨를 제압하고 있던 손은 자연스럽게 아래로 내려가 내 몸을 더듬었다. 나는 눈을 굴리며 고민을 시작했다.

'한 번 제대로 하고 나면 원래대로 돌아오려나? 이대로 그냥 해?'

하지만 나는 금세 그 선택지를 지워 버렸다.

'아냐. 여긴 밖이잖아. 누가 보면 어떡하냐고. 하더라도 안으로 데려가서 해야지.'

그러니까 우선은 해리를 제압해야 한다.

'그런데 어떻게?'

내 고민이 그렇게 막힌 벽에 다다른 순간.

"윽!"

맞닿은 해리의 입에서 억눌린 신음이 터져 나오더니, 그의 몸이 그대로 내 위에 무너져 내렸다. 나를 압박하는 무게가 상당히 버거워 절로 미간이 찌푸려졌다.

"이브!"

해리의 몸으로 가려진 시야 뒤편에서 로이의 목소리가 들려왔다. 나는 겨우 몸을 비틀어 해리의 몸 밖으로 고개를 빼꼼 내밀었다. 로이의 손에 척 보기에도 단단한 몽둥이가 들려 있었다.

"로이. 그걸로 해리를 친 거야?"

"응. 하지만 괜찮아. 해리는 튼튼해서 이걸로 때려도 죽진 않아."

로이가 대수롭지 않게 고개를 끄덕이며 몽둥이를 던져 버렸다.

"원래 해리라면 이런 공격에 당하지도 않았을 텐데, 정신이 완전히 팔려 있어서 제대로 때릴 수 있었어."

로이가 뿌듯하게 말하며 내 위에 겹쳐 있는 해리의 뒷덜미를 잡아 가볍게 그의 몸을 들어 올렸다. 순식간에 나를 짓누르고 있던 압박감이 사라졌다. 나는 비로소 편안하게 숨을 쉬며 상체를 세웠다.

"여긴 어떻게 왔어?"

[내가 데려왔어.]

로이에게 한 질문인데 대답은 아스페리츠에게서 나왔다.

[나 혼자서는 쟬 못 감당할 것 같아서 불러왔지.]

"안 보이길래 꽁무니를 뺀 줄 알았더니."

[무슨 소리야? 정령들의 왕은 그렇게 쉽게 도망가지 않아.]

"하지만 해리와 싸울 땐 늘 도망가잖아."

내 지적에 아스페리츠가 꿀 먹은 벙어리가 되어 하늘을 쳐다보며 딴청을 부렸다.

[이야. 하늘이 참 맑아.]

'하늘이 맑긴 뭐가 맑아.'

하늘은 지금 유리 온실에서 시작된 검은 연기로 엉망이었다. 나는 속으로 혀를 차며 해리를 달랑 들고 있는 로이에게 눈을 돌렸다.

"로이. 해리를 방으로 데려갈 수 있겠어? 최대한 사람들의 눈에 띄지 않게."

"응."

"해리가 정신을 차릴 때까지 잘 지켜보고, 혹시 정신을 차린 뒤에도 상태가 이상하면 지금처럼 기절시켜 버려. 잘할 수 있지?"

"응. 할 수 있어."

로이가 자기만 믿으라는 듯 고개를 끄덕이고는 나무 위로 뛰어올랐다. 해리를 손에 들고 있는데도 몸짓이 아주 가벼웠다. 로이는 그대로 나무를 타고 넘어 왕성의 중심으로 달려가기 시작했다.

"으으……."

나는 멀어지는 둘의 모습을 바라보며 참고 있었던 신음을 토해 냈다. 상황이 어느 정도 정리됐다는 생각이 들자마자 억눌러 놓았던 통증이 밀려온 것이다.

'유피테르가 필요해.'

나는 다리를 더듬으며 유피테르를 불렀다.

"유피테르."

[예. 뭐가 필요하신지 알고 있습니다, 주인님.]

내가 별다른 말을 하지 않았는데도 유피테르가 번쩍 빛을 내며 치유 기능을 써 주었다. 빛이 퍼짐과 동시에 온몸을 붙잡고 있던 통증이 서서히 사라졌다. 나는 자리를 털고 일어나 가볍게 몸을 움직여 보았다. 아무리 움직여도 아픈 구석이 없었다.

'루크가 아직 미로 정원에 있을까?'

혹시나 해리가 정신을 차리지 못할 때를 대비해 그를 깨울 방법이 필요했다. 그 방법은 국왕과 접촉했다는 흑마법사들이 알고 있을 것이다. 루크를 통해 그들에 대한 정보를 얻어야 할 것 같았다.

'우선 미로 정원으로 가 보자.'

이미 루크가 떠나고 없다면, 리던을 찾아가 그와 연락을 취해야 한다.

[이브리아 오베론.]

걸음을 옮기기 시작하는 내 옆으로 아스페리츠가 따라붙었다.

[아까 너무 급해서 못 한 말이 있어.]

"뭔데?"

나는 대수롭지 않게 대꾸했다. 아스페리츠의 입에서 나오는 말이 시답잖을 것이라 생각해서였다. 하지만 내 예상이 빗나갔다.

[악마가 인간들의 왕을 죽였어.]

"뭐라고? 인간들의 왕을 죽여? 해리가?"

나는 제자리에 우뚝 멈춰서 믿을 수 없다는 듯 아스페리츠를 바라보았다.

[인간들의 왕이 이상한 향을 써서 악마를 자극했거든. 그래서 그런 상태가 된 거고.]

경악에 찬 내 시선을 받은 아스페리츠가 어깨를 으쓱했다.

[악마의 본능을 자극해서 그 녀석을 제 것으로 만들려고 했나 봐. 하지만 당연히 실패했고, 본능이 깨어난 악마의 손에 끽, 죽고 만 거지.]

"정말로 죽었어? 국왕이?"

당황해서 되묻는 나를 보며 아스페리츠가 고개를 끄덕였다. 나를 보는 그의 눈빛이 왜 이렇게 호들갑이냐고 묻는 것 같았다.

[왜 그렇게 난리야? 인간의 왕이 죽은 게 뭐가 그리 큰 문제라고.]

"당연히 큰 문제지!"

[어차피 온실에 불이 났으니 사고사로 위장해도 되잖아. 그래서 내가 일부러 불을 안 끄고 온 거라고.]

아스페리츠의 말이 완전히 틀린 건 아니었다. 국왕이 죽은 건 큰 문제지만, 어떻게든 수습하고 빠져나갈 수는 있을 것이다. 방법은 어떻게든 만들어 내면 된다. 권력과 명성을 가진 자일수록 쉽다. 그리고 나는 그런 일을 쉽게 만들 권력과 명성을 가진 쪽이었다.

문제는 해리가 국왕을 죽였다는 것. 그 자체였다. 나는 해리에게 살인을 금지했다. 우리의 계약 조건 중 하나였다. 그래서 해리는 살인은 물론이고 나의 허가가 떨어지지 않는 한 살생조차 하지 않았다. 그런데 해리가 국왕을 죽였다니.

"……계약을 위반한 게 돼 버리잖아."

나는 리피와 레피를 불러냈을 때 그들과 나눴던 대화를 떠올렸다. 계약을 위반하는 건 악마들에게 가장 큰 죄악으로 여겨져 엄청난 벌을 받는다고 했다.

'다음 생에 하급 악마로 태어나 평생 욕망을 탐하지 못하고 산다고 했어.'

그리고 지금은? 계약을 위반한 악마가 지금 삶에서는 어떤 벌을 받게 되지? 머릿속이 복잡해졌다. 악마의 계약에 대해 잘 아는 자가 필요했다. 리피와 레피라면 답을 알 것이다.

"아스페리츠."

나는 눈을 질끈 감고 아스페리츠를 불렀다.

"에렐로 가서 리피와 레피에게 악마가 계약을 위반하면 어떻게 되는지 물어보고 답을 가져와 줘요."

[……응. 알았어.]

심각한 분위기를 읽었는지 아스페리츠가 반발 없이 고개를 끄덕이고는 순식간에 자취를 감췄다. 나는 나무 사이에 홀로 남아 하늘을 가득 메우고 있는 검은 연기를 바라보았다.

겨우 불길을 잡은 유리 온실에서 시체 한 구가 발견되었음에도 국왕의 사망 소식은 공식적으로 발표되지 않았다. 온실에서 발생한 화재 때문에 시신의 훼손이 매우 커서 신원을 확인하기가 어려웠기 때문이었다. 특히 얼굴 부분의 훼손이 심각하다고 했다. 그러나 사체의 곁에서 국왕의 왕관이 발견된 데다, 유리 온실 자체가 국왕의 공간이라는 사실이 더해져 사람들은 그 사체가 국왕일 거라고 짐작하고 있었다.

하지만 국왕의 죽음은 그렇게 짐작으로 결론 내릴 수 있는 게 아니었다. 국왕의 두 아들, 카시안과 리던의 의견을 구한 뒤 부검까지 마친 뒤에야 공식적인 국왕의 죽음이 확인될 거라고 했다. 그 뒤에는 국왕을 죽음에 이르게 한 이유를 찾기 위한 수사가 시작될 것이다.

'덕분에 그렇지 않아도 어수선하던 왕성이 더 시끄러워졌어.'

주인을 잃은 신탁이 내려진 이후 왕성은 하루도 조용할 날이 없었다. 그 시끄러운 왕성에 사람들이 삼삼오오 모여 의문을 나눌 주제가 하나 더 늘었다.

그러나 왕성의 많은 사람과 달리 나는 죽은 자가 국왕이라는 확신이 있었다. 그를 죽음에 이르게 만든 자가 누구인지도 알았다.

나는 죽은 듯 조용히 잠들어 있는 해리의 머리를 매만지며 한숨을 내쉬었다.

"또 잠들어 버린 거예요? 우리 해리는 아마 잠자는 숲속의 공주님인가 봐."

'그럼 나는 잠자는 숲속의 공주님을 깨우는 왕자인가?'

어쩐지 우스운 생각이 들어 웃음이 흘러나왔다. 하지만 상황이 상황인 만큼 미소는 오래가지 못했다.

리피와 레피를 만나고 온 아스페리츠는 계약을 위반한 악마가 받게 되는 벌이 무엇인지 말해 주었다.

―계약을 위반한 악마는 다음 생에 하급 악마로 태어나지. 욕망은 배제당한 채 잡일을 도맡아 해야 한대.

―그건 알아. 문제는 지금, 이번 생이지. 이번 생의 벌은 뭔데?

―……계약은 파기되고, 악마는 계약자와의 기억을 모두 잃어. 그 기간의 삶이 머릿속에서 사라지는 거지. 그게 현생의 벌이래.

해리가 원해서 계약을 위반한 게 아니었다. 제정신이었다면 그는 절대로 나와의 계약을 위반하지 않았을 것이다. 하지만 일은 벌어졌다. 국왕이 다시 살아나는 기적 같은 일이 벌어지지 않는 이상, 해리는 벌을 받게 된다. 아니, 이미 벌을 받아 머릿속에 나에 대한 기억이 없을지도 모른다.

'차라리 정신을 못 차리고 있는 게 다행인가.'

나는 해리의 머리를 쓰다듬던 손을 떼어 내고 몸을 바로 세웠다.

"그래. 공주님을 깨우는 왕자. 내가 하지 뭐."

기적이 뭐 그리 어려운가.

'태양신의 심장 조각 하나만 더 모으면 돼. 그럼 소원을 말할 수 있어.'

남은 태양신의 조각은 하나. 게다가 위치 역시 대충 짐작하고 있었다.

캐서린 우드베르슨. 내가 읽은 책의 주인공. 그녀가 마지막 심장 조각을 가지고 있을 것이다.

20장
소원

캐서린의 위치를 파악하는 건 어렵지 않았다. 그녀 역시 나처럼 신탁의 주인을 보호한다는 명목 아래 왕성에 머무르고 있기 때문이었다. 그러나 위치를 파악하고 있는데도 캐서린을 만나기는 그리 쉽지 않았다.

나는 먼저 공식적인 루트를 통해 정식으로 캐서린에게 만남을 청했다. 이런 정중한 방식이 캐서린을 덜 불안하게 할 것으로 생각해서였다. 나쁜 짓을 하려는 사람이 자신의 방문을 이처럼 당당하게 청하지는 않을 테니 말이다.

그러나 나의 요청은 번번이 거절당했다. 건국제 연설에서 쓰러진 이후 아직도 건강이 완전히 회복되지 않아 만남이 힘들다는 이유에서였다. 하지만 나는 이미 그녀의 건강이 회복되어 가까운 사람들을 만나고 있다는 소식을 들었다. 결국 '나'만 만나기 곤란하다는 소리였다.

'뭐, 쉽지 않을 거라고 생각은 했어.'

이브리아는 캐서린을 독살하려다 발각된 전적이 있었다. 그녀가 나와의 만남을 두려워하는 것도 이해할 수 있는 일이었다.

'하지만 난 지금 그걸 이해하고 마음이 열릴 때까지 기다릴 여유가 없다고.'

그렇다면 방법은 이런 쪽뿐이다. 잠입. 침입. 침투.

'하나같이 범죄 같고 참 좋네.'

악역의 문제 해결 방식으로 이보다 어울리는 일이 있겠나. 나는 밤이 깊어지기를 기다렸다가 캐서린의 방 창문을 넘었다. 정확하게 말하자면, 로이가 캐서린의 방 창문을 넘었고, 나는 그의 등에 업혀 있었던 거지만 말이다. 나는 로이와 함께 창문을 넘자마자 소파에 앉아 책을 읽고 있는 캐서린과 마주쳤다.

"어……."

제대로 상황 파악이 되지 않는지 캐서린이 눈을 동그랗게 뜨고 입을 떡 벌렸다. 눈동자를 좌우로 굴리며 잠시 생각하던 그녀가 곧 경악에 찬 얼굴로 비명을 지르려 했다. 소리가 밖으로 새어 나가 다른 사람들이 몰려오면 일이 귀찮아진다.

"꺄아…… 읍!"

나는 재빨리 캐서린의 앞으로 다가가 손으로 그녀의 입을 틀어막았다.

"조용히 해 주겠어요, 우드베르슨 양? 사람들이 몰려오면 내가 좀 곤란해져서요."

최대한 친절한 말투로 이야기했지만, 캐서린 입장에서는 조금 친절한 말투의 협박일 뿐이겠지. 나는 읽고 있던 책까지 바닥에 떨어뜨리고 오들오들 떨고 있는 캐서린을 보며 속으로 한숨을 내쉬었다.

"난 조용히 대화를 하고 싶을 뿐이에요. 비명 지르지 않겠다고 한다면 손 내릴게요."

내 말에 잠시 고민하던 캐서린이 고개를 끄덕였다. 나는 긴장을 늦추지 않고 서서히 캐서린의 입에서 손을 떼어 내려놓았다. 캐서린이 다시 비명을 지르면 재빨리 입을 틀어막을 생각이었지만, 다행히 그녀는 조용했다. 대신 겁에 잔뜩 질려 덜덜 떨며 고개를 푹 숙이고 있을 뿐이었다.

'이래서야 대화를 할 수가 없잖아.'

물론 예상했던 반응이다. 그 사건 이후 캐서린은 이브리아와 마주치기만 하면 이렇게 덜덜 떨었다. 자신을 죽이려고 했던 사람을 마주하는 건 당연히 두려운 일이겠지.

'하지만 이제는 내게 그럴 생각이 없다는 걸 좀 알아줬으면 좋겠다고.'

나는 속으로 한숨을 삼키며 로이에게 눈짓했다.

"로이."

내 신호에 로이가 처음 창문을 넘을 때부터 들고 있던 인형을 캐서린에게 내밀었다. 목에 분홍색 리본을 달고 있는 귀여운 곰인형이었다.

"어?"

그것을 본 캐서린의 두 눈이 창문을 넘어온 나와 로이를 발견했을 때만큼이나 커졌다.

"어릴 때부터 안고 자던 인형이죠? 커서도 머리맡에 항상 두고 지내고요."

캐서린이 얼떨떨한 얼굴로 고개를 끄덕이며 인형을 받아 들었다.

"어떻게……."

나는 어깨를 으쓱하며 대답했다.

"우드베르슨가에 사람을 보내서 가져온 거예요."

사실 우드베르슨가에 보낸 건 사람이 아닌 정령왕이요, 인형은 가져온 것보단 몰래 훔쳐 온 것에 가까웠다. 아스페리츠는 내가 이제 인형까지 훔쳐 와야 하느냐며 투덜거렸지만, 훌륭하게 임무를 수행해 냈다.

"그런 거라도 있으면 좀 편안하게 대화할 수 있을 것 같아서요."

가장 편안한 상태일 때 곁에 두는 물건이 품 안에 있다면 조금이나

마 경계심을 풀 것이란 계산이었다. 이어지는 이야기에 캐서린은 어리
둥절한 얼굴로 인형과 나를 번갈아 보았다.

"어떻게 이브리아 양이 이 인형을 알고 있어요?"

"알려 준 사람이 있어서요."

물론 캐서린은 그 사람이 태양신 솔이라는 사실을 짐작조차 못 할
것이다. 태양신이 내게 보여 준《레이디 캐서린》의 주인공은 캐서린 우
드베르슨이었다. 그 책을 읽고 나면 자연스럽게 그녀의 많은 부분을
알 수 있었다.

"도대체 누가 이런 걸……. 시안도 모를 텐데……."

캐서린은 이해할 수 없다는 듯 고개를 갸웃거리면서도 인형을 꼭
끌어안았다. 내 짐작대로 익숙한 물건이 곁에 있으니 마음이 조금 편
해졌는지 표정이 훨씬 좋아 보였다.

"좋아요. 이제 제대로 된 대화를 할 수 있겠네요. 밤도 깊었고, 나
와 오래 마주하는 건 우드베르슨 양도 불편할 테니 본론만 말할게요."

나는 캐서린의 맞은편에 자리를 잡고 앉았다. 캐서린이 도대체 내
가 무슨 말을 꺼낼지 모르겠다는 듯 긴장된 눈으로 나를 쫓았다.

"가슴을 보여 줘요."

"……예?"

캐서린의 입에서 맥 빠진 소리가 흘러나왔다.

"가, 가슴이요?"

"네. 우드베르슨 양의 가슴을 꼭 보고 싶어요."

"……진심이세요?"

"진심입니다."

어색한 공기가 방 안을 가득 채웠다. 나를 바라보는 캐서린의 눈에

의아함과 당혹스러움이 가득했다.

"그러니까 이브리아 양께서 지금 제 가슴을 보고 싶어서 창문을 넘으신 거라고요? 몇 번이나 만남을 청하셨던 것도 그것 때문이고요?"

캐서린이 재차 확인했다. 나는 당당하게 고개를 끄덕였다.

"네. 정확히는 우드베르슨 양의 가슴 속에 있는 것에 관심이 있는 거지만요."

내 말에 캐서린이 더욱 알 수 없다는 듯한 표정이 되어 고개를 갸웃거렸다.

"제 가슴 속에 뭐가 있는데요?"

"신관들이 신탁의 주인을 찾기 위해 태양신의 심장을 깨웠죠. 그때 당신의 가슴에서 붉은빛이 피어올랐고요. 난 그게 필요해요."

캐서린 역시 그날의 놀라운 일을 분명하게 기억하고 있는 모양이었다. 그녀가 그날 붉은빛이 피어올랐던 곳을 정확하게 부여잡으며 손을 덜덜 떨었다.

"지금 제 가슴을 가르고 이 속에 든 걸 가져가시겠다는 건가요? 그렇게 신탁의 주인이 되고 싶으세요?"

"아뇨, 우드베르슨 양. 만약 신탁의 주인이 되고 싶지 않은 사람을 줄 세운다면 제가 그 첫 번째에 서 있을걸요."

잔뜩 질린 목소리에서 제법 진심이 느껴졌던지 캐서린의 목소리에 조금 힘이 풀어졌다.

"……그럼 왜 제 가슴 속에 든 게 필요하신 건데요?"

"소중한 사람을 잃고 싶지 않아서요."

"네?"

전혀 예상하지 못한 대답이 돌아왔는지 캐서린이 눈을 동그랗게 떴다. 하지만 모든 사연을 캐서린에게 늘어놓을 수는 없었다.

"미안하지만 자세한 사정을 말하긴 힘들어요. 어차피 다 이해하지도 못할 거고요."

악마의 존재와 태양신이 부여한 임무. 내가 진실을 말한다고 해도 그것을 전부 믿기는 어려울 것이다.

나는 자리에서 일어나 캐서린 앞으로 다가갔다. 내 걸음이 가까워질수록 캐서린의 어깨가 조금씩 더 움츠러들었다.

"난 오늘 우드베르슨 양에게서 원하는 걸 가져갈 거예요. 협조하지 않는다면 강제적으로라도 그렇게 해야겠죠. 하지만 웬만하면 평화적으로 해결하고 싶어요. 난 우리가 그렇게 할 수 있다고 생각해요."

나는 캐서린을 똑바로 바라보았다. 그러자 그녀가 고개를 돌려 시선을 피했다.

"하지만 이걸 잃으면 난 신탁의 주인이 될 수 없잖아요."

"신탁의 주인이 되고 싶어요?"

"네. 그래야 시안이 왕이 될 수 있을 테니까요."

신탁의 주인에게도 왕을 선택할 힘이 있었다. 왕국 사람들은 태양신에 대한 믿음이 굳건하니, 신탁의 주인이라면 성검의 주인 이상의 입김을 행사할 수 있을 것이다. 캐서린은 상황을 정확히 읽고 있었다. 하지만 그건 겉으로 드러난 상황일 뿐이었다.

"안타깝네요. 카시안 제레인트가 왕이 될 일은 없을 거예요."

내 말에 캐서린이 고개를 번쩍 들었다. 흔들리는 그녀의 눈동자가 나를 향했다.

"어째서요?"

"내가 그렇게 되도록 놔두지 않을 테니까요."

국왕은 카시안이 왕이 되기를 바랐다. 나 역시 그 생각이 그리 나쁘다고 보지 않았다.

'하지만 이젠 아니지.'

국왕은 해리를 위험에 빠뜨렸다. 그런 비열한 인간이 바라는 결말을 맞이하는 건 가만히 두고 볼 수 없었다. 이제부터 나는 최선을 다해 그의 꿈을 엉망으로 만들 생각이었다.

"안타깝게도 평화적인 해결은 어려울 것 같네요. 이럴 줄 알았으면 처음부터 악역답게 갈 걸 그랬네."

나는 그렇게 말하며 로이에게 눈짓했다. 그러자 그가 기다렸다는 듯 캐서린의 뒤로 다가가 그녀의 목을 가볍게 내리쳤다. 하지만 캐서린도 순순히 당하지는 않았다. 여리게 보이지만 그녀 역시 마력치 9의 마법사였다.

"이브리아 양께서 그런 생각을 가지고 계신다면 전 최선을 다해 막을 거예요."

마법을 일으켜 로이의 손짓을 튕겨 낸 캐서린이 덜덜 떨리는 손으로 반투명한 방어막을 만들어 냈다. 하지만 캐서린의 상대는 평범한 인간이 아닌 로이였다. 이제 막 성체가 되었다지만 드래곤은 드래곤. 아무리 강한 마법사라도 그를 이기기는 힘들었다.

"그래요. 당신의 입장을 이해해요. 하지만 나도 내 입장이 있거든요."

나는 로이에게 다시 한번 눈짓했다. 로이는 제게 맡겨 두라는 듯 고개를 끄덕이고는 커다란 덩치에 어울리지 않은 날렵한 움직임으로 캐서린에게 달려들었다.

처음에는 대등하게 맞서는 것 같았던 캐서린은 금세 로이의 힘에 밀리기 시작했다. 상대를 제대로 파악한 로이가 조금씩 강한 힘을 사용한 탓이었다. 견고해 보였던 방어막은 금세 산산조각이 났다. 로이는 무너져 내리는 방어막을 황망하게 바라보는 캐서린의 목뒤를 내려쳐 그녀를 기절시켰다.

나는 바닥에 축 늘어진 캐서린 앞으로 다가가 몸을 숙이고 그녀의 가슴을 바라보았다. 겉으로 보기에는 아무런 흔적이 없지만, 나는 이 속에서 붉은빛이 새어 나왔던 것을 분명히 기억하고 있었다.

나는 기억을 더듬어 빛이 새어 나왔던 자리에 반지를 낀 손을 얹었다. 어떤 원리로 반지가 심장 조각의 힘을 흡수하는 건지는 모르겠지만, 지난 사례를 떠올려 보면 조각에 가까이 갔을 때 상호작용을 일으키는 것 같았다. 역시나 이번에도 반지 가까이에 조각의 기운이 닿자 신관들이 신탁을 이야기하던 그날처럼 붉은빛이 새어 나오기 시작했다.

하지만 지난 네 번의 경험과 달리 밀려오는 기운이 버거웠다. 따뜻한 온기와 함께 밀려드는 거대한 기운을 이기지 못하고 몸이 휘청거렸다. 온몸을 짓누르는 강한 압박감에 정신까지 아득해지는 것 같았다.

"이브!"

놀란 로이가 내게 손을 뻗었지만 강한 기운이 그를 밀어내 버렸다. 나는 당황한 표정을 짓는 로이를 쳐다보며 끊어지려는 정신을 붙잡으려 노력했다. 하지만 압박감이 점차 강해지자 나의 노력도 금세 물거품이 되고 말았다.

"이브!"

다급한 로이의 목소리를 끝으로 눈앞이 까맣게 물들었다.

나는 고요한 공간에서 눈을 떴다. 사방이 새하얀색으로 물든 공간이었다. 본능적으로 이곳이 태양신이 만들어 낸 공간임을 알아챘다.

'정신 병원도 아니고 이게 뭐람.'

태양신에게 불만이 많아서인지 특별할 것 없는 하얀 공간조차 불만스러웠다.

"왔군요, 이브리아."

투덜거리는 내 앞에 태양신 솔이 나타났다. 날 보며 활짝 웃고 있는 것이 지금 내 심정을 모르는 게 분명했다.

"그래요. 나 왔어요, 솔."

나는 이를 바드득 갈며 솔 앞으로 다가섰다. 금방이라도 폭발할 것 같은 내 기세를 느끼지 못했는지 그녀가 내 두 손을 붙잡고 방방 뛰며 기쁨을 토해 냈다.

"드디어 다섯 조각을 모아 심장이 완성됐네요! 이제 나도 힘을 모두 찾았어요! 정말 고생 많았어요!"

"고생……. 그래요. 나 고생 많았죠."

고생이라는 말에 지난 시간들이 파노라마처럼 머릿속을 스쳐 지나갔다. 마지막 장면은 이지를 잃은 해리의 모습과 그가 받게 될 벌을 전하는 아스페리츠의 목소리였다.

"그러니까 우선 한 대, 아니, 몇 대만 좀 맞아요."

나는 주먹을 불끈 쥐고 솔에게 달려들었다. 하지만 솔은 복부를 노리고 들어간 나의 주먹을 가볍게 피해 버렸다.

"진정해요, 이브리아. 고생한 거 알겠으니까……."

그제야 내가 잔뜩 화가 나 있다는 걸 깨달았는지 솔이 땀을 뻘뻘 흘리며 뒷걸음질 쳤다.

"진정? 진저엉?"

나는 목뒤를 잡으며 슬그머니 도망치려는 솔을 따라잡았다.

"내가 지금 진정하게 생겼어요? 이딴 거지 같은 꽃길을 걷느라 개고생을 했는데?"

"그, 그래도 이제 다 해결됐잖아요! 내가 다시 힘을 찾았으니까 뭐든 해 줄 수 있어요."

"그 말이 거짓이 아니어야 할 거예요."

"정말이라니까요. 신이 거짓말하는 거 봤어요?"

솔이 순진한 얼굴로 웃으며 고개를 끄덕였다. 나는 자신만만한 태도로 호언장담하는 솔을 눈을 가늘게 뜨고 바라보았다.

"내가 만난 신은 당신 하나뿐인데, 당신이 그다지 믿음직스럽지는 않더라고요."

"이젠 달라요. 심장을 되찾아 전지전능한 신의 힘을 다시 얻었으니까요."

솔이 인자한 미소를 지으며 차분하게 대답했다. 그녀의 뒤에서 밝은 빛이 새어 나와 눈을 어지럽혔다. 만약 인간이 신의 모습을 상상해 그림을 그린다면 지금 내가 두 눈으로 보고 있는 장면을 그릴 것이다. 신성하고 경건한 풍경. 평범한 사람이라면 감탄하며 고개를 조아렸겠지만, 그녀가 부여한 임무 덕분에 이리 구르고 저리 구른 나는 달랐다.

"빛 꺼요, 솔. 지금 신성함이나 뽐내고 있을 때인가요?"

"……예. 그럴 때는 아니죠. 그렇고 말고요."

나의 타박에 솔의 뒤에서 쏟아지던 빛이 순식간에 자취를 감추었다. 싸늘한 내 시선에 두어 번 헛기침을 한 솔이 목소리를 가다듬으며 입을 열었다.

"당신이 내 심장을 되찾아 줬으니, 그 대가로 소원을 들어주겠어요."

솔이 태양을 닮은 눈동자를 빛내며 물었다.

"이브리아, 당신의 소원은 뭔가요?"

나를 바라보는 솔의 눈이 부담스럽게 반짝였다. 무엇이든 말해 봐! 내 전지전능함을 보여 줄게! 그녀의 눈빛이 그렇게 말하고 있는 것만 같았다.

"원래 세계로 돌아가고 싶어요?"

힘을 되찾아 잔뜩 신이 난 그녀가 내 대답을 기다리지 못하고 선수를 쳤다.

"지금 당장 보내 줄 수도 있어요. 물론 비행기 사고는 일어나지 않을 거예요."

솔의 말에 어쩔 수 없이 지난 삶의 풍경이 떠올랐다. 그곳에는 내가 사랑하는 가족과 친구들이 있었다. 밤낮없이 일하며 쌓아 온 경력과 내가 꿈꾸던 미래도 그곳에 있었다.

'미련이 없다면 거짓말이겠지.'

하지만 나는 고개를 저었다.

"난 이미 죽음을 받아들였어요. 미련은 미련으로 남겨 둬야만 의미가 있는 거예요."

지금의 나는 이브리아 오베론이었다. 이제 다른 이름으로 살아가는 나의 모습은 상상조차 할 수 없었다. 이 삶을 받아들일 수 있게 해 준 수많은 인연 덕분이었다. 그중에서도 해리의 지분이 가장 컸다.

"그럼 역시 소원은 테오하리스와 연관이 있겠군요. 그는 지금 상당히 곤란한 상황에 빠져 있으니까요."

어두워진 내 얼굴을 보며 솔이 부드럽게 웃었다. 가라앉은 내 분위기 때문인지 어느새 솔의 태도 역시 차분하게 변해 있었다.

"그가 인간이 되면 어때요?"

솔이 한 가지 해결책을 제시했다.

"그럼 테오하리스는 계약을 어긴 벌을 피할 수 있어요. 악마가 아닌 자에게 악마의 규칙은 필요 없지요."

솔의 제안은 썩 괜찮은 방법처럼 들렸지만 나는 그 방법을 선택할 수 없었다.

"그건 내가 선택할 수 있는 게 아니잖아요. 해리의 삶을 비틀고 싶지 않아요."

해리는 악마였다. 그것이 그의 본질이었다. 자신만만한 해리의 성격, 그가 가진 강력한 힘, 긴 수명과 아름다운 외모. 그건 모두 그가 악마이기에 가질 수 있는 것들이었다. 나는 내 손으로 그의 본질을 흐리고 싶지 않았다.

'악마에서 인간이 되는 건 인간에서 원숭이가 되는 것과 비슷한 수준이라고.'

만약 해리가 그 본질을 버리는 순간이 온다면, 그것은 오로지 그의 선택에 달린 일일 것이다. 결코, 내가 건드릴 수 있는 부분이 아니었다. 솔 역시 내 뜻을 이해한다는 듯 고개를 주억거렸다. 그녀는 다음 해결책을 제시했다.

"그렇다면 시간을 되돌릴 건가요? 테오하리스가 계약을 위반하기 전으로?"

그것 역시 그럴듯한 해결책이었지만, 나는 무척이나 회의적이었다.

"시간을 되돌린다고 하더라도 국왕은 계략을 멈추지 않을 거예요. 눈앞의 사건은 피할 수 있겠지만, 또다시 비슷한 일이 일어나겠죠."

짐작보다는 확신에 가까웠다.

"그는 나와 해리를 강력한 적으로 생각하고 끝까지 떨쳐 내려고 할 거예요."

만약 되돌아간 시간에서 내가 카시안을 후계자로 선택한다고 하더라도 국왕의 의심은 사라지지 않을 것이다.

"한번 마음에 품은 의심은 몸집을 불리기만 할 뿐, 절대 줄어들거나 사라지지 않는 법이니까요."

혹 의심이 사라진 것처럼 보인다고 해서 방심해선 안 된다. 의심은 잠시 몸을 숨긴 채 다시 고개를 내밀 순간을 기다리고 있을 뿐일 테니까.

'게다가 난 이제 카시안을 후계자로 지목해서 국왕 그놈이 바라는 대로 해 줄 생각도 없는걸.'

그렇다면 상황은 또다시 국왕과 대립각을 세운 끝에 그를 죽이는 것으로 몰려갈 뿐이다. 뻔히 미래가 보이는 일에 아까운 소원을 낭비할 수는 없었다. 나는 국왕을 향한 확실한 복수와 해리의 완벽한 구원을 원했다. 전지전능한 신이 들어주는 소원은 그렇게 써야 가치가 있었다.

"그렇다면 이브리아, 당신의 소원은 이거겠네요!"

솔이 드디어 알아차렸다는 듯 자신만만하게 웃었다.

"테오하리스의 벌을 면제해 달라고 하고 싶은 거겠죠? 문제가 되는 계약 조항을 무효화해서 벌을 피할 수도 있어요. 나는 악마와의 계약에도 손을 쓸 수 있는 전지전능한 신이니까 걱정 말아요."

나는 자신만만한 솔의 미소를 보며 어깨를 으쓱했다. 긍정도 부정도 아닌 모호한 태도에 솔이 내 의도를 모르겠다는 듯 고개를 한쪽으로 기울였다.

"소원을 빌기 전에 묻고 싶은 게 하나 있어요."

"당신에게는 뭐든 대답해 줄게요, 나의 대리인."

솔이 정중하게 고개를 숙였다. 다소 과장된 몸짓이었지만 그녀 나름의 진심이 담겨 있는 행동 같았다.

"왜 하필 캐서린이었어요?"

내 질문에 솔의 얼굴에서 미소가 사라졌다.

"내게 보여 준 이야기의 주인공도, 마지막 심장 조각을 가진 것도 모두 캐서린이었잖아요."

《레이디 캐서린》이 단순한 소설책이 아니라는 사실을 알게 된 이후 쭉 궁금했던 이야기였다. 내게 이브리아의 삶을 살게 할 거라면,《레이디 캐서린》이 아닌《레이디 이브리아》를 보여 주는 쪽이 더 좋지 않았을까? 하지만 솔은 이브리아가 아닌 캐서린의 삶을 보여 주는 것을 택했다.

"'하필' 그녀였던 게 아니라, '꼭' 그녀여야만 했어요."

솔은 마치 그것이 너무도 당연한 결정이라는 듯, 한 치의 고민도 없이 단호하게 대답했다.

"어째서요?"

"그녀는 오래전 내 심장을 가지고 도망간 자의 환생이니까요. 그녀가 모든 일의 시발점인 셈이죠."

낮게 토로하는 솔의 얼굴이 지나치게 차가웠다. 나를 바라볼 때의 따뜻하고 친근한 미소는 한 줌도 찾아볼 수 없었다. 단 한 톨의 감정도 느껴지지 않는 얼굴. 인간에게 언제든 단죄를 내릴 수 있는 절대자의 잔혹함이 엿보였다.

"그자는 인간들을 부추겨 내 심장을 조각내어 곳곳에 흩어 놓고, 마지막 조각은 자신이 지녔어요."

조용하고 느리게 이어지는 솔의 목소리는 차가운 얼굴만큼이나 서늘했다.

"조각을 손에 넣은 덕분에 아주 강한 마력을 갖게 되어 죽을 때까지 부와 권력을 누리며 행복하게 살았죠."

강한 마력을 가진 마법사. 지금 캐서린의 모습과 상당히 비슷했다.

'캐서린이 강한 마법사가 된 것도 전부 전생 때부터 지니고 있던 태양의 심장 조각 덕분인 건가?'

그렇다면 태양의 심장 조각과 함께 캐서린의 엄청난 마력도 사라졌을 것이다.

'전생에서 부당하게 얻은 힘을 다시 빼앗긴 거야.'

하지만 전생을 기억하지 못하는 캐서린에게는 날벼락 같은 일일 것이다.

"나는 심장과 함께 신의 권능을 잃었습니다. 의심을 배웠고, 배신을 깨달았지요. 그 전까지 나는 피조물을 조건 없이 사랑하는 순수한 신이었는데……."

솔이 말끝을 흐리며 나를 바라보았다. 서늘했던 시선에 어느새 온기가 돌아와 있었다.

"이브리아, 당신의 말이 옳습니다. 한번 품기 시작한 의심은 결코 사라지지 않아요. 하지만 나는 신이기에 그런 의심을 떨쳐 버려야만 했습니다."

솔이 천천히 다가와 내 두 손을 꼭 붙잡았다.

"그래서 같은 인간을 대리인으로 삼았어요. 인간으로 얻은 의심은 인간으로밖에 씻을 수 없잖아요? 결과적으로 내 선택이 옳았지요."

곱게 휘어진 솔의 눈에는 애정과 신뢰가 가득했다. 마치 자식을 바라보는 어머니 같은 눈이었다.

"그러니 소원을 말해 봐요, 이브리아. 나는 무엇이든 들어줄 준비가 되어 있답니다."

"내 소원은 간단해요."

나는 솔에게 내 소원을 전했다. 사실 캐서린의 방 창문을 넘을 때부터 솔에게 말할 소원은 정해져 있었다. 국왕을 향한 확실한 복수와 해리의 완벽한 구원.

"내 소원은……."

이어지는 이야기에 솔의 눈이 커졌다.

✦

"허억!"

국왕은 어둠 속에서 눈을 번쩍 뜨며 깊은숨을 토해 냈다. 악마에게 목이 비틀려 턱 막혔던 숨이 한 번에 밀려들자 새카맣던 시야가 점차 밝아졌다. 그는 조금씩 선명해져 가는 시야를 느끼며 느리게 눈을 깜빡였다.

'내가 산 것인가, 죽은 것인가?'

그는 아주 혼란스러웠다. 분명히 죽었다고 생각했는데, 생명의 증거인 심장의 고동 소리가 요란하게 몸을 울리고 있었다.

'내가 산 것인가? 정말로?'

믿을 수 없었다. 마지막 기억은 엄청난 고통이었다. 악마에게 목이 꺾이며 생전 처음 겪는 고통과 함께 정신이 아득해졌다.

'당연히 죽었다고 생각했는데.'

선명해진 시야에 들어온 천장이 익숙했다. 자신의 방이 분명했다.

그것을 깨닫자마자 국왕은 유쾌하게 웃음을 터트렸다.

"크핫!"

'그래! 그럼 그렇지! 내가 그렇게 허무하게 죽을 리가 없지.'

한 나라 왕이 그렇게 죽는다면 얼마나 우스운 일이겠나. 모두가 손가락질하며 비웃을 일이었다. 국왕은 자신이 그런 우스운 왕이 될 운명을 타고났다고는 생각하지 않았다.

'도대체 일이 어떻게 된 거지.'

그는 빠르게 머리를 굴렸다. 그가 이렇게 살아 있다는 건 악마가 그를 죽이지 못했다는 뜻이었다. 처음에는 부작용이 생겼지만, 결국 향이 제대로 먹혀 악마를 제압한 것이 분명했다.

'푸른 불꽃의 대마법사? 웃기는 소리.'

그는 승리감에 도취하여 코웃음을 흘렸다.

'역시 그놈도 어쩔 수 없는 악마였어.'

국왕은 건국왕의 일기장에 남은 기록을 가지고 비밀리에 흑마법사들을 만났다. 악마의 본능을 자극하고 중독시켜 종래에는 굴복시키는 향을 만들기 위해서였다. 건국왕처럼 사형수의 영혼을 제물로 바치고 악마를 소환해 실험까지 마쳤다.

'역시 건국왕께서는 위대하셨어.'

악마는 감히 제레인트의 건국왕을 머저리라고 불렀다. 하지만 결국 그 머저리가 남긴 기록 때문에 머저리의 후손에게 고개를 조아리는 처지가 되고 말았다.

'자기가 그렇게 될 줄은 꿈에도 몰랐겠지. 그 건방진 악마 놈.'

국왕은 당당하게 입을 열어 이제는 자신의 충실한 종복이 되었을 악마를 불렀다. 이제 악마를 손에 넣었으니 신전에서 신탁의 주인을 가려내기 전에 서둘러 그 여자를 없애야 했다. 그가 쓰러지고 얼마나 긴 시간이 흘렀는지 모르는 상황이니 더욱 마음이 급했다.

"으억마야아."

그러나 입 밖으로 나오는 소리가 이상했다. 그는 분명히 '악마야'라고 말했는데, 소리가 괴상하게 일그러져 입 밖으로 쏟아졌다.

'내가 오랫동안 기절해 있었나?'

국왕은 자신이 오랜 시간 동안 말을 하지 않아 목이 메마른 모양이라고 생각했다.

'물이라도 한잔 마시면 나아지겠지.'

그는 물을 가져다줄 하인을 부르기 위해 상체를 일으키고 설렁줄을 당겼다. 하지만 그건 생각뿐이었다. 의지와 달리 그의 몸뚱이는 여전히 침대에 딱 붙어 있었다.

'몸까지 굳어 버린 건가……?'

국왕은 그제야 제 몸이 물을 잔뜩 머금은 솜처럼 아주 무겁다는 사실을 깨달았다. 그는 천천히 팔을 들어 보려고 애썼다. 손이라도, 아니, 손가락만이라도 움직이고 싶었다.

'이익!'

하지만 아무리 용을 써도 몸은 미동조차 없었다. 무겁다는 말로도 이 감각을 표현하기는 힘들었다. 마치 온몸이 사라져 버린 것 같은 기이한 기분이었다.

'이게…… 무슨……'

기이한 감각을 깨닫자마자 등줄기가 서늘해졌다. 불안했다. 너무도 불안했다.

"이제 눈을 뜨셨나 봐요."

바로 옆에서 들려온 목소리에 불안감은 더욱 증폭되었다. 국왕은 돌아가지 않는 고개 대신 눈동자를 굴려 침대 옆을 바라보았다. 그곳에는 이브리아가 차분한 얼굴로 서 있었다.

"느어……."

국왕은 놀라서 이브리아를 불렀으나, 그 말조차 제대로 된 소리를 갖추지 못했다. 하지만 이브리아는 국왕이 자신을 불렀다는 걸 알아차리고 미소를 지었다.

"이게 지금 무슨 상황인지 많이 궁금하실 거예요."

이브리아가 천천히 국왕 곁으로 다가와 그의 눈높이에 맞춰 몸을 숙였다. 그러자 국왕의 두 눈에 이브리아의 모습이 더욱 분명하게 보였다.

"당신은 이미 한 번 해리의 손에 죽었어요. 하지만 내가 태양신의 힘을 빌려 다시 살려 냈죠."

이브리아의 말에 국왕의 눈이 혼란스럽게 흔들렸다. 태양신의 힘을 빌려 자신을 살려 냈다는 말도 믿기 힘들었지만, 그것이 사실이래도 그녀가 그렇게 할 이유가 없었다. 그는 이브리아 오베론의 적이었다. 그녀의 악마를 뺏으려고 했고, 악마를 이용해 그녀를 무너뜨리려고 했다. 그런데 어째서 그녀가 자신을 되살려 주는 호의를 베푼단 말인가.

"으어에……."

"왜냐고요?"

발음은 여전히 부정확했지만 이브리아는 이번에도 그의 말을 이해했다.

"뭐, 고마워하실 필요는 없어요. 정말 살려만 놓은 것뿐이니까."

혼란스러워하는 국왕의 눈빛에서 그의 생각을 고스란히 읽은 이브리아가 어깨를 으쓱하며 고개를 저었다.

"죽음에 이르렀을 때 폐하의 상처는 아주 깊었어요. 목은 부러졌고 화상도 심했죠. 그 상태에서 정말 숨만 되찾아 왔으니……."

이브리아의 시선이 국왕의 몸을 천천히 훑었다. 한때 왕좌에 앉아 거만하게 타인을 내려다보던 사람이기에는 너무 초라한 몰골의 남자가 덩그러니 침대에 누워 있었다.

"왜 몸이 안 움직이는지 이제 아시겠죠?"

"느어으, 니에으녀으이!"

국왕이 분노로 새빨갛게 달아올라 이를 바드득 갈며 고래고래 소리를 지르기 시작했다. 하지만 그의 곁을 지키고 선 이브리아는 동요하지 않았다.

"어머, 죄송해요. 도무지 뭐라고 하시는지 알아듣지 못하겠네요."

조롱이 담긴 이브리아의 말투에 국왕이 더욱 분개해서 소리쳤다. 몸이 제대로 움직이지 않았지만 국왕의 태도는 당당했다. 그는 당장 몸이 말을 듣지 않는 것이 그리 큰 문제라고 생각하지 않았다. 신전의 포션을 쓴다면 충분히 건강을 회복할 수 있었다.

이브리아의 눈에도 그의 생각이 뻔히 보였다. 태양신에게 국왕을 다시 살려 달라는 소원을 빌 때도, 이브리아는 그 점을 분명히 파악하고 있었다. 그래서 소원에 단서를 달았다.

"이제 당신의 몸에는 포션이 통하지 않아요. 신성력도, 마법도. 그 어떤 것도 당신의 몸을 회복시키지 못할 거예요."

이브리아의 말에 국왕의 외침이 뚝 끊어졌다.

"그러니 죽는 날까지 이 상태로, 아무것도 하지 못한 채 무력하게 당신의 꿈이 무너지는 모습을 지켜보게 되겠죠."

국왕의 두 눈이 흔들렸다. 이브리아의 말이 진실인지 가늠하려는 것 같았다. 하지만 이브리아는 그가 자신의 말을 믿는지 아닌지에는 관심이 없었다. 어차피 시간이 흐르면 진실을 깨닫게 될 테니 말이다.

"아무리 생각해 봐도 그대로 죽는 건 당신에게 너무 과분하더라고요. 죽으면 다 끝인데, 죽은 사람한테 복수해서 뭐 해. 그러니 당신이 살아서 전부 지켜봐야죠. 안 그래요?"

⚜

나는 두려움인지 분노인지 모를 감정으로 부르르 떠는 국왕을 버려 두고 그의 방을 나섰다. 문밖에는 시체가 다시 살아나게 만든 기적의 장본인, 솔이 기다리고 있었다.

"이브리아, 당신의 소원이 이뤄졌으니 난 이만 떠날게요."

"신의 세계로요?"

내 말에 솔이 빙긋 웃었다.

"내 세계는 여기예요. 하늘의 구름, 바다의 물고기, 땅의 흙…… 그 모든 곳에 내가 있죠."

"그럼, 지금은 저 하늘로?"

나는 고개를 돌려 복도에 난 작은 창문 밖의 하늘을 바라보았다. 짙은 남색으로 물든 밤하늘에는 별이 촘촘하게 박혀 반짝이고 있었다.

"그래야겠네요."

나와 함께 창문 밖의 하늘을 바라보던 솔이 짧게 대답하고는 작은 새로 변했다. 힘을 되찾기 전에도 솔은 이 모습으로 나를 찾아왔다.

"먼저 신전으로 갈 거예요. 신탁의 주인이 누구인지 제대로 말해 줘야겠죠. 나를 모신다는 아이들이 그렇게 허술할 줄 몰랐다니까요."

솔이 투덜거리면서도 가볍게 날갯짓해 창틀에 앉아 나를 바라보았다.

"나는 거짓말을 하지 않아요. 내 아이들이 신탁의 주인이 누구냐고 물으면, 오베론의 이브리아라고 말하겠죠."

마치 그래도 괜찮겠냐고 내 의사를 묻는 것 같았다. 나는 설마 하는 심정으로 눈을 가늘게 뜨며 고개를 오른쪽으로 살짝 기울였다.

"내가 싫다고 하면 안 그럴 거예요?"

"아뇨. 그래도 그렇게 말할 겁니다. 난 거짓말을 하지 않는다니까요."

"그럴 줄 알았어요."

나는 이제 신의 속성을 확실히 이해했다.

'말린다고 들으면 그게 신인가.'

그들은 기본적으로 제멋대로 행동하고 뻔뻔하며 머릿속이 꽃밭이었다.

'그러니 나한테도 꽃길 타령을 하면서 갖은 고생을 다 시킨 거지.'

"언제든 그대를 지켜보고 있을게요. 하늘에서, 바다에서, 땅에서, 이 세상 어디에서든."

"안 지켜봐도 되니까 꽃길만 깔아 주지 마세요."

나의 질린 얼굴에 새로 변한 솔이 포로롱 예쁜 소리로 울었다. 아마도 솔이 사람의 모습이었다면 유쾌한 웃음소리가 흘러나왔을 것이다.

"이제 그대에겐 내가 깔아 주는 꽃길이 필요 없잖아요. 이미 차고 넘치는걸요."

그렇게 말한 솔이 크게 날갯짓하며 창밖의 하늘 속으로 뛰어들었다. 나는 솔의 모습이 하늘 저편으로 완전히 사라질 때까지 창밖을 응시하다 굳게 닫힌 국왕의 방으로 눈을 돌렸다.

'날이 밝으면 한바탕 난리가 나겠지.'

국왕으로 짐작되는 시체가 발견되어 조용히 수사를 진행하고 있었는데, 갑자기 그 시체가 눈을 떴다. 어눌하게나마 말을 할 수는 있으니 대화를 나눠 보면 그가 국왕이라는 건 금세 밝혀질 터.

'이걸 경사라고 해야 하나, 흉사라고 해야 하나.'

국왕이 살아 있으니 경사라고 할 수도, 그 살아 있는 국왕의 상태가 엉망이니 흉사라고 할 수도 있었다. 누군가는 이 일을 경사로, 또 다른 누군가는 이를 흉사로 받아들일 것이다.

그러나 이 일이 경사인지 흉사인지는 중요하지 않았다. 국왕은 숨만 붙어 있는 시체나 다름없었다. 제대로 국정을 운영하는 것이 불가능했다. 결국, 새로운 왕이 필요하다는 소리였다. 그것도 아주 이른 시일 안에. 건국제의 연설에서 국왕의 후계자를 발표하기로 했지만, 그건 먼 훗날에 왕이 될 사람을 정하는 일이었다. 그런데 예상치 못하게 상황이 급변하여 당장 왕위에 오를 사람이 필요해졌다.

'다들 난리가 나겠군.'

벌써 난장판이 예상되었다. 왕성이 아주 크게 시끄러워질 것이다.

'하지만 내일 일은 내일 생각하자.'

지금부터 시끄러워질 내일을 고민해 봐야 머리만 아플 뿐이었다.

'어차피 결론은 정해져 있으니까.'

나는 속으로 한숨을 내쉬며 발걸음을 옮기기 시작했다. 목적지는 해리의 방이었다.

'아직 깊은 밤이기는 하지만⋯⋯.'

잠자는 공주님을 깨울 시간이었다.

해리의 방에는 먼저 온 손님이 있었다.

'로이?'

로이가 잔뜩 굳은 얼굴로 초조하게 문 앞을 서성이고 있었다. 어찌나 깊은 생각에 빠졌는지 드래곤의 예민한 감각으로도 내가 다가가는 것을 눈치채지 못했을 정도였다.

"로이."

로이는 내가 바로 앞에 다가가 이름을 불렀을 때야 화들짝 놀라며 고개를 들었다.

"이브?"

로이가 확신할 수 없다는 듯 조심스럽게 나를 불렀다. 목소리에 물기가 가득했다.

"응. 나야, 로이."

내가 확실하게 말해 주자 잔뜩 굳어 있던 로이의 얼굴이 울먹임으로 일그러졌다.

"이브!"

로이가 반갑게 이름을 부르며 나를 꼭 끌어안았다.

"갑자기 사라져 버려서 놀랐어. 아무리 찾아도 흔적이 느껴지지 않았어."

정신을 잃으며 솔이 만든 공간 속으로 이동해 버렸으니 로이가 내 흔적을 쫓을 수 없었던 건 당연했다.

"그랬구나. 걱정했지?"

"응."

로이가 훌쩍거리며 내 어깨에 얼굴을 파묻었다.

"어찌할지 고민하다가 여기에서 이브를 기다리고 있었어. 이브가 여기로 올 것 같아서."

미주알고주알 사정을 설명하며 훌쩍거리는 모습이 꼭 엄마의 손을 놓쳐 길을 잃었다가 다시 엄마를 만나게 된 어린아이 같았다. 나는 로이의 등을 토닥이며 그를 달래 주었다. 덕분에 마음이 진정된 것인지 로이가 코끝이 빨개진 채 훌쩍거리면서도 나를 슬쩍 놓아주었다.

"해리가 일어났어."

"해리가? 정신은 제대로 돌아왔어? 전부 기억해?"

솔에게 소원을 빌어 해리가 죽였던 자를 살려 냈다. 상대가 죽지 않았으니 해리도 살인을 저지르지 않은 셈이고, 결과적으로 나와의 계약을 위반한 것도 아니었다. 당연히 멀쩡할 것이라고 생각하지만, 두 눈으로 확실하게 확인하지 않으면 불안함을 완전히 떨쳐 버릴 수 없었다. 쏟아지는 내 질문에 로이가 고개를 저었다.

"안에 들어가 보진 않았어. 그래서 지금 해리가 어떤 상태인지는 모르겠어."

"그런데 해리가 깨어났다는 건 어떻게 알았어?"

"여기에서도 해리의 기운이 깨어난 게 느껴지니까."

로이가 굳게 닫힌 문을 바라보며 말했다. 평범한 인간인 나는 전혀 그런 기운을 느낄 수 없지만, 드래곤인 로이가 그렇게 말한다면 확실했다. 나는 마지막으로 로이의 머리를 가볍게 쓰다듬어 주고 굳게 닫힌 문 앞에 섰다. 깊게 심호흡을 하고 문고리를 잡아 돌렸지만, 철컥거리는 소리만 날 뿐 문이 열리지 않았다.

'잠겨 있는 건가?'

나는 확인차 몇 번이나 같은 행동을 반복한 끝에 상황을 파악했다.

문고리는 제대로 돌아가지만, 아무리 힘을 써도 문이 열리지 않았다.

이 문은 평범하게 잠긴 것이 아니었다.

'해리가 힘을 써서 문을 못 열게 막고 있는 거야.'

도대체 왜? 이해할 수 없는 상황에 절로 미간이 찌푸려졌다. 정신이 돌아왔고, 기억이 멀쩡하다면 당장 나를 보러 와야 하는 거 아닌가. 나는 조금 불안해져서 문을 두드렸다.

"해리, 문 열어요."

하지만 안에서는 아무런 소리도 들려오지 않았다. 혹시 해리가 다시 잠든 것은 아닐까 싶어 로이를 바라보니 그가 아니라는 듯 작게 고개를 저었다.

"해리, 일어나 있는 거 다 알아요. 로이가 알려 줬어."

"……문은."

내 말에 여전히 정신을 차리지 못한 척 숨어 있는 건 힘들겠다고 생각했는지 문 너머에서 작은 목소리가 들려왔다.

"……문은 못 열어."

목소리가 생각보다 훨씬 더 가까웠다.

"지금 문 앞에 있죠?"

해리가 다시 입을 다물었다. 그 침묵은 곧 긍정이나 다름없었다.

"왜 문을 안 여는 건데요?"

"열기 싫으니까."

이번 질문에 대한 대답은 빠르게 돌아왔다. 조금 침울해져 있기는 하지만 내가 기억하는 해리의 목소리였다.

'다행이다. 기억이 사라지거나 다른 문제가 생긴 건 아닌 것 같아.'

나는 속으로 안도의 한숨을 내쉬며 차분하게 해리를 구슬리기 시작했다. 해리를 구슬리는 건 자신 있었다.

"그러니까 왜 문을 열기가 싫은 건데요."

"네 얼굴 보기 싫어."

"뭐라고요?"

나는 울컥해서 목소리를 높였다.

"내 얼굴은 왜 보기 싫은데요?"

"싫은 건 그냥 싫은 거야."

"진심이에요? 이렇게 문 걸어 잠그고 내 얼굴 안 볼 거예요? 계속?"

"……그래. 안 봐."

한 박자 느리게 돌아온 대답 역시 나를 보기 싫다는 말이었다. 내가 해리와 함께하기 위해서 어떤 결심을 내렸는데. 그런 내 얼굴을 보기 싫다니.

'내가 '예 알겠습니다, 뜻대로 하십시오' 하고 물러설 줄 알고?'

나는 입술을 질끈 깨물었다. 강제로라도 문을 열어 도대체 이게 무슨 일인지 파악해야 했다.

"해리. 당장 문 열어요. 이건 명령……."

하지만 명령이라는 말을 끝까지 할 수 없었다. 순간 머릿속을 스치고 간 서늘한 감각 때문이었다.

'명령은 안 돼.'

해리는 나의 명령을 어긴 죄로 벌을 받을 뻔했다. 그에게 그런 조건을 내세울 때만 해도 이런 일이 벌어질 줄은 몰랐다. 내가 가볍고 당연하게 내린 명령이 언제 부메랑이 되어 뒤통수를 칠지 모르니 조심할 필요가 있었다.

'이제 다시는 해리에게 명령하지 않을 거야.'

악마의 계약자로서 명령을 내리지 않더라도 강제로 문을 열 방법은
많았다.

"로이."

나는 든든한 나의 흑룡을 바라보며 굳게 닫힌 문을 가리켰다.

"이 문 열 수 있어?"

당연히 할 수 있을 거다. 로이는 엄청난 힘을 가진 흑룡이니까. 하
지만 내 기대와 달리 로이는 제대로 된 시도조차 해 보지 않고 고개
를 저었다.

"난 못 해."

"왜?"

"나보다 해리가 더 강하니까. 작정하고 막으면 못 열어."

"하지만 폭주한 해리를 막은 건 로이였잖아."

"그땐 해리가 이브한테 정신이 팔려서 방심한 상태였어. 이성을 잃
어서 빈틈도 많았고."

"그럼⋯⋯."

"지금은 해리가 제정신이니까 내 힘으론 안 돼."

실망은 이르다. 내게는 다른 카드도 있었다.

"아스페리츠!"

드래곤으로 부족하다면 정령들의 왕이다.

'설마 정령왕이 이까짓 문을 못 열겠어?'

[음, 상황은 지켜봤어.]

아스페리츠가 창에 맺힌 이슬 속에서 튀어나와 문 앞을 맴돌았다.

[하지만 나도 불가능해.]

"정령들의 왕인데?"

무능함을 질책하는 눈으로 아스페리츠를 바라보니 그가 억울하다는 듯 펄쩍 뛰었다.

[저 악마 놈이 제대로 정신이 나갔나 봐. 아주 작정하고 문을 막고 있다니까? 이 정도 힘이면 도시 하나도 날려 버릴 수 있을 텐데, 그런 힘을 고작 문 막는 데 쓰고 있단 말이야.]

결국, 지금 해리는 그렇게 엄청난 힘을 쓰면서까지 날 피하고 있다는 뜻이었다. 나는 한숨을 내쉬며 문 앞에 쪼그려 앉았다.

"해리, 도대체 왜 이러는 건데요. 얼굴 보고 이야기해요. 다 들어줄게요."

"돌아가. 너 안 볼 거야."

해리는 여전히 단호했다. 내 말에 이렇게 흔들리지 않는 해리는 처음이었다.

"……내가 뭐 잘못했어요?"

"뭐?"

"그렇지 않고서야 해리가 왜 날 안 보고 싶어 하겠어요. 내가 뭘 잘못했으니까 그러겠지."

"아냐! 네가 무슨 잘못을 해?"

내 질문에 문 너머에서 당황한 목소리가 들려왔다. 조금 더 평소의 해리 같은 목소리였다.

"잘못은 내가……."

이어지던 목소리는 금세 끊어졌다. 하지만 나는 희미한 그 목소리를 놓치지 않았다.

"잘못? 해리가요? 무슨 잘못을 했는데요?"

"……네 목을 잡고 비틀었잖아. 바닥에 내던지고 널 내 멋대로 탐하려고 했어."

이성을 잃고 내게 달려들었을 때의 일을 말하는 거다. 그 사실을 깨닫고 나니 긴장으로 굳었던 어깨에서 힘이 쭉 빠졌다.

'난 또 뭐라고.'

이제야 해리가 문을 굳게 걸어 잠근 이유를 알 것 같았다.

"그건 이성을 잃어서 그런 거잖아요. 해리 잘못 아니에요."

"내 잘못이야."

"아니라니까요. 수작을 부린 놈이 잘못한 거죠. 거기에 휘말린 해리는 피해자고요."

"내가 악마가 아니었으면……."

문 너머에서 잔뜩 억눌린 목소리가 들려왔다.

"그랬으면, 이성을 잃었어도 그렇게 네게 달려들지 않았을 거야. 하지만 난 악마고 내 본성은 그거였어."

"그건 당연한 거예요. 평소에는 아무런 문제도 없잖아요."

"넌 왜 그렇게 태평해? 내가 그런 본성을 가지고 있는 위험한 놈이라는 게 문제잖아!"

해리가 대수롭지 않게 이 일을 넘기려는 나를 믿을 수 없다는 듯 소리쳤다.

"또다시 이런 일이 벌어지지 않으리라는 법 있어? 그때도 이렇게 일이 잘 해결되리라는 보장이 있어? 그딴 건 하나도 없다고."

흥분해서 쏟아 내던 목소리가 점점 줄어들었다. 완전히 힘이 빠진 목소리에서 나는 보이지 않는 해리의 모습을 상상할 수 있었다. 아마 괴로운 얼굴로 자책하고 있을 것이다.

"……정말로, 하나도 없어."

작은 중얼거림을 끝으로 해리가 다시 입을 다물어 버렸다.

"해리."

문을 두드리며 몇 번이나 그를 불렀지만, 대답하지 않기로 작정을 했는지 문 너머가 고요했다.

'어쩔 수 없지.'

나는 한숨을 내쉬며 자리에서 일어섰다.

[돌아가게?]

심상치 않은 분위기를 읽었는지 아스페리츠가 조심스럽게 물었다.

"내가? 설마."

나는 어깨를 으쓱하고 로이와 아스페리츠를 바라보았다.

"부수자."

"뭘?"

[뭘?]

로이와 아스페리츠가 동시에 물었다.

"이 벽."

나는 문 옆의 벽으로 다가가 가볍게 두드렸다. 아마 이 너머에 해리의 방이 있을 것이다.

"꼭 문으로만 드나들라는 법은 없잖아?"

문이 막혀 있다면 벽을 뚫으면 된다. 왕성에 물어 줘야 할 수리비가 더 늘어나겠지만, 그 정도는 기꺼이 지불할 용의가 있었다.

"그러니까 부수자고. 이 벽."

[오.]

"아."

내 제안에 아스페리츠와 로이가 동시에 입을 벌렸다. 문이 막혀 있으면 벽을 뚫는다는 생각을 한 번도 해 보지 못한 게 틀림없었다.

[이야. 내 계약자가 과격한 인간이라는 건 이미 알고 있었지만…….]

의외의 해결책에 신이 났는지 아스페리츠가 내 주변을 빙글 돌며 휘파람을 불어 댔다.

먼저 행동에 나선 건 조용히 벽을 노려보고 있던 로이였다. 로이가 단단해 보이는 돌벽을 발로 강하게 걷어찼다. 평범한 사람이었다면 벽이 아니라 제 다리가 산산조각 났겠지만, 로이의 다리는 돌보다 더 튼튼했다. 로이의 발길질 한 번에 견고한 벽이 와르르 무너져 내리며 자욱한 먼지가 피어났다.

[난 뒤처리를 맡을게.]

자신도 질 수 없다고 생각했는지 이번에는 아스페리츠가 앞으로 나섰다. 그는 무너진 벽에서 떨어져 나온 잔해들을 한 번에 들어 올려 옆으로 치워 버렸다. 덕분에 자욱한 먼지가 가라앉으며 로이가 뚫어 놓은 커다란 구멍이 모습을 드러냈다.

나는 로이와 아스페리츠가 만들어 준 길을 지나 해리의 방으로 들어섰다. 안으로 들어가자마자 어렵지 않게 문에 기대어 앉아 있는 해리의 모습을 발견할 수 있었다.

"어어……."

이런 전개는 예상하지 못했는지 해리가 놀란 얼굴로 눈을 껌뻑였다. 나는 해리가 정신을 차리고 멀리 도망가 버리기 전에 재빨리 그에게로 다가가 옷자락을 덥석 붙잡았다. 내 손이 닿자마자 해리의 몸이 눈에 띌 정도로 크게 움찔했다.

"내가 잡았어요."

나는 안절부절못하는 해리의 붉은 눈동자를 똑바로 바라보며 말했다.

"해리는 내 손 못 뿌리치잖아요. 그러니까 이제 도망 못 가."

역시나 해리는 내 손을 뿌리치지 못했다. 그에게 그런 선택지가 있을 리가 없었다. 나와 해리는 미묘하고 어색한 분위기 속에서 대치하며 서로를 바라보았다. 옆에서 그런 우리를 지켜보던 아스페리츠가 로이의 팔을 슬쩍 잡아끌었다.

[꼬마 흑룡, 이제 우리는 가자.]

"왜? 싫어."

[싫긴 뭐가 싫어? 넌 눈치도 없냐!]

"난 이브 옆에 있을 거야."

아스페리츠가 아무리 잡아끌어도 로이는 제자리에 못 박힌 듯 움직임이 없었다. 고개를 돌려 로이를 보니 그가 내 옆에 딱 붙어 해리를 불안한 눈으로 살피고 있었다. 그 불안한 눈빛의 의미를 가장 선명하게 느낀 건 아마도 시선을 받은 해리였을 것이다. 해리가 로이를 향해 힘없이 웃으며 어깨를 으쓱했다.

"그래. 여기 있어. 내가 또 언제 돌아 버릴지 모르잖아."

그 목소리에 로이가 움찔했다. 그의 눈에 서려 있던 불안과 경계도 한 꺼풀 벗겨지는 듯했다.

"그러면 망설이지 말고 날 공격해. 내가 상하는 건 생각하지 말고 제일 강하게……."

나는 자조적으로 이어지는 해리의 말을 참다못해 손으로 그의 입을 틀어막았다.

"로이, 괜찮으니까 내 방에서 기다리고 있을래?"

"……응."

내 말에 로이가 해리를 힐끗거리며 고개를 끄덕였다. 그러자 아스페리츠가 기다렸다는 듯 로이의 팔을 끌고 사라졌다.

그들이 떠나고 난 뒤 나는 해리의 입을 틀어막고 있던 손을 내렸다. 막혀 있던 입이 자유로워졌는데도 해리는 아무 말이 없었다. 복잡한 표정으로 잠시 나를 바라보다 고개를 푹 숙일 뿐이었다. 기가 죽어 어쩔 줄 모르는 머리통을 보고 있으니 속이 부글부글 끓었다.

'국왕 이 망할 자식. 네가 우리 해리 기를 죽여?'

나는 또다시 국왕을 향한 응징을 굳게 다짐하며 이를 바드득 갈았다.

"왜 고개 숙여요."

"내가 널 어떻게 봐."

"나 다치게 해서요? 그거 미안해서?"

해리가 여전히 바닥에 시선을 꽂은 채 조심스레 고개를 끄덕였다.

"정말 미안하면 고개 들어서 나 봐요."

내 말에 해리의 어깨가 잘게 떨렸다. 차마 내게 뻗지 못하고 바닥에 떨어뜨린 두 손에 강하게 힘이 들어가는 것도 보였다.

"어서요."

내 재촉에 해리가 우물쭈물하며 고개를 들었다. 나는 바닥에 힘없이 떨어진 해리의 손을 붙잡아 그날처럼 내 목에 가져다 댔다.

"멀쩡하죠? 유피테르가 깨끗하게 고쳐 줬어요."

하지만 해리는 내 말에 아무런 반응이 없었다. 손으로 느껴지는 나의 심장 박동에 집중하는 듯했다. 어느새 해리의 얼굴이 하얗게 질려 있었다. 그가 나를 공격했던 그날의 기억을 떠올리고 있는 게 틀림없었다. 나는 한숨을 내쉬며 해리의 손을 감쌌다.

"해리, 당신은 날 너무 우습게 봐요."

언젠가 해리가 내게 했던 말이었다. 내가 무섭지도 않냐고, 왜 이렇게 날 우습게 보냐고 화를 냈다. 하지만 상대를 우습게 보고 있는 건 해리도 마찬가지였다.

"내가 당신 손짓 하나에 죽을까 봐? 내 생명력도 보통은 아니거든요?"

무려 비행기 사고로 죽고 새로운 몸으로 다시 눈을 뜬 놀라운 생명력이었다.

'이 세상에 나보다 더 생명력 강한 사람 있으면 나와 보라고 해.'

아마 한 명도 나서는 사람이 없을 것이다.

"게다가 내 옆엔 해리만 있는 게 아니잖아요. 아직 어리지만 앞으로 더 강해질 흑룡도 있고, 정령들의 왕도 있고, 따뜻한 곳이 좋아서 요양 중인 와이번 대장도 있단 말이에요. 문제가 생기면 함께 힘을 써서 바로잡아 줄 존재들이 있다고요."

모두 강한 존재들이었다. 일대일로 해리를 상대하기는 버겁겠지만, 모두 힘을 합치면 최악의 상황도 충분히 이겨 낼 수 있었다. 정말 수습이 힘든 상황이 오면 태양신의 옷자락을 잡고 늘어지면 된다. 내가 갖은 고생을 하며 심장을 되찾아 줬으니 어려운 순간에 나를 외면하지는 못할 것이다.

"하지만 내가 없으면 그런 문제조차 생기지도 않을 거야. 그게 너한테 제일 좋아."

"나한테 제일 좋은 건 당신이 내 옆에 있는 거예요."

"넌 죽는 게 무섭지도 않아? 다치고 아픈 게 싫지도 않아?"

해리가 이해할 수 없다는 듯 물었다. 속이 답답한지 미간이 잔뜩 찌푸려진 채였다.

"죽는 거? 당연히 무섭죠."

나는 해리의 질문에 고민도 없이 대답했다. 애초에 할 필요가 없는 질문이었다. 유한한 생명을 가진 존재들에게 죽음은 생의 가장 큰 두려움이었다. 나 역시 그렇게 평범한 두려움을 가진 인간일 뿐이었다. 그다음 질문도 마찬가지였다.

"다치고 아픈 거? 당연히 싫어요."

고통을 즐기는 존재들도 있다고 하던데, 나는 그런 부류는 아니었다. 이어지는 내 대답에 해리의 어깨가 축 늘어졌다. 역시. 그럼 그렇지. 내가 없는 게 훨씬 낫지. 그렇게 체념하려는 속내가 그대로 보였다.

하지만 내 말은 거기서 끝이 아니었다.

"그런데 그런 두려움들보다도 해리가 좋아요. 해리가 옆에 있으면 난 전부 다 괜찮아요. 진심으로."

가식 없는 진심에 해리의 눈이 떨렸다.

"……어떻게 그럴 수가 있어?"

"어떻게라니."

나는 픽 웃으며 물었다.

"만약 나 때문에 해리가 죽을 수도 있다면, 나 때문에 해리가 다치고 아플 수도 있다면, 그럼 나 피할 거예요? 버리고 도망갈 건가?"

"아니. 내가 어떻게 그래? 난 절대 안 그래."

"그러니까요. 해리도 그런데, 나라고 왜 그러겠어요."

내 말에 해리가 뒤통수를 한 대 맞은 사람처럼 멍하니 입을 떡 벌렸다.

"너도…… 날 그만큼 사랑해?"

"응. 그만큼 사랑해요."

나는 얼떨떨하게 나를 바라보는 해리의 입술에 입을 맞추었다.

"그러니까 못 놔줘요. 내 옆에 있는 건 해리의 욕심이 아니라 내 욕심이니까."

멍하던 해리의 눈에 점점 생기가 돌아오기 시작했다. 그건 열기에 가까운 생기였다.

"이브리아, 내 주인님."

해리가 내 이름을 부르며 입술을 겹쳐 왔다. 오랫동안 갈증에 시달린 사람처럼 다급하고 간절한 입맞춤이었다. 나는 기꺼이 해리의 마음에 응해 주었다. 서로의 숨결이 뒤섞이며 호흡이 달아오르고 예민한 감각이 끌려 나오기 시작했다. 입맞춤이 깊어질수록 서로의 몸도 더욱 가까이 맞붙었다. 지금 느껴지는 체온이 내 것인지 상대의 것인지도 불확실할 지경이었다.

하지만 등 뒤로 느껴지는 서늘한 바람이 더 높아지려는 온도를 붙잡았다. 이곳은 실내이되 실내가 아니었다. 벽에 커다란 구멍이 나 있어 누군가 지나가다 우리를 발견할 수도 있었다. 나는 뒤늦게 나의 지난 결정을 후회했다.

"괜히 벽을 부쉈나 봐요."

헐떡이며 속삭이는 내 목소리에 해리 역시 달뜬 목소리로 대꾸했다.

"벽? 다시 만들지 뭐."

해리가 가벼운 손짓으로 힘을 부려 무너져 내린 벽을 다시 세웠다. 누가 보면 이 벽이 무너져 내렸었다는 사실조차 알지 못할 정도로 깔끔한 수리였다. 악마의 힘을 고작 벽을 고치는 데 쓰다니. 나는 황당해져 헛웃음을 흘리며 해리를 바라보았다.

"무슨 악마의 힘을 이런 일에 써요?"

"이런 일이라니. 이 일이 얼마나 중요한데."

해리가 커다란 손으로 내 등을 쓸어내렸다. 당장 드레스를 찢어 버리지 않은 건 그가 최대한의 인내심을 발휘하고 있기 때문일 것이다.

"이제 하던 거 계속해도 돼?"

해리의 목소리에 억눌린 열기가 담겨 있었다.

"하던 거 계속해도 되냐니, 뭐 그런 말도 안 되는 질문이 다 있어요?"

나는 웃으며 그가 입고 있는 옷의 단추로 손을 뻗었다.

"하던 거 계속 안 하면 화낼 거예요."

⸎

그렇지 않아도 소란스럽던 왕성이 크게 뒤집혔다. 죽은 줄로만 알았던 사람이 다시 깨어나다니. 그런데 그 사람이 다른 누구도 아닌 국왕이라니. 이 정도의 소란은 당연한 일이었다. 처음 그의 죽음을 진단했던 의사는 말도 안 되는 일이라며 펄쩍 뛰었지만 이미 모두의 눈앞에서 벌어진 일이었다. 왕실은 당장 입단속에 나섰다.

하지만 그들의 바람과 달리 국왕이 크게 다쳐 더는 국정을 이끌어 갈 수 없을 것이라는 소문은 빠르게 왕국 곳곳으로 퍼져 나갔다. 왕성에서 수도로, 수도에서 변방으로. 한번 퍼져 나가기 시작한 소문은 사람의 힘으로는 도저히 붙잡을 수가 없었다.

떠도는 소문의 끝에 사람들이 갖게 되는 의문은 항상 하나였다. 그래서 도대체 다음 왕은 누군데? 누구도 결과를 쉽게 예상할 수가 없었다.

국왕이 후계자로 인정한 왕세자가 있으나 그는 성검의 주인이 나타나며 후계자의 자격을 잃었다. 그러나 새로이 자격을 얻은 성검의 주인은 왕위를 원하지 않는다며 다음 왕이 될 자를 자신이 선택하겠다고 했다. 덕분에 왕위 경쟁에서 완전히 밀려나 있던 1왕자도 기회를 얻었다.

이런 일이 생길 때마다 수도의 뒷골목에서 무슨 일이 벌어지는지는 뻔했다. 바로 도박판이다.

"나는 왕세자에게 걸겠어. 아무리 그래도 그쪽이 유력해."

"나는 1왕자! 왕세자를 선택할 거라면 애초에 그런 시험 기간을 거치지도 않았을 거라고."

사람들은 각자의 믿음에 따라 돈을 걸었다. 배당금이 가장 높은 것은 선대 국왕의 팔촌쯤 되는 왕가의 먼 핏줄이었다. 가능성이 아주 낮았지만, 이런 판에서는 일확천금을 노리며 낮은 확률에 기대를 걸어 보는 쪽이 더러 있었다.

"나라면 그쪽에 안 걸 텐데."

그때 한쪽 구석에 앉아 조용히 사람들의 토론을 지켜보던 남자가 입을 열었다. 후드가 달린 로브를 뒤집어쓰고 있어 어딘가 음침한 구석이 느껴지는 남자였다.

"뭔가 정보라도 있어?"

"당신은 어디에 걸었는데?"

사람들은 남자를 훑어보며 질문을 쏟아 냈다. 그다지 믿음직스럽게 보이는 외형은 아니었지만, 이런 도박에서는 작은 정보라도 놓치지 않는 게 중요했다.

"내가 왜 그걸 말해 주겠어?"

음침한 남자가 팔짱을 낀 채 고개를 한쪽으로 기울였다. 뒤집어쓴 후드 아래로 드러난 그의 입술이 얄밉게 웃고 있었다.

"저런 놈이 꼭 하나씩 있지. 괜히 허세를 부리면서 판을 흔들려는 놈들!"

"아마 저 자식 왕세자에게 돈을 걸었을 거야. 그쪽이 배당금이 제일 낮으니까, 사람들을 다른 쪽으로 몰리게 해서 자기가 돈을 더 받으려고."

"맞아. 아주 뻔하다니까."

그에게 몰려들었던 사람들이 뭣도 없는 놈이 잘난 체를 다 한다고 수군대며 도로 멀어졌다. 썰물처럼 빠져나간 사람들 덕분에 순식간에 그의 주변이 조용해졌다.

하지만 그들의 평가와 달리 음침한 남자는 뭣도 없는 놈이 아니었다. 그는 따를 자가 없는 최고의 정보 사냥꾼, 정보 길드의 수장 루크였다. 그가 이런 도박판에 변장까지 하고 나타날 이유는 역시 하나뿐이었다. 정보를 캐기 위해서였다. 웬만한 정보는 부하들을 시켜 수집하지만, 이번 건은 그가 직접 나설 만큼 중요했다.

'이브리아 오베론이 국왕과 접촉한 흑마법사들의 정보를 원하고 있어.'

흑마법사들은 어둠의 마법을 연구한다는 이유로 마법사 협회에서 배척당한 집단이었다. 지식의 탐구와 힘의 추구라는 미명 아래 갖은 실험을 자행하는 협회마저도 쳐낼 정도의 악랄한 마법사들. 조금이라도 어설픈 구석이 보이면 사달이 날 것이 분명했기에 루크가 직접 나서게 된 것이다.

'그 여자는 국왕과 접촉했던 흑마법사를 찾아내서 뭘 하려는 걸까.'

루크는 이브리아가 무슨 생각을 하고 있는지 알지 못했다.

'하지만 상관없지.'

루크는 정보상이지 정치가가 아니었다. 대가를 받고 정보를 판다. 정보상에게는 그게 전부였다. 그가 판 정보로 인해 무슨 일이 일어날 것인지는 정보를 얻게 된 자의 몫이었다.

"오래 기다렸나?"

생각에 잠겨 있는 루크의 곁으로, 변장한 그처럼 후드 로브를 깊게 눌러쓴 남자가 다가왔다.

'얼굴만 안 보이지 수상하다고 자랑을 하는 꼴이로군.'

루크였다면 저런 식으로 어설픈 변장은 하지 않았을 것이다. 남자는 루크가 속으로 혀를 차고 있다는 것을 알지 못한 채 그의 맞은편에 자리를 잡았다.

"사과는?"

일반적으로 사과는 과일이었지만, 마약을 사고파는 자들 사이에서는 다른 의미로 통했다. 환각을 보여 주고 중독성이 강한 약초, 베셀리움. 지금 루크는 그 약재를 흑마법사들에게 판매하는 약재상으로 변장한 상태였다.

"준비해 뒀다. 돈은?"

루크의 질문에 남자가 주머니에서 금화 하나를 꺼냈다.

"이 안에 더 많이 있다. 돈은 충분하니, 먼저 물건을 확인하러 가지."

"좋아. 그럼 이쪽으로."

루크가 자리에서 일어서자 흑마법사가 그 뒤를 따랐다.

'미안하지만 거기에 네가 찾는 사과는 없을 거야.'

흑마법사를 잡기 위해 단단히 준비하고 있는 푸른 불꽃의 대마법사가 기다리고 있을 뿐. 루크가 아무것도 모른 채 자신을 따라오는 남자를 힐끗 바라보며 입꼬리를 올렸다.

조용히 루크를 따라 걷던 남자는 시간이 지나자 무엇인가 이상하다는 걸 알아채고 걸음을 멈추었다. 그는 주위를 두리번거리며 루크의 어깨를 잡아챘다.

"이봐. 평소와 다른 길이잖아."

"아. 오늘은 기다리고 있는 물건이 조금 달라서."

루크가 능청스럽게 대꾸하며 제 어깨를 붙잡은 손을 털어 내자 남자가 미간을 찌푸리며 고개를 갸웃거렸다.

"다르다고? 평소의 그 사과가 아닌가?"

"뭐. 사과처럼 새빨갛긴 하던데."

루크는 골목 끝에서 기다리고 있을 해리의 얼굴을 떠올리며 어깨를 으쓱했다. 분노로 붉으락푸르락했던 얼굴이 사과처럼 붉긴 했으니까 틀린 말은 아니다.

"도대체 무슨 소리야?"

남자가 이해할 수 없다는 듯 투덜거리는 것과 동시에 골목에서 검은 그림자가 튀어나왔다. 그들이 골목에 들어설 때까지 기다리지 못하고 마중을 나와 버린 해리였다.

"무슨 소리긴. 오늘 네가 죽어라 맞을 거라는 소리지."

누가 봐도 불량스러운 자세로 걸어 나온 해리의 모습에 흑마법사가 놀라서 눈을 크게 떴다.

"너는…… 대마법사의 후손? 네가 왜 여기에 있지?"

의아함이 가득한 남자의 외침을 들으며 해리는 한 가지 사실을 알아챘다.

'내가 악마라는 것까지는 모르는 모양이네.'

국왕이 흑마법사들과 그 사실까지는 공유하지 않은 모양이었다.

'다행이군. 내 정체에 대해서 입막음을 할 필요는 없겠어.'

만약 흑마법사들이 그의 비밀을 알고 있었다면 일이 조금 더 복잡해졌을 것이다. 그 경우 이들을 왕성으로 끌고 가 무릎 꿇리고 국왕과 질 나쁜 실험을 했다는 사실을 고백하게 만들기 전에 그들의 기억을 조금 손봐야 했다.

기억을 건드리는 건 상당히 위험한 일이다. 미치거나 백치가 되는 경우가 많았다. 그렇게 정신이 나가 버리면 흑마법사들을 증언대에 세우려는 이브리아의 계획이 어긋날 수도 있었다.

'입이 무거웠다는 점 하나만은 국왕 그 개자식에게 고마워해야겠군.'

해리는 국왕이 어째서 그들에게 악마의 정체를 알리지 않았는지 알 것 같았다.

'내가 악마라는 건 왕이 된 자들만 알 수 있는 정보였어. 도구에 불과한 흑마법사들에게 그 사실을 알려 주고 싶진 않았겠지.'

국왕은 여러 면에서 그의 첫 계약자와 비슷했다. 한 나라의 왕이라는 자부심이 강했고 권위적이었으며 의심이 많았다.

'지금은 맥없이 침대에 누워 있는 신세지만 말이야.'

해리가 국왕의 우스운 꼴을 떠올리며 씩 웃자, 불안한 기운을 감지한 흑마법사가 빠르게 주문을 외워 해리를 공격했다. 음산하고 무거운 기운이 순식간에 해리에게로 쇄도했다. 상당히 강력한 힘이었다. 하지만 해리는 아무렇지도 않은 얼굴로 가볍게 손을 들어 그의 공격을 막았다. 검은 기운은 해리의 손끝에서 힘없이 사그라들어 자취를 감추었다.

"우습네. 겨우 그런 힘으로 내게 대항할 수 있을 거라고 생각하다니."

자신의 강력한 공격이 간단하게 막히는 것을 본 흑마법사의 얼굴이 흙빛으로 변했다. 절대 상대를 이기지 못할 것이라는 사실을 깨달은 게 분명했다. 흑마법사의 얼굴에 언뜻 두려움이 스치는 것을 본 해리가 가벼운 태도로 어깨를 으쓱했다.

"걱정하지 마. 죽이지는 않을 테니까."

'차라리 죽는 게 낫겠다 싶을 정도로 때리긴 할 테지만.'

해리가 씩 웃으며 손바닥 위에 작은 불꽃을 띄웠다.

⚜

나는 익숙한 자리에 덩그러니 앉아 정면을 바라보았다.

성검을 뽑았을 때 왕위 계승권을 논의하기 위해 불려 왔던 왕실의 법정이었다. 단상에 마련된 자리는 다섯 개였지만, 자리에 앉은 이는 네 명뿐이었다. 재판장을 위해 마련된 가운데 좌석은 주인 없이 텅 비어 있었다. 저 자리의 주인은 지금 자신의 방 침대에 누워 어눌한 목소리로 분노를 토해 내고 있을 것이다.

"오늘 여러분을 이 자리에 모은 것은 중요한 일을 논의하기 위해서입니다."

법관 중 가장 나이가 많아 보이는 이가 본래 국왕이 맡았어야 할 재판장의 역할을 대신해 입을 열었다. 그를 비롯한 법관들의 시선이 법정의 부름을 받고 모인 세 사람을 향했다. 나와 리던, 그리고 카시안까지. 왕위를 계승할 후보들이 한자리에 모여 있는 것을 보면 이 자리의 목적을 분명히 알 수 있었다. 법관의 입에서 흘러나오는 말도 나의 예상과 크게 다르지 않았다.

"어젯밤 저희는 국왕께서 더는 국정을 이끌어 가실 수 없는 상황에 이르렀다는 사실을 확인했습니다."

법관은 침통하고 무거운 목소리로 이야기를 시작했다. 어젯밤 왕성이 한바탕 시끄럽다 싶더니, 법관들이 몰려가 국왕의 상태를 파악한 모양이었다. 엄숙한 선언에 그렇지 않아도 창백하던 카시안의 얼굴이 더욱 하얗게 질리는 것이 보였다. 뒤늦게 알게 된 소식에 상당한 충격을 받은 모양이었다.

오늘 법관들에게 불려 오기 전까지, 카시안은 국왕의 비밀스러운 명령에 따라 자신의 방에 갇혀 있었다고 한다. 덕분에 왕국 사람들 모두가 알고 있는 이 소식을 카시안만 늦게 전해 들은 것이다.

카시안은 국왕의 총애를 한 몸에 받는 아들이었기 때문에 그의 구금은 의외의 사건이었다. 누구보다 그 사건을 먼저 알아챈 왕비가 깜짝 놀라 국왕과 카시안을 찾아갔었지만, 두 사람 모두 이유에 대해서는 입을 열지 않았다고 했다.

'국왕과 의견 충돌이 있었던 건가?'

카시안이 구금당했다는 시기가 국왕이 계략을 꾸미기 시작한 시점과 맞아떨어지는 것을 보면 그럴 가능성이 컸다. 내가 카시안의 얼굴을 살피는 와중에도 법관들의 말은 계속 이어졌다.

"이 자리에 앉은 우리 법관들은 이른 시일 내에 새로운 왕의 즉위가 필요함을 만장일치로 합의했습니다."

재판장을 대리하는 법관이 다른 법관들에게 동의를 구하듯 눈짓을 주자, 그들이 고개를 끄덕였다. 모두의 의사를 재확인한 법관이 다시 맞은편에 앉은 나와 왕자들에게 눈을 돌렸다.

"하여 새로운 왕이 누구인지를 결정하고자 성검의 주인과 두 왕자님을 오늘 이 자리에 모신 것입니다."

카시안과 리던을 차례로 바라본 법관의 시선이 마지막으로 내 앞에서 멈춰 섰다.

"그러니 성검의 주인께서 지난 법정에서 약속하신 것처럼 다음 왕을 선택해 주시기를 바랍니다. 결정은 이미 내리셨겠지요?"

"물론입니다."

나는 고개를 끄덕이며 자리에서 일어섰다.

"이미 마음의 결정은 내렸습니다."

건국제의 첫 번째 연설에서 발표하려던 것과는 완전히 다른 결정이었다. 나 스스로도 이런 결론을 내리게 될 줄은 예상 못 했지만, 이제 와 돌이켜 보면 처음부터 이런 결론밖에는 내릴 수 없었던 것이 아닐까 싶기도 했다.

"그렇다면 다음 왕의 이름을 말씀해 주시지요. 리던 왕자님입니까, 아니면 왕세자 전하십니까?"

"제가 선택한 왕은……."

내가 입을 열기 시작하자 모두의 시선이 나를 향했다. 당사자인 두 왕자는 물론이고 한쪽 구석에 앉은 서기관도 내가 다음 왕의 이름을 말하길 기다리며 떨리는 손으로 펜을 들고 있었다.

"두 분 다 아닙니다."

"……예?"

기대감으로 가득 찼던 실내가 싸해졌다.

"두 분 중에 한 분을 왕의 후계자로 선택한다고 하셨잖습니까? 그래서 시험까지 치른 것이고요."

가장 먼저 정신을 수습한 법관이 서둘러 기록을 뒤적이며 항의했다.

"예. 그랬죠."

나는 가볍게 어깨를 으쓱하며 그의 말에 동의했다. 지난 법정에서 그런 말을 한 것은 사실이니 아니라고 잡아뗄 이유가 없었다.

"하지만 시험을 치르고 보니 두 분 모두 왕에 적합하지 않다는 걸 알게 됐습니다. 그러니까 전 두 분 중 누구도 왕의 후계자로 지목할 수 없습니다."

"그런!"

법관들이 당황해서 술렁이기 시작했다. 새로운 왕의 이름을 기록에 새겨 넣으려고 기다리고 있던 서기관도 입을 떡 벌리고 나를 쳐다보았다. 그러나 가장 당황한 사람을 꼽으려면 아마 두 왕자, 리던과 카시안일 것이다. 그럼 도대체 내가 에렐에서 했던 그 고생은 뭔데? 두 왕자의 눈빛이 그렇게 말하고 있는 것 같아서, 나는 슬그머니 고개를 돌려 그들의 시선을 피했다.

"그럼 다음 왕은 누가 되는 겁니까?"

법관들이 왕실 족보를 뒤지며 온갖 후보들의 이름을 쏟아 내기 시작했다.

"이분들을 데리고 또 시험을 치러야 하는 겁니까?"

"하지만 그러기엔 시간이……."

"잠시 섭정을 두고 새로운 왕이 나오길 기다리지요."

"그럼 섭정은 또 누가 한답니까?"

법관들의 토론이 끝나기를 기다렸다간 끝이 없을 것 같았다. 나는 재빨리 앞으로 나서서 의미 없는 그들의 토론을 막았다.

"시험도, 섭정도 필요 없습니다. 이미 다음 왕을 정했거든요."

내 말에 법관들의 말이 뚝 끊어졌다. 1왕자 리던도, 왕세자 카시안도 아니라면 도대체 누구를 왕으로 정한 것인가. 의문으로 가득한 그들의 시선에 나는 씩 웃으며 나를 가리켰다.

"저요."

"……예?"

"제가 하겠다고요. 국왕."

"……예에?"

"처음부터 성검의 주인이 국왕이 되는 거였잖아요. 처음엔 하기 싫었는데, 생각해 보니까 왕이 되는 것도 나쁘지 않을 것 같더라고요. 그러니까 그냥 제가 왕 할게요."

왕이 되겠다는 대단한 선언을 하는 것치고는 가벼운 말투에 제대로 상황 파악이 되지 않았는지 법관들이 얼떨떨한 얼굴로 눈을 껌뻑였다.

가장 먼저 정신을 차린 건 내 옆에 앉아 있던 리던이었다.

"그래. 그냥 그대가 왕이 되면 되겠네."

리던의 유쾌한 웃음소리에 법관들도 정신을 차렸다.

"하, 하지만 그렇게 간단하게 결정할 수는……."

"왜요? 성검의 주인이 왕이 되는 거라고 했잖아요. 그러니까 내 맘대로 하면 되는 거 아닌가?"

"그건 그렇지만……."

법관들이 혼란스러운 눈으로 고개를 갸웃거렸다. 복잡하고 다양한 법리들을 머릿속에서 재빨리 굴려 보고 있는 것이 분명했다.

"안 됩니다! 들어가실 수 없습니다!"

그때 법정의 입구가 소란스러워졌다. 기사들이 난처한 목소리로 법정에 들어서려는 사람을 저지하고 있었다.

"아뇨, 전 들어가야 해요! 중요한 이야기를 꼭 전해야 한다고요!"

캐서린의 목소리였다. 그제야 기사들이 어째서 저렇게 난처한 태도인지 이해할 수 있었다. 왕세자의 약혼녀이자 레이디인 캐서린을 무력으로 제압할 수도, 그렇다고 법정에 들여보낼 수도 없어 쩔쩔매는 것이다.

"법관님! 저를 들여보내 주세요! 꼭 해야 할 말이 있습니다!"

기사들을 설득하는 것에 실패한 캐서린이 이제는 법관들을 향해 소리치기 시작했다. 간절한 그 목소리에 잠시 의견을 주고받던 법관들이 곧 결론을 내렸다.

"안으로 들여보내세요. 이야기를 들어 보겠습니다."

법관들의 허락이 떨어지자 법정의 문이 열리고 초췌한 몰골의 캐서린이 안으로 들어섰다. 늘 화사하고 반짝거리던 캐서린이라고는 믿을 수 없는 초라한 안색이었다. 캐서린은 비틀거리며 법관들 앞으로 걸어와 그들 앞에 무릎을 꿇었다.

"다들 저 여자에게 속고 있어요!"

캐서린의 시선이 분명하게 나를 향했다. 평소의 그녀답지 않게 악의가 가득 찬 눈이었다.

"저 여자는 성검의 주인이 아닙니다. 그런 척하고 있는 마녀일 뿐이죠!"

마녀라는 말에 법정의 분위기가 한순간에 가라앉았다. 제레인트는 태양신을 국교로 삼아 신앙을 중요시하는 국가였다. 마녀는 악마에게 영혼을 팔아 사술을 행하는 이단이므로 화형에 처해졌다. 태양신의 교리에 따르면 악마와 계약을 한 나는 당연히 마녀가 된다.

'하지만 그 악마를 안겨 준 것도 태양신이라고.'

그러니 나는 당당했다.

"우드베르슨 양, 도대체 무슨 근거로 내가 마녀라는 거죠?"

"그걸 묻다니 뻔뻔하시네요."

내 질문에 캐서린이 입술을 질끈 깨물었다.

"깊은 밤 창문을 넘어 제 방으로 쳐들어오셔서는 제 마력을 모두 빼앗아 가셨죠. 그런 사특한 술수를 쓸 수 있는 자는 마녀뿐이겠지요."

'역시 태양신의 심장 조각과 함께 마력도 사라졌구나.'

충분히 예상했던 일이었다. 놀라지도 않고 태연하게 자신을 내려다보는 시선에 캐서린이 더욱 확신한 듯 소리를 높였다.

"이것 보십시오. 이 여자는 제 말이 틀렸다고 부정조차 하지 못합
니다. 마녀가 확실해요."

캐서린이 눈물을 뚝뚝 흘리며 법관들의 동조를 구했다. 가련한 여
인이 눈물을 뚝뚝 흘리고 있으니 법관들이 다시 술렁이기 시작했다.

"무슨 소리입니까? 이브리아가 마력을 빼앗아 갔다니요?"

소란스러운 와중에 카시안이 캐서린의 곁으로 다가갔다. 든든한 제
편이 나타나자 캐서린이 더욱 크게 울음을 터트리며 카시안의 품에
안겼다.

"마력이 사라졌어요. 이제 아무것도 느껴지지가 않아. 그날 밤 저
여자가 전부 훔쳐 간 거예요."

나는 한숨을 내쉬며 고개를 저었다.

"이봐요, 우드베르슨 양. 내가 어떻게 마력을 훔쳐 가죠? 그런 일이
가능했다면 개나 소나 마력을 훔쳐 가 마법사가 됐을 것 같은데."

"불가능한 일을 했으니 사술이죠! 악마에게 영혼을 팔지 않았다면
이런 일이 가능하겠어요?"

나와 캐서린의 신경전을 지켜보고 있던 법관이 중재에 나섰다.

"잠깐. 하나씩 풀어 보지요."

재판장의 역할을 대리하던 법관이었다.

"오베론 영애, 늦은 밤 창문을 넘어 우드베르슨 양의 방에 찾아간
사실이 있습니까?"

"네. 찾을 게 있어서요."

"무엇을 찾고 있었지요?"

"태양신의 심장이요."

내 입에서 나온 진실에 법관의 미간이 찌푸려졌다. 허무맹랑한 소

리라고 생각하는 것이 틀림없었다.

"제대로 된 변명조차 못 하는 것을 보세요. 마녀가 확실해요. 성검의 주인이라는 신분도 거짓일 겁니다. 사특한 수를 써서 모두를 속인 게 분명해요."

"캐서린."

그때 리던이 복잡한 얼굴로 캐서린을 불렀다.

"뭔가 오해가 있는 게 아닐까? 오베론 영애는 독특한 행동을 할 때가 많지만, 악의가 있는 사람은 아냐. 그 사건 이후로 많이 달라졌어."

"리던!"

캐서린이 믿을 수 없다는 듯 눈을 크게 떴다.

"그래요. 뭔가 오해가 있을 거예요."

"시안……."

리던에 이어 카시안까지 내 편을 들고 나서자 캐서린이 경악에 찬 눈으로 나를 노려보았다.

"언제 이 두 사람까지 홀렸죠? 믿을 수가 없네요. 당장 신전으로 가 당신을 고발하겠어요!"

캐서린이 자리에서 벌떡 일어섰다. 말처럼 당장 신전으로 달려가기라도 할 기세였다.

"그럴 필요는 없습니다."

하지만 그녀가 법정을 뛰쳐나가는 것보다 새로운 사람이 법정에 나타나는 것이 더 빨랐다.

"내가 먼저 여기에 왔으니까요."

언제 이 공간에 들어온 것인지 하얀 옷을 차려입은 신관이 우리를 바라보고 있었다. 그 얼굴이 무척이나 익숙했다.

'뭐야. 솔이잖아.'

다시는 나타나지 않을 것처럼 작별 인사를 하더니 여긴 또 무슨 일이람. 또 이상한 꽃길을 깔아 주겠다고 나서는 것은 아닌지 걱정스러웠다. 불안한 내 심정을 아는지 모르는지 사제복을 입은 솔이 우아하게 걸어와 모두의 앞에 섰다.

"솔."

나는 재빨리 솔의 옷자락을 잡아당겨 그녀의 귀에 속삭였다. 그녀가 쓸데없는 말로 상황을 복잡하게 만들 생각이라면 무슨 수를 써서라도 저지해야 했다.

"도대체 왜 나타난 거예요? 평범하게 그냥 사제를 보내면 됐잖아요."

내 한탄에 솔이 부드럽게 웃으며 고개를 저었다.

"자매님, 사람을 잘못 보신 것 같습니다."

"네?"

"저는 태양신을 모시는 사제로, 이름은 솔란이라고 합니다. 솔이라는 사람이 아닙니다."

"이건 또 무슨……."

말도 안 되는 헛소리인가. 나는 어이가 없어져 솔을 바라보았다. 사제복을 깔끔하게 차려입었을 뿐이지, 그녀의 외모는 정확히 내가 기억하는 솔의 모습과 일치했다.

'자기가 솔이 아니라고 주장할 거면 외모부터 바꿔서 나타났어야 하는 거 아냐?'

심지어 가명은 솔란이었다. '솔'에다 '란' 자 하나를 더 갖다 붙였을 뿐인 이 어설픈 가명의 어디에 자신의 정체를 숨기고자 하는 의지가 있는 걸까. 그러고 보니 리던도 앞 글자 하나만 슬쩍 바꾼 무의미한 가명을 썼었다.

'여기는 가명을 어설프게 짓는 게 유행인가?'

나는 한숨을 내쉬며 솔을 추궁하기 시작했다.

"당신 솔 맞잖아요."

"아닙니다."

"맞다니까요. 누가 봐도 당신은 솔이야."

"아니라니까요."

솔이 슬그머니 시선을 피하며 로봇처럼 아니라는 말만 반복했다.

'끝까지 정체를 숨기겠다 이거지.'

지금까지 솔은 이 세상에 직접 현신해 모습을 드러낸 일이 없었다. 나를 제외한 그 누구도 솔의 얼굴을 모른다는 소리였다. 당사자가 이렇게 우기기 시작하면 내가 이길 수 있는 방법이 없었다.

"그렇군요. 제가 착각을 했네요, '솔란' 사제님."

내가 마지못해 인정하며 옷자락을 놓아주자 솔란인 척하고 있는 솔이 안도의 한숨을 내쉬는 것이 보였다. 나의 의심스러운 눈초리에서 솔을 구해 준 건 어떻게든 이 상황을 정리하고 싶은 법관들이었다.

"태양신의 사제께서 직접 찾아와 주셨다니, 신탁의 주인이 누구인지 확실하게 가려진 거겠군요."

법관이 나와 캐서린을 바라보며 한시름 놓았다는 듯 웃었다.

"여기 태양신을 대리하는 사제께서 오셨으니 성검의 주인이 마녀인지 아닌지도 이 자리에서 판가름이 나겠지요."

"마녀?"

솔이 의외의 말을 들었다는 듯 미간을 찌푸리며 나를 보았다. 어쩌다 그런 소리를 듣게 됐냐는 듯한 얼굴이었다.

"그럴 일은 없습니다. 이브리아 양께서 마녀라니요."

"사제님."

캐서린이 황당하다는 듯 혀를 차는 솔의 앞으로 나섰다. 솔이 자신의 든든한 지원군이 되어 주리라 믿어 의심치 않는 얼굴이었다.

"제가 이 여자의 사특한 술수에 당했습니다. 마녀가 확실합니다."

"사특한 술수라면요?"

"제가 지닌 마력을 모두 훔쳐 갔습니다. 평범한 인간이 어떻게 그런 일을 할 수 있겠습니까."

"평범한 인간이라."

솔이 캐서린의 말을 되뇌며 나를 바라보았다.

"그렇지요. 여기 계신 이브리아 양께서는 확실히 평범한 인간이 아니시죠."

그녀의 말에 법정의 모두가 놀라 눈을 크게 떴다. 솔은 경악한 사람들 사이에서도 흔들리지 않고 차분하게 웃으며 내게 손을 뻗었다.

"태양신께서 직접 내린 신탁의 주인이 평범한 인간일 수는 없잖아요?"

솔의 말이 끝남과 동시에 나를 향한 그녀의 손에서 은은한 빛이 새어 나오기 시작했다. 성스러운 빛이 자연스럽게 내 몸에 쏟아져 내렸다. 마치 나를 축복하는 것 같았다. 빛이 사라질 무렵 솔이 내 앞에 무릎을 꿇고서 내 손을 붙잡았다.

"솔……?"

이번에는 내가 놀라서 눈을 크게 떴다. 다른 사람들은 모두 그녀를 태양신의 사제 솔란으로 알고 있지만, 나는 그녀의 진짜 정체가 태양신 솔이라는 걸 알고 있었다. 신이 지금 내 앞에서 무릎을 꿇은 것이다.

솔은 처음부터 그랬듯 평온한 태도로 내 손등에 입을 맞추었다.

"나의 권능으로 그대에게 신성함을 부여한다. 이 땅의 모든 생명은 그대를 경외하게 될 것이다. 나의 은인, 이 땅의 균형을 되찾은 영웅. 이제 그대는 신의 대리인이 아니라 신의 가족이다."

내 몸으로 스며든 빛에는 기이한 힘이 있었다. 빛이 스며든 자리부터 시작된 기이한 감각이 금세 온몸으로 퍼져 나갔다. 모든 감각이 충만해지는 듯한 기분이었다.

"그대는 이제 신족으로 다시 태어났다. 그대의 몸을 빌려 태어날 후손들 역시 신족으로서 위대함을 행하게 될 것이다."

빛이 모두 내 몸으로 흡수되어 사라진 뒤 솔이 몸을 일으켜 법정에 자리한 사람들을 둘러보았다. 모두가 하나같이 얼빠진 얼굴을 하고 나와 솔을 바라보고 있었다. 솔이 그들을 향해 싱긋 웃었다.

"이것이 종복의 몸을 빌려 전하신 태양신의 말씀입니다."

"태양신의 말씀, 하나도 빠짐없이 전해 들었습니다!"

고요한 가운데 낯선 외침이 들려왔다. 한쪽 구석에 앉아 열심히 펜을 놀리고 있던 서기관이었다. 그는 무척이나 감격한 얼굴이었다. 이 역사적인 현장을 자신이 기록할 수 있다는 것에 가슴이 벅찬 모양인지 눈시울이 붉어져 있었다.

"하지만…… 제 마력은…… 분명히 저 여자가……."

캐서린은 이 상황을 도저히 받아들일 수 없다는 듯 혼란스러운 눈으로 머리를 짚었다. 그런 캐서린을 보며 솔이 쯧 하고 혀를 찼다.

"가련한 인간이구나. 자신이 지은 죄를 잊고 언제까지 그 힘을 누릴 것이라 생각했느냐."

솔이 천천히 걸음을 옮겨 캐서린 앞으로 다가섰다.

"너로 인하여 세상의 혼란이 찾아왔다. 불화가 생기고, 의심이 찾아왔으며, 배신이 판쳤다. 그것이 모두 너의 죄인 것을……."

캐서린을 바라보는 솔의 얼굴은 차가웠다. 조금 전까지 따뜻한 얼굴로 내게 축복을 내리던 사제의 얼굴은 자취를 감춘 뒤였다.

"몸을 버리고 다시 태어나며 죄가 씻겼다 생각했겠지. 그러나 네 영혼에서는 여전히 추악한 죄의 냄새가 나는구나."

솔이 손짓하자 캐서린의 심장에서 음산한 검은 연기가 피어올랐다. 연기와 함께 내려앉은 무거운 공기에 숨이 턱 막힐 것만 같았다.

"누구도 설명해 주지 않을 것이다. 어째서 네가 힘을 잃은 것인지, 어째서 이렇게 몰락하게 된 것인지. 너는 의문에 대한 답을 모른 채 평생을 괴로워할 것이다."

솔이 다시 손짓하자 검은 연기가 순식간에 다시 캐서린의 심장 속으로 빨려 들어갔다. 연기와 함께 주변을 가득 메우고 있던 음산하고 무거운 기운도 모두 사라졌다.

"원망하고 좌절하며 남은 생을 괴로움으로 살아라. 그것이 너를 향한 신의 벌이다."

거기까지 말한 솔이 캐서린에게서 등을 돌렸다. 무표정한 얼굴에는 다시 미소가 돌아와 있었다.

"이것 역시 종복의 몸을 빌려 전하신 태양신의 말씀입니다."

솔의 말이 끝나자마자 몸을 덜덜 떨던 캐서린이 그대로 정신을 잃고 쓰러졌다. 옆에 있던 카시안이 굳은 얼굴로 그녀를 붙잡았다. 연이어 쏟아진 놀라운 이야기로 법정이 고요했다. 서기관이 바쁘게 기록을 작성하는 소리만 공간을 울릴 뿐이었다.

'대충 끝났나?'

이제 어느 정도 난장판이 정리될 모양이었다. 상황이 정리되면 사제인 척하고 있는 솔을 붙잡고 물어야 할 것들이 많았다.

하지만 일은 그렇게 쉽게 마무리되지 않았다.

"다들 여기 모여 있었네?"

어수선한 고요 속으로 해리가 등장한 것이다.

"마침 잘됐어."

그렇게 말하는 해리의 어깨에 정체를 알 수 없는 검은 물체가 짊어져 있었다.

'저건 도대체 뭐야?'

검은 물체를 자세히 살피려는 순간 해리가 그것을 바닥에 내던졌다. 덕분에 나는 쉽게 검은 물체의 정체를 알아차릴 수 있었다. 얼마나 맞았는지 얼굴이 엉망이 되어 끙끙 앓는 소리를 내는 남자였다.

'예전에도 이런 꼴을 본 적이 있지.'

해리가 내게 독을 먹인 제럴드를 이런 식으로 응징한 적이 있었다.

"이놈이 모두의 앞에서 고백할 게 있다고 하더라고. 그래서 데려왔지."

해리가 바닥에 널브러진 남자를 발로 툭 건드렸다.

"자, 법관님들 앞에서 전부 말해 봐. 응?"

"으아, 으아악!"

가벼운 발짓에도 남자는 기절할 것처럼 발작하며 비명을 질러 댔다. 해리는 그런 남자의 태도가 불만스럽다는 듯 한숨을 내쉬며 그의 앞에 쪼그려 앉았다.

"이봐. 말을 하라고, 말을."

"흐으……."

뺨을 툭 치는 손길에 남자가 덜덜 떨며 해리의 눈치를 살피기 시작했다.

"말, 합니다. 말할게요. 그러니까 제발……."

"그래. 그렇게 말을 해야지."

해리가 만족스럽게 웃으며 남자의 몸을 일으켜 주었다. 남자는 줄이 끊어진 인형처럼 힘없이 늘어져 해리의 손길에 따라 움직일 뿐이었다.

"도대체 저 남자는 누구입니까? 누군데 저런 꼴로 끌려온 거지요?"

참혹한 남자의 모습에 법관들이 미간을 찌푸렸다. 고상하게 법전을 들여다보는 것이 직업인 그들에게는 남자의 처참한 몰골이 상당히 충격적인 모양이었다.

"아, 이 남자."

해리가 남자의 옆구리를 쿡 찔렀다.

"말해. 내 앞에서 고백했던 거 전부."

해리의 차가운 명령에 남자가 불에 데기라도 한 듯 화들짝 놀라며 긴 이야기를 쏟아 내기 시작했다.

"저, 저, 저, 저는 흑마법사입니다. 어둠의 마법을 연구하며 각종 실험을 하지요. 그 연구에는 인간의 영혼이 필요합니다. 저는 그 재료를 국왕 폐하께 제공받았습니다."

"그, 재료라는 게 설마 인간의 영혼입니까?"

법관이 믿을 수 없다는 듯 질문했다. 인간의 영혼을 얻으려면, 먼저 인간을 죽여야 한다. 이 남자의 주장이 진실이라면 국왕은 인간을 죽여 흑마법사에게 제공한 것이 된다.

"예. 하지만 폐하께서 먼저 저희 흑마법사들을 찾으셨습니다. 그전까진 동물의 영혼으로 실험했는데, 그걸로는 부족하다며 사형수들을 보내 주겠다고 하셨습니다. 악마를 자기 손에 꼭 넣어야 한다면서……."

남자의 입에서 나오는 말에 카시안의 얼굴이 하얗게 질렸다. 법관들과 리던의 얼굴도 비슷했다.

"잘못했습니다! 다 잘못했으니까 제발!"

남자는 덜덜 떨며 간청했다. 법관들이 아니라 해리를 향한 호소였다.

"저, 저 말이 모두 진실이란 말입니까?"

"흑마법사의 말을 어떻게 믿습니까?"

"지금 보니 정신도 온전치 않아 보이는데. 그냥 미친 사람의 헛소리가 아닐까요?"

법관들은 믿을 수 없다는 듯 고개를 저었다. 당연한 반응이었다. 자신들이 충심으로 모셨던 왕이 그런 비열한 짓을 했다는 사실을 믿긴 힘들 테니까. 증언을 하는 사람이 반쯤 정신이 나간 것처럼 보이기에 더욱 믿기 힘들었다.

'제대로 된 상태로 얌전히 데려올 거라고 생각한 건 아니지만⋯⋯.'

나는 누가 봐도 미친 사람처럼 보이는 흑마법사를 바라보며 한숨을 내쉬었다. 해리가 직접 흑마법사를 잡으러 가겠다고 했을 때, 그냥 둬선 안 되는 거였는데. 처음 계획했던 대로 아스페리츠나 로이를 보냈어야 했다.

'흑마법에 가장 잘 대처할 수 있는 건 자기라는 말에 넘어가는 게 아니었어.'

국왕이 흑마법사와 손을 잡았다는 사실을 밝히는 건 쉬운 일이 아니었다. 그래서 가장 확실한 증거, 국왕이 직접 접촉한 흑마법사를 데려와 진실을 밝히려고 했는데 증인의 상태가 이래서야 의미가 없었다.

'다른 흑마법사를 잡아 와야 하나?'

다음번에는 꼭 아스페리츠나 로이를 보내야겠다고 굳게 다짐하고 있는 와중에 의외의 조력자가 등장했다.

카시안이었다.

"……전부 사실일 겁니다."

그는 여전히 창백한 얼굴로 입술을 질끈 깨물었다.

"폐하께서 제게 그 계획을 말씀하신 적이 있습니다. 악마를 사로잡기 위해 흑마술이 필요하다고, 그러기 위해서 사형수들의 영혼을 바쳐야 한다고."

"그런!"

정신 나간 흑마법사의 입에서 나온 증언은 의심할 수 있었다. 하지만 왕세자의 입에서 나온 말은 그럴 수 없다. 무게감이 완전히 다른 증언에 법관들이 비로소 심각한 얼굴이 되었다.

"저는 그 계획에 반대했습니다. 폐하께서 그런 비도덕적인 방법을 써서는 안 된다고요. 하지만 폐하께서는 뜻을 바꾸지 않으셨고, 저는 방에 구금되어 상황을 막을 수 없었습니다."

"……왕실 전체를 흔들 수 있는 일입니다. 알고 계십니까?"

"물론 알고 있습니다."

"그런데 어째서 진실을 이야기하시는 겁니까. 전하께서는 모든 것을 가슴에 품고 숨길 수도 있었습니다."

법관이 이해할 수 없다는 듯 물었다. 카시안은 굳이 거짓말을 할 필요도 없었다. 그저 침묵함으로써 아버지와 가문의 명예를 지킬 수도 있었다. 그러나 카시안의 대답은 간단했다.

"그게 옳은 일이니까요."

카시안은 참담한 얼굴을 하면서도 분명한 목소리로 제 뜻을 전했다.

"진실이 모든 것을 무너뜨린다고 하더라도, 그 무너지는 것이 나일지라도, 밝혀지는 것이 옳은 일이라면 그리해야겠죠."

태양신 솔이 내게 보여 주었던 이야기 속 바른 왕자님의 모습 그대로였다. 눈을 질끈 감고 고개를 숙이는 카시안의 옆으로 리던이 다가섰다. 그는 동생의 어깨를 꽉 붙잡아 말없이 그를 격려했다.

"……이 문제를 위한 법정은 추후에 열릴 겁니다."

무거운 침묵 속에서 재판장의 역할을 대리하는 법관이 엄숙하게 선언했다.

"오늘의 법정은 다음 대의 왕을 정하기 위한 것이니, 오늘은 그에 대한 결론을 내려야겠지요."

그가 천천히 자리에서 일어서자, 나머지 법관들도 그를 따라 몸을 일으켰다.

"기적을 눈앞에서 보았으니 거부할 까닭이 없습니다. 저는 위대하신 태양신의 말씀을 받들어 왕국의 적법한 왕이 성검의 주인 이브리아 오베론임을 인정합니다."

"저 역시 인정합니다."

"마찬가지입니다."

"동의합니다."

나머지 세 사람의 동의까지 얻은 법관이 다시 정면으로 시선을 돌려 나를 바라보며 정중하게 인사했다.

"내일의 왕이시여. 이제 당신이 이 나라의 적법한 주인이 되셨습니다. 모든 것을 뜻대로 하소서."

나는 법정에서 빠져나와 솔과 마주 앉았다. 그녀는 여전히 자신이 태양신 솔이 아니라 신의 사제 솔란이라 주장하고 있는 상태였다.

"솔."

"솔란입니다."

"그렇게 주장할 거면 얼굴이라도 바꾸고 나타났어야죠."

"다음부턴 그럴게요. 하지만 전 솔란입니다."

이래서야 끝이 없었다. 나는 솔의 의미 모를 연극에 동참해 주기로 마음먹고 어깨를 으쓱했다.

"그래요. 이름이 뭐가 중요하겠어요. 솔란이든 솔이든."

어차피 내게 필요한 것은 그녀의 진짜 정체가 무엇인지 알아내는 것이 아니었다. 내가 정말 궁금한 건 그녀가 오늘 법정에서 한 말이었다.

"오늘 법정에서 한 말은 도대체 무슨 뜻이에요? 내가 신족이 됐다는 거요."

솔은 내가 그것을 궁금해할 줄 알았다는 듯 부드럽게 미소 지으며 설명을 시작했다.

"신족은 신의 축복을 받은 존재입니다."

"그 축복을 받으면 뭐가 좋은데요?"

"가장 눈에 띄는 변화는 몸이지요."

"몸이요?"

"예. 느끼지 못하셨나요?"

나는 두 손을 들어 빛이 흡수된 몸을 쳐다보았다. 이미 빛은 모두 사라지고 없었지만, 솔의 축복과 함께 새어 나온 빛이 내 몸에 흡수되던 때의 감각은 아직도 선명했다. 단순히 신성함을 자랑하는 장치가 아니라 어떠한 힘이 있는 빛이었다.

"신의 축복을 받은 자는 강인한 신체를 얻게 되어 평범한 인간보다 훨씬 긴 수명을 영위합니다. 노화를 겪지 않고 신체가 가장 건강할 때의 모습으로 죽는 날까지 살아가지요."

"지금 이 모습 그대로 죽는 날까지 산다는 말인가요?"

젊은 모습을 평생 유지하며 살아가는 것을 꿈꾸는 인간들이 얼마나 많은가. 그들이 들었다면 아주 부러워할 일이었다.

"예. 그렇게 수백 년을 살겠죠."

"솔이 이렇게 축복을 내려 줄 거라고는 생각 못 했어요. 심장을 되찾아 준 보답은 국왕을 살려 해리를 구함으로써 이미 받았으니까요."

내가 지켜본 신은 그리 너그럽지 않았다. 마냥 용서하고 베푸는 존재가 아니라, 주고받을 것을 분명히 계산하는 냉철한 존재 같았다. 캐서린을 단죄하는 모습만 봐도 그랬다.

"신을 제대로 보셨군요."

솔이 재미있다는 듯 웃으며 고개를 한쪽으로 기울였다.

"사실 이건 당신을 위한 선물이 아니라, 당신의 곁을 지키고 있는 악마를 위한 신의 선물입니다. 그 역시 심장을 되찾는 데 큰 역할을 했으니까요."

"해리를 위한 선물이요?"

"당신이 오랫동안 ㄱ의 곁에 머무를 수 있도록 긴 수명을 부여한 것입니다. 신께서는 그것이 그의 가장 큰 소망이라는 걸 알고 있거든요."

해리를 사랑하게 된 이후 악마의 수명과 인간의 수명이 다르다는 건 언제나 나의 가장 큰 고민거리였다. 하지만 나와 해리 모두 서로의 수명 차이에 대해서는 말을 아꼈다. 악마는 악마로 태어나고, 인간은 인간으로 태어난다. 수명은 그 순간 정해지는 존재의 본질이었다. 무슨 수를 써도 해결하지 못할 문제라는 걸 알고 있으니 이야기를 꺼내

봤자 서글퍼질 뿐이었다.

그래서 의식적으로 그 주제를 피했다. 생각하지 않으려고 깊은 곳에 묻어 둔 채 오늘만을 생각하며 살자고 다짐했다. 아마 해리 역시 나와 비슷한 생각이었을 것이다. 하지만 나는 이 일이 해리에게 조금 더 용기가 필요한 일이라는 것도 알고 있었다. 마지막에 홀로 남는 쪽은 해리였으니, 그의 용기가 없었다면 우리의 사랑은 시작되지도 못했을 것이다.

"⋯⋯고마워요."

나는 진심으로 솔에게 감사했다. 이건 그녀가 자랑하던 꽃길 중에서도 가장 아름답고 화려한 꽃길이었다.

"고마워하지 않아도 돼요. 당연한 보상을 하는 거니까요."

해리가 함께하지 않았다면 나는 단 한 조각의 심장도 찾지 못했을 것이다. 기여도를 생각한다면 당연히 해리에게도 보답을 주는 게 맞다.

'하지만 악마에게 선물을 주는 신이라니.'

어딘가 우습지 않은가.

'애초에 악마의 도움을 받아 심장을 되찾은 신도 이상하지만 말이야.'

우스운 생각에 픽 웃음을 흘리는 나를 보며 솔이 천천히 자리에서 일어났다.

"신의 축복을 받은 자에게는 행운이 따라 죽는 날까지 부와 명예를 잃지 않는다고 하지요."

그녀는 조심스럽게 내 앞으로 다가와 두 손을 잡고 마지막 축복의 말을 전했다.

"부디 그대의 앞날에 영원한 번영이 있기를 바랍니다. 늘 그대를 지켜보겠어요. 이것이 신께서 그대에게 남긴 마지막 말씀입니다."

왕실 법정이 내린 결론은 빠르게 왕국 전역에 공표되었다. 그들이 내건 공고문에는 다음 왕이 나로 정해졌다는 것과 함께 신의 사제가 나타나 내게 축복을 부여하며 신족으로 인정했다는 내용이 모두 담겨 있었다.

건국왕이 나라를 세운 이후 왕은 모두 제레인트 가문에서 배출되었다. 그런데 내가 왕으로 지명된 탓에 처음으로 제레인트가 아닌 다른 성을 가진 사람이 왕위에 오르게 됐다. 제레인트 왕가의 명맥이 끊어지게 된 것이다.

일부에서는 내가 리던이나 카시안, 혹은 제레인트의 핏줄을 이은 남자와 결혼해서 건국왕이 세운 제레인트 왕가의 명맥을 이어야 한다고 주장하기도 했다. 하지만 국왕이 흑마법사들과 손을 잡고 인간의 영혼을 악마에게 바치는 실험을 했다는 사실이 알려지자 그런 주장도 금세 힘을 잃었다.

'이제 국왕은 금지된 힘을 얻으려다 실각한 왕으로 역사에 남겠지. 그로 인해 제레인트 왕조가 무너졌다고, 사람들이 그렇게 수군거리는 것을 살아서 듣게 될 거야.'

자신이 지키고자 한 제레인트의 영광이 자신의 이름을 끝으로 무너지는 광경을 지켜보는 것. 그것이 내가 국왕에게 안겨 주고 싶었던 절망이었다.

이제 왕국은 새로운 분기를 맞았다. 제레인트 왕조의 끝이자, 새로운 왕조의 시작. 이 처음이라는 것이 얼마나 고달픈 일인지 모른다. 처음이라는 건 선례가 없다는 뜻이고, 선례가 없다는 건 새롭게 정해야 할 것들이 넘쳐 난다는 소리였다.

'왕이 되겠다고 말할 때까지만 해도 전혀 현실감이 없었는데……'

정해야 할 것들이 밀려드는 순간이 오자 비로소 내가 왕이 된다는 것이 실감 나기 시작했다. 대관식을 준비하는 것도 큰일이었지만, 그전에 정해야 할 것들이 너무 많았다.

"나라의 이름은 그대로 제레인트로 하실 겁니까?"

"왕가의 이름은요? 원래 성이신 오베론을 따 오베론 왕가로 명명하실 건가요?"

"왕으로서 사용하실 이름도 정하셔야 합니다. 원래 이름을 계속 쓰실 건지, 새로운 이름을 정하실 건지 말씀해 주십시오."

하다 하다 잘 쓰고 있던 내 이름까지 다시 정해서 알려 줘야 한다니. 나는 어서 결정을 내려 달라며 내 앞에 몰려든 행정관들을 보며 머리를 짚었다. 아직 대관식을 하고 정식으로 왕위에 오르기 전인데도 이 상태이니, 정말 왕이 된 후에는 얼마나 많은 일거리가 기다리고 있을지 상상이 되지 않았다.

'왕이 되자마자 일거리는 전부 떠넘기고 도망갈 거야. 나태하고 게으른 왕이 될 거라고.'

나는 굳게 다짐하며 한숨을 내쉬었다.

'하나씩 처리해 볼까.'

우선 가장 간단하게 보이는 문제부터 접근하기로 했다.

"이름은 왜요? 원래 쓰던 이름을 쓰면 안 되나요? 무슨 문제라도 있나요?"

"문제라니요. 그런 건 전혀 없습니다. 하지만 즉위를 하시면서 새로운 이름을 사용하고, 새롭게 권위를 부여하신 분들도 계십니다."

행정관은 품에 안은 자료를 뒤적여 지난 사례를 찾아냈다.

"도량형을 통일하신 킬리어드 5세의 원래 이름은 라이언이었고, 법전을 정비하신 조안 3세의 원래 이름은 실페온이었습니다."

"의무가 아니라면 그냥 내 이름을 쓰고 싶어요."

이제 겨우 이브리아라는 이름에 익숙해졌는데, 또 다른 이름을 쓰는 건 사양이었다. 행정관은 내 결정에 만족한 듯 고개를 끄덕이며 자료를 뒤적였다.

"지난 역사에 이브리아라는 이름을 쓰신 왕은 없습니다. 이름 뒤에 몇 세라는 칭호를 붙일 필요는 없겠네요. 앞으로 모든 문서와 기록에서 이브리아라는 이름을 사용하는 것으로 하겠습니다."

만족스러운 답변을 얻은 행정관이 돌아가자 나머지 행정관들이 대답을 기다리며 눈을 반짝였다.

"다음은 왕가의 이름인가요? 그건 원래 내 성을 쓰는 게 아니에요?"

"성을 왕가의 이름으로 쓰셔도 무방합니다. 하지만 원하신다면 다른 이름을 왕가의 이름으로 선언하실 수도 있습니다."

"그렇군요."

마음 같아서는 내게 익숙한 오베론을 그대로 사용하고 싶지만, 이 이름은 나만의 것이 아니었다.

"그 문제는 먼저 아버지와 상의를 해 봐야 할 것 같아요. 당장 결론을 내려야 하나요?"

"아닙니다. 하지만 대관식 전까지는 확실히 정해 주셔야 합니다."

"알겠어요. 그럼 다음은……."

"국호를 정하셔야 합니다."

혹시나 다른 사람에게 순서를 빼앗길까 두려웠는지 행정관 하나가 다급하게 말했다.

"왕조가 바뀌면서 국호를 바꾸는 일도 있었습니다. 이번에는 어떻게 하실 건지 결정하셔야 합니다."

"나라 이름……."

전혀 생각해 보지 못한 문제였다.

'제레인트라는 이름을 계속 쓰는 건 이상하겠지?'

하필 나라 이름이 건국 왕조의 이름을 딴 것이라 계속 사용하기 힘들 것 같았다.

'좋은 일로 왕조가 바뀐 것도 아니니까.'

"……그것도 고민해 볼게요."

"이것 역시 대관식 전까지는 확정해 주셔야 합니다. 국호를 바꾸신다면 국기와 국가도 어떻게 하실 건지 결정하셔야 하고요."

"국기와 국가도요?"

"예. 그리고 공식 문서에 사용하실 인장도 만드셔야 합니다. 보통은 왕자나 공주이실 적에 사용하신 인장을 그대로 사용하시는데, 이번에는 특수한 경우라 새로 상징을 정하셔서 인장을 제작해야 합니다."

"하아. 인장까지……."

정말 산 넘어 산이었다. 왕이 되겠다고 하면 그냥 왕이 되는 줄로만 알았지 이렇게 정할 것이 많을 줄은 몰랐다.

'영화나 드라마에는 이런 내용이 없었다고.'

사극을 수없이 봤지만 이런 과정을 알려 준 작품은 하나도 없었다.

'나 아무래도 리던한테 사기당한 것 같아.'

나태한 왕이 되면 된다더니, 나태한 왕이 되기 위해서는 이렇게 복잡한 과정을 거쳐야 했다.

"이브리아 님, 손님이 찾아오셨습니다."

괴로움에 머리를 부여잡고 있는 내게 시종이 다가와 속삭였다.

"여기에 또 손님이 있다고?"

지금 내 앞에 줄을 서 있는 행정관들만 해도 엄청난 수였다. 여기에서 더 일거리가 늘어난다면 대관식을 하기도 전에 왕좌를 걷어찰 참이었다.

"그 손님이 일거리를 안고 왔다는 말만 하지 말아 줘."

질린 얼굴로 대꾸하자 시종이 내 눈치를 살피며 조심스럽게 물었다.

"에렐에서 오신 인세티아 남작이신데⋯⋯."

에렐과 인세티아 남작이라는 말을 듣자마자 나른하던 눈이 번쩍 뜨였다. 믿을 만한 조력자가 등장한 것이다.

"시간을 내기 힘드시니 돌아가라고 할까요?"

나는 서둘러 고개를 저으며 자리에서 일어섰다.

"아니. 만나겠어. 남작은 지금 어디에 있지?"

"접견실로 안내해 두었습니다."

"좋아. 지금 가지."

⁂

접견실로 들어서자 인세티아 남작이 자리에서 일어나 나를 맞이했다.

"제대로 인사를 올려야 할까요?"

"됐어요. 아직 대관식을 한 것도 아닌데요."

나는 당장에라도 부담스러운 인사를 하려는 듯한 인세티아 남작을 향해 손을 내저었다.

"대관식을 했다고 해도 남작은 그런 인사 면제라고요."

"그건 상당한 특별 대우인데요."

"남작은 그럴 자격이 있죠. 어서 앉아요."

나는 남작에게 자리를 권하고 그의 맞은편에 자리를 잡았다. 그는 내가 자리에 앉는 것을 확인한 뒤에야 내가 권한 자리에 엉덩이를 붙였다.

"갑자기 왕이 되신다고 해서 깜짝 놀랐습니다."

"어쩌다 보니 그렇게 됐어요."

"왕이라는 게 어쩌다 보니 될 수 있는 거였습니까?"

"그렇던데요."

"왕이 무슨 동네 촌장 같은 것도 아닌데……."

내 대답에 인세티아 남작이 황당하다는 듯한 얼굴로 한숨을 내쉬었다.

"뭐, 이상한 걸 계속 주워 오실 때부터 알아봤습니다. 결국에는 한 나라의 왕관까지 주워 오셨군요."

"내가 원해서 주운 건 아무것도 없지만요."

"밖에서는 그런 소리 하시면 안 됩니다. 왕관을 원해서 얻은 게 아니라니요."

"그러는 남작은요. 왕관을 주워 왔다고 말하는 건 괜찮은 줄 알아요?"

"그거야……."

남작이 민망한 듯 말끝을 흐리며 미간을 찌푸렸다.

"영주님께서 너무 간단하게 이야기하시니까 저까지 옮지 않았습니까."

그렇게 한탄하던 남작이 깜짝 놀라 말을 정정했다.

"아, 이젠 영주님이라고 부르는 것도 안 되겠군요."

"왕이 별건가요. 좀 더 큰 영지를 관리하는 영주가 된 거죠. 편한

대로 불러요."

"……계속 이런 소리를 하시니까 저까지 감각이 이상해지는 겁니다."

남작이 길게 한숨을 내쉬며 탁자 위에 두꺼운 서류 뭉치를 내려놓았다. 나는 눈을 가늘게 뜨고 남작을 쳐다보았다.

"설마 내 일거리 가지고 여기까지 쫓아온 거예요?"

"그럴 리가 있겠습니까. 자리를 비우신 동안 진행된 일을 정리한 서류들입니다. 이렇게 직접 서류를 드리며 보고하는 건 마지막이 되겠군요."

남작이 시원섭섭한 얼굴로 두꺼운 서류 뭉치를 바라보았다.

"마지막 보고는 직접 올리고 싶었습니다. 대관식이 끝나면 더 뵙기 힘들어질 것 같아서 급히 왔고요."

나는 남작이 내민 두꺼운 서류 뭉치를 바라보며 입을 꾹 다물었다. 이 마지막 보고를 위해 에렐에서 먼 길을 달려 수도까지 온 모양이었다.

"남작, 내 편지 못 봤어요?"

왕실 법정의 공고문이 왕국 전역에 붙기 전, 인세티아 남작과 오베론 공작에게는 따로 편지를 보냈다. 인세티아 남작에게 보낸 편지에는 곧 에렐로 가겠다는 이야기를 썼다.

"봤습니다."

"그럼 내가 곧 에렐로 가겠다고 한 말도 봤겠네요."

"……설마 그게 진심이셨습니까?"

인세티아 남작이 믿을 수 없다는 듯 미간을 찌푸렸다.

"진심이었어요. 내가 뭐 하러 거짓말을 하겠어요?"

"왕이 되시면 쉽게 수도를 떠나실 수 없습니다. 왕이 수도를 비우면 백성들이 불안해하니까요."

"나도 그 정도는 알아요."

"그걸 아시는 분이 곧 에렐에 오실 생각이셨다고요?"

남작이 어린아이를 가르치는 선생님의 눈빛이 되어 나를 나무랐다. 하지만 나는 당당했다.

"왕이 수도에 있어야 한다면, 내가 있고 싶은 곳을 수도로 정하면 되잖아요."

"그 말씀은…… 설마……."

"에렐로 수도를 옮기려고요. 왕조가 뒤집혔는데, 수도 정도야 못 옮기겠어요?"

"수도…… 수도를……."

남작이 할 말을 찾지 못하고 멍하니 중얼거렸다. 나는 어깨를 으쓱하고 내 주장이 얼마나 정당한 것인지를 설명하기 시작했다.

"수도는 기존의 권력이 너무 단단해요. 모두 제레인트 왕가에 충성했던 사람들이죠. 이걸 뒤집지 않으면 사사건건 고달플걸요."

왕국의 모든 발전은 수도를 중심으로 이뤄지고 있었다. 그곳에 살고 있는 수도 귀족들의 위세는 상상하기 힘들 정도였다. 이번 기회에 그 판을 뒤집어 그들의 힘을 빼놓을 생각이었다.

"발전이 수도에 집중되어 있다는 것 자체도 문제예요."

내가 처음 도착했을 때, 에렐은 아주 척박하고 살아가기 힘든 도시였다. 모든 편리함이 모여든 수도와 같은 나라라는 걸 믿을 수 없을 정도였다. 남부에서 시작된 발전은 북부까지 닿지 못했다.

"이젠 그 발전의 중심지를 북부로 옮겨 놓아 균형적인 발전을 꾀할 필요가 있어요."

"그런 깊은 생각까지 하고 계셨다는 말입니까?"

인세티아 남작이 믿을 수 없다는 듯 눈을 가늘게 떴다. 내가 그런 대단한 생각을 가지고 수도 이전을 계획했다는 사실을 전혀 믿을 수 없다는 눈치였다. 남작의 의심은 정당했다.

'당연히 에렐로 수도를 옮길까 하고 생각한 뒤에 대충 만들어 낸 변명이거든.'

생각하면 할수록 그럴듯한 변명이라 행정관들에게도 잘 먹혔지만 말이다.

'이제 반발하는 수도 귀족들만 잘 설득하면 되는데.'

그 일은 내가 할 필요가 없었다.

'적임자가 따로 있지.'

리던과 카시안이었다. 제레인트 왕가의 후손으로, 누구보다 건국왕이 정한 수도에 애착이 있을 그들이 수도 이전을 지지하고 나선다면, 수도 귀족들은 명분을 잃을 수밖에 없었다.

'한번 만나서 이야기를 나눠 봐야겠어.'

법정에서 한바탕 난리를 겪은 이후 두 사람과 따로 이야기할 시간이 없었다. 내가 대관식 문제로 골머리를 앓는 동안, 두 사람은 국왕과 흑마법사의 결탁을 자신의 손으로 밝히겠다며 바쁘게 움직이고 있었다. 이제 그 문제는 마무리 국면으로 들어섰으니 이야기를 나눌 시간 정도는 만들 수 있을 것이다.

"아무튼 에렐에서 조금만 기다려요. 곧 거기로 갈 거니까. 내가 작위도 더 높은 걸로 줄게요. 백작? 후작? 공작? 뭐가 되고 싶어요?"

"작위가 무슨 생일 파티 초대장입니까. 뭘 그렇게 쉽게 주신다고……."

"남작. 내 생일 파티 초대장, 받기 힘들어요."

"그게 그 말이 아니잖습니까."

남작이 한숨을 내쉬며 고개를 저었다.

"벌써 폭군의 싹이 보이시는군요. 그렇게 작위를 남발하시면 안 됩니다."

"신의 축복을 받은 왕이 폭군이 될 수도 있나요?"

내가 자신만만하게 신의 축복을 들먹이자 신앙으로 충만한 남작은 아무런 말도 하지 못하고 재차 한숨만 내쉴 뿐이었다.

"게다가 작위를 남발하는 것도 아니거든요? 이런 제안은 남작에게만 하는 거라고요. 그러니까 뭘 원하는지 말만 해요."

"정말 제가 원하는 걸 말하면 들어주시는 겁니까?"

"그렇다니까요."

"그럼 그냥 휴직하게 해 주십시오."

남작이 짧은 고민도 없이 입을 열었다.

"에렐이 수도가 되면 지금보다 일거리가 더 많아질 텐데, 전 그거 감당 못 합니다. 공작령의 다른 시골 영지로 가서 마을 촌장이나 하겠습니다."

"아. 그게 내 꿈이었어요. 그런데 실패했죠. 내가 성공 못 한 걸 남작이라고 할 수 있을까요?"

웃으며 돌려 말한 거절에 남작이 어깨를 으쓱하며 고개를 저었다.

"이것 보세요. 제가 원하는 건 어차피 못 주십니다."

"그럼 그냥 내가 주고 싶은 걸 줄게요. 공작이 되면 견제가 너무 많고, 백작은 애매하니 후작으로 해요."

나는 그렇게 결론을 내리고 씩 웃었다.

"인세티아 후작. 듣기에도 이게 더 좋네."

"……정말 사양하고 싶군요."

"사양은 사양할게요."

나의 단호함에 남작이 헛웃음을 흘렸다. 아마 서류를 한가득 들고 나를 찾아올 때까지만 해도 이런 전개는 예상하지 못했을 것이다.

"일이 이렇게 흘러갈 줄이야……."

남작의 한탄과 함께 접견실 밖이 시끄러워지기 시작했다. 무슨 일인가 싶어 고개를 돌리는 순간 허락도 구하지 않고 문이 벌컥 열렸다. 문을 지키고 있던 시종은 어쩔 줄 몰라 쩔쩔매고 있었고, 그 옆으로 평소와 같은 오베론 공작의 서늘한 얼굴이 보였다.

"아버지?"

내가 놀라서 눈을 크게 뜨자 시종이 눈치를 살피며 서둘러 변명했다.

"저, 각하께서 갑자기 찾아오셔서…… 막아 봤지만 제가 어떻게 할 수가……."

시종의 입장에서는 나도 공작도 범접하기 힘든 높은 사람들이었다. 나는 그의 난처한 상황을 이해하고 괜찮다는 듯 손을 저었다. 그렇지 않아도 공작과는 논의할 일이 있었다. 왕조의 이름을 오베론으로 할 것인지, 다른 이름으로 선언할 것인지를 결정해야 했다. 벌써 그 문제가 공작의 귀에 들어가 논의를 나누고자 찾아온 것일까?

'마침 잘됐어.'

내 반응에 표정이 밝아진 시종이 정중하게 인사하고 접견실의 문을 닫아 주었다.

"각하, 이쪽에 앉으시지요."

인세티아 남작이 자리에서 일어나 공작에게 자신이 앉았던 자리를 권했다. 하지만 공작은 남작의 제안을 들은 척도 하지 않고 성큼성큼 걸어와 내 앞에 섰다.

"절대 안 된다."

공작이 내 얼굴에 대고 시작부터 단호한 거절을 날렸다. 영문 모를 거절에 나는 슬쩍 눈을 굴려 남작을 쳐다보았다. 혹시라도 인세티아 남작은 뭐라도 알고 있지 않을까 싶어서였다. 하지만 나와 비슷한 눈 빛으로 나를 슬쩍 바라보고 있는 남작과 눈이 마주쳐서 그 역시 아는 것이 없다는 사실을 깨달을 수 있었다.

"이브리아 네가 왕이라니. 그건 절대 안 돼."

이번에는 조금 더 명확한 말이 흘러나왔다.

'왕조의 이름으로 오베론을 써도 될지 물어보려고 했는데.'

이름 쓰는 것을 허락받는 게 문제가 아니었다. 공작은 그보다 거슬러 올라가 내가 왕이 되는 것 자체를 반대하고 있었다.

'그래. 내가 훌륭한 왕의 재목으로는 보이지 않겠지.'

공작은 이브리아의 어린 시절부터 시작해 그녀를 가장 가까이에서 지켜본 사람이었다. 이런 사람이 왕이 되면 나라가 망한다는 심각한 우려를 하는 것이 분명했다.

"아버지. 제가……."

내가 장황한 설득을 시작하려는 순간이었다.

"황제다."

미처 내 설득이 시작되기도 전에 공작이 여전히 영문 모를 짧은 말로 내 이야기를 끊었다.

"……황제요?"

어리둥절해서 눈을 껌뻑이는 내게 공작이 단호하게 입을 열었다.

"네가 왕이라니, 그 제레인트 녀석들과 같은 급으로 취급받는 건 절대 안 된다."

"그러니까……."

"황제로 하자. 그게 좋겠어."

엄청난 소리를 하면서도 공작의 얼굴은 평소와 다를 바가 없었다.

"스스로 제국을 선포하고 황제의 자리에 오를 수도 있지만, 역시 추대를 받아 황제가 되는 게 모양새가 좋지. 동조할 귀족들은 내가 포섭할 수 있다."

공작의 입에서 쏟아지는 구체적인 계획을 들으며 나와 남작은 입을 떡 벌렸다.

'황제가 무슨 마을 촌장이야? 이렇게 막 쉽게 하자고 해도 돼?'

내가 어쩌다 왕이 됐다는 말을 들은 인세티아 남작의 심정이 이랬을까. 황당해서 입을 떡 벌리는 내게 인세티아 남작의 작은 한탄이 들려왔다.

"역시 괜히 부녀가 아냐……."

나는 열심히 공작을 말렸다. 하지만 쉽게 설득이 되지 않아 결국 내가 두 손 두 발을 모두 들고 말았다.

'그래. 왕이나 황제나. 어차피 다 똑같아.'

나는 마음 편하게 생각하기로 했다. 왕이나 황제, 모두 한 나라의 우두머리라는 사실은 변하지 않으니 아예 틀린 생각도 아니었다.

공작은 그렇게 하시라는 나의 대답을 듣고서야 만족해서 왕성을 나섰다. 그런 공작을 보며 남작도 질린 얼굴로 에렐로 떠났다.

그렇게 한바탕 손님을 치러 낸 뒤, 나는 사건 조사를 마무리하고 있는 두 왕자를 찾았다. 예고하지 않은 방문에 두 왕자는 조금 놀란 눈치였다.

"요즘 바쁜 거 아니었나?"

"바쁘죠. 왜 저한테 왕이 되려면 이런 귀찮은 과정들을 거쳐야 한다고 말해 주지 않으셨어요?"

"나도 몰랐으니까."

내 원망에 리던이 대수롭지 않게 어깨를 으쓱했다.

"내가 왕이 되어 본 적이 없는데, 어떻게 그런 과정이 있는 줄 알았겠어?"

"앞으로는 타인에게 왕위를 권할 때 이 부분에 대해 꼭 알려 주시길 바랄게요."

"아니, 앞으로는 다른 사람에게 왕위를 권할 일이 없지. 그럼 반역이잖아."

리던이 헛웃음을 흘리며 내게 자리를 권했다. 카시안의 맞은편 자리였다. 자리에 앉자마자 카시안과 눈이 마주쳤다. 우리 사이에 어색한 공기가 흐르자 리던이 눈치를 살피더니 슬그머니 자리를 피해 주었다.

"난 잠시 자료를 좀 찾아보고 올게. 30분 정도 걸릴 거야."

카시안과 대화를 하기에는 충분한 시간이었다. 리던이 나가는 것을 확인한 나는 조심스럽게 입을 뗐다. 그에게 어떤 식으로 이야기를 꺼내야 할지 쉽게 감이 잡히지 않았다. 그저 평소의 나처럼 솔직하게 모든 것을 말할 뿐이었다.

"원래는 당신을 왕으로 선택하려고 했어요."

"네, 알고 있습니다."

카시안은 의외로 담백한 태도로 고개를 끄덕였다.

"형님께서 왕위를 거부하신 건 알고 있었으니까요. 당신이라면 억지로 형님에게 왕을 맡기긴 않으리라 생각했죠."

"억울하지는 않아요? 갑자기 내가 자리를 뺏은 격이 됐는데."

"글쎄요. 선택은 당신이 하는 거였는데, 그 선택이 달라졌다고 억울해하는 건 조금 우습죠."

카시안이 눈을 내리깔았다.

"모든 것이 당연히 내 것이 되리라 생각한 적도 있었습니다. 빼앗겼다고 생각하고, 빼앗긴 걸 되찾으려고 했지요. 애초에 그게 당연한 내 것이 아니었다는 걸 깨달은 건 얼마 안 됐습니다. 오랫동안 착각을 하고 있었던 겁니다."

"그 사건만 없었다면 여전히 당신 거였겠죠. 억울한 마음을 가져도 이상하지 않아요."

"다른 사람이 그 자리에 앉았다면 억울했을지도 모릅니다. 하지만 당신이니까 그런 생각도 할 수 없는 거죠. 에렐에서 지내는 동안 당신이 어떻게 변했는지, 당신이 어떤 일을 해냈는지 지켜봤으니까요."

나는 리던만이 아니라, 카시안에게도 에렐에서 보낸 시간이 의미가 있었다는 것을 깨달았다.

'난 그냥 왕자들을 노예로 부릴 생각뿐이었는데.'

어쩐지 민망한 기분이었다. 민망함에 괜히 헛기침을 하는 나를 보며 카시안이 물었다.

"왕이 되고 싶지 않다던 당신이 갑자기 왕이 되기로 결심한 건 그 남자 때문이죠? 대마법사의 후손으로 불리는 그 악마 말입니다."

"아."

카시안은 국왕이 아는 것을 모두 알고 있었다. 해리가 악마라는 사실 역시도 그중 하나였다.

"사실을 말하지 않아 줘서 고마워요."

물론 내게는 카시안이 해리의 정체를 폭로했더라도 그것을 우스운 오해로 만들어 버릴 수 있는 능력이 있었다. 신의 축복을 받은 왕에게 그 정도 일은 일도 아니었다. 하지만 수습하는 과정이 귀찮았을 것은 불 보듯 뻔했다. 카시안이 입을 다물어 줌으로써 그 귀찮은 과정을 피하게 되었으니 고마운 건 사실이었다.

"어차피 내가 무슨 말을 해도 사람들은 믿어 주지 않았을 겁니다. 당신은 신족이고, 나는 부정을 저지른 왕의 아들이니까요."

카시안 역시 그 사실을 잘 파악하고 있었다.

"제레인트의 핏줄이 왕위를 잇는다면 건국왕의 유지를 받들어 그 악마를 해하려고 했을 겁니다. 하지만 이제 당신이 왕위에 올라 새로운 왕조를 열 테니 악마는 안전하겠죠. 그 유지를 따를 자가 없으니까요. 당신은 이런 식으로 그 남자를 지키려고 한 겁니까?"

"뭐, 그런 생각도 조금 있었지만……."

가장 큰 목적은 감히 내 사람을 건드린 국왕을 향한 복수였다.

"해리는 내가 지켜 주지 않아도 안전해요. 악마의 힘을 누가 이겨 내겠어요? 오히려 내 옆에 있어서 억누르고 있는 것들이 많죠."

나와 계약하지 않았다면 그는 자신의 세상에서 마음껏 본능을 발휘하며 편안하게 살고 있었을 것이다. 나와 해리의 관계에서 참고 손해 보는 건 언제나 해리였다.

"억누르고 있는 게 확실합니까?"

카시안이 미간을 찌푸리며 내 얼굴을 살폈다.

"당신이 갑자기 변하기 시작한 건 에렐로 떠난 이후였죠. 그곳에서 그 악마를 만났다고 했고요. 그 악마가 힘을 써서 당신을 홀린 건 아닌가요?"

"진심이에요? 내가 악마에게 홀려서 과거의 악행을 되풀이하지 않고, 신의 축복까지 받는 신족이 되었다고요?"

"그건……."

카시안이 민망한 듯 미간을 찌푸렸다.

악마에게 홀렸다면 나쁜 사람이 되는 것이 세간의 상식인데, 해리와 만난 후 나는 긍정적인 방향으로 완전히 다른 사람이 되었다.

"악마는 걱정할 거 없어요. 엄밀히 말하면 악마가 날 홀린 게 아니라, 내가 악마를 홀려 버린 것 같거든요."

"당신이요?"

카시안이 의아한 듯 묻는 것과 동시에 문이 벌컥 열렸다. 리던이 돌아왔나 싶어 고개를 돌리자, 그곳에는 잔뜩 뿔이 나 씩씩대는 해리가 서 있었다.

"이브리아."

나는 무섭게 내 이름을 부르는 해리를 보며 고개를 갸웃거렸다. 요즘 대관식 준비로 바빠져 해리와 자주 놀아 주지 못하긴 했지만, 오늘은 밤에 함께 시간을 보내자며 약속해 그를 달래 놓은 상태였다. 갑자기 이렇게 씩씩대며 나를 찾아올 이유가 없었다. 내가 어리둥절하게 해리를 바라보고 있는 사이 그가 쿵쿵거리며 요란하게 내 앞으로 걸어왔다.

"이브리아, 너 결혼해?"

"아, 어떻게 알았어요?"

"시녀, 시종들이 다 그 소리만 떠들고 있는데 내가 어떻게 몰라?"

나는 그제야 해리가 이토록 흥분한 이유를 알 것 같았다. 아직 공식적으로 발표한 것도 아닌데, 벌써 내가 결혼한다는 소문이 퍼진 모양이었다.

"네, 결혼해야죠. 행정관들이 대관식과 결혼식을 같이 하자고 하더라고요. 그게 예산 절약에도 도움이 된다고요."

덕분에 준비할 거리가 두 배로 많아졌다. 결혼식 자체도 문제지만, 여왕의 남편이 되는 사람의 지위와 대우를 결정하는 것도 큰일이었다.

'다행히 여왕이 즉위한 적이 있어서 참고할 선례가 많아.'

그것마저 선례가 없었다면 지금 이렇게 돌아다닐 시간도 없이 행정관들에게 붙잡혀 있었을 것이 분명했다.

"결혼……."

내 확답에 해리가 흔들리는 눈으로 입술을 질끈 깨물었다.

"그거 안 하면 안 돼?"

이건 또 무슨 소리야.

"결혼이 싫어요?"

"당연하지!"

해리의 대답에 카시안이 미묘한 얼굴로 나를 쳐다보는 것이 느껴졌다. 악마를 홀리셨다면서요? 그렇게 묻는 듯한 눈빛이었다.

나는 슬그머니 카시안의 눈을 피하며 해리를 바라보았다. 한 치의 망설임도 없이 결혼 결사반대를 외치고 있는 단호한 눈빛. 일이 어떻게 흘러가고 있는지 대충 짐작이야 할 수 있었다.

'어디서 또 이상한 소리를 듣고 왔거나, 혼자서 이상한 오해를 하는 것 같은데.'

아니, 어쩌면 둘 다일지도 모른다. 나는 한숨을 내쉬며 해리가 결혼을 거부하는 이 어이없는 상황을 파악해 보기로 했다.

"왜요? 결혼이 왜 싫은데요?"

"어, 음, 결혼은 나쁜 거니까!"

"왜 나빠요?"

"그건…….'

내 질문에 해리가 눈을 굴리며 결혼이 나쁜 이유를 찾기 시작했다.

"너 말이야, 결혼하면, 응? 자유는 끝이야! 결혼은 구속이고 감옥이라고!"

"그렇구나. 결혼은 구속이고 감옥이군요."

내가 슬쩍 동조해 주자 해리가 더욱 신이 나서 목소리를 높였다.

"그렇다니까! 결혼하면 그때부터 피곤한 일만 많아져. 남편이란 놈들은 원래 손이 많이 가거든!"

"그래요. 그렇다는 이야기는 저도 들었어요."

"그렇지? 그러니까 결혼은 하지 말자. 응? 결혼 안 하고 행복하게 살면 되잖아! 얼마나 좋아? 자유! 자유롭게 사는 거야, 이브리아!"

해리가 내 팔을 잡아끌며 간절한 눈으로 나를 바라보았다. 일이 언제 끝나냐고, 빨리 나랑 놀아 달라고 칭얼거릴 때의 그 눈빛이었다.

"저기, 해리. 하나 확인하고 싶은 게 있는데요."

"응."

해리가 비장하게 고개를 끄덕이며 내 말을 기다렸다. 나는 미간을 찌푸리며 이걸 꼭 확인해야만 하는 것인가 싶은 질문을 그에게 던졌다.

"지금 했던 말들, 전부 내 결혼 상대가 해리라는 건 알고 하는 말인 거예요?"

"뭐? 해리? 당연히 알지!"

해리가 뭐 그런 걸 묻느냐는 눈빛으로 코웃음을 쳤다.

"그 해리라는 놈, 내가 소문을 들었는데 아주 쓰레기라고 들었어……."

신이 나서 '해리'에 대한 험담을 쏟아 내려던 해리가 뭔가 이상한 것을 깨달았다는 듯 입을 꾹 다물었다.

"……해리라고?"

해리가 찜찜하다는 듯 고개를 갸웃거리며 물었다.

"네 남편 될 사람이 해리야? 나랑 이름이 똑같네?"

"왜요? 그 사람을 잘 안다면서요? 아주 쓰레기라는 소문을 들었다면서?"

"어, 음, 그게……."

난처한 얼굴로 내 시선을 피하던 해리가 결국 한숨을 내쉬며 진실을 털어놓았다.

"사실은 잘 몰라……. 그냥 사람들이 네가 젊은 귀족들 중 하나랑 결혼할 거라고 그래서……. 매일 청혼서가 날아든다고……."

매일 청혼서가 날아드는 건 사실이었다. 미혼의 여성이 왕위에 오르게 됐으니, 그 여자의 남편이 되면 자연스레 권력을 얻을 수 있지 않은가. 아무리 못해도 대공이요, 잘만 하면 여자를 대신해 왕이 될 수도 있다는 계산을 하고 있을 것이다.

덕분에 나는 순식간에 왕국에서 가장 인기 있는 신붓감이 되었다. 그리하여 얼굴 한 번 본 적 없는 귀족 남성들에게 부디 저와 결혼해 주십사 하는 청혼서를 받고 있는 처지였다. 그 청혼이 어찌나 절절한지 내가 나도 모르는 사이 이들과 연애라도 했던가 싶을 정도였다. 누가 내게 청혼서를 보냈다더라 하는 소문과 함께 몇몇의 이름이 거론되는 상황이기도 했다.

하지만 모든 청혼서는 내 손을 거쳐 그대로 쓰레기통으로 직행했다. 약삭빠르게 기회를 보고 청혼서를 던진 남자들과 결혼을 할 이유가 전혀 없었다. 그럴 거라면 차라리 결혼하지 않는 쪽이 나았다.

"도대체 네 남편이 될 해리라는 놈은 어떤 놈이야? 내가 지금부터 알아볼게. 분명 하자가 있는 놈일 거야!"

하자라. 지나치게 눈치가 없는 점이 제 남편 될 사람의 가장 큰 하자가 아닐까요. 나는 그런 생각을 하며 해리를 쳐다보았다.

"……내 남편이 될 해리라면 지금 여기에 있잖아요."

내 시선을 똑바로 받은 해리가 서둘러 내부를 둘러보았다. 이 자리에 있는 건 나와 카시안, 그리고 해리까지 딱 세 사람뿐이었다. 잠시 침묵한 채 나와 카시안의 얼굴을 번갈아 보던 해리의 시선이 결국 카시안 앞에서 멈췄다.

"혹시, 저 녀석 진짜 이름이 해리였어? 카시안은 가명이야?"

아니, 왜 생각이 또 그쪽으로 흐르지.

"……그럴 리가 있나요."

나는 한숨을 내쉬며 머리를 짚었다. 말도 안 되는 온갖 생각을 다 하면서, 왜 자기가 내 남편이 될 그 '해리'라는 사실은 깨닫지 못하는 걸까.

"내가 결혼을 한다면, 그 상대는 당연히 해리죠. 지금 내 눈앞에서 엉뚱한 사람이나 노려보고 있는 눈치 없는 악마요."

"……어?"

내 말에 카시안을 노려보던 해리의 고개가 뻣뻣하게 움직여 나를 향했다.

"……나? 나 너랑 결혼해? 정말로?"

해리가 믿을 수 없다는 듯 몇 번이나 되물었다. 얼떨떨한 얼굴을 보니 내 결혼 상대가 자신이라고는 상상도 하지 못한 듯했다.

"왜 내가 내 결혼식을 몰랐지?"

"그거야 내가 아직 말 안 했으니까요."

군주의 옆이 비어 있으면 좋지 않으니 대관식과 함께 결혼식도 치르자는 이야기만 나왔을 뿐, 아직 확실하게 정해진 건 아무것도 없었다. 전부 확실하게 정해지면 말하려고 했는데, 해리가 벌써 소문을 들었을 줄은 몰랐다.

"……정말 내가 너랑 결혼을 한다고?"

"그러려고 했죠. 그런데 해리가 결혼을 그렇게 싫어하는 줄은 몰랐네요."

내 말에 결혼의 나쁜 점을 줄줄이 쏟아 내던 조금 전의 자신을 떠올렸는지 해리의 얼굴이 하얗게 질렸다.

"아니, 그건……."

"뭐, 당사자가 싫다면 어쩔 수 없죠."

나는 어깨를 으쓱하고 카시안을 바라보았다.

"왕자님, 약혼녀 버리고 저랑 결혼하실래요? 제가 잘해 드릴게요."

대답은 카시안이 아닌 해리에게서 나왔다.

"안 돼! 나랑 해!"

해리가 커다란 손으로 내 눈을 가려 카시안을 바라보던 시선을 차단했다.

"왜요? 싫다면서요? 결혼은 구속이라며?"

"난 벌써 너한테 구속당한 상태니까 상관없어!"

"남편이란 놈들은 손이 많이 간다고도 했는데……."

"난 혼자서도 잘해! 너 귀찮게 안 할 거야!"

자신이 했던 말이 금세 공격으로 돌아오자 해리가 안절부절못하며 필사적으로 방어했다. 눈이 가려져 있어 해리의 얼굴을 볼 수 없었지만, 당황해서 쩔쩔매고 있을 그의 모습이 선명하게 그려졌다. 나는 눈을 가리고 있는 해리의 손을 붙잡아 내리며 픽 웃음을 흘렸다. 역시 내 예상대로 해리는 당황한 얼굴로 허둥대며 내 눈치를 살피고 있었다.

"도대체 날 어떤 사람으로 본 거예요? 내가 해리를 두고 다른 사람이랑 결혼할 리가 없잖아요."

"하지만 남편이랑 애인이랑은 다른 거랬어."

"누가요?"

"마담 루이제가."

'또 그 사람인가.'

이젠 놀랍지도 않았다. 하필 결혼을 앞둔 시점에 불륜을 소재로 한 소설을 읽은 모양이었다.

"다들 남편이 있는데 애인을 만들더라고. 남편과는 의무적인 결혼생활을 하고, 진짜 사랑하는 애인과는 정열적인……."

나는 재빨리 손을 뻗어 해리의 입을 틀어막아 그의 입에서 쏟아지려는 민망한 말들을 차단했다.

"거기까지만 하죠. 도대체 왜 그런 생각을 하게 됐는지는 알 것 같으니까."

나는 해리가 고개를 끄덕이는 것을 확인하고 그의 입을 틀어막은 손을 떼어 냈다. 그때를 기다렸다는 듯 해리가 눈을 반짝이며 질문을 퍼붓기 시작했다.

"이브리아, 정말 나랑 결혼해 줄 거야? 내가 네 남편이 되는 거야?"

"그렇다니까요."

"난 그런 거 못 하는 줄 알았어. 내가 이브리아의 남편이 될 수도 있었구나."

해리가 나사 하나 빠진 사람처럼 실실 웃으며 내 손을 붙잡았다. 손을 만지작거리는 손길에 애정이 고스란히 느껴졌다.

"그럼 이브리아의 옆에는 나만 있는 거지? 내가 남편이 되고 나면 다른 애인 만드는 거 아니지?"

뭐가 그리 궁금한 것이 많은지 해리의 질문은 멈추지 않고 계속 이어졌다.

"난 해리 하나만으로도 벅차요. 남편도 애인도, 전부 해리가 해요."

"그럼 내가 두 명분만큼 열심히 할게. 최선을 다할게!"

"음. 해리는 뭔가를 잘하려고 열심히 하면 꼭 사고를 치니까, 너무 최선을 다하지는 말아요."

"응. 그럼 적당히 잘할게!"

나는 알겠다는 듯 연신 고개를 주억거리는 해리의 머리를 쓰다듬었다. 내 손길에 그의 얼굴에 걸린 미소가 더욱 짙어졌다. 같은 자리에 다른 사람이 있다는 건 중요하지 않다는 듯 나만 쳐다보며 생글거리는 해리의 모습에 카시안이 얼떨떨한 얼굴로 어깨를 으쓱했다.

"……뭐. 당신이 악마를 홀렸다는 건 정말인 것 같네요."

그의 중얼거림과 함께 때마침 굳게 닫혀 있던 문이 열렸다. 자료를 가져오겠다며 방을 나섰던 리던이 돌아온 것이다.

"어……."

리던은 공간에 흐르는 미묘한 공기를 읽고 난처하게 눈을 굴렸다.

"나 다시 나갈까?"

리던의 질문에 카시안이 자리에서 벌떡 일어섰다.

"저도 같이 나가죠."

내가 대관식에서 왕관을 쓰는 것과 동시에 대마법사의 후손과 결혼할 거라는 소문은 빠르게 퍼져 나갔다. 소문의 출처는 정확히 밝혀지지 않았지만, 나는 신이 난 해리가 왕성 사람들에게 우리의 결혼 계획을 떠들고 다닌 것이 원인이리라 확신하고 있었다. 덕분에 쓸데없이 내 남편감으로 오르내리던 귀족들의 이름은 흔적도 없이 사라졌다.

오베론 공작은 호언장담한 대로 빠르게 나를 황제로 추대할 귀족들을 모았다. 왕세자와 1왕자, 어느 쪽도 지지하지 않고 균형을 지키던 중립파를 중심으로 해서 옛 왕세자파와 옛 1왕자파가 일부 포함되어 있었다.

그들은 귀족들의 회합에서 새롭게 탄생할 나라가 왕국이 아닌 제국이어야 하며, 내가 왕이 아닌 황제가 되어야 한다고 주장했다. 길고 긴 회합에서 의견을 모은 귀족들은 내게 그들의 주장이 담긴 청원을 올렸고, 나는 겸허하게 그 요청을 받아들이겠다고 답변했다. 나는 대관식에서 정식으로 제국의 탄생을 선포하고 황제의 자리에 오를 예정이었다.

수도 이전에 대한 논의 역시 순조로웠다. 예상대로 처음에는 귀족들의 반발이 컸지만, 리던과 카시안이 나서서 그들의 불만을 잠재워 주었다. 자신들이 지지했던 왕자들이 내 편을 들고 나서자 귀족들은 금세 힘을 잃었다.

그렇게 수도를 에렐로 이전하는 것이 결정되자 북쪽에서 반가운 손님이 나를 찾아왔다. 나의 드워프 친구, 라파쉬였다.

"이브! 내 친구! 정말 오랜만이네요! 남작은 이브리아가 아주 바쁘니 에렐에 올 때까지 기다리라고 했지만, 도저히 궁둥이를 붙이고 앉아 있을 수가 없었다고요."

라파쉬가 그녀답게 너스레를 떨며 나를 꼭 끌어안았다.

"함께 술 창고를 털었던 내 친구가 황제가 된다니! 아마 내가 황제 친구를 가진 첫 드워프일 거예요. 이건 그걸 기념한 선물이에요."

그녀는 잔뜩 들뜬 얼굴로 돌돌 말린 종이 하나를 내밀었다. 탁자 위에 말린 종이를 펼쳐 보니 그 안에 섬세한 설계도가 담겨 있었다. 도대체 이게 무엇인가 싶어 라파쉬를 보니 그녀가 민망한 듯 헛기침을 하며 답을 주었다.

"흠흠. 보다시피 설계도예요. 에렐이 수도가 되면, 거기에도 그럴듯한 성이 필요하잖아요. 높으신 분들은 다들 성에서 사니까요."

한 나라의 수도가 되었으니 에렐에도 그럴듯한 성이 필요한 건 사실이었다. 하지만 그것을 라파쉬가 나서서 만들어 줄 것이라고는 생각지도 못했다.

"리쉬……."

감동해서 라파쉬를 바라보자 그녀가 과장스럽게 턱을 치켜들며 주먹으로 제 가슴을 두드렸다.

"내가 아니면 누가 이브리아의 성을 만들겠어요? 다른 드워프들도 건설을 도와주기로 했어요. 영지에 있는 마법사들도요. 임금을 줄 생각은 하지도 말아요. 이건 선물이니까요!"

내가 임금 이야기를 하기도 전에 라파쉬가 선수를 쳤다. 절대 물러서지 않겠다는 듯 눈을 부라리고 있는 라파쉬를 보며 결국 내가 두 손을 들었다.

"정말 고마워요. 덕분에 조금 더 빨리 에렐로 갈 수 있겠는데요?"

나는 에렐의 저택에서 지내며 에렐의 새 성이 만들어지기를 기다릴 생각이었다. 하지만 행정관들은 황제가 그런 저택에서 머무는 것은 말도 안 되는 일이라며 새 성이 지어진 뒤 에렐로 가시는 게 좋다고 주장했다. 이유도 확실했다. 에렐의 저택은 협소해 성의 인력이 모두 이주할 수 없는 데다 보안이 부실하고 외부 침입에도 취약해 황제의 거처로 적합하지 않다는 것이었다.

그들의 말에 일리가 있었기 때문에 나는 대관식 후에도 꼼짝없이 새 성이 지어질 때까지 지금의 수도에 머물러야 하는 상황이었다. 행정관들의 계산으로는 적어도 건설이 1년은 걸릴 것이라고 했다. 하지만 드워프와 마법사들이 힘을 합친다면 건설 기간은 아주 크게 줄어들 것이다.

"아마 한 달이면 뚝딱 성을 만들어 낼걸요."

"한 달이요?"

말도 안 되는 공사 기간에 놀라서 눈을 크게 뜨자 라파쉬가 걱정스럽다는 듯 고개를 갸웃거렸다.

"왜요? 그보다 더 빨리 만들어야 할까요? 조금 서두른다면 더 당길 수도 있겠지만……."

"아니에요! 한 달도 충분해요. 다들 너무 무리하지 않았으면 좋겠어요."

"무리라뇨. 다들 이브를 빨리 만나고 싶어서 그래요. 이브 없는 에렐은 너무 허전하다고요! 또 나랑 같이 남작의 술 창고를 털어야 할 거 아니에요?"

라파쉬가 술 마시는 시늉을 하며 씩 웃었다.

"황제가 되면 그냥 남작에게 술 창고를 열라고 명령하면 되지 않을까요?"

아마 남작은 소중한 빈티지를 잃는다며 눈물을 흘리겠지만, 성을 만들어 준 사람들과 함께 나눌 거라고 한다면 기꺼이 창고를 개방할 것이다.

"이브리아, 아직 뭘 모르네요."

하지만 라파쉬는 말도 안 된다는 듯 고개를 저으며 속삭였다.

"술 창고는 터는 게 핵심이에요. 몰래 먹는 술이 몇 배는 더 맛있는 법이거든요."

"이런. 내가 그걸 몰랐네요."

"괜찮아요. 이브는 아직 초심자여서 그런 거니까요. 에렐에서 함께 배워 가면 돼요."

"좋아요. 열심히 배울게요. 에렐에서."

에렐에서라는 말을 강조하자 라파쉬의 얼굴에 미소가 깊이 파였다.

"그래요. 에렐에서. 멋진 성과 함께 이브를 기다리고 있을게요."

21장
선물

어느새 내가 처음 이브리아가 되어 눈을 떴던 계절이 다시 돌아오고 있었다. 추위에 오들오들 떨다가 대단한 악마를 소환해 버렸던 그 겨울. 날이 갈수록 서늘해져 가는 공기 덕분에 나는 벌써 그 계절이 코앞까지 다가왔음을 알 수 있었다.

북부에 비교할 바는 아니지만 남부의 겨울 역시 서늘하기는 마찬가지라 사람들은 조금씩 월동 준비를 시작하고 있었다. 하지만 북부에서도 가장 춥다는 에렐에서 온 엠마는 겨우 이 정도 바람에 호들갑을 떨어 대는 사람들이 참으로 의아한 모양이었다.

"다들 왜 이렇게 두꺼운 옷을 입고 있는 거죠? 요즘 저런 천으로 만든 옷이 유행인가요?"

"저런 게 유행일 리가 있겠어? 다들 추우니까 그렇지. 이제 곧 겨울이잖아. 벌써 공기가 차가워."

"그렇게 공기가 차가운가요?"

엠마가 이해할 수 없다는 듯 고개를 갸웃거리며 손을 가볍게 쥐었다 폈다를 반복했다.

"찬바람에 손이 굳지도 않았고, 말을 할 때마다 입김이 나오지도 않는걸요."

그런 수준의 추위만 추위라고 정의한다면 기준이 너무 빡빡하지 않나. 나는 에렐 토박이의 추위를 가늠하는 법에 놀라서 입을 떡 벌렸다.

"엠마. 그 정도 추위가 되면 옷을 두껍게 입는 걸로는 이겨 낼 수가 없지. 에렐 사람들은 추위에 너무 강하다니까."

내 말에 엠마가 부드럽게 웃었다.

"하지만 이젠 아가씨도 에렐 사람이신걸요."

"난 이제 겨우 1년 차인걸. 아직도 갈 길이 멀어."

엠마를 처음 만난 날, 그 엄청난 추위에서도 얇은 옷만 입고 있던 그녀의 모습을 떠올렸다. 남작이나 집사의 옷도 그렇게 두툼하지는 않았다.

'훨씬 든든하게 껴입은 나만 오들오들 떨면서 따뜻한 벽난로를 찾아 댔지.'

에렐의 추위에 어느 정도는 익숙해졌지만, 아직도 그들처럼 얇은 옷만 입고 버틸 자신은 없었다.

'그러고 보니 그게 벌써 1년 전 일이란 말이야.'

나는 당연한 듯 타오르고 있는 벽난로를 바라보며 새삼스러운 기분에 빠져들었다.

그날의 기억이 엊그제 같은데 벌써 계절이 한 바퀴 돌아 다시 겨울을 앞두고 있다니. 길다면 길고, 짧다면 짧은 그 시간 동안 나의 상황은 완전히 달라졌다. 사교계에서 외면당하고 시골로 도망친 마녀가 제국의 황제로서 왕관을 쓸 날을 기다리고 있는 제왕이 된 것이다.

"앞으로 에렐에서 지낼 날이 더 많으실 테니까요. 금세 저처럼 익숙해지실 거예요."

"그렇지. 앞으로 내 집은 에렐이 될 테니까."

그렇게 서로를 마주 보며 흐뭇하게 웃고 있는 나와 엠마 사이로 아스페리츠가 불쑥 나타났다.

[난 겨울이 싫어. 북쪽의 겨울은 더 싫고.]

아스페리츠가 불만스럽게 투덜거리며 내 주변을 맴돌았다.

[겨울이 되면 아이들이 전부 꽁꽁 얼어붙어. 춥다며 비명을 지르는 녀석들 때문에 귀가 아플 지경이라니까.]

아스페리츠의 수다에 엠마는 익숙한 듯 앞치마에서 솜뭉치를 꺼내 귀를 틀어막았다. 정령의 말을 알아들을 수 없는 엠마에게는 아스페리츠의 목소리가 귀가 찢어질 듯한 소음처럼 들린다고 했다.

'난 아스페리츠의 말을 못 알아들을 때도 그렇게 귀가 아프진 않았는데.'

사정을 들어 보니 정령과의 상성이 좋지 않은 인간들에게 종종 일어나는 현상이라고 했다. 달리 말하면 엠마와 아스페리츠는 상성이 정말 나쁘다는 소리였다. 나는 엠마에게 물러가도 좋다고 눈짓을 보낸 뒤 아스페리츠를 향해 어깨를 으쓱했다.

"그렇게 추위가 싫다면 아스페리츠는 이곳에 남아 있어도 돼."

대관식은 새로운 수도가 될 에렐에서 열릴 예정이었다. 성이 한 달 안으로 완성될 거라는 이야기를 들은 행정관들의 추천을 따른 결과였다. 그들은 새로운 수도의 아름다운 성에서 제국을 선포하고 황제로 추대받은 제왕이 왕관을 쓰는 의식을 치르는 것이 여러모로 의미가 있을 거라고 생각했다.

나 역시 같은 생각이었기 때문에 성의 완공을 기다렸다가 그곳에서 대관식을 하기로 결론을 내렸다. 대관식과 함께 치르기로 한 결혼식도 자연스레 그날로 확정이 났다.

'사실 이 문제도 보통 복잡한 게 아니었다고.'

행정관들이 입씨름을 벌인 문제는 대관식과 결혼식 중 어떤 의식이 먼저 이뤄져야 하느냐는 것이었다. 나는 도대체 그 순서가 뭐가 그리 중요한가 싶었지만, 행정관들의 입장은 달랐다. 대관식이 먼저라면 내가 황제의 신분으로, 결혼식이 먼저라면 곧 왕위에 오를 레이디 오베론의 신분으로 식을 치르게 되는 차이가 있었다.

고민 끝에 나는 결혼식을 먼저 치르기로 마음먹었다. 아치볼드의 조언 덕분이었다.

─네가 레이디 오베론의 신분으로 결혼식을 치러야만 아버지께서 아버지의 자격으로 네 옆에 설 수 있어.

내가 미처 생각하지 못한 부분이었다. 내가 황제가 된 뒤 결혼식을 치르면, 나는 만인의 위에 선 군주로서 결혼식을 올리는 것이므로 오베론 공작은 내 아버지이면서도 아버지가 아닌 미묘한 자격이 되는 것이다. 그건 이브리아 오베론의 오라버니인 아치볼드도 마찬가지였다.

─아버지를 떠나 나 역시도 충성스러운 신하가 아니라 네 오라버니로서 결혼식에 참석하고 싶거든. 그러니 결혼식을 먼저 했으면 좋겠다. 물론 결정은 네가 하는 거지만 말이야.

그러면서 아치볼드는 오베론 공작이 요즘 집에서 어떤 모습으로 지내고 있는지도 슬쩍 귀띔해 주며 투덜거렸다.

─네가 기특하면서도 엄청나게 속상하신가 봐. 겉으로는 아무 말 안 하셔

도, 결혼식 날짜가 정해졌을 때부터 혼자 서재에 틀어박혀서 네 어릴 적 초
상화를 보며 훌쩍거리셨다니까?

　-아버지께서 오라버니 초상화가 아니라 내 초상화만 안고 훌쩍여서 속상
한 거예요?

　-뭐? 징그러운 소리 하지 마……. 아버지가 내 초상화를 보면서 훌쩍이
다니…….

지나치게 질색하는 아치볼드의 모습에 나는 웃음을 터트리고 말았
다. 사이가 좋은 것인지 나쁜 것인지 참으로 알기 힘든 부자였다.

딸의 결혼식에 참석하는 아버지와 황제의 결혼식에 참석하는 공작
의 입장은 완전히 달랐다.

아버지로서 이브리아의 결혼식에 참석할 수 있도록 하는 것. 오베
론 공작은 내가 그에게 준 선물에 감동해 또다시 서재에 틀어박혀 내
초상화를 끌어안고 훌쩍였다고 한다. 아치볼드가 전한 말이니, 어쩌
면 과장 섞인 농담일지도 모른다.

'그나저나 겨울의 에렐에서 열리는 결혼식과 대관식이라…….'

에렐의 겨울을 겪어 보지 못한 수도 촌뜨기들에게는 추위를 견뎌
내는 것부터가 큰일이 될 것이다. 새 수도에 발을 들인 사람들은 처음
에렐을 찾았을 때의 나처럼 얼마나 엄청난 추위가 자신들을 기다리
고 있을지 상상조차 못 하고 있을 터였다.

[계약자. 나보고 여기 남으라니. 이런 식으로 은근슬쩍 날 떼어 놓
으려는 거지?]

순수하게 호의로 한 제안에 아스페리츠가 의심스럽다는 듯 눈을
가늘게 떴다.

[난 다 알아! 악마 놈이랑 둘이서만 재미를 보려는 거잖아! 내게 그런 어설픈 수는 안 통해.]

아스페리츠는 내 의도를 전부 다 간파하고 있다는 듯 거만하게 코웃음을 흘리고 턱을 치켜들었다. 그런 아스페리츠를 따라 나도 같이 턱을 치켜들었다.

"아니거든? 아스페리츠가 있든 없든, 내가 해리랑 재미를 보는 데는 아무런 문제가 없는데?"

[······.]

당당한 나의 태도에 아스페리츠가 할 말을 잃고 입을 떡 벌렸다.

"이브!"

아스페리츠가 물고기처럼-사실 하반신은 물고기가 맞지만-입을 뻐끔거리는 사이 문이 벌컥 열리고 로이가 들어섰다. 이제는 자신의 몸집이 버겁다는 사실을 알지 못하는지, 로이가 어린 모습이었을 때처럼 자연스럽게 내 품 안으로 뛰어들었다. 나는 휘청거리며 그런 로이를 겨우 받아 냈다.

"이브! 나 새 옷 입었어! 엄청 멋져."

왜 이렇게 급하게 달려왔나 했더니 새 옷을 자랑하러 온 모양이었다. 성인의 모습으로 자란 것이 오래되지 않았던 탓에 로이는 그럴듯한 옷이 하나도 없었다. 그간 이카난의 옷을 빌려 입었다고 하는데, 로이의 몸집이 이카난보다 훨씬 큰 탓에 늘 소매와 바짓단이 짧았다. 그런 꼴로 번듯한 의식에 참여할 수는 없으니 이번 기회에 사람을 불러 제대로 옷을 맞추게 했다.

"로이, 이렇게 날 껴안고 있으면 새 옷이 어떤지 볼 수가 없잖아."

"아. 그렇지."

로이가 금세 내 말에 수긍하고 내 품에서 후다닥 떨어져 나갔다. 그는 두 팔을 살짝 벌리고 제자리에서 한 바퀴 돌아 새 옷을 입은 제 모습을 구석구석 보여 주었다. 모든 것이 완벽한 존재인 드래곤답게 원래도 번듯한 로이였지만, 옷을 멋지게 차려입으니 얼굴에서 빛이 나는 것 같았다.

"정말 잘 어울려! 로이는 마음에 들어?"

"이브가 준 거잖아. 그럼 다 좋아!"

옷을 평가받은 로이가 다시 나를 꼭 껴안았다.

"이거 말고 다른 옷은? 여러 벌 지어 달라고 말했는데."

"응. 그것도 전부 입어 봤어! 사람을 멀리 날려 버리는 것보다 옷 갈아입는 게 더 힘든 일인 줄 몰랐어……."

로이가 한숨을 내쉬며 몸을 부르르 떨었다. 분주한 시녀들과 디자이너의 손길에 따라 수십 벌을 입고 벗었을 테니 기운이 빠질 만도 했다. 나는 위로의 의미로 로이의 머리를 쓰다듬어 주었다. 그러자 로이가 고개를 번쩍 들며 질문을 던졌다.

"그런데 이브는 새 옷 없어?"

"나?"

"응. 이브는 결혼식에서 뭐 입어? 이브 옷 보고 싶어."

결혼식이라는 말을 입에 올리는 로이의 두 눈이 기대감으로 반짝이고 있었다. 로이는 나와 해리의 결혼식을 누구보다 가장 반기는 존재 중 하나였다. 하지만 나는 로이가 정말로 기대하고 있는 것이 결혼식이 아니라는 걸 알고 있었다.

"로이, 결혼한다고 바로 아이가 생기는 건 아냐."

나의 말에 로이가 금세 풀이 죽어 어깨를 축 늘어뜨렸다.

"왜? 결혼식 날 바로 만들어 주면 안 돼?"

"음……. 시도는 해 보겠지만 그게 뜻대로 되는 건 아니라서……."

"뜻대로 될 때까지 하면? 그러면 되잖아! 아이 만들 때까지 방에서 나오지 마!"

로이가 여전히 반짝이는 눈으로 목소리를 높였다. 말리지 않았다가는 결혼 첫날밤 신방의 문을 걸어 잠그고 아이가 생겼다는 말을 들을 때까지 문 앞을 지킬 기세였다.

"아니, 그런다고 만들어지는 게 아니라니까."

"빨리 동생 보고 싶은데……. 동생이 태어나면 내가 정말 잘 돌봐 줄 건데……."

동생을 잘 돌봐 주겠다니. 이보다 믿음직스럽지 않은 다짐이 있을까.

'애가 애를 보는 꼴이겠지.'

어쩌면 빨리 철이 든 아이가 덩치만 어른인 로이를 돌봐 주는 꼴을 보게 될지도 모른다.

"로이, 결혼식 때 입을 드레스 보여 줄까?"

나는 시무룩한 로이를 달래 주기 위해 웨딩드레스로 그를 꼬드겼다. 다행히 로이는 내 웨딩드레스에 관심을 보였다.

"볼래!"

"그래. 이쪽이야."

나는 로이의 손을 잡아끌어 방에 딸린 드레스룸으로 그를 안내했다. 드레스룸 중앙에 결혼식을 위한 드레스와 대관식을 위한 드레스, 두 벌이 나란히 준비되어 있었다.

"하얀 드레스는 결혼식에서, 푸른 드레스는 대관식에서 입을 거야."

"이렇게 반짝이는 옷은 처음 봐."

드레스를 잘 모르는 로이가 입을 벌리며 감탄할 정도로 드레스는 화려했다. 멀리서 의식을 지켜볼 사람들을 위해 최대한 눈에 띄게 만들다 보니 일반적인 드레스보다 훨씬 장식이 많은 드레스가 만들어졌다. 다행히 내가 수수한 디자인보다 화려한 디자인이 더 잘 어울리는 편이라, 광대처럼 우스꽝스러운 꼴은 피할 수 있었다.

"이브가 빨리 이 드레스 입었으면 좋겠어. 엄청 잘 어울릴 거야!"

[그래. 뭐, 잘 어울리겠네.]

로이는 물론 아스페리츠까지 칭찬을 해 주니 기분이 나쁘지 않았다. 하지만 이 드레스를 입을 날은 정해져 있었다.

'겨울의 첫날.'

그날, 에렐에서 결혼식과 대관식이 함께 열린다.

　

⊱✦⊰

　

겨울의 첫날은 해리의 생일이기도 했다. 그날에 결혼식과 대관식이 열리는 건 어느 정도는 의도한 결과였다.

'해리한테 뭘 줘야 할까?'

오래전 해리에게 생일 선물을 주겠다고 약속한 적이 있는데, 이제 그 약속을 지킬 시간이었다.

쉽게 생각하면 반지였다. 결혼식에는 당연히 반지가 필요한 법이니까.

'하지만 난 결혼식과는 상관없이 해리의 생일 선물을 주고 싶은 거라고.'

내가 무엇을 주든 해리는 기쁘게 받을 것이다. 오히려 그래서 더 선물을 고르기 힘들었다.

"무슨 생각 해?"

그때 고민에 빠진 내 뒤쪽에서 익숙한 목소리가 불쑥 튀어나왔다. 등 뒤에서 기척도 없이 나를 끌어안은 해리가 내 뺨에 가볍게 입을 맞춘 뒤 목덜미를 지분거렸다.

"기척도 없이 갑자기 나타나서 놀랐어요."

"왜? 무슨 생각을 하고 있었길래 그렇게 놀라는데?"

은근히 묻는 해리의 목소리에 묘한 기대감이 섞여 있었다. 도대체 무슨 생각인가 싶어 해리를 슬쩍 바라보니 그가 기다렸다는 듯 씩 웃었다.

"혹시 겨울의 첫날이 무슨 날인지 기억해?"

나는 단번에 해리의 의도를 알아차렸다. 내가 자신의 생일을 기억하고 있는지 물어보고 싶은 것이 분명했다. 조금 전까지 해리의 선물을 고민하고 있었으니 당연히 그날이 무슨 날인지도 알고 있었다.

'하지만 선물은 서프라이즈여야 제맛이란 말이야.'

나는 일부러 해리의 의도를 모르는 척 다른 대답을 입에 올렸다.

"당연히 알죠. 대관식이랑 결혼식이 열리잖아요."

내 말에 잔뜩 기대하고 있던 해리의 눈에서 힘이 쭉 빠졌다.

"어……. 그거 말고……."

"왜요? 그거 말고 또 다른 게 있어요?"

"어, 아니, 그게……."

해리가 눈을 굴리며 고민하는 것이 느껴졌다. 사실대로 말하고 선물을 달라고 할 것인가, 내가 기억해 내기를 기다려 볼 것인가. 해리는 후자를 선택했다.

"아니……. 잘 생각해 봐. 그날 뭐가 있을 텐데. 아주 중요하고 멋진 날인데……."

"그래요? 뭐지?"

내가 모르쇠를 잡으며 고개를 갸웃거리자 해리의 얼굴이 점점 시무룩해졌다. 나는 흘러나오려는 웃음을 겨우 속으로 눌러 삼켜 무표정을 유지한 채 해리를 살폈다. 머리부터 발끝까지 훑으니 유독 허전하게 느껴지는 부분이 있었다. 목이었다.

'여기에 예쁜 목걸이 하나 걸어 주면 좋을 것 같은데. 그런 거 거추장스럽다고 싫어하려나?'

내가 빤히 쳐다보자 해리가 내 시선이 닿은 제 목을 쓰다듬으며 고개를 갸웃거렸다.

"내 목이 뭔가 이상해?"

"아뇨. 그냥 한번 쳐다봤어요. 이제 안 볼게요."

나는 해리가 나의 의도를 알아채기 전에 슬그머니 시선을 돌렸다. 그러자 해리가 손을 뻗어 내 볼을 감싸고 고개를 제 쪽으로 돌렸다.

"왜? 계속 봐도 돼."

해리가 씩 웃으며 내게 물었다.

"또 어디가 보고 싶어? 말만 해, 내 주인님."

"왜요? 내가 보고 싶다고 하면 어디든 다 보여 줄 수 있어요?"

눈을 동그랗게 뜨고 묻자 해리가 당연하다는 듯 고민도 없이 고개를 주억거렸다.

"당연하지. 너한테 못 보여 줄 게 어딨어."

나는 당당하게 자신하는 해리를 보며 눈을 가늘게 떴다.

"그럼 바지 벗어 봐요."

"……어?"

"왜 놀라요? 나한테는 전부 다 보여 준다면서요."

"아니, 나는 네가 내 얼굴이나 볼 줄 알았지. 내 얼굴이 제일 재밌다며."

"응. 그렇긴 한데, 다른 것도 재밌어요."

그렇게 말하며 아래로 시선을 떨어뜨리자 해리가 당황하며 커다란 손으로 내 눈을 가렸다.

"어, 어, 어, 어딜 보는 거야!"

"어딜 보긴요. 해리도 알고 나도 아는 바로 거기……."

"너, 너, 너, 너는 무슨!"

해리가 재빨리 내 말을 자르며 목소리를 높였다.

"어린 인간이 왜 이렇게 부끄러움이 없어?"

무척이나 당황한 목소리였다. 목소리만 들어도 해리가 지금 어떤 얼굴을 하고 있는지 알 것 같았다. 아마 새빨갛게 달아오른 얼굴을 하고는 씩씩대고 있을 것이다.

"그러는 해리는 왜 이렇게 부끄러움이 많아요? 나이도 많은 악마면서."

해리를 볼 때마다 내가 가지고 있던 악마에 대한 이미지들이 무너져 내리는 기분이었다. 악마와 인간 여자라면, 악마가 농락하는 쪽이 되는 게 자연스럽지 않나? 하지만 해리는 언제나 내게 농락당하는 쪽이었다. 그걸 스스로도 느끼고 있었는지 해리가 억울하다는 듯 헛웃음을 흘렸다.

"난 평범한 수준이거든? 네가 너무 부끄러움이 없는 거라고."

해리가 투덜거리며 내 눈을 가리고 있던 손을 떼어 냈다. 눈을 두어 번 깜빡이자 예상대로 얼굴이 새빨갛게 달아오른 해리가 불만을 토로하고 있는 모습이 보였다.

"게다가 아무리 부끄러울 거 없는 너라도 옷을 벗으라고 하면 부끄러울걸?"

"아닌데. 난 정말로 해리한테 전부 다 보여 줄 수 있어요."

내가 어깨를 으쓱하며 대수롭지 않게 말하자 해리가 믿을 수 없다는 듯 코웃음을 흘렸다.

"흥. 내가 어딜 보여 달라고 할 줄 알고?"

"상관없어요. 정말로 다 보여 줄 수 있으니까요."

"그래? 그럼 지금 벗어 봐. 네 옷."

해리의 시선이 천천히 나를 훑었다. 위에서 아래로 떨어졌던 시선이 다시 내 얼굴로 돌아오더니, 이내 해리가 거만한 미소를 지었다.

"왜? 다 보여 줄 수 있다며. 벗어, 이브리아."

말로는 이렇게 나를 재촉하고 있지만, 내가 정말 그러리라고 생각하는 눈이 아니었다. 나는 얄팍한 해리의 도발에 픽 웃음을 흘리며 드레스 뒤쪽으로 손을 뻗었다. 외부 일정을 모두 마치고 방으로 돌아와 편한 옷으로 갈아입었던 탓에, 지금 내가 걸친 드레스는 그리 복잡한 구성이 아니었다. 나는 어렵지 않게 등 뒤의 리본을 풀어냈다.

단단하게 잡혀 있던 끈이 풀어지자 드레스가 힘없이 바닥으로 떨어졌다. 순식간에 얇은 슬립 차림으로 변한 나를 보며 해리의 입이 떡 벌어졌다. 나는 웃으며 두 팔을 벌렸다.

"자, 실컷 봐요."

로이가 제 옷을 자랑했을 때처럼 친절하게 빙글 돌아 주기까지 했지만, 해리는 입을 떡 벌린 채 굳어 아무런 반응을 하지 못했다.

"왜 그래요? 벗으라고 해서 벗었더니."

나는 고개를 갸웃거리며 슬립의 어깨끈을 매만졌다.

"아. 혹시 이걸 안 벗어서 그래요? 이것도 벗을까요?"

당장에라도 끌어 내릴 듯 어깨끈을 손에 쥐자 굳어 있던 해리에게서 드디어 반응이 나왔다.

"안 돼!"

해리가 비명에 가까운 목소리로 소리치며 자신의 두 눈을 가렸다.

"벗지 마! 절대 벗으면 안 돼!"

"왜요? 벗으라면서요. 다 보고 싶다면서."

"아니⋯⋯. 나는 네가 진짜 벗을 줄 모르고⋯⋯."

해리가 여전히 두 눈을 가린 채 우물거리다 금세 소리를 높였다.

"아무튼, 빨리 옷 입어!"

언제는 벗으라더니 이제는 옷을 입으라고 난리인 해리의 목소리를 들으며 나는 웃음을 터트리고 말았다. 유쾌한 웃음소리에 내가 자신을 놀리고 있다는 것을 깨달았는지 해리가 부루퉁한 얼굴로 제 눈을 가리고 있던 손을 내렸다.

"이브리아. 너 나빠."

"그러게 왜 주인님을 이겨 먹으려고 해요?"

"매일 나만 네 말에 어쩔 줄 모르는 게 억울하니까 그렇지. 한 번 정도는 그냥 나한테 당해 주면 안 돼?"

"음. 나도 그러고 싶은데요, 해리가 너무 어설퍼서 당해 줄 수가 없어요."

일부러 당해 주려고 해도 어느 정도는 그럴 만해야 할 것 아닌가. 어깨를 으쓱하는 나를 보며 해리의 입이 불만스럽게 튀어나왔다.

"넌 정말 나쁜 주인님이야."

"그 나쁜 주인님이랑 연애하고 결혼하는 게 누구더라?"

"⋯⋯나."

"그러니까 너무 억울해하지 않아도 되잖아요. 내가 많이 예뻐해 줄 건데."

나는 그대로 해리의 옷깃을 잡아당겨 그의 입술에 입을 맞췄다. 자연스럽게 벌어지는 입속으로 들어가 해리를 자극하자, 그의 단단한 손이 내 허리를 잡아당겼다. 가까워진 거리만큼이나 입맞춤이 깊어졌다. 나는 더욱 예민한 곳을 찾아 해리의 안을 건드렸다. 그럴 때마다 해리의 목구멍 깊은 곳에서 기분 좋은 소리가 울렸다.

길어지는 입맞춤에 숨이 차올랐다. 가빠 오는 숨을 고르기 위해 해리에게서 떨어져 나가자, 그가 다급하게 나를 다시 붙잡았다.

"어디 가, 이브리아."

"안 가요. 잠시 숨만……."

"가지 마. 가면 안 돼. 아무 데도 못 가."

'아니, 그러니까 아무 데도 안 간다잖아.'

해리가 내 말과 함께 나의 입술을 집어삼켰다. 그의 다급한 움직임에 어쩐지 나까지 조급해지는 듯한 기분이 들었다. 해리는 한참이나 나를 붙잡고 입술을 괴롭혀 대다가, 내가 숨이 한계에 다다랐다고 느낄 때쯤 나를 놓아주었다. 헐떡이며 숨을 몰아쉬는 내 입술에 마지막으로 가볍게 입을 맞춘 해리가 내 머리카락을 귀 뒤로 넘겨 주며 다정하게 속삭였다.

"나도 많이 예뻐해 줄게, 이브리아. 평생 너만 예뻐할 거야."

해리가 그렇게 말하며 외투 주머니에서 작은 상자를 꺼내 내게 내밀었다.

"인간들은 평생을 함께할 상대에게 이런 걸 준다며?"

내용물을 볼 수는 없었지만, 안에 무엇이 들었는지 알 것 같았다.

"그래서 난 너한테 주려고, 이 반지."

"해리가 준비한 거예요?"

나는 놀라서 눈을 크게 떴다. 내 반응에 해리가 불안하게 눈을 굴렸다.

"응. 이런 건 남자가 준비하는 거랬는데. 내가 뭔가 잘못 알았어?"

"아뇨. 그게 아니라……."

나는 할 말을 잃고 해리를 바라보았다. 워낙 자연스럽게 연인이 되고 얼렁뚱땅 결혼까지 하게 된 터라 해리에게 반지를 받게 될 줄은 몰랐다. 그는 악마라 이런 인간들의 관습을 잘 모를 테니 결혼식 날에는 내가 반지를 준비해 가야겠다고 생각하고 있었는데.

"혹시 내가 이상한 반지를 골라 왔을까 봐 그래? 열심히 고르기는 했는데……."

해리가 걱정스럽게 상자를 열었다. 그의 우려와 달리 상자 속에 든 반지는 너무나 아름다웠다. 정교하게 세공된 반지 가운데에 해리의 눈동자를 닮은 붉은 보석이 박혀 있었다.

"레드 다이아몬드야. 내가 가지고 있는 색을 너도 가지고 있으면 좋을 것 같아서."

해리의 말을 들으며 멍하니 반지를 바라보고 있으니 그가 더욱 자신감을 잃었다.

"마음에 안 들어?"

"해리, 바보예요?"

멍청한 질문에 어이가 없어졌다.

"해리가 날 생각하면서 준비한 거잖아요. 이게 어떻게 마음에 안 들 수가 있겠어요."

저절로 입가에 미소가 번졌다. 나는 그 미소에 저항하지 않고 씩 웃으며 해리에게 손을 내밀었다.

"직접 끼워 줘요!"

내 말에 해리의 얼굴에서도 서서히 불안이 사라졌다. 불안이 사라진 자리에는 예쁜 미소가 걸렸다.

"응. 내가 끼워 줄게!"

해리가 조심스럽게 왼손 약지에 반지를 끼운 뒤, 내 손등에 입술을 맞췄다.

"평생 날 이기면서 살아. 너한테라면 져도 좋아."

"나 이제 엄청 오래 사는데. 후회 안 하겠어요?"

평범한 인간이라면 길어 봐야 100년이다. 하지만 나는 신의 축복을 받아 그보다 훨씬 긴 삶을 살아가게 됐다. 그러니 내게 평생이라는 말은 평범한 인간들보다 훨씬 무거웠다.

"이브리아, 바보야?"

이번에는 해리가 내 말에 어이없다는 듯 헛웃음을 흘렸다.

"아무리 그래도 내가 너보다 더 오래 살아. 후회하지 않을지는 네가 걱정해야지."

"해리라면 걱정 없어요. 날 후회하게 하지 않을 거니까."

"맞아. 절대 안 그럴 거야!"

해리가 자신만만하게 고개를 끄덕였다. 그런 해리의 머리를 쓰다듬고 있으니 잊고 있던 사실이 머릿속에 번뜩했다.

"그러고 보니 악마들은 사랑하는 상대가 생기면 뭘 주고받아요?"

해리는 악마지만, 인간인 나를 배려해서 내 세계의 방식대로 영원한 사랑을 맹세해 주었다. 그렇다면 나 역시 해리 세계의 방식대로 맹세를 해 주고 싶었다.

"우리들?"

하지만 내 질문을 받은 해리는 민망한 듯 웃음을 흘리며 고개를 갸웃거릴 뿐이었다.

"악마들은 딱히 그런 걸 주고받지 않는데……."

"그럼 사랑하는 상대가 생기면 어떡하는데요?"

"어떡하긴. 내킬 때마다 어디서든 뒹굴면서 사랑을 표현하지. 사실 파트너가 고정된 경우도 많지 않아서……."

해리가 그렇게 말하며 내 눈치를 살폈다.

"하지만 난 그런 적 없어! 그럴 마음이 든 상대가 없었거든."

내가 여전히 입을 꾹 다물고 묘한 표정을 짓자 해리가 더욱 다급해져 변명을 쏟아 냈다.

"나는 문란한 그 녀석들하고는 달라! 다들 내게 문제가 있는 게 분명하다고 말할 정도로 욕구가 없었거든. 나한테 이런 기분이 들게 만든 건 너 하나뿐이었어, 이브리아. 앞으로도 그럴 거야."

"그런 건 변명 안 해도 알아요."

나는 픽 웃으며 해리의 입술에 입을 맞췄다. 그러자 그의 얼굴이 금세 빨개졌다.

"이것 봐. 이러는데 어떻게 내가 그런 오해를 하겠어요."

게다가 해리는 딴마음을 먹으면 그게 얼굴로 다 드러나는 편이라 날 속이는 대담한 짓도 못 할 것이다. 그런 부분에서는 전혀 걱정이 없었다.

"그럼 왜 이런 표정을 짓고 있어?"

"그냥 내가 해리한테 줄 수 있는 게 없는 것 같아서요. 반지에 대한 보답은 뭘로 해야 하죠?"

"반지에 대한 보답?"

해리가 잠시 생각하다 묘한 미소를 지으며 고개를 한쪽으로 기울였다.

"그게 마음에 걸리면 악마식으로 날 예뻐해 줘. 그거면 돼."

"하지만 악마들은 아무것도 주고받지 않는다면서요."

"응. 대신 내킬 때마다 어디서든 뒹굴며 사랑을 표현한다니까?"

"아."

나는 해리의 의도를 알아차리고 입을 벌렸다.

"그러니까 우리도 그렇게 하자?"

"응. 안 돼?"

"안 될 건 없죠. 대신 질문이 하나 있어요."

"어……. 그 대답에 따라서 네 생각이 달라져?"

"네."

"그럼 중요한 질문이네."

긴장한 얼굴로 잠시 숨을 고르던 해리가 곧 비장하게 고개를 끄덕였다.

"좋아. 준비됐어. 질문이 뭔데?"

"내 질문은 이거예요. 지금은 내킬 때인가요, 아닌가요?"

"……어?"

전혀 예상하지 못한 질문이었는지 해리가 멍청하게 입을 떡 벌렸다. 나는 그런 해리를 위해 친절하게 다시 한번 질문을 반복해 주었다.

"해리. 지금 내켜요, 안 내켜요?"

"어……. 그러니까……."

눈을 굴리며 내 눈치를 살피던 해리가 조심스럽게 입을 열었다.

"……내켜."

확신 없이 흘러나온 말은 나와 눈을 마주치고 난 뒤 더욱 명확해졌다.

"난 늘 내켜, 이브리아. 네가 이렇게 앞에 있는데 어떻게 그런 기분이 들지 않겠어."

거기까지 말한 해리가 고개를 푹 숙이며 사과했다.

"네가 바라던 답이 아니었으면 미안해. 날 안 예뻐해 줘도 이해할 수 있어."

"해리, 바보죠?"

익숙한 소리에 해리가 슬그머니 고개를 들었다. 나는 웃으며 해리의 손을 붙잡아 내 쪽으로 끌어당기며 그의 뺨에 입을 맞췄다.

"어떻게 그게 정답이 아니라고 생각할 수가 있어요?"

나는 얼떨떨하게 나를 바라보고 있는 해리를 향해 어깨를 으쓱했다.

"나도 그래요."

"……어?"

"나도 그렇다고요. 해리를 보고 있는데 어떻게 안 내켜. 그러니까 지금도 그래요. 이 반지에 대한 보답, 제대로 할게요. 지금 당장."

마침 드레스까지 벗어 던진 참이었다. 어려울 건 아무것도 없었다. 나는 씩 웃으며 해리를 붙잡고 그의 귓가에 조심스럽게 속삭였다.

"그리고 해리가 지금 안 내킨다고 해도 하자고 했을 거예요. 내가 그러고 싶었으니까."

에렐에서 반가운 소식이 들려왔다. 예정되었던 한 달보다 훨씬 빠르게 성이 완공되었다는 소식이었다. 드워프와 마법사들은 물론이고, 에렐 영지민들과 엘프들, 와이번들까지 모두 나서서 일을 도운 결과라고 했다. 덕분에 예정보다 조금 더 이르게 이사 준비가 시작되었다.

중요한 보물 외에는 모두 두고 갈 생각이라 짐은 많지 않았지만, 엄청난 수의 사람들이 이동하는 게 문제였다. 왕성에서 일하는 인력이 생각보다 많아 에렐의 와이번들로는 한 번에 실어 나를 수가 없었다. 시종, 시녀를 비롯한 사용인들은 물론이고 행정관들도 헤아리니 수가 엄청났다. 와이번을 여러 번 왕복을 시킬 수도 있었지만, 등에 사람까지 얹고 긴 거리를 오가면 체력이 금세 떨어질 것이다.

'조금 시간이 걸리더라도 육로를 선택해야 하나?'

그러나 나의 고민은 생각지 못한 방향으로 해결되었다. 와이번 대장이 대륙 곳곳에 흩어져서 사는 와이번들을 데리고 나타난 것이다.

"어린 인간. 다람쥐. 돕는다. 우리의 은인. 모든 와이번. 왔다. 다람쥐 위해서!"

하늘을 향해 고개를 드니 높은 곳에서 제자리를 맴돌고 있는 검은 와이번들이 가득했다. 이 정도의 수라면 왕성의 많은 인원도 한 번에 이동할 수 있을 것 같았다.

"그런데 여기에는 어떻게 왔어요?"

와이번 대장이 언제든 자신을 부르라며 비늘을 떼어 주긴 했지만 그것은 에렐에 두고 왔다. 따로 부르지도 않았는데 와이번 대장이 어떻게 나의 사정을 알고 도우러 온 것일까. 나의 의문에 와이번 대장이 뿌듯한 얼굴로 긴 꼬리를 살랑거렸다.

"들었다. 소문. 우리도. 있다. 귀가. 곤란했다. 푸른 다람쥐. 우린 돕는다!"

"고마워요. 덕분에 순식간에 에렐로 이사할 수 있겠는데요?"

"고맙다. 그런 말. 안 한다. 친구. 은인."

"그래도 난 고맙다고 말할래요. 이렇게 먼저 찾아와 줘서 정말 고마워요."

그렇게 감사 인사를 전하고 나니 와이번 대장의 날개에 난 상처가 눈에 들어왔다. 미리 이야기된 방문이 아니었던 터라, 와이번들이 왕성을 습격하는 거라고 생각한 병사들이 화살을 날려 버렸다. 날쌘 와이번답게 대부분은 피해 낸 듯했지만, 눈먼 화살 몇 개가 그의 크고 아름다운 날개에 상처를 낸 모양이었다.

"떠나기 전에 상처도 치료하는 게 좋겠어요."

치료라는 말에 와이번 대장이 질색하며 커다란 날개를 펄럭거렸다.

"긁혔다. 안 아프다. 낫는다. 금방. 독하다. 쓰리다. 인간의 약."

"하지만……."

내가 보기에는 그렇게 가벼운 상처가 아니었다. 심지어 오른쪽 날개에는 아직도 화살 두어 개가 박혀 있었다. 그런 내 시선을 눈치챘는지 와이번 대장이 더욱 격렬하게 날개를 펄럭거렸다.

"거부한다. 치료. 거부! 거부!"

꼭 주사 맞기가 무서워 거부하는 어린아이 같은 반응이었다. 나는 와이번 대장이 만들어 낸 돌풍에 휘청거리며 결국 손을 내저었다.

"알았어요. 치료 안 할게요. 약속해요."

"정말인가?"

"그렇다니까요."

"존중한다. 내 의견. 너는 푸른 다람쥐. 선량한 친구. 야광 다람쥐! 날다람쥐!"

나의 확답에 와이번 대장이 커다란 입을 벌리며 헤벌쭉 웃었다.

"그런데……."

여전히 다람쥐로 가득 찬 칭찬 세례를 퍼붓던 와이번 대장의 기세가 조금 달라졌다. 그는 의아하다는 듯 고개를 갸웃거리며 커다란 얼굴을 내 몸 가까이 가져왔다.

"이건……."

와이번 대장은 신중하게 숨을 깊게 들이마시고 내뱉기를 반복했다. 아마 나의 냄새를 확인하는 것 같았다. 한참이나 코를 킁킁대던 와이번 대장은 무엇인가를 깨달았다는 듯 눈을 번뜩이며 소리쳤다.

"난다. 냄새. 불가사리 냄새. 못생긴 불가사리! 개차반! 하얀 불가사리!"

그가 불만에 가득 찬 발을 쿵쿵거리자 거대한 성벽이 흔들리며 불길한 소리를 냈다.

"진정해요. 이러다 성벽이 무너지겠어요."

나는 서둘러 와이번 대장을 진정시켰다. 아무리 곧 버릴 성이라지만 와이번의 발 구름에 무너지는 것은 두고 볼 수 없었다. 하지만 와이번 대장은 쉽게 진정하지 않고 더욱 소리를 높일 뿐이었다.

"어린 인간. 심었다. 씨앗. 나쁜 악마! 불가사리! 파렴치한! 혼내 준다! 내가! 시켜 준다! 반성!"

"씨앗? 해리는 나한테 그런 거 안 심었어요."

"심었다. 난다. 냄새! 하얀 불가사리 냄새! 알 수 있다. 나는. 확실하다."

내가 아니라는 데도 와이번 대장은 자신의 의견을 굽힐 줄 몰랐다. 그는 얼굴을 내게 더욱 가까이 가져다 대며 다시 한번 코를 킁킁거리더니 오히려 더욱 확신에 차서 소리쳤다.

"보호한다더니. 심었다. 씨앗! 채웠다. 욕구. 파렴치한 불가사리!"

"그런 건 안 심었다니까요!"

도저히 의견을 굽힐 줄 모르는 와이번 대장의 태도에 나도 답답해져 목소리를 높였다. 그러나 와이번 대장은 나보다 더 답답하다는 듯한 얼굴로 내 배를 가리켰다.

"심었다! 분명히! 배 속에! 느껴진다!"

"배 속?"

"냄새! 강하다! 느껴진다! 생명! 작은 씨앗! 커질 거다! 태어난다! 아이!"

이어지는 말에 와이번 대장의 뜻이 점점 더 명확해졌다. 그는 지금 내가 해리의 아이를 가졌다고 말하는 것이다. 나는 놀라서 눈을 크게 뜨고 와이번 대장에게 물었다.

"그러니까, 내가 애를 가졌다는, 임신을 했다고요?"

"그렇다. 때린다. 응징한다. 나쁜 불가사리!"

나는 입을 떡 벌리고 와이번 대장이 노려보고 있는 나의 배를 내려다보았다.

'임신이라고?'

해리와 그럴 만한 일을 했으니 가능성은 있었지만, 나는 임신의 징후를 전혀 느끼지 못했다.

'얼마 전엔 생리까지 했단 말이야.'

그러나 와이번 대장이 이렇게까지 확신한다면 이유가 있을 것이다. 의사에게 진찰을 받아 봐야 할 것 같았다.

나를 진찰한 의사는 고민도 없이 깔끔하게 진단을 마쳤다.

"축하드립니다."

"그 말은……."

"예. 임신입니다."

나는 할 말을 잃고 입을 떡 벌렸다.

"얼마 전에 생리를 했어요. 정말 임신했다면 그럴 리가 없잖아요."

내 질문에 의사가 고개를 주억거리며 되물었다.

"그러셨군요. 생리가 평소와 비슷했습니까?"

"양이 조금 적긴 했지만 특별히 다른 건 못 느꼈어요."

"색은 어떠셨습니까?"

"색도 특별히…… 생각해 보니 조금 옅은 색이었던 것도 같고요."

"그렇다면 그건 생리가 아니라 착상혈이었을 겁니다."

"착상혈이요?"

"아이가 배 속에 자리를 잡는 과정에서 피가 나올 수도 있습니다. 모두 그런 건 아니지만 아예 없는 증상도 아니지요."

의사는 친절하게 설명을 이어 갔다.

"보통 양이 적고 색도 옅어 생리와 확실히 구분이 되는데, 종종 생리와 비슷하게 하시는 분도 있습니다. 아마 그런 케이스셨던 듯합니다."

"그렇군요……."

"그런데 어떻게 이리 빨리 낌새를 알아차리셨습니까?"

의사가 멍하니 수긍하는 나를 보며 의아하다는 듯 고개를 갸웃거렸다.

"착상혈이 생리와 비슷한 경우 임신 사실을 늦게 알게 되는 경우가 많은데, 참 신기하네요."

"와이번 대장이 알려 줬어요."

"……와이번이요?"

의사가 그게 무슨 말이냐는 듯 눈을 껌뻑였지만 나도 그의 의문을 제대로 해소해 줄 정신이 아니었다. 정말 와이번 대장의 말이 맞았다니. 내가 임신을 했다니.

'그렇게 확실한 냄새가 난단 말이야?'

나는 팔을 들어 코를 킁킁대며 와이번 대장이 맡았다는 씨앗의 냄새를 찾으려고 애썼다. 하지만 평범한 인간의 후각은 어떠한 것도 잡아내지 못했다. 그저 평소에 맡던 나의 체향만 코끝에 맴돌 뿐이었다.

"흠흠."

내 이상 행동을 지켜보던 의사가 민망하다는 듯 헛기침을 했다. 나는 슬그머니 팔을 내려 아무 일도 없었다는 듯 우아한 척 옷매무새를 정돈했다.

"이브리아!"

그 순간 굳게 닫혀 있던 문이 벌컥 열리며 해리가 뛰어 들어왔다. 내가 의사를 불렀다는 소식을 듣고 놀라서 달려왔는지 얼굴이 하얗게 질려 있었다. 그는 한달음에 내 앞으로 다가와 무릎을 굽히고 내 두 손을 그러쥐었다.

"무슨 일이야? 어디 아파? 얼마나 아프길래 의사까지 부른 거야?"

사실 그간 나는 의사를 부를 일이 많이 없었다. 외상은 전부 유피테르가 치료할 수 있으니 내게 의사가 필요한 경우는 병에 걸렸을 때뿐이었다.

"말해 봐, 의사. 무슨 일이지?"

해리가 대답 없는 나를 대신해 무서운 눈으로 의사를 바라보았다. 하지만 의사는 부드럽게 웃으며 해리의 질문을 피했다.

"아무래도 제가 전할 이야기는 아닌 것 같습니다. 전 이만 자리를 비울 테니 이야기 나누시지요."

그가 내게 눈짓으로 인사하며 자연스럽게 방을 떠났다. 조용한 공간에 둘만 남게 되자 해리의 얼굴은 완전히 울상이 되었다.

"이브리아……. 도대체 어디가 아픈데 의사가 저래? 못 고치는 병이래? 그런 거래?"

"음, 그게요……."

내가 쉽게 말을 꺼내지 못하자 해리의 눈이 번뜩였다.

"됐어. 저 의사, 딱 봐도 돌팔이야. 분명히 잘못 진단 내린 게 분명해. 다른 놈한테 물어보자."

"다른 놈 누구요?"

"의사가 한둘이야? 다 잡아들이면 그중에 제대로 된 놈 하나 정도는 있겠지."

나는 길길이 날뛰며 소리치는 해리를 보며 픽 웃었다. 그의 두 눈에 진심이 반짝이는 것을 보니 정말로 왕국의 모든 의사란 의사는 다 잡아 올 기세였다.

"왕성에서 일하는 의사를 돌팔이라고 말하는 건 해리뿐일걸요."

"흥. 돌팔이니까 돌팔이라고 하지."

"하지만 난 저 의사가 돌팔이가 아니었으면 좋겠는데요."

"뭐?"

해리가 이해할 수 없다는 듯 미간을 찌푸렸다. 그의 두 눈에 혼란이 가득했다.

"저 의사가 돌팔이라면, 내가 아이를 가졌다는 말이 진짜가 아니라는 소리잖아요. 그건 싫거든요."

"······어?"

해리가 한 박자 느리게 반응했다. 아직 내 말을 제대로 이해하지 못한 눈치였다. 나는 인내심을 가지고 해리가 스스로 나의 말을 해석해 내기를 기다렸다.

"그러니까, 네가······ 어어?"

해리가 차마 말을 잇지 못하고 머리를 부여잡았다.

"설마, 혹시, 그러니까······."

그가 믿을 수 없다는 듯 더듬더듬 말을 이어 가는 그때, 또다시 굳게 닫혀 있던 문이 벌컥 열렸다.

'요새 왜 이렇게 내 방에 무단 침입하는 녀석들이 많은 거야.'

툭하면 문이 벌컥 열리고 누군가 들이닥치니 이젠 놀랍지도 않았다. 익숙한 상황에 한숨을 내쉬며 고개를 돌리자 해리처럼 울상을 한로이가 씩씩대며 걸어오는 모습이 보였다.

"이브! 어디 아파?"

해리 옆에 나란히 무릎을 꿇고 앉은 로이가 내 옷자락을 잡아당기며 간절하게 물었다.

"이브가 의사를 불렀다고 다들 수군거려. 의사가 아무 말도 안 했다고, 이브가 심각한 병에 걸린 건 아니냐고 난리야."

황제가 될 사람이 의사를 불렀다니 모두의 관심이 쏠린 모양이었다. 의사가 입까지 다물어 버렸으니 뭔가 일이 생겼다는 뜻이고, 그런 류의 소문이 나쁜 쪽으로 흐르는 건 자연스러운 일이었다. 어차피 금세 진실이 밝혀질 일이라 나는 대수롭지 않게 어깨를 으쓱했다.

"그랬어?"

"그랬어!"

내 목소리를 듣자마자 로이의 두 눈에서 눈물이 후드득 쏟아지기 시작했다.

"흐윽. 쓸데없는 말을 해서 내가 걷어차 버렸어. 그랬더니 하늘 멀리 날아갔어. 이번에는 한 놈만 날려 버렸는데도 다들 조용해졌어."

횡설수설 이야기를 쏟아 낸 로이가 곧 간절하게 붙잡은 내 옷자락에 얼굴을 파묻고 엉엉 소리 내어 울었다.

"죽으면 안 돼, 이브!"

누가 들으면 벌써 초상이라도 치른 줄 알 만한 소리였다.

"이브. 내가 내 심장 꺼내 줄까? 이게 엄청난 영약이래. 그러니까 이거 먹으면 병이 나을지도 몰라."

당장에라도 가슴을 갈라 심장을 꺼내 줄 기세였다. 말도 안 되는 소리에 나는 기겁해서 손을 내저었다.

"도대체 무슨 소리야? 심장을 주고 나면, 로이는 너는 어쩌려고?"

심장 없이 살 수 있는 생명은 없었다. 드래곤인 로이도 마찬가지였다. 하지만 로이는 그런 사실 따위는 전혀 상관없다는 듯 망설임 없이 고개를 저었다.

"이브가 없으면 싫어. 그냥 내 심장 먹고 살아. 엉엉."

"로이. 난 네 심장 안 먹어."

애초에 아픈 것도 아니지만, 정말 아프다고 하더라도 로이의 심장을 먹을 생각은 없었다. 나의 거부에 로이가 더욱 목소리를 높이며 떼를 썼다.

"아냐! 먹어! 먹고 아픈 거 나아야 해!"

"로이. 나 안 아파."

"거짓말! 그럼 왜 의사를 불렀어! 왜 다들 이브가 죽을병에 걸렸다고 그래!"

로이가 고집스럽게 고개를 저었다. 나는 한숨을 내쉬며 로이의 머리를 쓰다듬었다.

"로이. 난 아픈 게 아니라 임신한 거야."

"그러니까 그냥 내 심장을 먹으면…… 어?"

내 말의 의미를 깨달은 것인지 로이가 입을 꾹 다물고 눈을 껌뻑였다. 그는 웃고 있는 내 얼굴과 해리의 멍한 얼굴을 바라보다 믿을 수 없다는 듯 물었다.

"임신? 이브 임신했어?"

"응."

"애기 생겼어?"

"그래."

"나…… 동생 생겨?"

"그렇다니까."

분명한 대답에 로이가 입을 떡 벌리며 나를 재촉했다.

"언제 태어나? 오늘? 내일? 아니면 일주일 뒤?"

"그렇게 빨리는 안 태어나. 몇 달은 더 기다려야 해."

"몇 달……"

로이가 내 배를 빤히 바라보며 작게 중얼거리다 이내 비장한 표정으로 고개를 주억거렸다.

"응. 몇 달. 나 기다릴 수 있어."

"착하네."

"응. 로이는 착해. 동생이 태어나면 많이 예뻐해 줄 거야. 보석도 주고, 맛있는 것도 주고, 뽀뽀도 많이 할 거야. 그러니까 빨리 동생이……"

신이 나서 앞으로의 계획을 말하던 로이가 이내 말끝을 흐리며 다시 훌쩍이기 시작했다.

"왜, 왜 울어?"

나는 당황해서 로이를 토닥였다. 하지만 내 손길이 그를 토닥일수록 외려 로이의 울음이 커졌다.

"믿을 수 없어. 동생이 생긴다니."

제대로 울음이 터져 버린 로이를 달랠 방법이 도무지 떠오르지 않았다. 한숨을 내쉰 나는 로이의 옆에 앉아 있는 해리에게 도움을 청하기로 했다.

"해리, 계속 멍하니 있지 말고 로이 좀 달래 봐요."

하지만 나는 그것이 불가능한 부탁이었다는 것을 금세 알아챘다. 해리의 두 눈에서도 눈물이 뚝뚝 떨어지고 있었던 것이다. 심지어 그는 로이보다 더 많은 양의 눈물을 쏟아 내는 중이었다. 누구를 달랠 만한 상태가 전혀 아니었다.

"로이……."

"해리……."

한 마리 악마와 한 마리 드래곤이 아련한 눈으로 서로를 바라보았다. 잠시 눈빛을 교환하던 두 존재는 아예 의기투합해서 상대를 껴안고 소리 높여 엉엉 울기 시작했다.

"내가 아빠가 된대!"

"나한테 동생이 생긴대!"

나는 그 꼴을 황당한 심정으로 쳐다보다 조용히 손을 들어 귀를 틀어막았다.

'벌써 애 둘을 키우고 있는데, 여기에 애가 하나 더 생기다니.'

아마 나와 똑같은 생각을 하고 있는지 유피테르가 조용히 한숨을 내쉬었다.

[과연 괜찮은 걸까요. 주인님의 미래……]

♚

와이번들의 도움으로 왕성 사람들이 에렐로 이주하는 일은 빠르게 마무리되었다. 이제 남은 것은 겨울의 첫날, 새 보금자리에서 대관식과 결혼식을 치르는 것뿐이었다. 기존의 수도 귀족들도 다가오는 변화에 발맞춰 하나둘 에렐로 이주했다.

오베론 공작은 누구보다 빠르게 에렐로 이주한 수도 귀족이었다. 원래 에렐이 공작령이었으니, 다른 귀족들처럼 새 보금자리를 마련하겠다고 발을 동동 구를 필요가 없었던 것이다. 그는 아치볼드와 함께 내가 사교계를 떠나 머물렀던 저택에 자리를 잡았다. 그리고 그들은 그곳에 짐을 제대로 풀기도 전에 심상치 않은 기세로 새 성에 발을 들였다. 그렇지 않아도 흉흉한 오베론 공작의 얼굴이 평소보다 몇 배는 더 매서웠다.

"난 말렸어."

아치볼드는 모든 것이 귀찮다는 듯 길게 한숨을 내쉬며 내게 속삭였다.

"적어도 결혼식은 치른 뒤에 하자고. 그날까진 얼굴이 멀쩡해야 할 거 아냐?"

'그러니까 도대체 뭘?'

영문을 몰라 고개를 갸웃거리는 나를 보며 아치볼드가 어깨를 으쓱했다.

"너랑 결혼하고 대공이 될 그분 말이야."

해리는 나와 결혼한 뒤 오베론의 성을 따르고 대공의 지위를 누릴 예정이었다. 결론이 그렇게 나자 자기 아들을 그 자리에 밀어 넣고 싶어 했던 많은 귀족이 크게 아쉬워했다. 영지도 없고, 후대에 물려줄 수도 없는 작위지만 대공이라는 이름 자체에 부여된 위세가 대단했기 때문이다.

그나마 그들이 만족한 부분은 해리에게 뒷배가 되어 줄 가문이 전혀 없다는 점이었다. 자기 아들이 그 자리에 오르지 못한다면, 다른 유력 가문의 아들에게도 그 자리가 돌아가지 않는 것이 최선이라 생각하는 듯했다.

"해리가 왜요?"

"원래도 볼 건 겉가죽밖에 없는 놈이 널 꾀었다면서 싫어하셨잖아."

"하지만 그 겉가죽이 너무 훌륭하잖아요. 저 정도면 대마법사가 아니라 길거리 거지여도 데리고 살 텐데."

"뭐, 그거야 그렇지만……."

해리의 얼굴을 떠올린 아치볼드가 크게 반박하지 못하고 말끝을 흐렸다.

"아무튼, 네가 좋다고 하니 결혼까지는 별말 않으셨지만, 제대로 결혼하기도 전에 일을 치른 건 용납이 안 되셨겠지. 아버지 성격을 생각하면 말이야."

"일 치르자고 홀린 건 해리가 아니라 나인데……."

"글쎄. 지금 아버지께 그런 말이 통할까?"

아치볼드가 턱 끝으로 공작을 가리켰다. 해리가 나오기를 기다리는 동안 더욱 흉흉해진 그의 얼굴을 보니 깊게 고민하지 않아도 답을 알 것 같았다.

"그렇네요. 무슨 말을 해도 안 통하겠네요."

"그렇다니까."

나와 아치볼드가 그렇게 수군거리는 동안 오베론 공작이 그토록 기다리던 문제의 남자가 등장했다. 오베론 공작이 성에 왔다는 소식을 듣고 급하게 맞이하러 온 해리였다.

"두 분께 인사드립니다."

자신들에게 정중하게 인사하는 해리를 바라보는 오베론 공작의 표정이 기이하게 일그러졌다. 해리의 인사를 제대로 받지도 않고 한참이나 그의 얼굴을 살피던 공작이 고개를 돌려 아치볼드에게 물었다.

"아치볼드. 내가 나도 모르는 사이에 벌써 저 녀석을 때렸나?"

"아뇨, 아버지. 다행히 그 정도로 정신이 없진 않으셨습니다. 자기도 모르게 손이 나가실 정도면 공작 자리에서 물러나셔야죠."

"그런데 저놈의 꼴이 벌써 왜 저렇지?"

"그러게요."

두 남자가 얼떨떨한 얼굴로 대화를 주고받으며 해리를 바라보았다. 그들이 이런 황당한 대화를 나눌 정도로 해리의 몰골은 엉망이었다. 안색이 초췌하고, 눈에는 생기가 없다.

누가 봐도 당장 쓰러질 것 같은 몰골의 사내를 앞에 두고 오베론 공작과 아치볼드가 차례로 입을 열었다.

"이브리아, 혹시 저 녀석이 심각한 병에라도 걸린 거냐?"

"저 꼴을 보니 결혼식보다 장례를 먼저 치르게 될 것 같은데."

나는 한숨을 내쉬며 해리의 상태가 이 지경이 된 이유를 설명했다.

"먹기만 하면 전부 게워 내는 바람에 상태가 안 좋긴 하지만, 확실히 병은 아니래요. 의사가 제대로 진찰했어요."

"먹기만 하면 전부 게워 내는 데 그게 병이 아니야? 병이 아니고서는 이런 몰골이 될 수 없을 것 같은데."

처음에는 나도 해리가 병에 걸린 줄 알았다. 음식을 보는 족족 헛구역질을 하고, 겨우 뭔가를 먹어도 금세 게워 내니 식중독에라도 걸린 것인가 싶었다.

하지만 해리를 진단한 의사는 그의 증상이 병 때문에 생긴 것이 아니라고 했다.

"병이 아니라 단순한 입덧이래요."

"……입덧?"

아치볼드가 제 귀를 믿을 수 없다는 듯 고개를 갸웃거리며 나를 가리켰다.

"입덧은 저쪽이 아니라 네가 해야 하는 거 아냐?"

"보통은 그렇죠. 그런데 종종 남편이 대신 입덧을 하는 경우도 있대요."

"그래서 넌 이렇게 멀쩡한데, 저쪽은 금방이라도 죽을 것처럼 난리다?"

나는 멋쩍게 웃으며 고개를 끄덕였다. 지금 나의 몸 상태는 임신했다고 믿기 힘들 정도로 좋았다. 입덧은커녕 오히려 식욕이 돌아 먹는 양이 평소보다 더 많아졌다.

해리는 내가 고생하지 않아서 다행이라고 했지만, 제대로 먹지도 못하는 그를 보니 안쓰러운 마음이 드는 건 어쩔 수 없었다. 평소에 좋아하던 것을 아무리 준비해 줘도 식욕이 없다며 거절하고, 특별히 먹고 싶은 게 떠오르지도 않는다고 했다.

헛구역질이 음식 냄새에만 반응하는 것도 아니었다. 음식 이름을 듣거나 음식의 맛을 상상하기만 해도 역겨운 냄새가 떠올라 구역질이 난다고 했다. 해리를 진찰한 의사마저도 이렇게 입덧을 심하게 하는 분은 처음 본다며 혀를 내둘렀을 정도였다.

덕분에 성의 주방장들은 입덧으로 고생 중인 미래의 대공께서 맛있게 먹을 수 있는 음식을 찾아내기 위해 심혈을 기울이고 있었다. 내가 아니라 해리가 임산부가 된 것 같은 상황이었다.

"저는 괜찮습니…… 우읍!"

모두의 시선을 받은 해리가 괜찮다는 말을 채 끝내기도 전에 헛구역질해 대며 입을 틀어막았다. 생각지도 못한 풍경이었는지 아치볼드의 입이 떡 벌어졌다. 그에 비해 의외로 태평한 얼굴을 하고 있던 공작이 툭 하고 말을 던졌다.

"……딸이다."

"딸이라뇨?"

"아이 말이다. 아마 딸일 거다."

이 세계에는 초음파처럼 아이의 성별을 감별할 수 있는 장비가 없었다. 당연히 아이가 태어나기 전까지는 누구도 성별을 알아낼 수 없었다. 그러나 공작의 장담에는 꽤 강력한 확신이 묻어났다.

"아. 그러고 보니."

나와 함께 어리둥절한 얼굴로 공작을 쳐다보고 있던 아치볼드가 무엇인가를 깨달았다는 듯 웃음을 터트렸다.

"아버지께서도 하셨었어. 입덧."

"네?"

"어머니께서 널 임신하셨을 때, 아버지도 입덧을 하셨다고 했어. 날 가졌을 땐 그러시지 않았는데 말이야."

그게 정말이냐는 듯 공작을 바라보자 그가 헛기침을 하며 슬그머니 시선을 피했다.

'정말 하셨구나. 입덧.'

저 서늘한 오베론 공작이 부인을 대신해 입덧을 했다니. 잘 상상이 되지 않았다.

"그러니까 네 배 속에 있는 아이도 딸이라고 생각하신 게 아닐까? 아들을 가졌을 땐 안 했고, 딸을 가졌을 땐 하셨으니."

아치볼드의 시선이 내 배를 향했다. 마치 배 속의 아이에게 네가 정말 딸이냐고 묻고 있는 것 같은 눈이었다.

"……과일을 좀 보내 주마."

오베론 공작이 아직도 헛구역질을 하고 있는 해리를 힐끗 바라보며 말했다.

"곧 결혼식을 올릴 신랑의 몰골이 이래서야 되겠나. 볼 건 겉가죽뿐인데, 그거라도 제대로 갈고닦아야지."

혀를 차며 말하고 있었지만 공작의 말 속에는 묘한 유대감과 애정이 묻어나 있었다.

"내가 아무것도 못 먹었을 때도 동쪽에서만 나는 락시 열매는 거북하지 않았다. 아마 저 녀석도 그건 먹을 수 있을 거다."

"응징하러 오셨으면서, 한 대 치시기는커녕 과일을 선물로 보내 주시겠다고요? 게다가 락시면 제철도 아니라 구하기 힘들 텐데."

아치볼드가 그렇게 투덜거린 뒤 내게 조용히 속삭였다.

"조심해라. 아버지는 중간을 모르시는 분이거든. 아마 내일이면 동부의 락시란 락시는 전부 성에 와 있을 거다."

락시 쿠키, 락시 파이, 락시 주스 등등.

음식 냄새만 떠올려도 구역질이 난다던 해리가 락시로 만든 음식에는 거부감을 보이지 않았다. 해리가 처음 락시 열매 하나를 다 먹어 치웠을 때, 그것을 숨죽여 지켜보던 사람들이 얼마나 기뻐했던지. 해리와 매일 투덕거리던 아스페리츠마저 안도의 한숨을 내쉬었을 정도였다.

그렇게 음식을 조금씩 먹기 시작하자 금방이라도 죽을 사람처럼 골골거리던 해리도 빠르게 기운을 찾았다. 덕분에 나는 결혼식 도중 신랑이 쓰러지는 것은 아닐까 하는 우스운 걱정을 떨쳐 버릴 수 있었다.

"준비가 모두 끝났습니다. 이제 눈을 뜨셔도 돼요."

나는 귓가에 속삭이는 엠마의 목소리를 들으며 천천히 눈을 떴다. 눈을 뜨자마자 거울 속에 비친 나의 모습이 가장 먼저 시야에 들어왔다. 화려하면서도 우아한 하얀색 드레스를 입은 거울 속 여인. 결혼식과 대관식을 눈앞에 둔 나의 모습은 스스로가 느끼기에도 조금 낯설었다.

"저희의 모든 힘을 쏟았습니다."

"오늘은 무엇보다 중요한 날이니까요."

"세상에서 가장 빛나실 거예요."

최고의 레이디 조작단 삼인방이 차례로 입을 열었다. 그들은 황제의 직속 시녀가 될 엠마의 추천에 따라 앞으로 나의 치장을 전담할 예정이었다.

"손님들은 모두 도착했어?"

"네. 모두 자리를 잡고 주인공이 등장하기만을 기다리고 있습니다."

'주인공이라.'

아무래도 주인공이라는 말에는 익숙해지지 않았다. 나는 이 세상의 주인공이 캐서린이며, 모든 것이 그녀를 위해 돌아간다고 생각했다. 그 속에서 나는 악역을 담당하고 있는 우스운 조연이었다.

그러나 지금은 모두가 나를 주인공이라고 부르고 있었다.

내가 주인공이라고 생각했던 캐서린은 태양신의 심장과 함께 마력을 잃고 절망하여 수도원으로 들어갔다. 그곳에서 자신에게 다가온 비극의 답을 찾는 중이라고 했다. 언젠가 그녀가 답을 찾고 다시 세상으로 나온다면 나와의 관계도 조금 달라질 것이다.

카시안 역시 그녀가 답을 찾고 다시 자신의 곁으로 돌아오기를 기다리고 있었다. 나는 그와 리던에게 후작의 작위를 내리기로 했다. 일부 귀족들은 전대 왕조의 후손들에게 작위를 내리고 곁에 두는 것이 옳지 않다고 조언했지만, 나는 그들이 꼭 필요했다.

'적당히 일을 떠넘길 사람은 많을수록 좋단 말이야.'

이미 에렐에서 부려 본 노예 왕자들이 아닌가. 리던은 처음부터 나를 주군으로 모시고 싶다며 의욕에 넘쳤고, 카시안은 국왕이 자신을 왕으로 만들고자 저지른 과오를 제국에 봉사함으로써 갚고 싶어 했다. 나는 기꺼이 그들의 의지를 받아들여 앞으로도 신나게 노예 왕자, 아니, 노예 후작들을 부릴 예정이었다.

그 대열에는 남작에서 후작으로 지위가 올라간 인세티아 후작도 포함되어 있었다. 그는 한적한 에렐이 좋았다고 투덜거리면서도, 에렐의 중심에 우뚝 세워진 성을 감격스러운 눈으로 쳐다보았다.

메이슨 재상 역시 제국의 든든한 기둥이 되어 줄 것이다. 그는 벌써 에렐 곳곳을 돌아다니며 걸어 다니는 백과사전 역할을 톡톡히 하고 있었다. 물론, 물음표 살인마와 지식 폭력배의 면모도 버리지 못해서 실무자들은 그의 얼굴만 보이면 서둘러 꽁무니를 뺐다.

흑마법사를 찾아 준 일의 보수를 받으러 온 루크는 수도가 이전된 바람에 정보 길드의 본거지도 에렐로 옮기게 됐다며 투덜거렸다. 그는 춥고 소박한 건 질색이라며, 추운 건 어쩔 수 없지만 소박한 건 금방 화려하게 바꿔 주겠다고 호언장담을 했다. 옛 수도에서 그랬듯 언젠가 에렐의 광장에서도 루크가 주도하는 도박판이 열릴지도 모르겠다.

"모든 것이 완벽하답니다. 음식이 락시로 만든 것밖에 없다며 손님들이 투덜거리는 것을 제외하면요."

내가 말없이 생각에 잠겨 있는 것이 긴장해서라고 생각했는지, 엠마가 일부러 너스레를 떨었다. 해리의 입덧은 아직도 심각한 수준이라, 그가 결혼식 도중 헛구역질하는 것을 방지하기 위해 식장의 모든 음식은 락시로 만들어졌다. 화려한 만찬을 기대하고 왔던 손님들이 락시 파티에 실망한 것은 당연했다.

"락시가 얼마나 맛있는데."

"그렇죠. 하지만 아무리 락시가 맛있어도 락시 파이에 락시 스테이크를 먹고, 락시 주스까지 마시고 싶은 사람은 없을 거예요."

엠마의 너스레에 최고의 레이디 조작단 삼인방과 나의 입에서 동시에 웃음이 터져 나왔다.

"그 불만을 잠재우려면 빨리 내가 등장하는 수밖에 없겠네."

나는 웃으며 자리에서 일어서서 모두가 기다리고 있는 식장으로 걸음을 옮겼다.

밖으로 나오자마자 엘을 비롯한 왕립기사단의 기사들이 나를 호위했다. 그들은 이제 제레인트의 왕립기사단이 아니라, 오베론의 제국

기사단으로 이름을 바꾸어 검을 들게 되었다. 기사들에게 모시는 주인을 바꾸는 건 굉장히 큰일이었다. 원하지 않는 사람은 나를 떠나도 좋다고 말했지만, 기사단원들은 자신들이 모시는 주인은 처음부터 성검의 주인이었다며 모두 내 곁에 남았다.

덕분에 나는 내게 충성하는 기사단을 두 개나 가지게 됐다. 내가 평범한 이브리아 오베론일 때부터 충성을 맹세한 서리기사단과 오랫동안 성검의 주인을 기다려 온 제국기사단은 굉장한 라이벌 의식을 불태우며 선의의 경쟁을 하고 있었다.

오늘 결혼식과 대관식에서 나를 수호하는 역할을 누가 맡을 것인지를 놓고서도 대단한 설전을 벌였다. 이번에는 엘 로이츠라는 대단한 기사를 보유한 제국기사단이 원하는 것을 얻었다. 서리기사단은 이게 다 자신들에게 간판 기사가 없기 때문이라며 무서운 기세로 성장 중인 라이오넬을 엘 로이츠 같은 스타 기사로 만들겠다고 잔뜩 벼르고 있었다.

'스타 기사가 되기 전에 검이나 흘리고 다니지 말았으면 좋겠는데.'

물론 그런 생각은 속으로 감추고, 겉으로는 열심히 격려를 해 줬지만 말이다.

이런저런 생각을 하며 걷다 보니 금세 목적지에 도착했다. 앞서 걸으며 나를 호위하던 엘이 옆으로 비켜서 문 앞으로 나를 안내했다.

"신전에 도착했습니다."

먼저 나와 해리는 성 내의 작은 신전에서 소수의 초대받은 사람들과 함께 결혼식을 치를 예정이었다. 그 뒤, 푸른 드레스로 갈아입고 모든 사람이 볼 수 있는 제단으로 이동해 제국의 시작을 선포하며 각각 황제의 관과 대공의 작위를 받게 된다.

"문을 열까요?"

엘이 내게 질문했고, 나는 고개를 끄덕였다.

길고 대단한 하루의 문이 열리는 순간이었다.

나는 오베론 공작의 손을 잡고 익숙한 사람들을 지나 해리의 앞에 섰다. 특별한 날에 열심히 꾸민 건 해리도 마찬가지여서, 그렇지 않아도 잘생긴 얼굴이 더욱 번듯해 보였다.

"이브리아."

내 손을 해리에게 넘겨주기 전, 오베론 공작이 나를 부른 뒤 잠시 머뭇거렸다. 뭔가 할 말이 있는 것인가 싶어 가만히 공작을 보고 있으니, 그가 조심스럽게 나의 뺨에 입을 맞췄다.

'이런 건 엄청 다정한 부녀들이나 하는 거 아니었어?'

나는 물론이고, 자리에 앉은 사람들까지 놀라서 입을 떡 벌리자 그가 머쓱한 얼굴로 헛기침을 하며 슬그머니 시선을 돌렸다.

"오늘이 딸에게 애정을 표현할 수 있는 마지막 기회가 될 것 같아서 말이다. 감히 황제 폐하께는 그러지 못할 테니까."

늘 서늘한 공작의 얼굴에 은은한 붉은 기가 돌고 있었다. 덕분에 나는 그가 얼마나 큰 용기를 내어 딸의 뺨에 입을 맞춘 것인지를 깨달을 수 있었다.

"오라버니께서 그러라고 조언한 거죠?"

아무리 생각해 봐도 오베론 공작 혼자만의 생각으로는 절대 나올 수 없는 행동이었다. 아마 아치볼드가 그렇게 하시라며, 오늘이 마지막 기회라며 오베론 공작을 부추겼을 것이다. 하지만 아치볼드가 틀렸다.

"이런 건 앞으로도 계속하실 수 있어요. 황제가 뭐 별건가요."

"상당히 별거지. 모두에게 그럴 거다."

"하지만 저한텐 아니에요. 그러니까 하고 싶으시면 언제든 하세요."

내가 웃으며 공작이 입을 맞췄던 뺨을 두드리자, 그가 다시 한번 그곳에 입을 맞추었다.

"……지금 당장 하시라는 소리는 아니었는데."

내 입으로 말했던 '하고 싶으시면'의 순간이 바로 지금일 줄은 몰랐다. 겨우 몇 분 전에 내 뺨에 입을 맞추지 않았던가.

"아버지. 그렇게 자주 제 뺨에 입을 맞추고 싶으세요? 그동안 어떻게 참으셨어요?"

"그……."

나의 질문에 오베론 공작이 할 말을 찾지 못하고 헛기침하며 나의 등을 해리 쪽으로 떠밀었다.

"이제 저 녀석에게로 가야지. 널 기다리다 목이 빠지겠구나."

해리는 신부에게 손을 내밀 생각도 하지 못하고 멍한 얼굴로 나를 바라보고 있었다. 당연한 반응이었다. 오늘의 나는 어느 때보다 예쁘니까 말이다. 나는 씩 웃으며 해리에게 다가가 그의 손을 잡아끌었다. 저항 없이 그대로 내 손길에 끌려온 해리가 금방이라도 눈물을 흘릴 것 같은 얼굴로 내게 속삭였다.

"이브리아. 어쩌지? 네가 너무 예뻐서 울 것 같아."

"여기서 울면 평생, 아니, 죽은 뒤에도 놀림받을걸요."

"하지만 네가 너무 예쁘단 말이야. 정말…… 넌 왜 이렇게 예쁜 걸까?"

해리가 손을 뻗어 조심스럽게 나의 뺨을 쓰다듬었다. 조금이라도 거칠게 굴면 내가 부서지기라도 할 것처럼 부드러운 손길이었다. 깃털이 뺨을 스치는 듯 간지러운 느낌에 나도 모르게 웃음이 흘러나왔다.

"예쁘다. 내 이브리아."

그때 멍하니 나를 바라보고 있던 해리가 무엇엔가 홀리기라도 한 듯 서서히 내게 다가와 입을 맞췄다. 부드럽게 닿아 온 입술이 더욱 깊게 맞닿으려는 순간, 결혼식을 주관하는 사제가 요란하게 헛기침하며 해리를 저지했다.

"저기요, 신랑. 벌써 이러시면 안 됩니다."

결혼식에서 신랑과 신부가 입을 맞추는 건 당연한 일이지만, 순서가 문제였다. 맹세의 키스는 결혼식의 마지막, 대미를 장식하는 의식이었다. 그러나 우리는 아직 혼인 서약이며 반지 교환도 하기 전이었다. 완전히 순서를 건너뛰어 버린 것이다.

"심정은 이해합니다만 조금 참아 주십시오. 그렇게 다 건너뛰실 거면 제가 여기에 서 있을 이유가 없거든요. 이 자리에 오신 하객들도 마찬가지고요."

사제의 지적에 번뜩 정신을 차린 해리가 서둘러 물러서며 사과했다.

"아, 네, 죄송합니다."

사제가 신랑을 혼내고, 신랑이 사제에게 사과하는 우스운 결혼식 풍경에 하객들이 누가 먼저랄 것도 없이 웃음을 터트렸다.

'이러나저러나 놀림받는 건 확정이구나.'

나는 한숨을 내쉬며 고개를 저었다.

결혼식 다음은 대관식이었다. 나는 대관식을 위해 마련한 푸른 드레스를 입고 해리와 함께 제단 앞에 나섰다.

제단 아래는 대관식을 보기 위해 이른 아침부터 모여든 사람들로 가득했다. 작은 시골 마을 에렐에 이렇게 많은 사람이 운집한 모습을 보는 건 처음이었다. 이제 한 나라의 수도가 되었으니 아마 앞으로는 이렇게 분주하고 떠들썩한 날이 더 많을 것이다.

"태양신을 대신하여 당신께 묻겠습니다. 신의 선택을 받은 군주여, 왕관을 쓸 준비가 되었는가?"

왕관을 들고 내게 질문하는 사제의 얼굴은 낯설었다. 하지만 나는 어렵지 않게 그녀가 솔이라는 사실을 알 수 있었다.

"솔. 제대로 속이려면 얼굴을 바꾸라는 내 조언을 잘 따른 건 좋아요. 하지만 목소리가 똑같으면 무슨 소용인가요?"

얼굴은 다른 사람이 되었지만, 목소리는 아무리 들어도 솔이었다. 나의 지적에 낯선 얼굴의 사제가 새로운 사실을 깨달았다는 양 눈을 동그랗게 떴다.

"그렇군요. 그것도 앞으로 참고할게요. 앞으로는 고칠 게 있다면 한 번에 알려 주면 고맙겠어요."

"고칠 게 있나면 한 번에 알려 달라니……. 그런 것 정도는 알아서 생각하라고요. 신이잖아요."

나는 한숨을 내쉬며 솔에게 물었다.

"그리고 앞으로도 계속 내 앞에 나타날 생각이에요? 이런 어설픈 위장을 하고?"

솔은 대답 대신 처음 했던 질문을 반복하는 것으로 물음에 대한 답을 슬쩍 피했다.

"……신을 대신하여 당신께 묻습니다. 신의 선택을 받은 군주여, 왕관을 쓸 준비가 되었는가?"

결국, 자기 기분이 내킬 때면 언제든 다시 나타나겠다는 소리였다.

'됐어. 이젠 더 깔아 줄 꽃길도 없을 테니까.'

나는 한숨을 내쉬며 솔의 손에 들린 왕관을 바라보았다. 이것을 쓰고 왕위에 오르면 나는 이 자리에 있는 인간 중에서 가장 높은 자리에 앉게 된다. 태양신의 거지 같은 꽃길 행렬도 이 이상을 내게 안겨 줄 수는 없을 것이다.

"왕관을 쓸 준비가 되었습니다."

내가 무릎을 굽혀 몸을 숙이자, 솔이 모두가 들을 수 있도록 목소리를 높여 외쳤다.

"신께서 준비된 자에게 왕관과 함께 축복을 내리니, 그대 자손이 이 땅을 다스리는 동안 번영과 평화가 있으리라!"

솔이 축복과 함께 나의 머리 위에 왕관을 씌우는 순간, 등 뒤에서 번쩍하고 선명한 빛이 쏟아져 나왔다. 사람들의 시선에 잔뜩 신이 난 유피테르가 후광을 쏟아 낸 것이다.

'이제 놀랍지도 않아.'

"와!"

"신께서 제국의 미래를 축복하신다!"

나는 조금 무겁게 느껴지는 왕관을 쓴 채 열광하는 사람들 앞으로 나아갔다.

"이 자리에서 나는 신의 뜻에 따라 왕관을 쓰고, 이 땅을 다스릴 권능을 부여받았다. 오늘부터 이 나라의 이름을 오베론 제국으로 칭하고, 황제로서 군림하겠다. 나의 곁에는 대마법사의 후손이 대공으로

서 함께할 것이다!"

나의 선언에 사람들의 환호가 커졌다.

"오베론 제국 만세!"

"황제 폐하 만세!"

"대공 전하 만세!"

사람들의 환호 소리와 함께 하늘에서 반짝이는 꽃가루가 비처럼 쏟아졌다. 드워프들이 대관식을 위해 특별히 만든 꽃가루였다. 하늘 위에서 그 꽃가루를 뿌리고 있는 건 와이번들, 더 정확히는 와이번을 조종하는 서리기사단원들이었다. 제국기사단에게 호위를 빼앗겼으니 이런 역할이라도 해야 한다고 생각한 모양이었다.

"저것 봐! 그 유명한 와이번 기사단이야!"

"와이번이 에렐을, 오베론 제국을 수호할 거야!"

"그런데 저것도 와이번이야? 좀 다르게 생겼는데?"

사람들의 의문처럼 하늘을 나는 와이번 사이에 유독 거대한 생명체가 하나 섞여 있었다. 피부는 똑같이 검은색이었지만 풍기는 분위며 위압감은 와이번과 비교할 수 없을 정도였다.

"흑룡이다!"

누군가가 그 생명체의 정체를 알아채고 소리쳤다. 그 요란한 외침과 함께 흑룡, 로이가 유유히 제단 위에 내려앉았다.

"로이."

"이브."

로이가 내게 얼굴을 비볐다. 누가 봐도 애교를 부리는 모양새에 아래에서 숨을 들이켜는 소리가 들려왔다.

"황제가 된 걸 축하해, 이브. 나쁜 사람들이 못 건드리게 내가 옆에서 계속 지켜 줄게!"

"고마워. 그런데 왜 본체로 나타난 거야?"

결혼식 때만 해도 새 옷을 차려입고 인간의 모습으로 자리에 앉아 있던 로이였다. 당연히 대관식에서도 그 모습 그대로 나타날 줄 알았다.

"내가 이 모습으로 나타나서 축하해 주면 이브한테 더 도움이 될 거랬어."

"누가 그런 조언을 했는데?"

내 질문에 대한 답은 로이가 아닌 다른 곳에서 나왔다.

[누구긴 누구겠어?]

허공에서 자신만만하게 모습을 드러낸 아스페리츠였다.

[계약자의 주위에서 이런 고차원적인 생각을 할 수 있는 건 나 하나뿐이라고.]

그가 모두에게 보란 듯이 거대하게 몸집을 키워 하늘 위를 맴돌았다.

[꼬마들아! 나와서 분위기 좀 띄워라!]

아스페리츠가 소리치자 구름 속에서 작은 정령들이 하나둘 튀어나와 꽃가루 사이에서 춤을 추기 시작했다. 현실을 잊을 정도로 아름다운 풍경에 사람들 모두가 입을 벌리고 있을 때, 한쪽에서 성스러운 노랫소리가 들려왔다. 언젠가 깊은 숲속에서 들었던 엘프들의 목소리였다. 정령들은 엘프의 노랫소리에 맞춰 더욱 신나게 사람들 사이를 떠돌았다.

"길잡이여. 우리도 그대를 따른다."

점점 커지는 노랫소리 사이로 엘프들을 대표해 이카난이 앞으로 나섰다.

"이건 즉위를 축하하는 선물이다, 스승이여."

즉위 선물이라더니, 이카난이 내가 아닌 해리에게 나뭇잎으로 만든 목걸이를 걸어 주었다.

"이건 뭔데?"

"다산을 기원하는 목걸이다."

"······다산?"

황당해하는 해리를 향해 이카난이 진지한 얼굴로 고개를 끄덕였다.

"그렇다. 인간의 군주는 훌륭한 아이를 많이 낳을수록 좋다더군. 그래서 모두 함께 다산을 기원하는 목걸이를 만들었다."

"아니······ 그러니까 이걸 왜 나한테······."

"원래 훌륭한 아이를 만드는 건 사내의 역량 아닌가? 그러니 당연히 스승에게 걸어 주는 것이 옳지."

"아. 그런 거였어?"

"그런 거다, 스승이여."

이카난의 확답에 해리가 비장한 얼굴로 고개를 주억거리며 나를 쳐다보았다.

"그렇다면 내가 열심히 할게, 이브리아. 걱정하지 마."

'아니, 그걸 어떻게 열심히 할 수 있는데?'

해리가 그렇게 영문 모를 다짐을 하는 사이, 한 무리의 드워프들이 호탕하게 웃으며 등장했다.

"설마 우리가 제일 늦은 거예요?"

줄줄이 들어서는 드워프들은 모두 웬만한 어른 머리통보다 큰 황금을 지고 있었다. 번쩍이는 보물의 등장에 사람들의 눈이 휘둥그레졌다.

"이 많은 황금이 다 어디에서 났어요?"

나의 질문에 가장 선두에 선 라파쉬가 주먹으로 가슴을 두드리며 당당하게 말했다.

"즉위 선물로 뭘 줄까 고민하다가 금광을 하나 찾아냈어요."

"……금광을 찾아내요? 선물로 주려고?"

"네."

"금광이 이렇게 뚝딱 찾아지는 거였나요……?"

"우리 드워프들에게 금맥을 찾는 건 숨 쉬는 것처럼 쉬운 일이라고요."

얼떨떨해 눈을 껌뻑이는 나를 보며 라파쉬가 크게 웃더니 등에 지고 있던 금덩이를 내게 안겨 주었다. 황금의 엄청난 무게에 몸이 휘청거렸다.

"그 금광에서 나오는 금은 전부 이브리아 거예요! 예산 걱정 같은 건 하지 말고 하고 싶은 거 다 해요!"

"아니, 하지만……."

"혹시 금이 떨어질까 봐 그래요? 걱정하지 말아요. 거기서 금이 다 떨어지면 금방 다른 거 하나 또 찾아 줄 테니까!"

"네? 다른 거 하나 더요?"

"음. 다음은 다이아몬드 광산으로 할까요?"

시원시원한 제안에 나는 감격해서 라파쉬를 바라보았다.

"……리쉬. 나 리쉬랑 결혼할 걸 그랬나 봐요. 지금이라도 무르고 리쉬랑 결혼할까요?"

내 말에 라파쉬가 유쾌하게 웃으며 고개를 저었다.

"사양할게요. 이브는 좋은 친구지만 내 연인 취향에는 맞지 않아서."

"절 거절한 드워프는 리쉬가 처음이에요. 더 매력적이네요."

"그럼요. 나는 쉬운 드워프가 아니거든요."

라파쉬가 장난스럽게 턱을 치켜들자 옆에 서 있던 해리가 조심스럽게 내 옷을 잡아당겼다. 고개를 돌리자 농담을 진담으로 받아들인 것인지 울상이 된 해리의 얼굴이 보였다.

"이브리아. 나도 다 줄 수 있어! 더 어려운 것도 가능해! 하늘에서 별이라도 따 올까?"

정말 어려운 일이지만, 해리라면 간단하게 하늘의 별을 따 올 수도 있을 것 같았다. 하지만 나는 시큰둥하게 고개를 갸웃거렸다.

"그걸 따 와서 어디에 쓰는데요?"

"어?"

"난 별보다 다이아몬드가 좋은데요?"

"어어……."

할 말을 잃고 눈을 굴리는 해리를 보며 라파쉬가 어깨를 으쓱했다.

"순진한 신랑을 둬서 고생이 많겠어요, 이브리아."

"놀리고 가르치는 재미가 있답니다, 리쉬."

"과연. 그런 재미도 있겠네요."

내 말에 유쾌한 웃음을 흘리던 라파쉬가 이내 진지한 얼굴이 되어 내 손을 붙잡았다.

"이브리아. 여기 있는 우리 모두 언제나 당신 편이에요. 힘든 일이 있다면 망설이지 말고 우릴 찾아요."

라파쉬가 그렇게 말하며 주위를 둘러보았다. 나 역시 그녀를 따라 천천히 주변의 풍경을 바라보았다.

하늘을 나는 와이번, 노래를 부르는 엘프들, 황금과 함께 찾아온 드워프들과 어느새 내 곁에 머물게 된 수많은 사람들, 거기에 정령들과 함께 춤을 추고 있는 아스페리츠와 오랜만에 원래 모습을 뽐내고 있는 로이, 나를 이 세상에 끌고 온 태양신까지. 언제 내 옆에 이렇게 많은 존재들이 함께하게 된 것일까.

[이브리아.]

기묘한 기분에 사로잡혀 있는 나의 머릿속에서 솔의 목소리가 울렸다.

[내가 선물한 꽃길은 어땠나요?]

그 질문에 대한 답은 아주 간단했다.

[몰라서 묻는 거예요? 아주 거지 같았어요.]

[……그 정도였어요?]

[이것도 상당히 순화해서 말한 건데요?]

내 대답에 충격을 받은 것인지 솔의 반응이 잠잠했다. 나는 속으로 웃음을 삼키며 다시 한번 주위를 둘러보았다. 어느새 익숙해져 버린 모두의 얼굴을 보고 있으니 마음이 아주 편안해졌다.

[앞으로는 나태한 황제가 되어서 진짜 꽃길을 걸을 생각이에요. 당신이 만든 꽃길이 아니라, 내가 만드는 꽃길이요.]

이젠 무슨 일이 일어나도 두렵지 않았다. 나는 가장 든든한 나의 우방, 해리의 손을 붙잡으며 씩 웃었다.

⁂

결혼식과 대관식이 모두 끝났다. 함께 술을 마시며 노래했던 이들이 모두 떠나고, 떠들썩했던 성은 다시 고요해졌다.

"이제 우리 둘만 남았네요."

"그러게. 소란스러웠던 게 다 꿈인 것 같다."

해리가 적막하기까지 한 창밖을 낯설다는 듯 바라보며 중얼거렸다.

"사실 난 살면서 별로 소란스러울 일이 없었어. 그런 걸 별로 즐기지 않았거든. 그런데 네 옆에 있게 된 후부터는 늘 주변이 소란스러워."

"그게 싫어요?"

"그게 싫었으면 악마다운 수를 써서 진즉에 너한테서 벗어났겠지."

해리가 픽 웃으며 내 뺨을 매만졌다.

"전부 좋아. 너도, 네가 안고 있는 소란도."

"나랑 똑같네요. 나도 해리의 모든 게 좋은데."

나는 웃으며 해리의 목에 미리 준비해 두었던 목걸이를 걸어 주었다.

"생일 축하해요, 해리."

"……어?"

"오늘이잖아요. 겨울의 첫날."

"알고 있었어? 잊어버린 거 아니었어?"

해리가 눈을 동그랗게 뜨고 물었다. 정말로 내가 그의 생일을 잊은 줄 알았던 모양이다.

"내가 해리 생일을 어떻게 잊어요? 선물 주기로 한 것도 제대로 기억하고 있는데."

"얼마 전에 물었을 때는 몰랐잖아."

"그건, 선물은 서프라이즈가 좋으니까."

"맞아. 좋아."

해리가 기분 좋게 웃으며 제 목에 걸린 목걸이를 내려다보았다.

"검은 보석이네?"

"네. 블랙 다이아몬드예요."

"왜 하필 블랙 다이아몬드야?"

"해리도 내 색을 하나 정도 가지고 있으면 좋을 것 같아서요."

"네 색?"

해리가 의아한 얼굴로 고개를 갸웃거렸다. 내게서 검은색을 찾으려는 것 같았다. 하지만 그 검은색은 '이브리아'에게는 없었다. 그걸 가진 건 진짜 '나'다.

"혹시 수수께끼 같은 거야?"

해리가 미간까지 찌푸린 채 의욕적으로 목걸이를 살폈다. 숨어 있는 답을 찾겠다는 의지가 대단했다.

"왜 너의 색이 검은색인지, 내가 답을 찾으면 선물 줄 거야?"

"뭐, 만약 찾을 수 있다면요."

"찾을 수 있어. 나 이런 거 잘 풀거든."

하지만 해리가 나의 진짜 모습을 볼 수 있는 날은 없을 것이다. 이곳에서의 나는 그저 이브리아니까.

"아! 알겠다!"

한참이나 보석을 살피던 해리가 정답을 알았다는 듯 고개를 번쩍 들었다. 그가 진지한 얼굴로 나의 두 눈을 응시했다. 나 역시 설마 하는 심정으로 해리를 바라보았다.

"혹시 이건 나를 향한 너의 흑심을 표현한 거야?"

"……."

그러면 그렇지. 나는 어이없는 대답에 헛웃음을 흘리며 돌아섰다. 하지만 해리는 포기하지 않았다. 그가 나를 쫓아와 내 앞을 가로막으며 다시 물었다.

"이브리아, 내 말 맞지? 이거, 네 흑심을 형상화한 거지?"

"해리. 가슴에 손을 얹고 곰곰이 생각해 봐요. 그게 맞겠어요?"

나의 타박에 해리가 진지한 얼굴로 내 가슴에 손을 얹더니, 1초도 지나지 않아 고개를 주억거렸다.

"생각해 봤어. 넌 내게 흑심이 가득해. 그래서 이게 검은색인 거야."

"흑심은 내가 아니라 해리가 있네. 왜 자기 가슴이 아니라 내 가슴에 손을 얹고 생각을 해요?"

나의 지적에 해리가 씩 웃으며 나를 끌어안았다.

"혹시 흑심 있는 남편은 싫어?"

"그게 싫었으면 나다운 수를 써서 진즉에 해리한테서 벗어났겠죠."

조금 전 그가 했던 말을 그대로 돌려주자, 해리가 기분 좋게 웃으며 내 이마에 입을 맞췄다.

"넌 정말 멋져, 이브리아."

애정이 가득 담긴 말에 나 역시 까치발을 들어 해리의 이마에 입을 맞추었다.

"당신은 정말 예뻐요, 해리."

나의 말에 해리의 얼굴에 미소가 활짝 피어났다.

"응. 그러니까 평생 예뻐해 줘, 내 주인님."

해리가 몸을 숙여 내게 입을 맞췄다. 이번에는 입술이었다. 내가 만드는 나의 꽃길은 이 남자와 함께 바로 여기에서 시작된다.

이브리아 오베론.

오베론 제국의 건국 황제. 신의 축복을 받은 신족의 시조. 성검과 대마법사의 영원한 주인. 흑룡의 어머니이자 정령왕의 계약자. 어떤 책에서든 빠짐없이 제국민이 가장 사랑하는 군주 중 한 사람으로 손꼽힌다.

재위 기간 동안 수많은 업적을 쌓으며 제국의 빠른 발전에 가장 큰 역할을 하였다. 인재를 보는 눈이 뛰어나 종족과 분야를 가리지 않고 많은 인재를 발굴했고, 그들에게 많은 권한을 부여하는 등 탈권위적인 모습으로 큰 사랑을 받았다. 여러 종족을 통합하여 대륙의 평화를 가져왔으며, 군사, 경제, 외교, 문화 전 분야에서 믿을 수 없는 성과를 냈다.

위대한 대마법사로 이름 높은 해리 오베론 대공과의 사이에 자녀를 셋 두었다. 그중 한 사람이 바로 위대한 개척자, 신대륙을 발견하고 영토를 확장한 샤를로트 황제이다.

초대 황제 당시의 기록은 비교적 상세하게 남아 있어 현재까지도 확인할 수 있으나 사실이라고는 믿기 힘든 엄청난 업적들 때문에 이브리아 황제를 신격화하는 추종자의 과장된 기록이라는 견해도 많다.

가장 확실하게 확인되는 기록은 이브리아 황제의 퇴위다. 그녀는 딸인 샤를로트가 성인이 되자 단 20년의 짧은 재위를 마치고 스스로 황위에서 물러나 샤를로트에게 양위했다. 많은 신하가 만류했으나 황제는 '물은 고이면 썩기 마련이니 흘러가게 두어야 한다'라며 뜻을 굽히지 않았다고 전해진다.

이후 오베론 제국에는 후계자가 성인이 되면 황위를 양위하는 관례가 만들어졌다. 이는 대가 이어지는 동안 신족의 피가 옅어져 수명이 평범한 사람들과 비슷하게 줄어든 지금에도 지켜지고 있는 원칙이다.

황위에서 물러난 이후 이브리아 황제의 행적은 확실히 밝혀진 바가 없다. 그녀는 남편인 해리 오베론 대공과 함께 모습을 감추었고, 이후 어떤 기록에서도 존재감을 드러내지 않았다.

두 사람의 행적에 대한 유력한 설이 몇 가지 있다. 그중에서도 가장 큰 지지를 받는 것은 그들이 제국 설화에 흔히 등장하는 기이한 요정 부부라는 설이다. 요정 부부는 대륙 곳곳의 곤란한 일을 겪고 있는 시람 앞에 나타나 신묘한 재주로 그들의 고민을 해결해 준 뒤 어떠한 대가도 받지 않고 떠나는 존재로 그려지는데, 이것이 은퇴 후 대륙을 여행했던 황제 부부가 벌인 일이라는 것이다.

제국민들은 이 설을 지지하여 이브리아 황제와 해리 대공의 조각상을 마을에 세워 두고 힘든 일이 있을 때마다 소원을 빌고 있다.

-청소년들의 역사 교양 필독서 《오베론 제국의 군주들》 중 일부 발췌

에필로그

삶의 마지막 순간이 다가오고 있었다. 나는 그것을 깨닫고 긴 여행을 마무리하기로 마음먹었다. 다시 에렐로 돌아와 소중한 존재들과 인사를 나누었고, 고요하게 끝을 기다릴 뿐이었다. 미련은 없었다. 이브리아로서 살아온 삶은 모든 순간이 축복처럼 행복했다.

"에렐은 이제 완전히 다른 도시 같아요. 그때 그 깡촌이라고 누가 믿겠어."

나는 소파에 앉아 창밖을 바라보았다. 그간 에렐은 엄청나게 발전해 제국에서 가장 선진화한 도시가 되어 있었다. 나와 해리가 처음 만났던 그때의 모습은 이제 더는 남아 있지 않았다. 내 옆의 해리도 에렐의 변화가 새삼스러운 듯했다.

"어쩔 수 없지. 시간이 많이 흘렀으니까."

"맞아요. 어쩔 수 없어요. 시간이 많이 흘렀으니까."

단순히 에렐의 풍경을 말하는 게 아니었다. 해리 역시 그것을 알아차린 것 같았다. 그가 내 앞에 무릎을 꿇고 나의 두 손을 그러쥐고는 진지하게 말했다.

"미안해하지 마. 넌 충분히 오래 내 곁에 있었어."

"하지만 남은 날이 더 많겠죠."

"나의 숙명이지. 원래 악마들은 만남보다 이별에 더 익숙하거든."

해리가 내 손등에 입을 맞추며 어른스럽게 웃었다. 언제부턴가 해리는 이런 얼굴도 할 수 있게 됐다.

"처음부터 알고 있었어. 알면서도 한 선택이야. 미안해하지 마. 알겠지?"

"하지만……."

"네가 없었다면 난 평생 이런 행복을 모르고 살았을 거야. 덕분에 한 번은 누렸으니, 오히려 감사할 일이지."

해리는 흔들림이 없었다. 아마 그는 나보다 오래전부터 이별의 순간을 준비하고 있었을 것이다. 나는 천천히 눈을 감으며 창밖에서 불어오는 바람을 느꼈다. 귓가에 울리는 바람 소리가 마치 무어라고 속삭이는 목소리 같았다.

"해리가 울지 않았으면 좋겠어요."

"안 울어. 그럼 네가 슬퍼할 거잖아."

"그럼 약속해요. 안 울겠다고."

"……그렇게 할게."

해리의 대답이 한 박자 늦었다. 내 손을 그러쥔 그의 손도, 대답하는 목소리도 모두 떨리고 있었다.

'벌써 울고 있는 것 같은데.'

하지만 눈을 떠서 해리의 모습을 볼 수가 없었다. 눈꺼풀이 너무 무거웠다.

"잘 가, 이브리아."

다정한 해리의 인사를 마지막으로 의식이 멀어지기 시작했다.

[……announces the departure of Flight 707 to Incheon.]

바람 소리에서 시작된 소음은 조금씩 의미를 갖추며 명확해지고 있었다.

[All passengers to Incheon, please go to Gate 9.]

흔하게 듣던 공항 안내 방송이었다.

'어? 안내 방송?'

나는 어리둥절한 기분으로 눈을 번쩍 떴다. 조금 전까지 그렇게 무겁던 눈꺼풀이 믿을 수 없을 만큼 쉽게 뜨였다. 나는 멍하니 주변을 둘러보았다. 풍경이 아주 익숙했다.

"……공항이잖아."

진짜 '내'가 수십, 수백 번을 방문했던 페루의 리마 공항이었다.

"이게 무슨……."

너무 얼떨떨했다. 나는 분명 여기에서 출발한 비행기를 탔고, 큰 사고를 당해 죽음을 맞이했다.

"꿈인가?"

저승으로 가기 전 짧은 꿈을 꾸는 것일지도 모른다. 하지만 그렇다기엔 주변의 모든 것이 너무 선명했다. 소리와 공기. 모두 현실이었다.

'……그럼 이브리아 쪽이 꿈?'

그러나 그쪽 역시 선명하기는 마찬가지였다.

'아냐. 그게 꿈일 수는 없지.'

탑승 안내 방송을 들은 사람들은 분주하게 게이트로 이동하고 있었다. 오로지 나 한 사람만이 덩그러니 제자리에 남아 이 기이한 상황에 혼란스러워하고 있었다.

'해리가 내 손을 잡았던 기억이 너무 선명한데.'

나는 무의식적으로 내 손을 바라보았다. 해리가 마지막 순간까지 꼭 쥐고 있던 손이었다. 하지만 이제 그 자리에는 해리의 손 대신 여권과 항공권이 덜렁 들려 있을 뿐이었다.

'그런데……'

공항에 있는 사람이 여권과 항공권을 쥐고 있는 건 당연했지만 뭔가 이상했다. 여권과 항공권이 하나가 아니었다. 여권도 두 개, 항공권도 두 장. 아무리 살펴도 똑같았다.

'이때 난 혼자 출장 왔었는데.'

나는 의아한 심정으로 여권을 펼쳤다. 신상 정보가 담긴 페이지에 누군가가 남긴 메시지가 적힌 포스트잇이 붙어 있었다.

[이건 마지막 선물이에요. 당신은 내 생각보다 훨씬 더 잘해 줬어요. 내 땅에 평화를 가져와 줘서 정말 고마워요.]

발신자는 적혀 있지 않았지만, 상대가 솔이라는 건 쉽게 알 수 있었다.

'날 원래 세계로 보내 준 거구나.'

솔은 비행기 사고가 나지 않는 원래의 세계로 나를 보내 줄 수 있다고 했다. 다른 소원을 빌었기에 그 소원은 당연히 이뤄 주지 않을 거라고 생각했는데.

"이게 마지막 선물이라니."

고마운 건지 얄미운 건지 모를 일이다. 이제 와 내가 평범하게, 그 모든 것을 잊고 외롭게 살 수 있을까? 나는 헛웃음을 흘리며 솔의 메시지가 적힌 포스트잇을 떼어 냈다. 포스트잇이 가리고 있던 페이지가 드러나며 여권의 주인이 모습을 내밀었다.

"……어?"

나는 믿을 수 없어 눈을 비볐다. 하지만 몇 번이나 같은 행동을 반복해도 눈앞의 풍경은 달라지지 않았다. 여권 주인의 이름은 해리 오베론. 사진도 내가 기억하는 해리였다.

나는 놀라서 자리에서 벌떡 일어나 주위를 두리번거렸다. 하지만 아무리 봐도 해리의 모습은 보이지 않았다.

'설마……'

진짜 이름을 부르면 악마가 나타난다. 그게 법칙이었다. 나는 주변을 두리번거리며 인적이 드문 곳으로 이동했다. 주변에 아무도 없다는 것을 확인한 뒤, 나는 조심스럽게 한 악마의 이름을 불렀다.

"테오하리스."

그 순간 눈앞에 거대한 그림자가 나타났다. 진짜 해리였다. 정말로 해리가 나타났다.

"야, 어엉, 왜 하필 지금 불러. 흐윽, 내가 지금, 으엉, 계약할 기분이 아니거든?"

해리는 바닥에 주저앉아 엉엉 울고 있었다. 자신을 부른 게 누구인지 볼 생각도 없는 것 같았다.

"으엉, 이브리아……."

그는 연신 내 이름을 부르며 숫제 통곡을 하고 있었다. 울지 않을 거라더니. 그렇게 어른스러운 척은 다 하더니. 나는 어쩐지 이 상황이 우스워져 웃음을 터트리며 해리 앞에 쪼그려 앉았다.

"해리."

내 목소리에 해리의 고개가 번쩍 들렸다. 눈물로 엉망이 된 잘생긴 남자가 믿을 수 없다는 듯 크게 뜨인 눈으로 나를 쳐다보고 있었다.

"어떻게…… 네가 그 이름을……."

"검은색."

나는 내 새카만 머리카락을 매만지며 해리를 쳐다보았다. 그를 바라보고 있는 이 눈동자 역시 검은색이었다. 그것을 본 해리의 입이 서서히 벌어졌다.

"검은색이 왜 내 색이라고 했는지 이제 알겠죠? 그거, 진짜 내 흑심을 형상화한 거 아니었거든요?"

내 말이 이어질수록 해리의 눈이 더욱 커졌다.

"설마…… 너…… 이브리아……."

그가 제 목에 걸린 목걸이를 붙잡으며 설마 하는 목소리로 나를 불렀다.

"네. 나예요. 지금은 다른 이름이지만요."

나는 씩 웃으며 해리의 머리를 쓰다듬었다.

"이번에도 나한테 소환당했네요, 해리."

두 번째 소환. 이게 태양신의 진짜 마지막 선물이었다.

〈그냥 악역으로 살겠습니다〉 완결

외전 1
해리 오베론의 슬기로운 현대 생활

과거의 영광은 모두 벗어던진 채 이젠 햇병아리 현대인으로 다시 태어난 악마, 해리 오베론. 그는 지금 깊은 고민에 빠져 있었다.

'아무래도 이브리아는…….'

해리는 땅이 꺼질 듯 무거운 한숨을 내쉬며 심각한 얼굴로 주변을 둘러보았다.

이브리아가 출근하고 해리 홀로 남은 집은 지나칠 정도로 고요했다. 아늑한 거실. 깔끔한 주방. 포근한 침실과 깨끗한 화장실. 이브리아가 '저쪽' 세상에 넘어가기 전부터 쭉 살아왔다는 '이쪽' 세상의 집이었다.

그녀는 가진 것 하나 없이 몸만 덜렁 소환되어 온 해리를 이곳으로 데려와 모든 것을 설명해 주었다. 자신이 어째서 '저쪽' 세상에 불려 가게 됐는지, '이쪽' 세상에서 자신은 어떤 사람인지.

―꽤 황당한 이야기죠? 인제 와서 내가 다른 세상의 사람이었다니.

이브리아는 그렇게 말했지만, 해리는 생각보다 그녀의 사연이 놀랍지 않았다. 처음부터 평범한 인간들과 달랐던 이브리아가 아닌가. 그 특별함이 그녀가 살아왔던 세상에 있었다고 생각하니 모든 것이 이해됐다.

이 세상은 '저쪽' 세상과 완전히 다른 곳이었다. 마법도, 마수도, 계급도, 전투도 없는 평화로운 세계.

'그러니 이브리아가 누군갈 죽이는 걸 싫어했지.'

이브리아가 '저쪽' 세상에 조금씩 적응해 나갔던 것처럼 해리도 '이쪽' 세상에 조금씩 익숙해져 가는 중이었다.

처음에는 낯선 문물들을 접하느라 눈이 돌아갈 지경이었다. 하늘을 나는 비행기. 마차보다 훨씬 빠른 자동차. 언제 어디서든 서로의 목소리를 들을 수 있는 휴대전화. 진짜 사람이 움직이고 말하는 것 같은 텔레비전. 마법만 없을 뿐이지, 이 세상에도 온갖 신기한 문물들이 즐비했다.

하지만 가장 놀라웠던 순간은 역시 그때였다. 이브리아의 가르침에 따라 샤워하고 나온-버튼만 누르면 따뜻한 물이 쏟아지는 샤워기도 꽤 신기했다. 이게 어떻게 마법이 아닐 수 있지?-해리를 의자에 앉힌 그녀가 당당하게 드라이어를 꺼냈을 때!

-⋯⋯이게 드라이어라고?
-네. 이게 그 드라이어예요. 머리를 말려 주는 기계죠.

이브리아가 버튼을 조작하자 따뜻한 바람이 쏟아져 해리의 은발을 가볍게 흩날렸다. 투박하게 생긴 작은 기계에서 뿜어져 나오는 미약한 온풍을 느끼며 해리는 입을 떡 벌리고 말았다. 이게 드라이어라니!

-이브리아. 날⋯⋯ 고작 이런 고철 덩어리와 비교한 거었어⋯⋯? 이런 하

잖은…… 고철 덩어리랑……?

해리는 부들부들 떨며 원망스러운 눈빛으로 이브리아를 쳐다보았다. 하지만 이브리아는 대수롭지 않게 어깨를 으쓱하며 드라이어로 해리의 젖은 머리를 말려 줄 뿐이었다.

－해리, 입은 삐뚤어져도 말은 바로 해야죠. '날 세계 최고의 드라이어라고 불러라!' 하고 외친 건 내가 아니라 해리였잖아요.
－어, 으음, 그건…….
－마구 흥분해서는 그렇게 부르라고 난리여서 원하는 대로 해 준 것뿐이라고요.

해리는 과거의 기억을 더듬어 보았다. '세계 최고의 드라이어'를 자처한 지난날들이 어렵지 않게 그의 머릿속을 스치고 지나갔다. 해리는 늘 그랬듯 이브리아의 말에 말문이 막혀 버린 채 뾰로통해졌다.

－그럼 이제 나 드라이어라고 부르지 마. 나 드라이어 아냐.
－그래요? 해리는 드라이어가 아니니까, 이제부턴 이게 세계 최고의 드라이어네.

퉁명스러운 해리의 말에 이브리아가 그의 머리를 말려 주던 드라이어를 쳐다보며 싱긋 웃었다.

－앞으로도 잘 부탁해, 세계 최고의 드라이어야. 네 덕분에 내가 얼마나

편한지 몰라.

이브리아가 드라이어를 쓰다듬으며 다정하게 칭찬을 쏟아 내기 시작했다. 가만히 그 모습을 보고 있자니 어째서인지 기분이 나빠졌다.

'난 분명 드라이어가 아닌데.'

그런데.

'왜 다른 드라이어를 세계 최고라고 칭찬하는 이브리아의 말에 기분이 나빠지지?'

복잡한 심경에 눈을 굴리던 해리가 결국 발끈해서 소리쳤다.

－왜 그게 세계 최고야? 이런 허접한 바람 가지고 세계 최고는 무슨. 내가 더 최고거든!

－해리는 이제 드라이어 안 한다면서요?

－아냐! 나 드라이어야! 드라이어 할래!

해리가 드라이어를 빼앗아 멀리 던져 버리고 그녀의 손을 잡아끌었다.

－그러니까 다른 거한테 세계 최고라고 하지 마. 응? 너한텐 뭐든 내가 세계 최고 할래!

하다 하다 이젠 기계까지 질투하는 건가. 이브리아는 황당하다는 듯 해리를 쳐다보다가 생각보다 그의 표정이 진지한 것을 보곤 픽 하고 웃음을 흘렸다.

−그러면 아주 많이 노력해야겠네요. 해리 오베론 씨. 이 세상에 대단한
게 얼마나 많은데. 그걸 전부 다 이기려고요?

−괜찮아. 내가 노력할게. 뭐든 열심히 할 수 있어!

−정말요?

−그렇다니까? 날 시험해 봐도 좋아!

−그럼……

의지에 가득 차 두 주먹을 불끈 쥐는 해리를 보고 말끝을 흐리던
이브리아가 웃으며 손가락으로 제 입술을 가볍게 두드렸다.

−그럼 여기에 입부터 맞춰 봐요.

−……어? 입을 맞추라고? 왜?

−아, 뭐든 세계 최고 하겠다면서요? 입맞춤은 얼마나 잘하나 어디 한번
보려고요. 시험이에요.

이브리아의 말에 해리의 어깨가 바짝 굳었다. 이브리아에게 입을
맞추는 일이야 수도 없이 많이 했다. 하지만 한 번의 시험으로 자신이
세계 최고임을 증명해야 한다고 생각하니 부담감이 밀려왔다. 해리는
이브리아의 입술을 쳐다보며 침을 꿀꺽 삼켰다.

−하, 할게.

−응. 해요. 눈 감아 줄까요?

−어……. 네가 편한 대로?

−그럼 안 감을래요. 해리가 얼마나 잘하나 제대로 봐야 하니까요.

제대로 지켜본다는 말대로 이브리아가 두 눈을 말갛게 뜨고 해리를
빤히 쳐다보았다. 자신을 향한 두 눈동자에 해리는 더욱 부담스러워졌
다. 그런 해리의 마음을 아는지 모르는지 이브리아가 그를 재촉했다.

─자, 해리 오베론 학생. 시험 시작입니다. 빨리 입을 맞춰 보세요.

해리는 마음을 다잡고 눈앞의 여자를 쳐다보았다. 검은 머리에 검
은 눈동자. 예전의 이브리아와 생김새는 다르지만 여전히 해리의 모
든 것인 사람이었다.

그런 사람에게 입을 맞춘다고 생각하니 가슴 한쪽이 간지러웠다.
해리는 쿵쾅거리는 가슴을 진정시키며 깊게 숨을 들이마셨다. 그때
이브리아가 싱긋 웃으며 두 손을 뻗어 해리의 뺨을 감쌌다.

─땡. 시간 초과예요.

해리가 놀라서 펄쩍 뛰었다.

─어? 제한 시간도 있었어?
─그럼요. 제한 시간 없는 시험은 없다고요.
─미리 말해 줬어야지!

해리가 거세게 항의했지만, 그걸 받아 줄 이브리아가 아니었다.

-다음부턴 말해 줄게요. 그럼 이제 내 차례죠?

-뭐가 네 차례라는……

불만에 가득 찬 해리의 말이 채 끝나기도 전에 이브리아가 기습적으로 그의 입술에 입을 맞추었다. 두 사람의 입술이 깊게 맞닿았다가 천천히 멀어졌다. 갑작스레 벌어진 일에 놀라서 눈을 크게 뜬 해리를 보며 이브리아가 씩 웃었다.

-어떻게 생각해요? 이건 해리가 아니라 내가 세계 최고인 것 같은데?

이브리아의 말에 해리가 여전히 멍한 얼굴로 고개를 연신 주억거렸다.

-어……. 맞아……. 네가 최고야, 이브리아. 난 아무것도 아니었어…….

"크흠!"

별안간 떠오른 기억에 해리가 붉어진 얼굴로 헛기침했다. 그 사건이 있었던 것도 벌써 한 달 전의 일이다.

'안타깝게도 입맞춤 세계 최고의 지위는 이브리아에게 빼앗기고 말았지만…….'

해리는 이제 어느 정도 이 세상에 익숙해졌다고 자부할 수 있는 상태가 됐다. 자신을 세계 최고의 드라이어를 넘어 세계 최고의 식기세척기나 세계 최고의 청소기라고도 당당하게 말할 수 있을 정도였다. 그렇게 이 세상에 익숙해지니 처음에는 미처 보이지 않았던 사실들이 눈에 들어왔다.

이브리아와 함께 지내고 있는 이 집부터가 문제였다.

'집이 어떻게 이렇게 작을 수 있지?'

'저쪽' 세상의 저택 화장실보다 작은 공간에 주방과 거실도 모자라 침실까지 들어차 있지 않은가? 평생을 커다란 성이나 저택에서만 살아온 해리로서는 도무지 이해할 수 없는 현실이었다.

심지어 이쪽 세상의 이브리아는 하인도 없이 집안일을 모두 자신이 하고, 돈을 벌기 위해 직접 노동까지 했다. 지금도 돈을 벌기 위해 회사라는 곳에 출근해 집을 비운 상태였다.

집안일을 제 손으로 하는 이브리아라니? 노동하는 이브리아라니? '저쪽' 세상에서는 상상도 할 수 없는 일이었다. 귀족들은 직접 몸을 써서 일하는 걸 천하다고 여겨서, 그런 일은 전부 가난한 하층민들의 몫이었다.

그는 자신의 지식과 상식을 모두 동원해 고민했다. 그리고 이런 결론을 내렸다.

이브리아는 엄청나게 가난하다!

어째서 처음부터 이 사실을 알아차리지 못한 걸까? 해리는 이제야 현실을 알아챈 자신의 멍청함을 자책했다.

'난 그것도 모르고…….'

태평하게 '저쪽' 세상에서 살던 것처럼 살았다.

'이젠 나도 달라져야 해.'

해리가 비장하게 두 주먹을 불끈 쥐었다. 그렇게 결심하니 앞날이 막막했다. 엄청난 돈을 벌어와 이브리아에게 안겨 주고 싶어도 할 수 있는 일이 없었던 것이다. '저쪽' 세상에서는 최고의 무기였던 그의 강력한 마법이 평화로운 '이쪽' 세상에선 크게 의미가 없었다.

'설마 나, 지금 엄청나게 무능한 상태인가……?'

이브리아에게 도움이 되지는 못할망정 짐짝밖에 안 되는 처지라니. 해리는 침울하게 한숨을 내쉬며 자신이 할 수 있는 일을 하나 떠올렸다.

'……우선 먹는 거라도 좀 줄이자. 내 식비만 줄어도 큰 도움이 될 거야.'

해리는 모두가 인정하는 대식가였다. 식사량을 절반만, 아니, 10분의 1만 줄여도 가계 사정에 큰 도움이 될 터였다. 식사량을 줄인다고 생각하니 벌써 배가 고픈 기분이었지만, 해리는 마음을 다잡았다.

'할 수 있어. 해리 오베론! 전부 이브리아를 위해서잖아?'

이브리아를 위해서! 해리에게는 마법보다 강력한 주문이었다.

❦

그렇게 한 마리의 악마가 굳건하게 절식(節食)을 다짐한 지 사흘째. 지독하게 마음을 먹고 식사량을 반이나 줄인 악마는 눈에 띄게 초췌해진 상태였다. 이브리아가 이상함을 눈치챈 건 당연한 일이었다. 그녀는 음식을 깨작거리는 해리를 쳐다보며 걱정스럽게 물었다.

"해리. 요새 음식을 너무 못 먹는 거 아니에요?"

평소에는 밥을 열 공기씩 비우던 해리가 겨우 다섯 공기만 비우고 수저를 내려놓다니. 어디 아픈 것이 아니라면 말이 되지 않는 일이었다.

"어디가 아프기에 밥을 이렇게 못 먹어요?"

확신에 찬 이브리아가 유심히 해리의 얼굴을 살피며 물었다. 하지만 해리는 단호하게 고개를 내저으며 그녀의 의문을 부정했다.

"나? 아냐. 안 아파. 그냥 입맛이 없어서 그래."

거짓말에는 도통 재주가 없는 해리였지만 아픈 곳이 없다는 것만은 진실이었다. 그는 단지 배가 아주 많이 고플 뿐이었다. 덕분에 그의 대답에는 퍽 신뢰감이 느껴졌다. 하지만 아무래도 입맛이 없다는 해리의 말은 믿기가 힘들었다. 이브리아는 놀라서 눈을 크게 떴다.

"입맛이 없다고요? 해리가?"

천지가 개벽할 사건이었다. 고무를 튀겨서 가져다 줘도 맛있게 먹을 위인이 입맛이 없다니. 이브리아는 잠시 고민하다 슬그머니 해리에게 먹음직스러운 미끼를 던졌다.

"음. 그럼 오늘 치킨 먹을까요?"

"……치킨?"

"네. 엄마 손길 치킨요. 해리가 제일 좋아하는 거잖아요."

침울하게 자리에 앉아 있던 해리가 고개를 번쩍 들었다. 황금빛 튀김옷을 입은 바삭한 프라이드치킨은 해리가 가장 좋아하는 음식 중 하나였다.

하지만 눈을 반짝였던 해리는 언제 그랬냐는 듯 금세 어깨를 축 늘어뜨리며 고개를 저었다.

"아…… 아냐……. 나 입맛 없다니까……."

아. 오늘은 치킨 먹을 입맛이 아닌가? 치킨이 반갑지 않은 날이라니. 조금 의아하긴 하지만 살다 보면 그런 날이 하루쯤은 있어도 이상하지 않았다.

'다른 게 먹고 싶은가?'

이브리아는 곧장 해리가 프라이드치킨 다음으로 좋아하는 음식을 제시했다.

"그럼 짜장면으로 할래요? 탕수육도 같이 먹어요."

"짜장면? 탕수육?"

축 늘어졌던 해리가 다시 눈을 반짝였다. 하지만 이번에도 총기는 잠시뿐이었다.

"아, 아냐. 됐어. 나 정말 입맛이 없어서 그래. 그냥…… 자러 갈게……."

해리가 괴로운 얼굴로 자리에서 일어나 비틀거리며 방 안으로 걸음을 옮겼다. 힘없이 닫히는 문을 가만히 바라보던 이브리아의 눈이 가늘어졌다.

'수상한데.'

해리가 홀로 이상한 일을 벌이고 있다는 확신이 들었다.

✿

'먹을 걸 줄이는 거로는 부족해.'

해리는 출근하는 이브리아를 배웅한 뒤 꼬르륵거리는 배를 부여잡으며 집을 나섰다.

'나도 일을 해야겠어.'

이브리아가 매일 힘들게 일하고 있는데, 자신이 집에서 놀고먹는 건 안 될 일이었다.

그는 얼마 전 이브리아와 함께 본 영화를 떠올렸다. 돈을 벌기 위해 아르바이트를 구하는 사람이 등장하기에 그 장면을 머릿속에 새겨 두었다. '저쪽' 세계에서는 마담 루이제의 책이 그를 가르쳤다면, '이쪽' 세계에서는 영화나 드라마가 그의 스승이었다.

'알바 급구라고 적힌 종이가 붙어 있는 곳에 들어가서 일을 시켜 달라고 하는 거였지.'

방법을 알았으니 이제 일자리를 구하면 된다. 그리고 돈을 벌어 이 브리아를 돕는 거다. 해리는 꿈과 희망에 부풀어 보무당당하게 거리를 누볐다.

하지만 넘치는 의욕과 달리 며칠을 돌아다녀도 직원을 구한다는 종이를 붙여 둔 가게가 눈에 띄지 않았다.

'역시 이론과 실전은 다르군.'

마담 루이제의 책도 실전과 다른 부분이 많았으니 놀라운 일은 아니었다. 일이 생각했던 것처럼 풀리지 않자 애써 잊고 있던 허기가 몰려와 온몸에서 힘이 쭉 빠졌다. 해리는 집에서 가까운 공원 벤치에 대충 늘어져 한숨을 내쉬었다.

'이래서야 이브리아를 도와줄 수가 없잖아.'

그렇게 침울함을 속으로 삼키고 있으니 조금 떨어진 곳에서 자신을 빤히 쳐다보는 시선이 느껴졌다. 이렇게 공원에 앉아 있으면 늘 일어나는 일이었다. 해리는 시선이 느껴지는 곳으로 날카롭게 고개를 돌렸다가, 그 끝에 어린 여자아이들이 서 있다는 걸 알아채고는 눈에 힘을 풀었다.

십 대 초반 정도일까? 어쩌면 그보다 어릴지도 모른다. 눈을 깜빡이며 자신을 관찰하는 아이들의 모습을 보고 있으니 딸 샤를로트의 어릴 적이 떠올라 경계심이 풀어졌다. 해리와 눈이 마주치자, 그를 빤히 쳐다보던 아이들이 새빨개진 얼굴로 비명을 꺅꺅 질러 댔다.

"야, 진짜 있어! 중앙공원 꽃거지!"

"미쳤다. 완전 잘생겼어."

"외국인인가?"

"야, 너 영어 잘하잖아. 네가 말 걸어 봐."

"뭐라고 말을 걸어?"

"그냥 아무 말이나 해 봐! 목소리 한번 들어 보게."

아이들이 해리를 앞에 두고 작게 수군거렸다. 물론 청력이 일반인보다 훨씬 좋은 해리는 속닥거리는 그들의 목소리를 모두 들었다.

"내 목소리가 왜 궁금한데?"

"악!"

툭 하고 던진 말에 아이들이 놀라서 비명을 질렀다. 놀라서 동그래진 눈으로 해리를 바라보던 아이들 중 한 명이 떨리는 목소리로 입을 열었다.

"한국말 할 줄 아세요?"

"응."

태양신 솔의 안배였는지 해리는 자연스럽게 이곳의 말과 글을 구사할 수 있었다.

"혼혈이에요?"

"아니."

"그런데 왜 이렇게 한국말을 잘해요?"

"내 주인님이 여기 사람이라."

"주인님이요?"

"응. 내 부인. 진짜 예뻐. 똑똑하고."

이브리아를 자랑하느라 해리의 얼굴에 걸린 미소가 더욱 짙어졌다. 아이들은 다시 꺅꺅 비명을 지르며 슬금슬금 해리의 앞으로 몰려들었다.

"와. 결혼하셨구나. 하긴 이 얼굴에 임자가 없을 리가 없어."

"맞아. 없으면 이상하지."

"그런데 여기서 뭐 하세요?"

한 아이의 질문과 동시에 이브리아를 자랑하느라 정신없던 해리의 배에서 꼬르륵거리는 소리가 울렸다. 순간 정적이 흘렀다.

"어……. 혹시 배고프세요?"

해리는 대답이 없었다. 대신 그의 배에서 조금 전보다 더 요란하게 꼬르륵 소리가 울렸다. 그를 둘러싼 아이들이 안쓰럽다는 듯 해리를 쳐다보고 서로 시선을 교환하더니, 누군가가 가방을 뒤적여 빵을 하나 꺼냈다.

"이거 드실래요?"

"나 돈 없는데."

"파는 거 아니에요! 그냥 드리는 건데."

"그냥 준다고? 왜?"

'그거야 네가 너무 잘생겨서죠.'

뭐라도 퍼 주고 싶은 잘생김이라고나 할까. 아이들은 똑같은 생각을 하며 너 나 할 것 없이 자신이 가진 먹거리를 해리 앞에 내밀었다.

"어어……."

얼떨결에 그들이 내미는 것을 받아 들었더니 금세 그의 품이 빵과 과자로 가득 찼다.

"뭘 잘못해서 쫓겨나신 건지는 모르겠지만 힘내세요!"

'나 쫓겨난 거 아닌데?'

하지만 아이들은 이미 해리가 큰 잘못을 저질러 부인에게 쫓겨난 게 틀림없다며 확신한 상태였다.

"잘못했을 땐 무조건 솔직하게 말하고 싹싹 빌어요."

"쓸데없이 변명하면 그게 더 열 받거든요."

"그래도 용서를 못 받으면 얼굴을 들이대요! 오빠는 그게 먹힐걸요?"

"맞아요. 화가 났다가도 쳐다보면 마음의 평화가 찾아올 얼굴이야."

아이들은 해리를 위해 성심성의껏 조언을 쏟아 낸 뒤 학원에 갈 시간이라며 순식간에 사라졌다. 해리는 폭풍처럼 나타났다가 폭풍처럼 사라진 그들을 멍하니 바라보다 품에 가득 안긴 빵과 과자를 쳐다보았다. 먹음직스러운 빵을 보자 입안에 절로 침이 고였다.

해리는 경건한 마음으로 빵을 들어 포장지를 벗겨 내고 크게 한 입 베어 물었다. 입안에 가득 퍼지는 고소한 풍미와 적당한 달콤함이 감격스러울 지경이었다. 해리는 제 손과 크기가 비슷한 빵을 단 두 입에 해치우고 다음 빵의 포장지를 벗겨 냈다.

기분 좋게 빵을 한 입 베어 물려는 순간, 다시 한번 자신을 쳐다보는 시선이 느껴졌다. 이번에도 공원을 지나가는 아이들이겠거니 싶어 대수롭지 않게 고개를 돌렸던 해리는 예상하지 못한 사람의 모습을 발견하고는 그대로 굳어 버렸다. 출근하겠다며 아침 일찍 집을 나섰던 이브리아가 서 있었던 것이다.

"이, 이브리아?"

손에 들려 있던 빵이 힘없이 바닥으로 툭 떨어졌다. 이브리아는 팔짱을 낀 채 무시무시한 표정으로 바닥에 떨어진 빵을 쳐다보았다.

"입맛이 없다더니."

"어, 그게……."

해리가 당황해서 허둥대며 아이들이 준 먹거리를 옆으로 밀어냈다.

"왜 여기에 있어? 일하러 간댔잖아."

"휴가 냈어요. 요새 계속 이상했잖아요. 그래서 일하러 가는 척하고 나와 해리 뒤를 밟았죠. 그랬더니……."

한참이나 동네를 배회하다 공원에 앉아 연신 한숨을 내쉬더니 아이들이 주는 빵을 허겁지겁 먹는 해리를 발견한 것이다.

"이게 도대체 무슨 일인지 설명을 좀 해 줄래요?"

"그게⋯⋯."

"내가 만들어 준 음식은 입맛이 없다며 먹지도 않고, 매일 정처 없이 동네를 돌아다니다 침울한 얼굴을 하고⋯⋯."

이브리아가 한숨을 내쉬며 머리를 부여잡았다.

"혹시 고향이 그리워서 그래요?"

"⋯⋯어?"

예상하지 못한 말에 해리가 눈을 크게 떴다.

"해리가 살던 곳이랑 이곳은 완전히 다른 세상이잖아요. 적응 못하고 힘든 것도 당연하죠. 해리의 모든 건 다 그쪽에 있으니까."

해리는 '저쪽' 세상에서 강한 악마로 군림하며 지배자의 삶을 살았다. 하지만 '이쪽'에서 살아가려면 그 모든 걸 포기해야만 한다. 강한 힘을 자랑스럽게 여기며 살아가는 악마가 그 힘을 억누르며 살아야 하다니. 얼마나 상실감이 클까.

입맛이 없다며 음식에 손을 안 대는 것도, 매일 침울하게 거리를 떠도는 것도, 모두 그런 상실감 때문인 게 분명했다.

"그걸 생각했어야 했는데, 해리를 다시 만날 수 있다는 생각에 고민도 없이 그냥 소환해 버렸어요. 그러지 말 걸 그랬어."

"그게 무슨 소리야?"

이브리아의 말에 해리가 펄쩍 뛰었다.

"내 모든 게 왜 다 그쪽에 있어? 내 모든 건 여기 있잖아. 너."

해리가 그렇게 말하며 두 손으로 이브리아의 뺨을 감싸고 그녀의 이마에 입을 맞췄다.

"이브리아, 네가 내 전부야. 내 뿌리이자 터전이라고. 네가 내 옆에 있는데 다른 세상을 그리워할 이유가 있겠어?"

이브리아가 믿을 수 없다는 듯 해리를 쳐다보자, 그가 이번에는 그녀의 입술에 가볍게 입을 맞췄다.

"힘을 과시하면서 날뛰는 건 어렸을 때나 좋아했지. 이제 나도 늙어서 그럴 기력 없거든?"

이제 해리는 인간의 나이로 치면 30대였다. 늙었다는 말에는 어폐가 있었지만 이브리아는 굳이 그 사실을 지적하지 않았다. 자신을 향한 해리의 눈빛에서 온전한 진심을 느낄 수 있었기 때문이었다.

그럼 상실감에 우울해져 이상 행동을 보였다는 건 아니라는 말인데.

이브리아가 눈을 가늘게 뜨고 해리를 추궁했다.

"그럼 말해 봐요. 왜 절식 투쟁을 한 거예요?"

"투쟁한 게 아니라 그냥 돈을 좀 아끼려고 그랬어. 내가 딱히 할 수 있는 건 없고 식비라도 줄이자 싶어서……."

"돈을 아껴요? 왜요?"

"이브리아는 가난하잖아. 그러니까 돈을 아껴야지."

"……가난? 내가요?"

이브리아가 영문을 모르겠다는 듯 눈을 껌뻑였다.

"집도 작고, 하인도 없고, 일도 하잖아."

"아."

이제야 해리의 오해를 알게 된 이브리아가 입을 떡 벌렸다.

"그럼 계속 거리를 배회한 건요?"

"일을 구하려고. 나도 돈을 벌어서 도움이 되고 싶었어."

"……그것 참 기특한 생각이긴 한데요."

이브리아가 웃음을 터트리며 손가락으로 해리의 가슴을 쿡 찔렀다.

"해리 오베론 씨, 내가 내 남자 하나 못 먹여 살릴 정도로 능력이 없어 보였어요? 나 되게 능력 있는 여자거든요?"

"어?"

"나 가난한 거 아니라고요. 해리가 먹을 걸 줄이고, 무슨 일이든 해야겠다 마음먹을 필요가 전혀 없을 정도로."

태양신에게 선택받고 '저쪽' 세상으로 넘어가기 전부터 이브리아는 부유했다. 국내 최고의 무역 회사에서 능력을 인정받으며 열심히 일한 대가였다. 당당하게 고개를 치켜드는 이브리아를 보며 해리는 할 말을 잃었다.

"······하지만 집이 옛날 우리 집 화장실보다 작았는데?"

"옛날 집 화장실이 지나치게 넓은 거라고요. 지금 집이 30평이 넘는데, 1인 가구가 그렇게 큰 집에 사는 게 흔한 일인 줄 알아요? 여기에선 오히려 넓은 편이에요."

"······집안일하는 하인도 없고."

"원한다면 가정부를 들일 순 있겠죠? 하지만 혼자 사니까 그럴 필요를 못 느꼈을 뿐이에요."

"······힘들다면서 매일 일도 하러 나갔잖아."

"그건 이 세상 사람 모두가 그래요. 재벌 회장님 같은 엄청난 부자들도 일하는 세상인걸요."

하긴, 드라마 속에서 본 부자들도 전부 일을 열심히 했다.

"이브리아 그럼 네 말은, 이게 전부 다······."

"해리의 삽질이었다는 거죠."

이브리아가 어깨를 으쓱하며 지금까지 해리가 했던 일들을 한 단어로 정의했다.

"그리고 나 이제 일도 그만둘 거예요. 로또에 당첨되면 상사 얼굴에다 사직서를 던져 주는 게 꿈이었거든요."

"로또?"

"뭐, 로또에 당첨된 건 아니지만 비슷한 대박이 굴러들어 와서 오랜 꿈을 이뤘어요. 전부 해리 덕분이에요."

이브리아가 기특하다는 듯 손을 뻗어 해리의 머리를 쓰다듬었다.

"다음 주면 인수인계도 끝나니까 매일 해리랑 놀 수 있다고요."

칭찬받는 건 기분 좋은 일이지만 아무리 생각해도 제가 한 일이 없었다. 해리가 어리둥절하게 눈을 껌뻑이자 이브리아가 재밌다는 듯 웃음을 흘렸다.

"해리, 내가 이름 불러서 소환됐을 때 기억나요?"

"당연히 기억하지."

어떻게 그 순간을 잊을 수 있을까. 모든 것이 끝났다고 생각한 순간 다시 이브리아를 만났는데. 해리는 이브리아가 자신을 향해 웃던 그 순간의 공기까지 선명하게 기억하고 있었다.

"그때 해리가 뭘 입고 있었는지도 기억나요?"

"응."

그때 해리는 이브리아의 마지막에 멋진 모습으로 기억되고 싶어서 아주 좋은 옷을 차려입은 상태였다. 제국 제일의 디자이너가 온갖 좋은 것을 써서 지은 옷이었다.

"그 옷에 달린 단추가 전부 다이아몬드더라고요. 그것도 최고의 장인이라는 드워프가 세공한 다이아몬드."

드워프의 세공 솜씨는 굳이 설명이 필요하지 않았다. 혹시나 해서 감정을 맡겼더니, 역시나 이쪽의 기술로는 도저히 재현해 낼 수 없는 섬세한 커팅이 들어가 있다고 했다. 감정을 맡은 보석상은 손까지 덜덜 떨며 이 세공을 누가 했는지 물었다. 물론 대답할 수 없는 질문이라 적당히 얼버무릴 수밖에 없었지만 말이다.

"특히 소매에 장식된 다이아몬드는 색이 독특해서 더 값어치가 높았어요."

선명한 붉은색의 레드 다이아몬드. 색상은 물론이고 반짝임마저 완벽한 최상품의 보석이었다.

"그걸 전부 경매에 냈어요."

그랬더니 보석에 일가견 있다는 사람들이 모두 눈에 불을 켜고 달려들었다.

"덕분에 이걸 내가 다 쓰고 죽을 수 있나 걱정될 만큼 엄청난 돈이 생겼거든요. 그래서……."

"그래서?"

"통장에 돈이 들어오자마자 당장 거지 같은 상사한테 하고 싶은 말을 해 줬어요. 저한테 미쳤냐고 묻길래 얼굴에 사직서를 던져 주니까 조용해지던데요?"

그때 얼마나 속이 시원했던지. 농담인 줄 알고 비아냥거리던 상사는 정말로 그만둔다는 말에 땀까지 삐질삐질 흘리며 이브리아를 붙잡았다. 이브리아는 그런 상사의 제안을 시원하게 걷어찬 뒤 동료에게 업무를 인수인계하고 있었다. 그마저도 다음 주면 끝이었다.

"드디어 돈 많은 백수가 되겠네요. 내가 저쪽 세상에 살 때부터 쭉 원했던 일이죠."

원하지도 않은 황제 자리를 손에 쥐어 주었던 태양신 솔이 이제야 정신을 차린 모양이다.

"이게 제대로 된 꽃길이지. 안 그래요?"

이브리아는 씩 웃으며 얼떨떨한 얼굴로 서 있는 해리의 손을 잡아 제 앞으로 끌어당겼다.

"그러니까 해리, 말만 해요. 내가 다 해 줄 수 있으니까."

"전부 다?"

"네. 전부 다. 무엇이든지요. 뭐부터 하고 싶어요?"

"난……."

이브리아가 눈을 반짝였다. 해리가 예전에 살던 것처럼 커다란 저택에서 살고 싶다고 한다면 당장 집을 사러 갈 수도 있었다. 하지만 해리의 입에서 나온 소원은 전혀 예상하지 못한 것이었다.

"나 치킨 먹고 싶어."

"뭐라고요?"

"입맛 없다고 거짓말했을 때도 엄청 흔들렸어. 치킨 사 달라고 고개를 끄덕일 뻔했다니까. 아주 위험했어."

"……소원이 그게 전부예요?"

"응."

고민 없이 고개를 끄덕였던 해리가 곧 무엇인가 생각났다는 듯 다급하게 덧붙였다.

"그리고 내가 좀 무능해도 버리지 마. 여기선 내 힘이 별로 필요가 없더라고. 대신 내가 예쁜 짓 많이 할게! 알았지?"

"……그게 무슨 소원이야."

이브리아가 헛웃음을 흘리면서도 해리를 향해 두 팔을 벌렸다.

"그래도 한번 해 봐요. 예쁜 짓. 얼마나 잘하나 보게."

"잘하면?"

"치킨 열 마리 사 줄게요."

"흐음, 그래?"

해리가 씩 웃으며 이브리아를 번쩍 안아 올려 그녀의 귓가에 속삭였다.

"아마 스무 마리 사 주고 싶어질걸."

해리 오베론의

슬기로운 현대 생활

-The End

외전 2
샤를로트 오베론의 사연 많은 아홉 살 인생

안녕하세요. 저는 샤를로트 오베론입니다. 올해 나이는 아홉 살이에요.

먼저 우리 가족을 소개해 드릴게요. 우리 가족은 총 다섯 명입니다. 멋진 엄마와 성가신 아빠, 귀여운 남동생 두 명과 제가 있어요.

엄마는 제국의 황제 이브리아, 아빠는 오베론 대공 해리, 두 남동생은 제국의 황자 아시어스와 칼릭스라고 해요. 그리고 저는 보통 셜리나 황녀님으로 불린답니다.

그런데 이 간단한 소개말을 보고 항의할 사람이 두 명이나 있어요. 그건 바로 아빠와 로이 오빠입니다.

아빠는 성가시다는 수식어를 별로 좋아하지 않아요. 그건 틀린 말이라고요. 자기는 성가신 게 아니라 아주 늠름하고, 성숙하고, 사려 깊다나요? 사실 이 뒤에도 수식어를 수십 개씩 더 늘어놓곤 합니다. 말할 때마다 매번 수식어가 달라지는데, 하나같이 멋있어 보이는 말이라는 건 똑같아요.

하지만 그건 전부 말도 안 되는 소리니까 여기에 언급하진 않을 거예요. 이 글을 읽는 사람의 시간은 소중하니까요. 엄마가 말하길 시간은 금보다 귀하다고 합니다. 다른 건 돈으로 살 수 있어도 시간은 그럴 수가 없다고요.

저는 그 말이 진실이라고 굳게 믿고 있답니다. 엄마는 언제나 옳은 이야기만 하거든요. 사실 아빠가 철없다는 말도 엄마의 입에서 나온 말입니다. 그러니 어떻게 그 말이 틀릴 수가 있겠어요?

아빠에 대한 우리의 평가가 매우 야박하다고 생각하시는 분이 있을지도 모르겠습니다. 어쨌든 아빠는 전설 속 대마법사의 후손으로 알려져 있으니까요.

강력한 불을 다뤘다는 전설 속의 냉혹한 대마법사처럼 아빠도 엄청난 마법을 씁니다. 입을 꾹 다물고 무표정하게 있을 때면 전설 속의 대마법사가 살아 돌아온 것처럼 무서워 보이기도 해요.

공식적인 자리에서 가만히 서 있는 아빠를 보면 저마저도 저 멀쩡하고 멋진 남자가 정말 우리 아빠인가 싶을 때가 있을 정도입니다. 황가 공식 기념품으로 파는 초상화 엽서 속의 모습을 보고는 '그래, 우리 아빠가 이렇게 생겼었지?'라고 생각하기도 했어요.

그래서 아빠를 멋진 대마법사님, 늠름한 대공 각하로 여기는 사람들이 많은 것 같습니다. 생김새 하나만은 정말로 완벽하니까요.

그런 분들을 위해 몇 가지 일화를 알려 드릴게요. 이건 제가 태어났을 때의 이야기입니다.

그때의 저는 배가 고프다고, 기저귀를 갈아 달라고, 심심하다고 엉엉 우는 것밖에 못 하던 어린 꼬맹이였지요. 그러니 제가 그때의 일을 기억하는 건 아니랍니다. 제가 아무리 영특한 어린이라고 해도 그건 불가능한 일이니까요.

이 이야기는 리턴 아저씨에게 전해 들은 이야기입니다. 아, 리턴 아저씨는 엄마의 부하예요. 예전엔 번듯한 왕자님이었다는데, 요즘은 매일 서류에 파묻혀서 눈 밑이 퀭합니다. 그래서 저는 리던 아저씨가 번듯한 왕자님이었다는 말을 상당히 의심하고 있어요.

물론 이 의심은 아주 은밀하고 조심스럽답니다. 리던 아저씨는 쩨쩨한 면이 있거든요. 제가 이런 의심을 품고 있다는 걸 알게 되면 함께 차를 마실 때 더는 아저씨 몫의 쿠키를 양보해 주지 않을 테지요.

설마 다 큰 어른이 그렇게 쩨쩨하게 굴 것 같으냐고 물으신다면 저는 그렇다고 대답할 거예요. 리던 아저씨는 이미 제게 쿠키를 양보해 주지 않은 전적이 있습니다. 이유가 뭐였냐고요?

─이카난은 오빠라고 부르면서 왜 나는 아저씨야? 나이는 이카난이 훨씬 더 많은데?

아니, 이게 말이 되는 항의인가요? 이카난 오빠는 엘프입니다. 엘프의 나이가 인간보다 훨씬 더 많은 건 당연한 일이지요. 엘프는 엘프니까요. 절대적인 나이는 이카난 오빠가 리던 아저씨보다 더 많습니다. 하지만 엘프의 나이를 인간의 나이로 환산하면 리던 아저씨보다 이카난 오빠의 나이가 더 어리지요.

게다가 리던 아저씨는 저를 만나기만 하면 어떻게 놀릴까 작정한 사람처럼 능글맞게 구는 심술쟁이입니다. 이카난 오빠는 함께 나무에 올라 새를 보여 주거나, 신기하고 맛있는 과일을 따 주며 놀아 주고요.

물론 호칭에 사심이 들어간 건 절대 아닙니다. 저는 어디까지나 논리적이며 객관적인 이유로 리던 아저씨를 아저씨라고 부르는 거지요.

저는 최대한 논리적으로 이유를 설명했습니다. 저도 이제 논리라는 걸 충분히 아는 나이니까요. 아홉 살이란 그런 나이 아니겠어요? 아마 이 글을 읽는 분들도 제 말을 모두 이해하셨을 겁니다.

하지만 리던 아저씨는 아무리 설명해도 제 설명을 받아들이지 않았어요. 그러곤 제가 오빠라고 부르기 전까지는 쿠키를 양보하지 않겠다고 선언하지 뭐예요?

저는 정말 황당했습니다. 아홉 살도 이해하는 내용을 왜 다 큰 어른이 모르는 걸까요? 아니면 모두 이해하는데 괜히 모르는 척을 하는 걸까요? 도대체 아저씨에게 오빠라는 호칭은 무슨 의미를 가지는 걸까요?

황당해서 어쩔 줄 모르는 저를 앞에 두고 리던 아저씨는 제 앞에서 보란 듯이 쿠키를 마구 씹어 삼켰습니다. 한 번에 두 개씩이요! 그러고는 정말 얄밉게도 부스러기 한 톨도 남기지 않았습니다. 그건 제가 가장 좋아하는 라즈베리 치즈 쿠키였고, 그 사실을 리던 아저씨 역시 알고 있었는데도요.

부끄러운 이야기지만, 진실을 수호하지 못했습니다. 잠시 양심을 내려놓고 리던 아저씨를 오빠라고 부를 수밖에 없었어요. 그렇게 양심을 판 대가로 저는 라즈베리 치즈 쿠키를 얻을 수 있었지요.

저는 제 안의 양심을 저버린 것을 사죄하기 위해서 리던 아저씨를 오빠라고 부를 때마다 태양신께 고해성사를 한답니다. 부디 신께서 라즈베리 치즈 쿠키에 양심을 저버린 가련한 어린이를 용서해 주시기를. 하지만 라즈베리 치즈 쿠키는 정말 맛있어서 어쩔 수가 없어요.

아무튼, 이건 자신을 오빠라고 주장하는 쩨쩨한 리던 아저씨가 해준 옛날이야기입니다.

저를 낳을 때 엄마는 아주 힘들었다고 합니다. 그렇게 아픈 경험은 처음이었대요.

저는 왜 그렇게 엄마를 아프게 했을까요? 다시 태어난다면 엄마가 아프지 않게 최대한 몸을 웅크리고 나올 거예요. 그럼 엄마가 덜 힘들지 않을까요?

아빠는 힘들어하는 엄마의 모습을 바로 옆에서 지켜봤다고 합니다. 뭐든 해 주고 싶은데 할 수 있는 게 아무것도 없어서 너무 힘들었대요. 엄마의 손을 꼭 잡고 엉엉 울었는데, 그 소리가 너무 커서 정신 사납다며 결국 쫓겨나기까지 했답니다.

쫓겨난 뒤에도 문 앞에서 계속 통곡하는 바람에 리던 아저씨가 로이 오빠를 불러서 아빠를 기절시켜 달라고 했대요. 하지만 불려 온 로이 오빠도 엉엉 울어 대는 통에 사태가 더 악화됐대요.

아빠는 저를 아주 사랑하지만, 딱 한 번, 태어나면서 엄마를 아프게 했을 때 저를 조금 미워했다고 합니다.

처음엔 아빠가 저를 잠시라도 미워했다는 소리를 듣고 큰 충격을 받았어요. 나를 미워하는 아빠라니. 세상에, 어떻게 그걸 상상할 수 있을까요?

하지만 아시어스와 칼릭스가 태어날 때 저도 아빠의 마음을 조금 이해할 수 있게 되었습니다. 바보 같은 동생들도 태어날 때 저처럼 엄마를 힘들게 했거든요.

아기들은 엄마 배 속에 있을 때 사람의 말을 들을 수가 있다고 하지요? 그래서 저는 엄마가 잠들었을 때 몰래 배에다 속삭였었어요. 너희는 태어날 때 몸을 잔뜩 웅크리고 나오라고요. 그러면 엄마가 덜 힘들 거라고요. 태어나는 걸 먼저 체험해 본 인생의 선배로서 요령을 알려 준 거지요.

하지만 동생들은 제 말을 제대로 듣지 않고 엄마를 힘들게 했어요. 그때 저도 아빠처럼 잠시 바보 같은 두 꼬마를 미워했답니다.

그렇게 저를 잠시 미워하던 시기, 아빠는 엄마에게 다소 멍청한 선언을 했어요.

-차라리 내가 애를 낳겠어! 그러면 되잖아?
-……네?
-다음부턴 내가 애 낳을게! 너 아픈 걸 내가 어떻게 봐…….

엄마는 그때 아빠가 미친 줄 알았대요. 하지만 오랫동안 아빠를 돌봐 온 경험 덕분에 태연하게 대처할 수 있었다고 합니다.

-……진심이에요?
-진심인데?
-애를 낳으려면 임신부터 해야 하는데, 남자가 어떻게 임신을 해요.
-그렇구나. 그게 문제네.

그렇게 대화가 흘러가자 엄마는 아빠를 잘 설득했다고 생각했어요. 물론 아빠의 모자람을 과소평가했던 엄마의 큰 착각이었습니다.

-그럼 남자가 임신하는 법부터 알아내면 되겠다!

그러고는 아빠는 정말로 '남자가 임신하고 아이 낳는 법'을 연구하기 시작했대요. 정말 진지한 마음으로요.

아빠의 요청에 따라 제국의 공식 지식 폭력배, 공인받은 물음표 살인마, 메이슨 재상님이 이 연구에 합류했습니다.

메이슨 재상님은 제국 제일의 천재 학자로, 저의 스승님이기도 해요. 정말로 박식한 분이셔서 제게 많은 가르침을 주고 계시지요.

혹시 스승님께서 이 글을 읽을까 봐 이런 말을 하는 것은 절대 아니라고 말씀드립니다. 스승님을 향한 저의 존경심은 언제나 진실로 가득 차 있거든요.

존경하는 메이슨 재상님은 아빠의 연구가 결코 성공할 수 없다는 걸 알고 계셨다고 해요. 그런데도 아빠의 요청을 거절하지 않고 임신과 출산에 관한 많은 연구를 이어 갔지요. 이게 아주 좋은 기회라고 생각하셨기 때문이래요.

그전까지 제국에서는 임신과 출산에 관한 연구가 많이 이뤄지지 않았습니다. 학자들이 대부분 남자라 애초에 그걸 연구해야 할 분야라고 생각하지도 않았다나 봐요. 그러니 그 분야에 얼마나 물음표가 많았을까요? 공인된 물음표 살인마 메이슨 재상님은 신이 나서 아빠의 제안을 받아들였대요.

남성의 임신과 출산에 대한 아빠의 열정은 3년이나 이어졌다고 합니다. 공식적으로 예산이 편성되지 않아서 아빠가 사비를 털어 연구를 진행했대요. 그럼에도 메이슨 재상님은 그처럼 풍족한 지원 속에서 진행한 연구는 처음이었다고 그때를 회상했어요. 모든 연구가 그때와 같으면 바랄 게 없겠다고요.

하지만 그런 연구 끝에도 남자가 임신하고 출산하는 방법은 알아내지 못했습니다. 대신 임신과 출산에 대한 연구가 크게 발전해서 아이를 낳다가 죽는 평민들이 크게 줄었대요.

어떤 지방에서는 아빠를 다산의 신, 순산(順産)의 신으로 부르기도 한다나요? 아이를 낳을 때 아이와 엄마의 건강을 기원하며 아빠의 초상화를 붙여 두는 사람들도 있대요.

하지만 정작 아빠는 자기가 임신할 수 없다는 사실에 크게 좌절해서 3일이나 방 안에 틀어박혔대요. 그걸 달래 준 건 당연히 우리 엄마입니다. 땅을 파고 들어간 아빠를 달랠 수 있는 사람은 이 세상에서 엄마 한 명뿐이거든요.

이제 우리 아빠가 얼마나 성가신 사람인지 잘 아시겠죠?

한 번은 이런 일도 있었습니다. 2년 전, 엄마의 생일 무렵에 있었던 일입니다. 아빠는 엄마의 생일 한 달 전부터 비밀스러운 깜짝 파티를 준비하는 일에 열을 올리고 있었어요. 엄마의 생일이 되는 0시를 기다렸다가 직접 만든 케이크를 내밀며 제일 먼저 생일 축하한다는 말을 하겠다는 아주 단순한 계획이었지요.

사실 이게 비밀스러운 깜짝 파티라는 건 아빠 혼자만의 생각이었습니다. 멋진 케이크 만들기를 연습한다며 황성 곳곳을 들쑤시고 다니는데, 그게 어떻게 비밀이 될 수 있겠어요? 엄마는 아빠가 준비를 시작한 첫날부터 모든 계획을 알고 있었습니다. 하지만 아빠의 즐거움을 위해서 최대한 모르는 척 애써 주었어요.

물론 한 번씩 아빠를 떠보는 것까지 포기하진 않았어요. 바보 같은 변명을 하며 당황하는 아빠의 모습을 보기 위해서지요.

—해리, 요새 바빠 보이던데요?

—어, 음, 내가?

—네.

—아, 아닌데? 나 하나도 안 바쁜데? 정말인데?

—그래요? 리쉬가 그러던데요. 해리가 주방을 자주 얼쩡거린다고요.

－아, 아닌데? 나 주방에 안 갔는데? 내가 왜 거길 가.

　－그렇죠? 해리가 거기 갈 이유가 뭐가 있겠어요. 에이, 그럼 리쉬가 잘못 봤나 보다.

　－맞아! 잘못 본 거야! 그렇고말고!

　－아, 그런데 왜 해리한테서 달콤한 냄새가 나는 것 같죠? 내 코가 이상한가?

　－히끅!

　얼마나 놀랐는지 아빠의 딸꾹질은 1시간 동안이나 멈추지 않았대요. 엄마는 아빠를 놀리는 게 세상에서 제일 재밌다는데, 저도 그 이유를 알 것 같습니다. 저게 어떻게 재미없을 수가 있겠어요!

　아빠는 혼자서는 일이 힘들다고 생각했는지 저를 작전에 끌어들였어요.

　저는 이 성가신 계획이 이미 들켜 버렸다는 걸 알면서도 아빠의 작전에 동참할 수밖에 없었습니다. 아빠가 제게 맡긴 역할이 시험 삼아 만든 케이크 먹어 보기였거든요. 케이크를 원 없이 먹을 수 있다니. 이 얼마나 설레는 일인가요!

　하지만 아빠의 케이크는 제가 생각하던 케이크가 아니었습니다.

　－……아빠, 이게 뭐야?

　－……케이크.

　－……확실해?

　－……확실하지.

　아빠도 자기 잘못을 아는지 대답하는 게 아주 느렸어요. 그건 누가 봐도 씹다 뱉은 닭고기 같았거든요.

하지만 아빠가 정말 열심히 만든 케이크였어요. 저는 옆에서 그 과정을 모두 지켜봤고요. 다른 사람이 줬다면 욕을 해 줬겠지만, 저는 아빠의 노력을 생각해서 꾹 참고 케이크를 먹었습니다.

그러고는······.

-셜리!

그대로 기절하고 말았어요. 그리고 식중독으로 3일을 앓았지요.

맹세컨대, 그건 샤를로트 오베론의 9년 인생에서 가장 괴상한 맛이 나는 음식이었습니다. 앞으로 그걸 뛰어넘는 음식은 나오지 않을 겁니다. 왜냐하면, 앞으로는 절대 아빠가 만든 음식을 먹지 않을 테니까요.

아빠는 제가 식중독으로 앓는 동안 계속 곁을 지키며 미안하다고 훌쩍거리셨대요.

제게 괴상한 걸 먹여 아프게 했다며 엄마에게 크게 야단까지 맞아서 결국 케이크 만들기는 포기했습니다. 저의 희생으로 엄마의 미각을 지킨 셈이죠.

아빠는 시무룩해졌지만 굴하지 않고 다음 계획을 세우기 시작했습니다.

-생일 케이크가 안 된다면, 생일 선물을 직접 만들래.

아마도 아빠는 이때까지도 자기가 뭘 만드는 재주가 없다는 걸 인정하지 않았던 것 같아요. 모두가 잘 아시겠지만, 우리 아빠는 매사에 자신만만하니까요. 물론 그 자신만만함의 결과 역시 다들 예상하는 대로입니다.

—네 엄마의 모습을 조각으로 만들어서 선물하면 어떨까?

아마 그 조각은 엄마가 아니라 눌어붙은 오크의 형상을 하고 있겠지요.

—아빠. 그냥 라파쉬 언니에게 만들어 달라고 부탁하자.
—그럼 의미가 없잖아?

아빠는 라파쉬 언니의 도움을 받아 조각을 만들기 시작했습니다. 다행스러운 건 아빠의 조각 솜씨가 요리보다는 나았다는 점입니다. 요리'보다는'요.

아빠가 만드는 조각은 조금씩 사람의 형상을 갖춰 갔습니다. 아름답고 위엄 넘치는 엄마의 모습이라고 하기에는 아주 많이 부족했지만, 그래도 사람의 형상을 하고 있는 게 어딘가요. 문제는 그렇게 어떻게든 사람의 모습으로 조각을 깎아 내느라 엄청나게 많은 시간이 걸렸다는 것입니다.

아빠는 엄마 몰래—사실 엄마는 전부 알고 있지만—잠을 줄여 가며 조각 만들기에 매진했지만, 생일 하루 전까지도 조각을 완성하지 못했어요. 생일 일주일 전부터는 아예 잠도 자지 않고 조각 만들기에 집중할 정도였는데도요.

그게 문제였을까요.

아빠가 깜짝 파티를 준비했던 엄마의 생일. 오전 0시. 대망의 그 순간.

-엄마, 아빠 잠들었는데?

-이럴 줄 알았어. 그러게 잠은 자면서 했어야지.

엄마는 겨우 완성된 조각을 손에 꼭 쥔 채 꾸벅꾸벅 졸고 있는 아빠를 보며 혀를 끌끌 찼어요.

-셜리, 이걸 머리맡에 두고 자면 악몽 꿀 것 같지 않니? 아무리 봐도 내 모습은 아닌 것 같아.

-응. 그래도 사람처럼은 보이잖아.

-그렇지? 난 눌어붙은 오크 조각을 받게 될 줄 알았거든.

투덜거리면서도 엄마의 입에는 예쁜 미소가 걸려 있었지요. 아빠는 이 순간을 모르겠지만, 아빠의 생일 선물은 대성공이었습니다.

-엄마, 생일 축하해요.

저는 그렇게 웃는 엄마의 뺨에 뽀뽀하며 올해의 첫 생일 축하 인사를 건넸습니다.

-고마워, 셜리. 하지만 괜찮겠어?

-뭐가?

-네가 자기보다 먼저 축하 인사를 했다는 걸 알면 네 아빠가 토라질 텐데.

-겨우 이것 때문에?

—응. 겨우 그것 때문에.

—에이. 설마. 아빠가 그렇게까지 유치하려고.

전 그렇게 생각했지만, 아빠는 제 상상 이상으로 유치했습니다. 뒤늦게 일어나 제가 엄마에게 처음으로 생일 축하한다는 말을 했다는 걸 알고는 입을 부루퉁하게 내밀었거든요.

—셜리. 어떻게 네가 내 첫 번째를 뺏을 수 있어? 널 굳게 믿었는데!

아빠가 말하기를, 그게 제가 두 번째로 미워질 뻔한 순간이었다고 합니다. 토라진 아빠를 달래느라 제가 얼마나 애썼는지 몰라요. 일주일 동안 매일 아침 찾아가서 사랑한다고 말하며 뺨에 뽀뽀를 열 번씩 해 줘야 했다니까요.

나중에 듣기로는, 사실 하루 만에 화가 풀렸지만 제 뽀뽀를 계속 받고 싶어서 화난 척한 거였대요. 그걸 알아채지 못했다니. 역시 저는 아직 엄마의 경지에는 이르지 못한 모양입니다.

여기까지 이야기를 들으셨다면 왜 아빠에 대한 저의 평가가 야박한지를 이해하시겠지요?

그렇다면 이제 제가 쓴 가족 소개를 보고 씩씩댈 또 다른 한 사람, 로이 오빠의 이야기를 할 차례입니다. 로이 오빠가 제 가족 소개에 불만을 가지는 이유는 간단합니다. 제가 로이 오빠를 가족으로 인정하지 않기 때문이지요!

로이 오빠는 제가 태어났을 때부터 자기가 제 오빠라고 강력하게 주장했다고 해요. 제가 아시어스와 칼릭스의 누나인 것처럼, 자기가 제 오빠라고요.

하지만 저는 로이 오빠를 절대 제 오빠로 인정할 수 없습니다.

그 이유를 설명하기 전에 로이 오빠에 대해 먼저 이야기하는 게 좋겠지요.

로이 오빠는 이제 10살입니다. 저보다는 1살이 더 많은 거지요. 하지만 겉모습은 벌써 어른이에요. 아빠보다도 키가 더 큽니다. 로이 오빠가 인간이 아니라 자라는 속도가 빨라서 그렇다는데, 도대체 무슨 종족이면 그렇게 자라는 속도가 빠른 걸까요? 궁금해서 물어봤지만, 로이 오빠는 물론이고 다른 사람들도 정답을 이야기해 주지 않아서 저는 여러 책을 찾아보며 홀로 추리를 하고 있답니다.

빨리 자라는 것 말고도 단서는 몇 가지 더 있어요. 먼저, 로이 오빠는 엄청나게 힘이 셉니다. 엄청나게 강한 아빠와 대적할 수 있는 몇 안 되는 상대 중 하나가 바로 로이 오빠래요.

두 사람이 싸우는 걸 직접 본 적은 없지만, 기사단장인 엘 아저씨가 한 말이니까 거짓말은 아닐 겁니다. 엘 아저씨는 제가 아는 사람 중에서 가장 요령 없으면서도 가장 진실한 사람이거든요. 제가 보기엔 덩치만 큰 바보인데, 엘 아저씨가 인정할 정도로 강하다니 도무지 이해가 되지 않습니다.

아빠도 그렇고, 로이 오빠도 그렇고……. 태양신께서는 어째서 나사 하나 빠진 것 같은 그런 사람들에게 강한 힘을 주신 걸까요? 아빠는 엄청난 마법을 엄마의 젖은 머리카락을 말려 주는 데 쓸 뿐이고, 로이 오빠는 엄청난 힘을 저를 번쩍 안아 올릴 때 쓸 뿐인데요.

또 다른 단서는 로이 오빠를 대하는 다른 사람들의 태도입니다. 드워프인 라파쉬 언니도, 엘프인 이카난 오빠도, 와이번 대장 아저씨도 로이 오빠를 볼 때는 눈빛이 달라져요. 그게 너무 이상해서 와이번 대장 아저씨에게 이유를 물어본 적이 있습니다.

　-조심한다. 위대한 존재. 숙인다. 고개를.
　-왜 로이 오빠가 위대한 존재인데요?
　-침묵한다. 나는. 송구하다. 작은 다람쥐. 못 한다. 말. 없었다. 협박! 확실!
　-⋯⋯설마 로이 오빠가 저한테 말하지 말라고 협박했어요?
　-아니다. 부정! 부정!

한 번도 틀린 말을 한 적이 없는 엄마는 강한 부정이 강한 긍정이라고 하셨어요.

로이 오빠는 주변 사람들을 협박해서 제게 자신의 정체를 감추고 있었던 겁니다! 제가 로이 오빠의 정체를 정말 궁금해하고 있다는 걸 누구보다 잘 알면서요!

저는 엄청난 배신감에 사로잡히고 말았습니다. 저를 동생이라고 부르면서. 매일 저를 졸졸 쫓아다니면서. 저를 시도 때도 없이 끌어안으면서. 자기 정체를 이렇게까지 감추다니요? 다른 사람들은 전부 다 아는 사실을 왜 저한테만.

충격적인 진실을 알게 된 저는 그때부터 로이 오빠를 무시하기 시작했습니다. 로이 오빠가 말을 걸면 못 들은 척했고, 저를 끌어안으려고 하면 오빠를 밀어내고 멀리 도망쳤어요.

처음에는 제가 장난을 치는 거라고 생각했겠지요. 하지만 그런 생활이 일주일이 넘어가자 로이 오빠도 제가 단단히 화가 났다는 사실을 알아챈 것 같았습니다.

─설리. 나한테 화났어? 왜?

─…….

─전부 내가 잘못했어. 그러니까 화 풀어.

─…….

─나랑 화해해 주면 안 돼? 라즈베리 치즈 쿠키 가져왔는데.

라즈베리 치즈 쿠키! 잠시 흔들릴 뻔했지만 저는 꾹 참았습니다. 로이 오빠에게 정말 많이 화가 났으니까요. 저는 로이 오빠를 없는 사람처럼 무시했습니다.

그게 몇 번이나 반복되자 로이 오빠는 지금까지 한 번도 들은 적 없는 목소리로 이렇게 말했어요.

─…….미워. 나 안 봐 주는 설리. 이유도 말 안 해 주고. 정말 밉다. 나빴어.

상처받은 게 고스란히 느껴지는 목소리였습니다. 제가 퉁명스럽게 대해도 늘 웃으면서 받아 주는 로이 오빠가 이런 목소리를 낼 때가 있다니요?

깜짝 놀라서 저도 모르게 로이 오빠를 쳐다보았지만, 그 자리는 이미 텅 비어 있었어요.

그날부터 로이 오빠는 저를 찾아오지 않았습니다. 물론 저도 로이 오빠를 찾아가지 않았어요.

우리는 소리 없는 전쟁 중이었습니다. 먼저 상대를 찾아가는 쪽이 지는 거였지요.

로이 오빠와 이런 다툼을 한 건 처음이었습니다. 저는 로이 오빠가 먼저 저를 찾아올 거라고 확신했어요. 밤이고 낮이고 매일 저를 졸졸 쫓아다녔던 로이 오빠였으니까요.

하지만 로이 오빠는 하루가 지나도, 이틀이 지나도, 사흘이 지나도 저를 찾아오지 않았어요. 저는 무척이나 우울해졌습니다. 시녀들은 저를 달래 주려고 맛있는 간식을 계속 가져왔지만, 기분이 전혀 나아지지 않았어요.

시녀들이 저를 달랠 때마다 오히려 더 서글퍼져서, 저는 혼자가 되기로 결심했습니다.

저는 로이 오빠와 함께 갔던 비밀 통로를 통해 몰래 검은 숲으로 향했어요. 하지만 그곳에는 먼저 온 손님이 있었습니다. 멋진 검은색 비늘을 가진 커다란 용이었어요!

와아. 저는 속으로 감탄을 삼켰습니다. 제 목소리에 놀란 용이 잠에서 깨어나 도망가는 걸 원하지 않았거든요. 저는 조심스럽게 검은 용을 향해 다가갔습니다. 하지만 제 발자국 소리가 너무 컸는지 잠들어 있던 용이 그만 눈을 번쩍 뜨지 뭐예요?

검은 용은 제 예상대로 놀라서 눈을 크게 떴습니다. 당장에라도 날갯짓을 해서 멀리 날아갈 것처럼 보였어요.

―가지 마!

하지만 제가 다급하게 외치자 펼쳤던 날개를 접고 가만히 저의 눈치를 살폈습니다. 아마 제가 무서워할까 봐 걱정하는 것 같았어요. 정말 우스운 걱정이었지요.

─무섭지 않아. 난 용감하거든. 커다란 와이번도 많이 봤는걸. 물론 와이번은 너보다 훨씬 작지만……

하지만 이렇게 용감한 저에게도 커다란 용을 보고 놀라서 자지러진 경험이 있답니다. 물론 아주 어릴 때의 일이에요.

아빠는 그때 제가 숨이 넘어가는 줄 알았다면서, 아직도 그때만 생각하면 가슴이 철렁한다고 고개를 내저어요. 그러면서 '멋진 모습 보여 주겠다고, 용을 안 좋아하는 어린애는 없다고 난리더니만! 내 딸을 죽일 뻔해?' 하고 길길이 날뛰었지요.

─가까이 가서 만져 봐도 돼?

제 말에 검은 용이 커다란 눈을 끔뻑댔어요. 어딘가 얼빠진 얼굴이었지요. 하지만 곧 고개를 끄덕여 주었습니다.

저는 반갑게 검은 용 앞으로 다가가 조심스럽게 검은 비늘을 만져 보았습니다. 차갑고 미끈했어요.

─신기하다……

제가 비늘을 쓰다듬을 때마다 검은 용은 몸을 떨었어요. 분명 사람의 손길이 낯설었기 때문이겠죠.

─검은 용아. 내가 지금 누구랑 싸우는 중인데, 내가 먼저 사과해야 할까?

저는 이 검은 용에게 속에 품고 있던 고민을 털어놓기로 했습니다. 아는 사람에게는 절대 할 수 없는 이야기였는데, 때마침 '임금님 귀는 당나귀 귀!' 하고 외칠 좋은 상대를 만난 거지요.

저는 검은 용에게 모든 걸 털어놓았습니다. 로이 오빠가 누군지, 어쩌다 싸우게 됐는지, 왜 내가 화가 났는지, 내가 지금 얼마나 우울한지. 검은 용은 조용히 제 이야기를 들어 줬어요.

—내가 다른 사람들보다 로이 오빠를 모르고 있다는 게 너무 서운해. 로이 오빠는 내가 제일 잘 알고 싶은데…… 그것도 모르고…….

말을 하다 보니 서러워져서 눈물이 나기 시작했어요. 검은 용은 어쩔 줄 몰라서 날개를 퍼덕거렸지요.

—게다가 자기가 내 진짜 오빠래. 난 절대로! 절대로 인정 못 해.

서글픔에 소리를 빽빽 지르자 검은 용이 날개를 퍼덕거리는 걸 멈추고 제 얼굴을 빤히 쳐다봤습니다. 말은 없었지만 왜냐고 이유를 묻는 것 같았어요.

—왜냐고?

저는 코웃음을 흘리며 이렇게 대답했지요.

-로이 오빠가 내 진짜 오빠면 결혼을 못 한단 말이야!

-……으엉?

-난 커서 로이 오빠랑 결혼할 거거든. 그런데 가족끼리는 결혼할 수가 없 다잖아. 그러니까 로이 오빠가 진짜 오빠라는 건 결사반대야. 응.

-으헝?!

제 말에 검은 용의 입에서 괴상한 소리가 흘러나왔어요.

-휴. 로이 오빠는 내 속도 모르고 계속 자기가 진짜 오빠래. 정말 눈치도 없어.

자길 진짜 오빠로 인정해 달라며 떼를 쓰던 로이 오빠의 얼굴을 떠 올리니 절로 한숨이 나왔어요.

눈치 없는 걸로 순위를 매긴다면 로이 오빠가 세계 2등일 겁니다. 1등은 당연히 우리 아빠 차지고요.

하지만 눈치 없는 건 그냥 넘어가기로 했습니다. 엄마가 그랬거든요. 남자들은 원래 눈치가 없으니 우리가 관대하게 넘어가 줘야 한다고요.

-이번엔 내가 먼저 사과하러 가야겠어. 나한테만 비밀을 만든 게 괘씸하 지만. 이렇게 계속 얼굴을 안 보는 건 내 손해니까.

어쩌겠어요. 좋아하면 원래 그런 거지요. 이건 우리 아빠의 가르침 이랍니다.

−대신 다른 사람이 모르는 로이 오빠의 비밀을 내가 알면 되지 않을까? 무슨 비밀을 알아내지? 어? 검은 용아. 그런데 너 지금 온몸이 새빨개. 어디 아파?

샤를로트 오베론의

사연 많은 아홉 살 인생

−The End

외전 3
이브리아 오베론의 이상한 은퇴 생활

내게는 여러 가지 이름이 있다. '저쪽' 세상에서는 이브리아 오베론. '이쪽' 세상에서는 이예리. 그리고 나를 일개미처럼 부려 먹었던 회사에서는…….

"이 대리님."

그래. 이 대리였다. 회사를 때려치우기 전까지는 말이다.

내 앞에 앉아 울상을 짓고 있는 이 남자는 그 회사의 직속 후배였다.

"나 이제 이 대리 아닌데요. 지난주에 퇴사했잖아요."

선을 딱 자르는 나의 말투에 잠시 할 말을 잃었던 남자가 금세 넉살 좋은 미소를 지으며 내게 물었다.

"어……. 그럼 예리 누나?"

"미쳤냐, 장윤재?"

어이없는 호칭에 회사에서 후배를 대하던 습관이 그대로 나와 버렸다. 그었던 선이 사라졌다는 걸 깨달은 윤재가 살랑살랑 살갑게 웃었다.

"아, 그럼 뭐라고 불러요."

아주 여우 같은 놈이었다. 사실 이 업계에서 일하는 놈들은 대부분 이랬다. 나는 윤재의 말을 무시하며 손을 휘휘 내저었다.

"아예 부르지 마. 이제 다시 볼 사이도 아닌데 뭐라고 부를 일이나 있어?"

"너무 매정하신 거 아니에요?"

"매정하긴 뭐가 매정해? 원래 직장에서 얻은 관계는 거기 나가면 다 없어지는 거야."

"그래도 제 사수셨잖아요. 이 대리님께 충성을 바쳤는데 다른 사람들이랑 똑같이 취급하면 서운하죠."

"서운하긴. 너도 흔한 직장 동료 1이니까 은근슬쩍 누나라고 부르지 마."

"와. 진짜 너무해. 저 상처받았어요."

말로는 상처받았다며 가슴을 부여잡지만, 입가에는 습관처럼 미소가 걸려 있었다. 진짜 여우 같은 놈. 자기가 바라는 걸 얻기 전까진 물러날 기세가 아니었다.

"그래서 뭔데. 할 말 있으니까 불러낸 거 아냐? 내가 하던 일은 완벽하게 정리해서 넘겼으니까 그 문제는 아닐 테고."

"그럼요. 이 대리님 일 처리야 언제나 완벽하시니까요. 전혀 문제없었어요."

기다렸다는 듯 튀어나온 칭찬에 눈이 가늘어졌다.

"이상하게 아부가 과하다? 불길하게. 진짜 뭐야?"

의심을 가득 품은 내 눈빛에 윤재가 답지 않게 머뭇거리다 결심한 듯 외쳤다.

"누나. 저도 데려가세요!"

"……데려가? 널? 어딜?"

"어디든요. 저도 누나 따라갈래요. 진짜 못 해 먹겠어요. 박 부장이랑 한 대리 다 미친 것 같다니까요?"

내 상사였던 박 부장과 동기였던 한 대리. 무능하고 사내 정치에만 관심 있는 인사들이었다. 덕분에 회사를 다니는 내내 내가 두 사람의 일을 다 떠맡다시피 했다. 물론 성과는 두 사람의 몫이었고.

그런데 이제 내가 나갔으니 그 역할이 막내인 윤재에게 돌아간 모양이었다. 무능한 두 사람과 달리 윤재는 싹싹하고 눈치 빠르고 유능한 녀석이었다. 그런 후배라니. 일을 떠넘기기 딱 좋은 대상 아닌가.

"겨우 일주일이잖아. 더 버텨 봐. 익숙해지면 나아지겠지."

"누나. 똥은 그냥 똥이에요. 똥을 일주일 더 먹는다고 그게 된장이 되는 건 아니거든요."

윤재가 한숨을 푹 내쉬었다.

"그러니까 저 누나 따라갈래요. 어느 회사로 스카우트되셨어요? 과장급으로 가시는 거죠? 그럴 때 사람 하나 데려가는 경우 많잖아요."

말이 상당히 구체적인 게 혼자서 꽤 생각을 많이 한 모양이었다.

"스카우트돼서 사표 낸 거 아냐."

"아, 그럼 사업 시작하시는 거예요? 하긴, 누나 인맥이랑 능력 생각하면 자기 회사 차리는 것도 어려운 건 아니죠."

"그것도 아닌데."

"그럼요?"

나는 영문을 모르겠다는 듯 눈을 껌뻑이는 윤재를 향해 어깨를 으쓱했다.

"나 그냥 평범한 백수인데?"

"……네? 누나가 백수요?"

잠시 굳어 있던 윤재가 별 우스운 농담을 다 들었다는 듯 크게 웃었다.

"에이. 누나가 어떻게 백수를 해요?"

"못 할 건 또 뭐야?"

"왜요. 일복 있으시잖아요. 가만히 있어도 일이 찾아오는 스타일."

맞다. '저쪽'에서도 '이쪽'에서도 난 가만히 있어도 일이 알아서 굴러들어 오는 저주받은 인생을 살았지.

"응. 근데 이젠 아냐. 나 정말 백수라니까?"

그것도 시간 많고 돈은 더 많은 축복받은 백수.

"흐음……."

하지만 윤재가 미심쩍다는 듯 눈을 가늘게 떴다. 도무지 믿는 눈치가 아니었다.

"사람 팔자가 그렇게 쉽게 바뀌는 게 아닐 텐데……."

"야. 그거 저주지?"

"저주가 아니라 정말 이해가 안 되니까 그런 거죠. 그런데……."

내 호통에 당황해서 손을 내젓던 윤재가 목소리를 낮추며 내 뒤쪽을 힐끗 쳐다보았다.

"저 뒤에 앉은 엄청나게 잘생긴 형님은 누구예요? 제가 누나 맞은편에 앉을 때부터 아주 죽일 듯이 노려보는데. 아는 사람이에요?"

윤재의 눈짓을 따라 고개를 돌리니 해리가 이글거리는 눈빛으로 이쪽을 쳐다보고 있었다. 바닐라 시럽을 세 번 더 추가해 극강의 단맛을 자랑하는 아이스 바닐라 라테는 어느새 바닥을 드러냈다. 얼음을 와그작와그작 씹으며 손가락으로 초조한 듯 탁자를 두드리던 해리가 나와 눈이 마주치자마자 입을 오물거렸다.

'저 자식 언제 꺼져?'

나와 같은 곳을 보고 있던 윤재도 당연히 그 입 모양을 봤다. 살벌

한 해리의 기세를 이겨 낼 인간은 없었다. 아무리 넉살 좋은 윤재라도 마찬가지였다. 금세 그의 얼굴이 하얗게 질렸다. 나는 픽 웃으며 윤재를 쳐다보았다.

"너 지금 꺼져야겠는데?"

"네. 조용하고 재빠르게 꺼지겠습니다. 제가 눈치가 없었네요."

윤재가 말처럼 조용하고 빠르게 일어섰다. 자리를 완전히 떠나기 전 할 말을 하는 것도 잊지 않았다.

"근데 제가 보기에 누난 백수 하긴 틀린 팔자예요. 그러니까 나중에 일 시작하시면 언제든 연락 주세요!"

"저게 끝까지!"

나는 저주를 남기고 떠난 윤재의 뒤통수를 쳐다보며 바드득 이를 갈았다. 백수 하긴 틀린 팔자라니. 윤재의 말이 아예 틀린 게 아니어서 문제였다. 사실 내게는 시간 많고 돈은 더 많은 백수 생활의 기회가 한 번 더 있었다.

바로 '저쪽' 세계에서 말이다.

⚜

나는 성인이 된 설리에게 양위하고 드디어 황제의 자리에서 내려왔다. 기다리고 기다리던 은퇴를 맞이하게 된 것이다.

누구보다 나의 은퇴를 강력하게 지지한 건 나와 함께 정치 일선에서 물러나게 된 인세티아 후작이었다. 내가 양위를 선언하는 자리에서 쉴 새 없이 훌쩍이는 그를 본 사람들은 '후작께서 황제의 퇴위를 진심으로 슬퍼하는구나!'라고 생각했지만…….

실제로는 이거였다.

―드디어…… 제게도 자유가 찾아오는 것입니까?

얼마나 기뻤는지 후작은 애지중지하던 술 창고를 개방해 사흘 밤
낮으로 파티를 벌였을 정도였다.

―후작은 은퇴하면 뭘 하면서 여생을 보낼 거야?
―남부로 갈 겁니다.
―이젠 따뜻한 곳에서 살아 보려고? 하긴. 은퇴한 뒤엔 따뜻한 휴양지에
서 느긋하게 보내는 삶이 제격이지.
―아뇨. 전 그냥 에렐에서 먼 곳으로 가고 싶을 뿐입니다.
―응? 왜?
―에렐 가까이 있다간 언제 복귀하라며 끌려올지 모르니까요. 다음 황제
가 샤를로트 님이신 이상 방심할 수 없습니다.
―……일리가 있어.

나는 인세티아 후작의 말에서 힌트를 얻었다. 어디든 좋으니 폭풍
의 핵이나 다름없는 수도를 벗어나는 게 중요했다.
은퇴하자마자 에렐에서 도망가는 거다!

나는 샤를로트가 즉위하는 모습을 지켜본 뒤 곧장 해리와 함께 에

렐을 떠나기로 마음먹었다. 목적지는 누구에게도 알리지 않을 생각이었다. 발 닿는 대로 여행할 생각이라 애초에 정확한 목적지가 없기도 했다.

'어차피 로이가 셜리 옆에 남을 거니까, 우리가 어디에 있는지 몰라도 급한 일이 있으면 연락할 수 있어.'

그러니 큰 걱정은 없었다. 전직 황제라 돈도 많고. 은퇴해서 시간도 많고. 옆에는 강하고 잘생긴 남편도 같이 있고.

걱정할 것 없어 보이는 이 여행 계획의 유일한 문제는 나와 해리의 외모였다. 황실에서 수익을 목적으로 황가의 초상화 엽서를 판매했기 때문에 우리의 얼굴이 널리 알려져 있었다. 초상화를 본 적이 없어 정확한 생김새를 모르는 사람도 머리색이나 눈동자 색 같은 정보는 알고 있었다.

게다가 해리의 얼굴은 지나치게 잘생겨서 어딜 가나 이목을 끌 수밖에 없었다. 조용하게 여행하려면 어떻게든 얼굴을 가려야 했다.

'가면이라도 쓰고 다녀야 하나?'

그랬다간 더 이목을 끌 것 같은데. 매일 후드를 푹 눌러쓰고 다니면 범죄자로 오해받을 것 같고.

하지만 고민은 의외로 쉽게 해결되었다. 라파쉬와 마법사들 덕분이었다.

―그동안 고생 많았어요, 폐하! 조금 이르지만 이건 은퇴 선물이에요. 곧 대공 각하와 함께 여행을 떠날 거라고 들어서……. 이게 꼭 필요할 것 같았어요!

라파쉬의 선물은 그녀가 직접 만든 아름다운 팔찌였다.

—마법사들이 정신계 마법을 연구해서 새겨 줬어요. 이걸 끼면 사람들이 얼굴과 목소리를 제대로 인식하지 못한대요. 흐릿한 인상으로 각인돼서 대수롭지 않게 여긴다나요?

설명을 들었지만 이런 종류의 마법 물품은 처음이라 확신이 들지 않았다.

'제대로 작동하려나?'

출발하기 전에 제대로 시험해 보는 게 좋을 것 같았다.

이리저리 팔찌를 살펴며 복도를 걷는데 등 뒤에서 나를 바라보는 강한 시선이 느껴졌다. 고개를 돌리자 근위대 기사 하나가 나를 빤히 쳐다보고 있었다.

사실 호위가 별로 필요 없는 입장이지만, 나는 '황제의 체면과 위엄이!'로 시작하는 인세티아 후작의 긴 연설을 견디다 못해 호위기사를 두고 있었다. 근위대 소속의 기사들이 두 사람씩 번갈아 가며 나의 호위를 맡고 있었는데, 지금 내 등 뒤를 따르는 기사는 하나뿐이었다.

'게다가 처음 보는 얼굴인데.'

제 것이 아닌 것처럼 팔다리가 약간 짧은 제복에다 허리에 찬 검은 어딘가 엉성했다. 이 사람은 근위대 기사가 아니었다.

'암살자라면 이렇게 허술할 리가 없지.'

나는 눈을 가늘게 뜨고 기사의 모습을 훑었다. 내 시선이 닿을 때마다 그가 움찔거렸다. 머릿속에서 퍼즐이 하나둘 맞춰졌다. 마지막 조각은 손목에 찬 팔찌였다. 내 것보다는 디자인이 조금 더 투박했지만, 전체적인 느낌은 비슷했다.

나는 그렇게 결론을 내리고 기사인 척하고 있는 남자의 얼굴을 빤히 쳐다보았다. 슬그머니 눈동자를 굴려 시선을 피하는 것이 누가 봐도…….

'해리네.'

그렇게 확신하는데도 해리의 얼굴을 알아볼 수 없었다.

'이게 팔찌의 효과구나.'

해리가 어설프게 굴지 않았다면 나조차도 못 알아볼 정도로 팔찌의 효과는 확실했다.

'여행은 걱정 없겠어.'

나는 그렇게 결론 내리고 입을 열었다.

"경. 무슨 일이지? 할 말이라도 있나?"

뭔가 꿍꿍이가 있는 것 같으니 모르는 척 장단을 맞춰 줄 생각이었다. 내가 속아 넘어갔다고 생각했는지 초조해하던 기사의 얼굴이 의기양양하게 변했다.

'다 티 난다고, 바보야…….'

속으로 한숨을 삼키는 내 마음을 알 리 없는 해리가 당당하게 손을 뻗어 내 손을 붙잡았다.

"아름다우십니다, 폐하."

해리가 기사들의 말투를 흉내 내며 허리를 굽혀 내 손등에 입을 맞추었다. 하지만 말투만 그럴듯했지 행동은 쌩이었다. 허락도 구하지 않고 주군의 손등에 입을 맞추는 기사라니. 진짜 기사였다면 그대로 쫓겨날 무례였다.

하지만 눈앞의 남자는 이미 들킨 줄도 모른 채 기사놀이를 하고 있는 내 남편이니 상관없지.

"기사에게 그런 말을 듣는 건 처음이군. 다들 날 존경한다고 말할 뿐이거든."

입에 발린 말이라면 누구든 하겠지만, 무시무시한 이브리아 오베론의 악역 얼굴을 보며 아름답다고 진심으로 웃어 주는 건 해리뿐이었다. 내 말에 해리는 진심으로 이해가 안 된다는 듯 어깨를 으쓱했다.

"다들 눈이 삐었나 봅니다. 이렇게 아름다우신데요."

"그렇게 생각해 주는 자가 있어 기쁘군. 좀 더 가까이 와 보겠나?"

"……예?"

"이런 칭찬을 해 주는 기사의 얼굴을 좀 더 가까이에서 보고 싶군."

싱긋 웃으며 말하자 여유롭게 생글거리던 해리의 얼굴이 굳었다. 이미 손을 붙잡고 있는 상태였으므로, 이보다 더 가까워진다면 서로를 코앞에서 보는 거리였다.

"이런, 이런. 근위기사가 황제의 명령에 반문하다니. 단장이 어떻게 기사들을 교육하는 건지 모르겠군."

나는 과장되게 한숨을 내쉬며 붙잡힌 손을 빼 해리의 턱을 붙잡았다.

"보자. 예쁜 말을 하는 자라 그런 걸까? 얼굴도 참으로 곱구나."

"……."

얼굴을 이리저리 살피며 만족스럽게 웃는 내 모습에 해리의 얼굴이 딱딱하게 굳었다. 어느새 그는 두 주먹을 불끈 쥔 채였다.

"좋아. 경, 오늘 밤 은밀히 내 방으로 와라."

"……뭐?"

해리가 이를 바드득 갈며 반문했다. 자기가 기사 행세를 하고 있다는 것도 잊었는지 말투도 평소처럼 돌아와 있었다.

"왜? 싫은가? 아름다운 여인과 최고의 밤을 보낼 기회인데. 내 뜨거운 밤을 보내게 해 주지."

나는 능글맞게 웃으며 해리를 살폈다. 어찌나 힘을 줬는지 그의 두 주먹이 바르르 떨리고 있었다. 이제 놀리는 건 슬슬 그만둬야 할 타이밍이었다.

"황제의 총애를 받는 건 그리 쉬운 일이……."

아니잖아요, 해리!

하지만 뒷말은 입을 막아 오는 거친 키스에 삼켜졌다.

'어어어?'

당황해서 어버버 하는 나를 두고 해리가 떨어져 나갔다. 그가 팔을 들어 입술에 번들거리는 타액을 슥 닦아 내며 고개를 한쪽으로 기울였다.

"밤까지 기다릴 이유가 있습니까?"

"……응?"

"지금 당장 총애를 내려 주시죠, 폐하."

"……으응?"

어느새 말투는 기사 행세를 하는 것처럼 돌아와 있었다.

'내가 눈치챘다는 걸 아는 거야, 모르는 거야?'

"날이 밝을 때 해야 곱다는 이 얼굴도 제대로 보실 수 있잖습니까?"

"으악!"

해리가 어리둥절해서 눈을 끔뻑이는 나를 번쩍 들어 그대로 어깨에 둘러멨다.

해리가 무서운 기세로 복도를 가로질러 익숙하게 침실의 문을 열었다. 갑자기 들이닥친 불한당에 내부를 청소하고 있던 시녀들이 놀라서 눈을 크게 떴다. 아마 그녀들의 눈에는 내가 낯선 기사에게 강제로 업혀 온 것처럼 보이겠지.

허둥대고 있는 시녀들을 방해꾼이라고 생각했는지 해리가 엄청난 악마의 기운을 뿜어내며 그들을 쳐다보았다. 방을 가득 채운 매서운 기운이 몸을 압박하자 시녀들이 하얗게 질린 얼굴로 몸을 벌벌 떨었다. 해리가 나눠 준 그의 영혼의 조각 덕분에 이런 기운에는 영향을 거의 받지 않는 나조차도 몸이 덜덜 떨릴 정도였다.

나는 가여운 시녀들에게 괜찮으니 그만 나가 보라며 가볍게 손을 흔들었다. 태연한 모습에 내가 안전하다고 판단했는지 시녀들이 떨리는 몸으로 겨우 인사를 올리고 침실을 떠났다.

드디어 문이 굳게 닫히고 해리와 나만이 침실에 남았다. 해리는 나를 침대에 내려놓고 상의를 벗어 던졌다. 사실 상의를 벗었다기보단 찢어 버렸다는 말이 더 어울렸다.

'이런. 해리에게 제복을 빌려준 기사에게 새 제복을 지급해야겠네.'

그러나 넝마가 된 불쌍한 기사의 제복을 걱정할 새가 없었다. 해리가 침대에 누워 있는 내 위에 올라타 두 팔로 내 어깨를 눌렀다. 움직임을 구속당했으면서도 내가 아무런 위기감도 없이 가만히 자신을 올려다보자 해리의 얼굴이 완전히 구겨졌다.

"왜 가만히 있는 건데? 진짜 이 인상 흐릿한 자식이랑 같이 자기라도 할 생각이야? 원래 이렇게 인상 흐릿한 게 취향이었냐고!"

"아니, 그 인상 흐릿한 자식이……."

해리 너잖아요.

하지만 해리가 다급하게 입을 맞춰 온 탓에 내가 해명할 기회가 없었다. 내가 다른 기사를 마음에 들어 했다는 착각을 하는 탓인지 평소보다 입맞춤이 거칠었다. 나는 해리의 움직임에 휩쓸려 겨우 숨을 헐떡이며 손을 뻗어 그의 목에 팔을 감았다.

그러자 해리의 움직임이 멈추었다. 그는 크게 충격받은 얼굴로 올

먹이며 몸을 일으켜 나를 내려다보았다.

"……나는 안 그러는데. 나한텐 너밖에 없는데."

우울한 목소리로 중얼거리던 해리가 금세 버럭했다.

"넌 이딴 인상 흐릿한 자식이랑! 어떻게 이럴 수가 있어! 나만 예뻐해 준다고 했으면서!"

어느새 해리의 두 눈에서 눈물이 뚝뚝 떨어지고 있었다. 낯선 기사인 척하는 건 이제 잊은 모양이었다.

"해리."

"왜!"

한숨 섞인 내 부름에 반사적으로 대답했던 해리가 곧 이상한 걸 깨닫고는 눈을 크게 떴다.

"……어어? 방금 내 이름 불렀어?"

"네. 해리라고 불렀어요."

그가 영문을 몰라 느릿하게 눈을 깜빡일 때마다 눈물이 우수수 떨어져 내렸다. 나는 손으로 해리의 뺨에 흐르는 눈물을 닦아 주며 그의 입술에 가볍게 입을 맞췄다.

"처음부터 알아봤어요. 얼굴이 달라졌다고 내가 해리를 몰라볼까 봐요?"

"……정말?"

"그렇다니까요. 난 뒷모습만 봐도 해리인 줄 알아볼 수 있을 것 같은데."

"정말로 나 알아보고 키스한 거야?"

"못 알아봤으면 처음 보는 기사한테 총애니 뭐니 하는 말을 왜 하겠어요? 이런 건 해리랑 하는 것만으로도 충분하거든요?"

해리 하나 감당하기도 힘들어 죽겠는데, 이런 걸 또 누구랑 한단 말인가.

내가 진심으로 질린 얼굴을 하자 의심으로 가득 차 있던 해리의 기세가 조금 누그러졌다.

"하지만 황제들은 원래 애첩을 많이 둔대. 멋진 황제일수록 애첩 수가 많댔어."

해리가 울어서 코끝이 빨개진 얼굴로 우물거렸다.

"생각해 보면 내 첫 계약자도 부인이 많았거든. 그런데 이브리아 넌 걔보다 몇 배는 더 멋진 황제니까······."

"그래서 얼굴을 못 알아보게 하는 팔찌가 생긴 참에 날 시험하셨다?"

내가 눈을 가늘게 뜨고 묻자 해리가 펄쩍 뛰었다.

"시험이라니! 그냥 난······ 네가 다른 남자들한테는 어떻게 하나 그게 궁금해서······."

뒤에서 열심히 작전을 짰을 해리가 상당히 귀여웠지만, 나는 일부러 화난 척 싸늘하게 목소리를 내리깔았다.

"시험했네. 나 못 믿어서 시험한 거 맞네."

"이브리아. 화났어?"

"네. 화났어요. 감히 황제를 의심하고 기만한 죄를 물어 벌을 내려야겠는데요."

"벌?"

벌이라는 말에 해리가 다급하게 물었다.

"꼴도 보기 싫으니 눈앞에 나타나지 말라고는 하지 마! 응?"

"내가 겨우 그 정도 벌에 만족할 것 같아요?"

"아······. 그것보다 더 심한 벌이야?"

눈을 굴리며 더 심한 벌을 고민하던 해리가 곧 경악에 가득 찬 얼굴로 소리쳤다.

"설마 나 쫓아내려고?!"

"해리."

나는 영 맥을 못 짚고 있는 해리를 보며 깊게 한숨을 내쉬었다.

"마저 벗어요."

"……응?"

"지금 입고 있는 옷, 마저 벗고 하려던 거 계속해요."

"하, 하려던 거?"

"네. 나 여기 데려와서 뭐 하려고 했어요?"

내 질문에 해리의 얼굴이 새빨개졌다. 지금 해리의 머릿속에 어떤 장면들이 지나가고 있을지 물어보지 않아도 알 수 있었다.

나는 웃으며 해리의 손목에 걸린 팔찌를 빼냈다. 그러자 마법이 풀리며 늘 내 곁을 지키는 잘생긴 악마의 얼굴이 드러났다. 나는 그 얼굴을 두 눈에 담으며 명령했다.

"그게 황제인 내가 그대에게 내리는 벌입니다, 대공."

드디어 샤를로트가 황위에 올랐다. 나와 해리는 미리 계획했던 대로 평범한 부부로 위장한 채 조용히 황성을 떠났다. 이제 남은 건 평화로운 은퇴 생활뿐이었다.

"정말 아무도 못 알아보네."

해리가 거리에 가득한 인파를 쳐다보며 신기하다는 듯 말했다. 아직 수도를 벗어나기 전이라 거리는 황제의 즉위식을 멀리서라도 구경하기 위해 몰려든 사람들로 가득했지만, 누구도 우리를 알아보지 못했다. 상점 곳곳에서 우리의 얼굴이 그려진 초상화 엽서가 팔리고 있는데도 말이다.

"새삼 놀랄 이유가 있어요? 팔찌가 잘 작동한다는 건 해리가 이미 시험해 봤잖아요."

해리가 기사인 척하고 나를 속이려 한 사건을 은근슬쩍 언급하자 해리가 다급하게 화제를 다른 쪽으로 돌렸다.

"……제일 먼저 어디로 갈까? 역시 남쪽이 좋겠지? 따뜻한 휴양지에서 여유롭게!"

나는 횡설수설하는 해리를 쳐다보며 속으로 웃음을 삼키고 그의 뜻대로 다른 화제를 입에 올렸다.

"그것도 좋지만, 먼저 유피테르를 원래 자리에 돌려 둔 뒤에요."

"성검을?"

"이제 성검의 주인 역할에서도 내려와야죠. 난 은퇴했으니까."

성검의 주인이라는 타이틀은 내가 짊어진 무거운 왕관 중 하나였다. 평범하지만 돈 많은 백수의 삶을 위해서라면 당연히 내려놓아야 할 짐이었다.

"성검은 뭐래? 그래도 괜찮대?"

해리가 투박한 검집에 모습을 감춘 채 내 허리에 걸려 있는 성검을 힐끗대며 물었다. 유피테르와 많이도 투덕거렸지만, 그러는 동안 정이 꽤 많이 든 모양이었다.

"네. 다시 영웅을 기다리겠대요. 그게 자신의 숙명이라고."

나는 지난밤 유피테르와 나눴던 대화를 떠올렸다.

―유피테르. 당신을 원래의 자리에 돌려 두려고 해요.

오랜 고민 끝에 내린 결론이었다. 유피테르가 받아들이기 힘들 결정이라고 생각했지만, 그는 선선히 나의 결정을 이해했다.

―[그러실 것으로 생각했습니다. 주인님께선 언제나 무거운 짐을 내려놓고 싶어 하셨으니까요. 전 작지만 아주 무거운 검이지요.]

오히려 유피테르는 나의 결론을 이미 알고 있었던 것처럼 이렇게 말했다.

―[성검은 혼란을 바로잡기 위해 존재합니다. 그러나 주인님께서 평화를 이루셨고, 이 땅에서 혼란은 사라졌지요. 성검의 시대는 저물었습니다. 저는 이제 평화로운 땅으로 돌아가 다가올 혼란과 새로운 영웅의 탄생을 기다리겠습니다. 기다림은 성검의 숙명이거든요.]

다가올 혼란과 새로운 영웅의 탄생. 그것은 아마도 지금 이 땅을 살아가는 존재들이 흔적도 없이 사라진 먼 미래의 일이 될 것이다. 유피테르는 또다시 먼 미래를 바라보고 있었다. 거기엔 내가 존재하지 않는다. 우리가 여기서 인사할 수밖에 없는 이유였다.

―[아마 긴 기다림이 될 것 같군요. 주인님께서 이루신 평화는 아주 견고해 보이니까요. 위대한 영웅의 곁에서 함께한 것은 저의 큰 기쁨이었습니다. 주인님.]

유피테르는 그렇게 인사하며 마지막으로 강한 빛을 뿜어내더니 스스로 깊은 잠에 빠졌다. 그가 다시 깨어나기 전까지 성검은 조금 예리한 날을 가진 단검에 불과할 터였다.

"그럼 첫 목적지는 성검의 고향이 되겠네. 당장 이동할까?"

나는 고개를 저어 마법을 쓰려는 해리를 저지했다.

'여유로운 은퇴 여행에 공간 이동 마법이라니!'

아무리 생각해도 어울리지 않는다.

"마차를 타고 가죠."

"마차? 시간이 엄청 많이 걸릴 것 같은데."

"괜찮아요. 이제 우리한텐 시간이 아주 많으니까. 물론 중간에 내가 지쳐 버리면 해리가 날 업어 줘야 하겠지만요."

"걱정하지 마. 온종일 업고 다닐 수도 있으니까."

해리가 자기만 믿으라는 듯 턱을 치켜들며 주먹으로 가볍게 가슴을 두드렸다. 다른 부분에서는 많이 어설퍼도 해리의 체력이라면 믿을 만했다.

"그럼 먼저 마차를 구하러 갈까요? 인세티아 후작한테 정보를 얻어 왔거든요. 수도 남쪽으로 가면 교역소가 있는데, 거기서 말과 마차도 구할 수 있을 거래요."

대략적인 비용도 알아 뒀으니 사기당할 걱정은 없었다.

"그 전에 수도에서 제일 유명하다는 케이크부터 먹고요."

"케이크? 그 파란 상자에 담긴 거?"

"네. 포장은 안 되고 매장에서만 판다는 그 케이크 좀 먹어 보려고요."

내 말에 해리도 반색했다.

수도에는 아주 유명한 케이크 가게가 있었다. 맛있다며 유명세가 아주 대단하기에 시녀들을 통해 사 먹은 적이 있는데, 맛이 아주 훌륭해서 나와 해리 모두 만족했다. 그런데 오로지 매장에서만 판매하는 포장 불가의 시그니처 케이크는 그것보다 훨씬 맛있다고 하지 뭔가.

사실 황제의 명이라고 하면 매장에서만 판매한다는 케이크도 기꺼이 포장해 주겠지만, 권력을 그렇게 쓰는 건 치사했다. 직접 먹으러 가는 건 이목을 집중시킬 테니 불가능하고.

그래서 나는 홀로 '은퇴하면 제일 먼저 그 케이크를 먹으러 가자!'는 계획을 세웠었다. 그게 바로 오늘이고 말이다.

"나도 그 케이크 먹고 싶었어!"

다행히 해리도 나의 계획이 아주 마음에 드는 모양이었다. 우리 둘은 신이 나서 케이크 가게를 찾아 나섰다. 파란 간판이 세워진 케이크 가게는 어렵지 않게 찾을 수 있었다.

'그런데……'

워낙 유명한 가게라 늘 손님들이 늘어서 있다는 케이크 가게 앞이 한산했다. 설마 하는 심정으로 문을 쳐다보니 입구에 클로즈 표시가 당당하게 걸려 있었다.

'이럴 수가……'

오늘 바로 수도를 떠날 예정이라 오늘이 아니면 이 가게를 찾아올 수가 없었다. 나와 해리는 믿을 수 없는 현실에 멍하니 문을 쳐다보다가, 서로 시선을 교환하고 애써 웃음을 터트렸다.

"실수일 거야. 오픈인데 클로즈 표시를 잘못 걸어 둔 거겠지."

"맞아요. 그런 게 틀림없어. 연중무휴랬는데, 하필 우리가 찾아온 날이 휴일일 리가 없잖아요."

나는 당당하게 문 앞으로 걸어가 문고리를 돌렸다. 그런데 굳게 잠겨 있어야 할 문고리가 부드럽게 돌아가는 것이 아닌가.

'어? 정말 팻말을 실수로 걸어 둔 건가?'

나는 희망을 가지고 문을 활짝 열어젖혔다.

"악!"

동시에 퍽 하고 단단한 것이 부딪히는 소리와 찢어질 듯한 비명이 울렸다.

놀라서 바닥을 보니 우락부락한 인상의 남자 하나가 기절해 있었다. 열리는 문에 머리를 맞은 건지 이마가 벌겋게 물든 채였다. 아마도 남자가 밖으로 나오기 위해 문 앞에 선 타이밍과 내가 강하게 문을 열어젖힌 타이밍이 묘하게 맞아떨어진 모양이었다.

'우선 기절한 사람부터 돌봐야겠다.'

그런 생각을 하며 몸을 숙이려는 순간.

"에아에! 아아하니다!"

안쪽에서 알아듣기 힘든 여성의 외침이 들려왔다. 대충 해석하자면 '세상에! 감사합니다!' 같았다.

'감사해? 뭐가? 사람을 문으로 두드려 팬 거?'

나는 어리둥절하게 고개를 들었다. 그러자 입에 재갈이 물린 채 밧줄에 꽁꽁 묶여 있는 사람들의 모습이 눈에 들어왔다.

"……해리."

얼떨떨하게 해리를 부르자, 그가 서둘러 사람들에게 다가가 재갈과 밧줄을 풀어 주었다. 자유를 찾은 사람들은 나를 반짝이는 눈빛으로 바라보며 이렇게 말했다.

"감사합니다! 갑자기 강도가 들이닥쳤는데……. 저희를 구해 주셨어요!"

"……강도?"

나는 바닥에 쓰러진 거친 인상의 남자를 쳐다보았다.

"꼼짝없이 돈을 털리는 줄 알았어요. 재료비를 지불하려고 현금을 많이 가지고 있었는데 그걸 어떻게 알았는지……. 아무튼 덕분에 살았습니다! 제대로 보진 못했지만 아주 날렵하게 강도 녀석의 얼굴에 주먹을 날리셨겠죠!"

"아니, 난 그냥……."

문을 열었을 뿐인데……. 하지만 그들은 이미 자신들의 생각에 푹 빠져 있었다.

"치안대에 용사님의 이야기를 꼭 전하겠어요. 이렇게 용감하고 강한 분은 표창을 받아야 마땅하지요!"

여기저기서 영웅이니, 용사니 하는 말들이 흘러나왔다.

'아니……. 난 그냥 케이크 먹고 싶어서 가게 문을 열었을 뿐인데.'

왜 갑자기 영웅이 되는 건데.

어째 이 은퇴 여행, 시작부터 아주 불길했다. 가장 무서운 건 내가 아직 수도를 벗어나기도 전이라는 점이었다. 피곤함에 머리가 아득해졌다.

그리고 이어진 은퇴 여행이 어땠냐고? 말해서 무엇 하겠나.

가는 길마다 영웅담, 영웅담, 또 영웅담. 결국, 해리와 나는 '어려운 사람들을 도와주는 신비한 요정 부부'라는 별명까지 얻고 말았다.

'하지만……'

이번엔 아니겠지. 설마 여기에서까지 그럴 리가 없잖아?

나는 이번에야말로 시간 많고 돈은 더 많은 환상의 백수 생활을 즐길 테니까!

이브리아 오베론의

이상한 은퇴 생활

-The End

외전 4
오베론가(家) 사람들

샤를로트 오베론은 커다란 창문 앞에 서서 꽃이 화사하게 핀 정원을 내려다보았다.

'벌써 봄이구나.'

정신없이 하루하루를 보내느라 어느새 봄이 왔다는 것도 모르고 있었다.

샤를로트는 가만히 지난 세월을 돌이켜 보았다.

은퇴를 선언하고 스스로 자리에서 물러난 어머니, 이브리아의 뒤를 이어 황제가 된 것도 벌써 3년 전의 일이었다.

'어머니가 어째서 왕관을 벗어던지고 여행을 떠났는지 알 것 같아.'

쉽지 않은 자리라는 건 알고 있었지만 머리에 쓴 왕관이 이토록 무거울 줄은 몰랐다.

샤를로트는 위대한 선황제 이브리아와 대마법사 해리 대공의 딸이었다. 사람들은 자연스럽게 그녀에게 무거운 왕관의 무게를 견딜 수 있는 훌륭한 군주의 자질을 기대했다.

다행히도 샤를로트는 그들의 기대에 넘치도록 부응하는 훌륭한 군주감이었다. 이브리아와 해리 사이에서 태어난 삼 남매 중 이브리아의 성격을 가장 많이 닮은 아이니 말할 것도 없었다.

선황인 이브리아가 평정하고 발전시킨 덕분에 대륙은 태평성세였다. 해서 샤를로트는 누구도 관심을 가지지 않았던 대륙 밖의 세상에 눈을 돌렸다.

대륙을 둘러싼 바다. 그 너머에는 무엇이 있을까?

누군가는 세상의 끝이 있을 거라고 했고, 누군가는 무서운 괴물이 입을 벌리고 있을 거라고 했다.

하지만 샤를로트는 그렇게 생각하지 않았다.

'새로운 땅이 있을 거야.'

이브리아는 종종 어린 샤를로트에게 새로운 세상에 대한 이야기를 해 주었다. 상상인지 현실인지 알 수 없는 그 생생한 이야기를 듣고 있으면 미지의 세계에 대한 호기심이 절로 일었다.

그래서 샤를로트는 황위에 오르자마자 배를 만들었다. 선원들을 훈련시키고 항해술을 연구해 미지의 세상으로 향하는 바닷길을 열었다. 망망대해에 덩그러니 놓인 무인도에서는 종종 대륙에 없는 자원들이 발견됐다. 허황된 계획이라며 황제의 정책을 비판하던 사람들도 손바닥 뒤집듯 평가를 바꾸어 그녀를 지지하기 시작했다.

물론 여전히 관료들과 의견이 맞지 않는 사안도 몇 가지 있었다.

그중 하나가 바로 그녀의 결혼 문제였다.

─가정을 이루고 후계를 세우는 것 역시 황제의 중요한 역할입니다, 폐하!

즉위 1년 차부터 슬그머니 오가던 이야기가 즉위 3년차에 이르니 지겹도록 흘러나왔다. 어떤 주제로 회의를 하든지 간에 마지막은 언제나 '어서 결혼하십시오, 폐하!'로 끝이 날 정도였다.

그럴 때마다 샤를로트는 황급히 회의를 마무리하고 도망치듯 자리를 빠져나왔다.

'누군 결혼 안 하고 싶어서 안 하나.'

결혼을 하기 싫어서 관료들의 타박을 견뎌 내는 거라면 억울하지라도 않지. 샤를로트는 누구보다 결혼을 하고 싶었다. 그 상대도 오래전부터 점찍어 뒀다.

바로 로이였다.

로이는 샤를로트의 기억이 처음 시작되는 시점부터 함께였다. 태어나 보니 그가 곁에 있었고, 무엇을 하든 그와 함께하는 게 너무도 당연해서 '왜?'라는 의문을 가질 새도 없었다.

덕분에 샤를로트의 첫 경험에는 모두 로이가 있었다.

첫 나들이, 첫 뱃놀이, 첫 무도회, 첫 싸움…… 그리고 첫사랑까지. 누구도 막을 수 없는 자연스러운 흐름이었다.

샤를로트는 모든 처음을 로이와 하고 싶었다. 그가 아닌 다른 사람과 연애하고 결혼한다는 건 상상도 되지 않았다. 늘 그랬듯 당연히 로이와 연애를 하고, 결혼을 하고, 아이를 낳게 될 거라고 생각했다.

하지만 로이는 전혀 다른 생각을 하고 있었다.

-난 네가 원한다면 뭐든 할 수 있어. 하지만 네 연인이나 남편이 될 수는 없다, 셜리.

-왜?

-난 네 오빠니까.

-누구 마음대로 오빠래? 난 로이를 우리 가족으로 인정한 적 단 한 번도 없어.

-셜리. 네가 날 가족으로 인정해 주지 않는다면 난 혼자야. 아주 외로운 존재가 되겠지.

-동생만 가족이야? 내가 가족 해 준다니까? 아내와 남편도 가족이야. 심지어 남매보다 더 가까운 사이라고.

-우리가 이브와 해리 같은 사이가 된다는 건……. 난 널 그렇게 생각해 본 적이 단 한 번도 없어. 미안하다.

로이는 몇 번이나 단호하게 샤를로트의 고백을 거절했다.

'흥. 꼬마 드래곤이었을 때는 온몸이 빨개져서 어쩔 줄 몰라 했으면서.'

성숙해진 로이는 더 이상 샤를로트의 고백에 당황해 어쩔 줄 몰라 하는 꼬마가 아니었다. 온통 검은색이라 차가워 보이는 외모 탓에 누구도 쉽게 말을 걸지 못하는 사내가 됐다.

물론 사람들이 그를 경외시하는 까닭이 그의 외모 때문만은 아니었다.

이브리아는 샤를로트에게 황위를 넘겨주며 자신의 든든한 지원군 중 하나인 로이를 수도에 남겨 두었다. 그러면서 흑룡이라는 로이의 정체를 모두에게 떠들썩하게 공표했다. 우여곡절이 많을 샤를로트의 초반 치세에 조금이라도 도움을 주기 위해서였다.

이브리아의 예상대로 사람들은 로이의 존재를 크게 두려워하여 그가 인정한 새 황제를 쉽게 거역하지 못했다.

'그래 봤자 나한테는 아직도 고집쟁이 검은 용일 뿐이지만.'

샤를로트는 먼저 고집을 꺾게 되는 쪽이 로이가 될 거라 자신했었다.

그러니까, 아주 오래 전에는 말이다.

활짝 열린 창문을 통해 불어오는 봄바람에도 샤를로트의 얼굴은 오히려 어두워졌다.

'결혼이라……'

사방에서 압박이 들어오고 있었다. 마음을 핑계 삼아 회피할 수 있는 시간은 진즉에 지나 버렸다. 샤를로트 오베론은 책임감 있는 황제였고, 황제에게는 견고한 가정과 든든한 후계자가 필요하다는 걸 알고 있었다. 이제 더는 미룰 수가 없었다.

'그러니……'

샤를로트가 두 눈을 내리깔았다. 로이가 제 결심을 알게 되면 무슨 생각을 할지 궁금했다.

'어차피 이젠 상관없지만.'

샤를로트는 픽 하고 웃음을 흘리고 몸을 똑바로 세웠다. 이제 다시 일을 해야 할 시간이었다.

하지만 창문을 닫고 몸을 돌리기 전에 익숙한 사람이 정원에 모습을 드러냈다. 이곳에서 내려다보는 정원은 황제의 개인 소유라서 아무나 함부로 들어올 수 없었다.

'로이니까 멋대로 들어오지.'

저 답답한 검은 용은 그걸 알고나 있을까?

샤를로트는 밤하늘처럼 짙은 로이의 검은 머리가락을 바라보며 빙긋 웃었다.

'자기 생각하는 줄은 어떻게 알고 나타났대.'

로이는 이 정원을 좋아했다. 이브리아와 삼 남매, 로이가 함께 꾸민 정원이라 애정이 남다른 것 같았다.

"로이!"

샤를로트의 부름에 꽃을 살피던 로이가 고개를 들었다. 그녀가 가볍게 손을 흔들어 인사를 건네자 차갑기만 하던 로이의 얼굴에 사르르 미소가 물들었다.

"셜리."

샤를로트의 검은 용은 퍽이나 잔인한 구석이 있었다. 그녀의 마음을 뻔히 아는 주제에, 그걸 받아 주지도 않을 거면서, '오빠니까'라며 그녀에게만 특별한 친절을 베풀었다. 바로 지금처럼 말이다.

"일은 다 끝났어?"

"끝이라니, 그럴 리가. 황제는 항상 일이 있어."

"하지만 이브리아는 오전에만 일했는데."

"그거야 오후에 놀아 주지 않으면 아버지가 삐지니까 그랬던 거지. 아버지가 떼쓰기 시작하면 그걸 누가 말려?"

샤를로트는 어머니라면 껌뻑 죽는 아버지의 모습을 떠올리며 어깨를 으쓱한 뒤 가볍게 창밖으로 뛰어내렸다. 5층이 넘는 높이였지만, 샤를로트의 움직임에는 망설임이 없었다.

그녀의 뒤에서 책상을 정리해 주고 있던 시녀들 역시 황제의 추락을 목격하고도 태연하게 제 할 일만 할 뿐이었다. 그들에게는 평범한 일이었던 것이다.

로이 역시 이런 상황이 익숙하다는 듯 추락하는 샤를로트를 가볍게 받아 들었다. 자연스레 로이의 품에 안긴 샤를로트가 빙긋 웃으며 그를 바라보았다.

"로이. 나랑 결혼하자."

'오늘 날씨가 참 좋네' 같은 일상적인 말을 하는 것처럼 담백한 말투였다. 잠시 정신을 놓고 있었다면 이게 청혼이라는 걸 알아차리기도 힘들 정도였다.

로이는 그런 담백한 고백마저 익숙하다는 듯 한숨을 내쉬며 샤를로트를 땅 위에 내려 주었다.

"오늘은 왜 그 소리를 안 하나 했더니."

"이번에도 내 청혼을 받아 주지 않을 모양이네."

자신을 빤히 바라보는 샤를로트의 시선에 로이가 깊은 한숨을 내쉬었다. 오늘은 어떻게 제 누이를 설득해야 할까 머릿속이 복잡하게 돌아갔다.

"셜리. 나는……."

"알았어."

"……응?"

평소라면 왜 안 되느냐, 내일 또 청혼할 테니 기다려라, 누가 이기나 두고 보자며 투덜거렸을 샤를로트다. 하지만 오늘의 그녀는 담담하게 말을 끊었다.

수십 수백 번의 청혼을 받으며 처음 보는 샤를로트의 반응에 로이가 영문을 몰라 눈을 껌뻑였다. 이럴 때는 어릴 적 모습이 조금 보였다. 샤를로트는 픽 웃으며 구겨진 치마를 정돈했다.

"알았다고 했어."

"뭘?"

"로이 마음 말이야. 그러니까 이제 더는 청혼 안 할게. 내가 몇 번을 말하든 안 들어 줄 거잖아."

"……."

로이가 입술을 굳게 다물고 허리를 굽혀 샤를로트의 얼굴을 찬찬히 살폈다.

이건 또 무슨 작전이지?

그렇게 생각하고 있는 것이 빤히 보였다.

샤를로트는 의미 모를 미소를 지은 채 손가락으로 구겨진 로이의 미간을 꾹 눌렀다.

"작전 아냐. 말 그대로의 의미야. 로이한테 더 이상 청혼 안 한다고."

여전히 담담한 말투. 거짓말은 아닌 것 같았다.

로이의 표정이 미묘해졌다.

"……갑자기?"

"갑자기가 아냐. 황제의 자리에 앉은 후에 결심했거든. 로이한테 딱 천 번만 청혼해 보자고."

평범한 샤를로트 오베론이었다면 로이가 승낙하는 날까지 청혼을 멈추지 않았을 것이다. 하지만 황제가 된 이상 결혼을 마냥 미룰 수는 없었다.

그러니까 딱 천 번만 하자.

"최선을 다하면 후회가 없잖아. 나 나름대로 기준을 정한 거지. 이 정도면 충분하다, 후회 없다 싶을 기준."

샤를로트가 깊게 숨을 들이마시고 로이를 바라보았다. 마음속에 품었던 오랜 고민과 망설임을 떨쳐 낸 듯 어딘가 후련해 보이는 눈빛이었다.

"그리고 방금 그 청혼이 딱 천 번째였어."

그랬나?

그게 천 번이나 됐나?

로이가 얼떨떨한 얼굴로 눈을 껌뻑였다. 매일 똑같은 청혼을 받고, 똑같은 거절의 말을 건네는 동안 그 횟수를 가늠해 본 적은 없었다.

멍한 그의 얼굴에 샤를로트가 그럴 줄 알았다는 듯 웃음을 터트리고 한 발짝 뒤로 물러섰다.

"그러니까 로이. 이제 더는 청혼 안 할게."

고작 한 걸음 멀어졌을 뿐인데, 어째서인지 한참이나 멀어진 것 같은 착각이 들었다.

"그럼 안녕."

짧은 인사와 함께 샤를로트가 등을 돌렸다.

샤를로트의 뒷모습.

로이에게는 낯선 구도였다.

언제부턴가 등을 보이는 건 로이가 됐다. 샤를로트는 그의 뒤를 졸 졸 따르며 '결혼하자!'는 말을 외칠 뿐이었다.

그런데 오늘, 샤를로트가 로이에게서 등을 돌렸다.

'기분이 이상해.'

덜컥 심장이 내려앉는 듯한 기분에 로이가 손으로 가슴팍을 움켜 쥐었다. 아릿하고 싸한 느낌. 생전 처음 느껴보는 낯선 감각이었다.

하지만 낯설었던 기분은 언제 그랬냐는 듯 금세 사라졌다.

가만히 생각해 보니 샤를로트의 청혼 포기 선언이 처음이 아니었던 것이다.

오래전에도 샤를로트가 '이젠 더 이상 청혼 안 해!'라며 토라진 적 이 있었는데, 다음 날 언제 그런 말을 했었냐는 듯 태연하게 청혼을 건넸던 기억이 떠올랐다.

오늘의 선언은 그때와 조금 다른 느낌이었지만 어차피 큰 차이는 없을 터였다.

셜리는 셜리.

그 성격이 어디 가겠나.

로이는 빠르게 평정을 되찾았다.

며칠 뒤.

"어? 로이!"

습관대로 정원을 찾은 로이의 머리 위에서 반가운 샤를로트의 목소리가 들려왔다.

아주 익숙한 흐름이었다. 이제는 따로 생각하지 않아도 절로 그 이후의 스토리가 머릿속에 그려졌다.

샤를로트가 웃으며 인사하고, 아래로 뛰어내리고, 청혼을 하고, 그러면 그가 거절하고.

한 치도 틀어짐 없었던 과거의 기억에 로이가 픽 웃으며 고개를 들었다. 이번에도 역시나 샤를로트가 웃으며 그에게 손을 흔들고 있었다.

'그럼 그렇지.'

안도하는 로이를 향해 샤를로트가 물었다.

"오늘도 꽃 보러 왔어?"

"응."

"그렇구나. 잘 보고 가."

"……어?"

당연하게 샤를로트가 뛰어내리기를 기다리고 있던 로이가 멍청한 얼굴로 되물었다. 샤를로트는 그런 로이가 이상하다는 듯 고개를 갸웃거렸다.

"왜?"

"아니, 어, 그게……."

당황스러움에 횡설수설하던 로이가 겨우 할 말을 정리하고 입을 뗐다.

"오늘은 안 내려와?"

"아."

짧은 탄성과 함께 샤를로트의 얼굴에서 웃음기가 사라졌다.

"일이 좀 많아서 그럴 여유가 없네."

"어……."

샤를로트는 일을 핑계로 로이를 외면한 적이 단 한 번도 없었다. 어떤 상황이라도 로이를 보면 반갑게 그에게 달려왔다. 그를 좋아했으니까.

"이젠 앞으로도 쭉 바쁠 예정이라 로이랑 놀아 줄 여유가 없을 것 같아. 아마 로이는 신경 안 쓰겠지만……."

"샤를로트 님."

샤를로트의 말이 다 끝나기도 전에 그녀의 뒤에서 누군가가 불쑥 나타났다. 로이도 무도회에서 몇 번 보았던 귀족가의 남자였다. 특별히 관직을 맡은 것도 아니고, 황성에, 그것도 샤를로트의 서재에 함께 있을 이유가 전혀 없는 사람이었다.

하지만 로이가 이유를 묻기도 전에 샤를로트가 먼저 입을 열었다.

"미안. 손님이 있어서 먼저 들어갈게. 잘 가, 로이."

그리고 창문이 굳게 닫혔다.

샤를로트는 더 이상 로이의 뒤를 졸졸 따라다니지 않았다.

결혼하자는 말도 하지 않았고, 우연을 가장해 마주치는 일도 사라졌다. 어쩌다 마주치는 날에는 담백하게 인사만 한 뒤 지나칠 뿐이었다.

로이는 하루아침에 달라진 이 일상에 어떻게 대처해야 할지 전혀 감을 잡을 수가 없었다.

매일 소란스럽게 자신을 찾아오던 샤를로트 한 사람만 사라졌을 뿐인데, 그의 일상이 지나칠 정도로 고요하고 무료해졌다.

생각해 보면 로이의 인간관계는 매우 좁았다. 이브리아와 해리, 오베론 삼 남매를 제외하면 가깝게 지내는 사람이 거의 없었다. 다들 흑룡인 그를 어려워해서 감히 친해질 생각을 하지 못했기 때문이다.

하지만 샤를로트와 그녀의 두 남동생, 아시어스와 칼릭스는 어렸을 때부터 로이를 전혀 무서워하지 않았다. 그들의 몸에 흐르고 있다는 특별한 피 때문인지, 로이가 그들에게만은 나사 하나 빠진 것처럼 실실 웃고 다녀서인지는 알 수 없었다. 어쩌면 그 둘 다일 수도 있고.

그리고 샤를로트는 오베론 삼 남매 중에서도 유독 로이를 편하게 대하는 경향이 있었다. 아시어스와 칼릭스는 로이를 친근하게 '형님'으로 대하면서도 깍듯하게 높임말을 쓰는데 샤를로트만 반말을 했다.

"로이 형님. 무슨 생각을 그렇게 하세요?"

"어?"

로이는 칼릭스의 부름에 번뜩 정신을 차렸다.

'그러고 보니 칼릭스랑 대련 중이었지.'

이브리아의 외모를 빼다 박은 칼릭스는 오베론 삼 남매의 막내였다. 그런 주제에 어머니와 달리 몸 쓰는 재주가 좋아서 엘 로이츠가 은퇴한 뒤 기사단장직을 맡고 있었다. 평범한 기사들 중에는 제대로 상대할 만한 사람이 없는 실력자라 로이가 자주 대련 상대가 되어 줬다. 오늘도 그렇게 평소처럼 검을 나누다 그만 딴생각에 빠져 버린 것이다.

"미안. 다시 하자."

로이가 검을 고쳐 잡으며 자세를 취했다. 하지만 칼릭스는 고개를 저으며 검을 거두었다.

"오늘은 그만하죠. 아까부터 계속 정신을 놓고 계시잖아요. 이러다 다쳐요."

"다쳐? 내가? 너랑 대련하다가?"

로이가 기막힌 소리를 들었다는 듯 웃음을 터트렸다. 칼릭스가 시답잖은 농담을 한다고 생각한 것이다.

그러나 칼릭스의 얼굴은 진지했다.

"로이 형님, 요새 계속 이상하다고요. 매일 넋을 놓고 있고."

"그건……."

"무슨 걱정이라도 있는 모양이죠? 안타깝게도 난 고민 상담에는 영 재주가 없는데……."

딱히 반박하지 않는 로이를 보며 칼릭스가 어깨를 으쓱했다.

"곧 아시어스 형님이 돌아오니까, 그쪽하고 이야기해 보는 것도 좋겠네요."

"아시어스?"

해리의 머리색과 이브리아의 눈동자를 물려받은 둘째 아시어스는 어릴 때부터 총명하기로 유명했다. 한시도 손에서 책을 놓지 않더니 결국 학자가 되어, 지금은 새로운 연구를 위해 신대륙에 머무르는 중이었다.

"아시어스가 왜?"

"그거야, 아시어스 형님이 좀 얄밉긴 해도 확실히 똑똑하잖아요? 로이 형님의 고민에 대한 답도 척척 내 줄 것 같은데."

"아니, 그러니까 내 말은, 아시어스가 왜 돌아오냐는 거였어."

아시어스는 새로운 게 넘쳐 나는 신대륙 연구에 푹 빠져 좀처럼 제국으로 돌아오지 않고 있었다. 으레 가족들과 함께 보내는 신년에도 돌아오지 않아서 칼릭스가 볼멘소리를 하기도 했었다. 그런데 아무런 일도 없는 이런 뜬금없는 시기에 제국으로 귀환한다니. 로이로서는 당연한 의문이었다.

하지만 칼릭스는 무슨 소리냐는 듯 크게 웃음을 터트렸다.

"에이, 아무리 아시어스 형님이라도 결혼식에는 참석해야죠."

"결혼식? 아시어스가 결혼해?"

처음 듣는 소리에 로이가 놀라서 펄쩍 뛰자 칼릭스가 다시 한번 웃음을 흘렸다.

"무슨 말씀을 하시는 거예요, 형님. 결혼을 하는 건 누님이잖아요. 우리 황제 폐하요."

누님? 황제 폐하?

"……셜리가?"

얼떨떨하게 반문하는 로이의 모습을 보며 칼릭스가 오히려 더 놀라서 눈을 동그랗게 떴다.

"어…… 설마 모르셨어요? 지금 다들 결혼 준비 때문에 바쁜데. 황성도 어수선하잖아요."

돌이켜 보니 그랬다. 확실히 최근의 황성 분위기가 묘하게 들떠 있어 이상하다고는 생각했지만, 스스로의 문제에 골몰하느라 크게 관심을 두지 않았다.

생각지도 못한 소식에 잠시 굳어 있던 로이가 겨우 정신을 붙잡고 칼릭스에게 질문했다.

"……누구랑?"

"잘 몰라요. 제가 그런 거에 원체 관심이 없잖아요."

칼릭스가 무심하게 어깨를 으쓱했다.

"남편 후보라면서 몇 명 만나더니, 그중에서 하나를 고른 게 아닐까요? 유력한 귀족 가문의 남자 중 하나겠죠. 아무래도 그게 정세 안정에 도움이 되니까⋯⋯."

만약 그가 샤를로트와 같은 입장이었다면 절대 그런 결혼은 받아들일 수 없었을 거다.

삼 남매 중에서 가장 똑똑한 건 둘째 아시어스였지만, 가장 똑 부러지고 책임감이 강한 건 샤를로트였다. 목표를 세우면 무슨 수를 써서라도 해내는 집념이 대단해서 칼릭스나 아시어스는 당해 낼 수가 없었다.

"지금까지 오래도 버텼죠. 신하들이 어서 결혼해야 한다고 엄청나게 압박했으니까요. 결국 누님도 두 손을 들 수밖에 없었을 거예요. 사실 저는⋯⋯."

칼릭스가 말끝을 흐리며 로이의 눈치를 살폈다.

"누님이 로이 형님이랑 결혼할 줄 알았는데요. 우리 누님이 어머니를 닮아서 한다면 하는 성격이잖아요."

"말도 안 돼. 나랑 셜리가 어떻게 결혼을 하겠어. 넌 그게 상상이 돼?"

로이는 고민도 하지 않고 단번에 부정했다. 그는 이브리아와 해리를 누구보다 가까이에서 보고 자랐다. 애정으로 가득한 부부가 어떤 모습인지 잘 안다는 뜻이었다. 그들의 모습에 자신과 샤를로트를 대입해 보니 어색하고 낯설어 기분이 이상했다.

'나와 셜리가 두 사람처럼 손도 잡고, 입도 맞추고, 밤도 같이 보내는 건⋯⋯ 말이 안 되잖아.'

칼릭스는 심경이 복잡한 듯 미묘한 표정을 짓고 있는 로이를 바라보며 크게 기지개를 켰다.

"왜요? 상상 못 할 이유가 있나요?"

피가 섞인 것도 아니고.

하지만 칼릭스는 굳이 그 사실을 지적하지는 않았다. 그를 가족처럼 여기는 마음이 괜히 오해를 받을지도 모른다는 생각 때문이었다.

"칼릭스. 난 셜리의 기저귀도 갈아 준 적이 있다고. 어떻게 개랑 부부가 된다는 상상을 할 수 있겠어?"

"아. 그건 확실히."

이유 있는 로이의 항변에 칼릭스가 재밌다는 듯 배를 잡고 웃어 댔다.

"하지만 그 소리 누님 앞에서는 절대 하지 마세요. 분명히 기겁할 거야."

로이는 그런 칼릭스의 모습을 불만스럽게 슬쩍 바라본 뒤 몸을 돌렸다. 척척 걸어가는 걸음에 조금 분노가 섞인 것도 같았다.

칼릭스는 로이에게 어디로 가느냐는 질문을 하지 않았다. 그의 목적지가 뻔히 예상되어서였다.

'의외로 일이 재미있어질 수도?'

어느새 웃음을 멈춘 칼릭스가 휘파람을 불며 멀어지는 로이의 뒷모습을 바라보았다.

❦

로이는 샤를로트의 일과를 줄줄이 꿰고 있었다. 지금 이 시간이라면 집무실에서 서류를 검토하고 있을 것이다.

그는 황제의 집무실로 방향을 정했다. 황제의 집무실은 허락받은 사람만이 드나들 수 있는 공간이지만, 로이를 막아서는 사람은 아무도 없었다.

"셜리."

로이가 등장하자 샤를로트와 함께 서류를 검토하고 있던 부관들이 익숙한 일이라는 듯 자연스럽게 서류를 내려놓고 자리에서 일어났다.

"1시간 후에 다시 오겠습니다, 폐하."

"아니. 30분이면 충분해. 마침 휴식이 필요하던 참이었으니 잠시 산책이라도 하고 와."

황제의 지시에 따라 부관들이 자리를 비우자 로이가 씩씩대며 샤를로트에게 다가왔다. 그녀는 로이의 얼굴에 가득한 불만을 금세 읽어 냈다.

"무슨 일인데?"

"무슨 일이냐고?"

로이는 기가 막혀 헛웃음을 흘렸다.

"너 결혼한다며!"

"아. 그거."

샤를로트는 무심하게 어깨를 으쓱했다.

"응. 나 결혼해."

"누구랑?"

"그게 중요해?"

"상대가 누구인지 정도는 알아야 할 거 아냐."

"누구든 별로 상관도 없어. 그냥 결혼만 하는 거야. 애도 두엇은 낳을 거고. 그것뿐이야."

"그것뿐이라니……."

로이는 제게 결혼하자고 말하며 눈을 반짝이던 샤를로트의 얼굴을 떠올리며 입을 굳게 다물었다. 그녀에게 결혼이 겨우 그런 의미일 리가 없다는 걸 누구보다 로이가 잘 알고 있었다.

입술을 질끈 깨물고 무덤덤한 샤를로트의 얼굴을 바라보던 로이가 곧 결심했다는 듯 숨을 크게 들이켰다.

"알았어."

"뭘?"

"나랑 해."

영문 모를 말에 샤를로트가 미간을 찌푸렸다.

다급한 마음에 설명이 부족했다는 걸 깨달은 로이가 손으로 머리를 헤집으며 이야기를 덧붙였다.

"어차피 해야 하는 거면 내가 해 줄게. 그냥 나랑 결혼하자."

로이는 샤를로트가 기쁘게 웃으며 제안을 받아들일 거라고 생각했다. 매일 결혼하자며 그를 졸졸 쫓아다니던 샤를로트가 아닌가.

하지만 그녀의 반응은 로이의 상상과는 달랐다.

"하."

시종일관 무덤덤하던 샤를로트가 헛웃음을 흘리며 두 손으로 제 얼굴을 쓸어내렸다.

"로이. 그렇게 적선하듯 결혼해 준다고 말하면 내가 기뻐할 것 같았어?"

"적선하듯 말하지 않았어."

"내가 가엾어서 도와주겠다는 거잖아. 사람들은 그걸 적선이라고 해."

로이는 인간이 아니다. 평소에는 딱히 의식하지 않던 사실이지만, 서로의 감정이 깊이 오가는 지점이 오면 샤를로트는 그 사실을 여실히 느낄 수 있었다. 지금도 로이는 샤를로트의 말을 전혀 이해하지 못하는 눈치였다.

샤를로트는 한숨을 내쉬며 자리에서 일어났다. 더 길게 이야기해도 어차피 로이는 그녀의 복잡한 마음을 이해하지 못할 것이다.

그래서 샤를로트도 '그런' 결정을 내린 것 아닌가.

"로이는 아무것도 안 해도 돼. 애초에 '여동생'이 불쌍해서 결혼해 준다니, 그건 로이가 그렇게 좋아하는 '오빠'의 역할도 아니잖아."

"하지만…… 하지만……."

생각지 못한 거절에 로이가 말문이 막혀 고개를 푹 숙였다.

"하지만 네가 슬퍼 보여."

"그럼 위로 정도는 해 줄래?"

"위로?"

샤를로트는 대답 대신 까치발을 들어 로이의 입술에 살짝 입을 맞췄다. 입술을 감싸는 부드러운 감촉에 로이가 눈을 동그랗게 떴다.

샤를로트와 손을 잡고 껴안는 건 많이 했다. 어릴 적에는 서로의 뺨에 뽀뽀도 했었고. 하지만 완전히 자란 후 이렇게 입을 맞춘 건 처음이었다.

짧은 접촉 후 샤를로트가 한 발 뒤로 물러섰다. 무덤덤한 척 표정 관리를 하고 있지만 그녀의 두 귀는 한참 전부터 빨갛게 달아오른 상태였다.

"사랑해, 로이."

직설적인 고백에 로이가 제자리에 굳은 채로 느리게 눈을 껌뻑였다.

당혹감으로 물든 로이의 얼굴을 발견한 샤를로트는 그의 반응을 예상하고 있었다는 듯 픽하고 웃음을 흘릴 뿐이었다.

"받아 달라는 거 아니니까 곤란해하지 마. 그냥, 첫 입맞춤 정도는 좋아하는 사람이랑 하고 싶었거든. 앞으론 그러지 못할 테니까……."

샤를로트는 숨을 깊게 들이마시며 횡설수설 이어지려는 이야기를 스스로 끊어 냈다. 제 심정을 모두 이야기하려면 종일 떠들어 대도 모자랄 테니 적당히 선을 그을 필요가 있었다.

"그래도 이걸로 확실히 마음 정리가 될 것 같아."

샤를로트는 후련하다는 듯 미소를 지으며 로이를 바라보았다. 모든 것이 끝났다는 듯한 눈빛에 이상하게 로이의 심장이 죄여 왔다.

"내 처음은 뭐든 로이랑 함께였지. 앞으로도 쭉 그럴 거라는 건 역시 내 어리광이었던 것 같아. 앞으론 귀찮게 하는 일 없을 거야, '오빠.'"

오빠.

로이는 아주 어렸을 때부터 샤를로트가 자신을 오빠로 인정해 주길 쭉 바랐다.

지금 비로소 그 소망이 이뤄졌는데.

생각처럼 기쁘지가 않았다.

'오히려……'

가슴이 아파.

로이는 이상한 기분에 자신도 모르게 가슴을 움켜쥐었다.

신대륙에서 첫째 황자 아시어스가 돌아왔다. 가장 먼저 그를 반긴 건 오베론 황가의 셋째 칼릭스였다.

"오랜만이야, 형님!"

칼릭스는 황족의 품위는 길거리에 내다 버린 듯 손을 흔들며 아시어스를 맞이했다.

아시어스는 제국을 떠날 때와 달라진 게 거의 없었다. 어머니를 닮은 외모도, 단정하게 쓴 안경도 여전했다. 무뚝뚝하게 동생의 인사를 외면하는 모습까지도 말이다.

"아무튼 사람이 너어어어무 일관적이라니까."

칼릭스는 혀를 차며 불만을 토로하고 서운할 정도로 변함없는 형님 앞으로 다가갔다.

"오는 길은 불편하지 않았어?"

"그다지."

"그래, 우리 형님이라면 그렇게 대답하겠지. 그런 것 같았지만 예의상 물어봤어. 그런데……."

너스레를 떨어 대던 칼릭스의 시선이 아시어스를 지나쳐 그의 옆으로 향했다.

"이번에는 혼자가 아니네?"

칼릭스의 지적에 아시어스 옆에 서서 신기한 듯 주위를 두리번거리던 소녀가 놀라서 어깨를 움찔했다. 살짝 그을린 피부에 커다란 눈이 인상적인 소녀였다.

"옆에서 누가 얼쩡거리는 걸 귀찮아하는 형님이 손님을 다 데려오고 말이야. 어떤 분이신지 참으로 궁금한걸?"

칼릭스가 특유의 친절한 미소를 지으며 소녀의 손을 붙잡고 손등에 가볍게 입을 맞췄다.

"황성에 오신 걸 환영합니다, 레이디. 우리 형님과는 무슨 사이신가요?"

"어, 으, 그, 네!"

정중한 기사님의 인사에 당황한 소녀의 얼굴이 빨갛게 달아오르자 아시어스가 미간을 찌푸리며 칼릭스의 뒤통수를 내리쳤다.

"너, 내 조수 유혹하지 마."

"유혹하긴 누가?"

"너 말이야, 너. 제국 여자들은 죄다 홀리고 다니는 너."

"난 딱히 유혹하려고 한 적은……."

바람둥이를 힐난하는 듯한 아시어스의 시선에 칼릭스가 억울하다며 목소리를 높였다.

"그리고 이런 어린애는 더더욱 유혹 안 하거든?"

"누가 어린애라는 거야. 스무 살이 넘었는데."

"응?"

칼릭스가 놀라서 아시어스 옆에 선 소녀를 바라보았다.

'스무 살이 넘었다고?!'

아무리 많이 쳐줘도 십 대 후반으로 보이는데!

경악에 찬 칼릭스의 시선에 소녀가 살짝 어깨를 움츠리며 어색하게 웃었다.

"제국 분들 눈에는 저희 대륙 사람들이 어리게 보이나 봐요."

"어, 음, 죄송합니다, 레이디. 제가 실례했네요."

금세 자신의 페이스를 되찾은 칼릭스가 언제 당황했냐는 듯 소녀에게 정중한 인사를 건넸다.

아시어스는 그런 동생의 모습을 못마땅하게 바라보다, 그와 늘 세트처럼 함께 자신을 마중 나왔던 존재가 보이지 않는다는 걸 깨달았다.

"로이 형님은 왜 안 보여?"

"그 형님, 요즘 아주 의기소침해."

"왜?"

"누님이 결혼한다는 소리에 나름 충격을 받은 모양이야. 두 사람은 유독 친했으니까 그럴 만도 하지."

"그게 무슨 소리야? 누님은 분명……."

아시어스가 이상하다는 듯 고개를 갸웃거렸다.

하지만 성격 급한 칼릭스는 아시어스의 말을 기다리지 않고 제 할 말을 쏟아 냈다.

"아무튼 형님이 동굴에 처박힌 로이 형님이랑 이야기 좀 해 봐. 난 이런 쪽엔 영 재주가 없어서 말이야."

답답하다는 듯 머리를 벅벅 긁는 칼릭스를 보며 아시어스가 고개를 끄덕였다.

"그래. 무슨 일인지 이야기를 좀 해 봐야 할 것 같네."

ᏧᎾᎦ

아시어스는 짐을 정리하는 내내 자신을 빤히 바라보는 시선에 한숨을 내쉬며 분주하게 움직이던 손을 멈췄다.

"해."

"네?"

"하고 싶은 말 있으면 그냥 하라고. 계속 이상한 눈으로 쳐다보고 있었잖아."

아시어스가 몸을 돌리자 그를 한참이나 바라보던 소녀가 모르는 척 고개를 휙 돌렸다.

"제가 언제요?"

"난 거짓말을 제일 싫어한다고 하지 않았나?"

안경 너머로 아시어스의 눈동자가 날카롭게 반짝이자 소녀가 움찔하며 어깨를 축 늘어뜨렸다.

"……그냥요. 진짜 황자님이셨구나 하고요."

"언제는 아닌 줄 알았어?"

황제의 친동생이 연구를 위해 바다를 건넜다는 사실은 유명했다. 신대륙에서도 모르는 사람이 없었다. 아시어스도 딱히 제 신분을 숨기지 않았다. 신분이 높으면 여러 편리함을 얻을 수 있었고, 그는 그런 부분을 이용하는 데 별로 거리낌이 없었다.

그가 조수로 거둬들인 소녀, 샤디아 역시 그 사실을 분명히 알고 있었으니 새삼스러운 이야기였다.

"매일 땅이나 파고, 책만 보고, 뭐 그러셨으니까……."

"그래서, 약간 의심을 했다?"

"의심까지는 아니고요! 대륙 너머에 어디 작은 나라의 왕족이신가 보다…… 제멋대로 그렇게 생각했다는 거죠."

샤디아가 우물거리며 아시어스의 시선을 피했다.

얼마나 나라가 작고 가난하면 황자님이라는 사람까지 넘어와서 연구를 하냐는 생각이었다.

하지만 돌이켜 보면 아시어스는 분주한 와중에도 항상 흐트러짐 없이 옷차림이 반듯했었다. 입고 있는 옷이며 자주 사용하는 물건들도 모두 고급품 같았고.

'터무니없는 오해였네.'

샤디아는 민망함을 떨쳐 내기 위해 헛기침하며 다른 쪽으로 화제를 돌렸다.

"이렇게 좋은 집을 두고 왜 밖을 떠돌아다니세요? 동생분도 좋은 사람 같았고……."

샤디아의 입에서 칼릭스에 대한 이야기가 나오자 아시어스가 눈을 가늘게 떴다.

황제 샤를로트가 제국 남자들의 추종을 한 몸에 받고 있다면, 제국 여자들의 관심은 온통 칼릭스에게 쏠려 있었다. 무뚝뚝하고 까칠한 둘째보다 털털하고 서글서글한 셋째에게 관심이 집중되는 건 당연한 일이었다.

아시어스는 그걸 서운하게 생각하지 않았다. 오히려 칼릭스가 관심을 몰고 다니는 게 더 편했다. 덕분에 귀찮은 일을 피할 수 있었으니까.

'하지만……'

관심을 빼앗기고 싶지 않은 상대도 있는 거다.

"샤디아."

"네?"

"칼릭스에게 유혹당하지 마."

"아, 안 당해요!"

"다들 말은 그렇게 하더군."

아시어스는 펄쩍 뛰는 샤디아를 향해 픽 하고 웃고는 밖으로 걸음을 옮겼다. 따라가야 하는 건가 싶어 샤디아가 어정쩡하게 뒤를 따르자 아시어스가 손을 저어 그녀를 제지했다.

샤디아는 다시 의자에 엉덩이를 붙이며 아시어스에게 물었다.

"어디 가세요?"

"동굴에 처박혔다는 형님을 만나러."

"삼 남매라고 하지 않으셨어요? 위로는 누님 하나, 아래로는 남동생 하나."

샤디아가 기억을 더듬어 가며 손가락을 하나씩 접었다. 아시어스도 동의하며 살짝 고개를 끄덕였다.

"맞아. 그런데 손 많이 가는 대단한 형님이 하나 더 있어. 친형제는 아니지만…… 앞으로는 어떻게 될지 모르지."

⊰⧉⊱

로이의 방에 들어선 아시어스는 공간 전체에 흐르는 냉기에 가볍게 몸을 떨었다. 우중충하고 음산한 기운의 중심에는 소파에 기운 없이 축 늘어진 로이가 있었다.

"형님."

"아시어스."

로이가 힘없이 웃으며 아시어스에게 손을 흔들었다.

한동안 그는 아무도 방에 들이지 않고, 밖으로도 나가지 않은 채 이 상태로 시간을 보냈다. 마음이 복잡하니 뭘 해야겠다는 의욕이 전혀 생기지 않았던 탓이다.

"왜 이러고 계십니까?"

"그냥……."

"누님 때문에요?"

우물거리며 흘려 버린 말을 아시어스가 짚어 주니 로이가 의아하다는 듯 고개를 갸웃거렸다.

"어떻게 알았어?"

"어머니께서 황성을 떠나셨으니, 이제 이곳에서 형님을 우울하게 만들 수 있는 사람은 누님뿐이죠."

반대로 로이에게 행복한 미소를 선사해 주는 사람도 샤를로트뿐이었다.

로이는 인간이 아니라 평범한 사람들이 연연하는 문제들에 초연한 편이었다. 이브리아와 샤를로트, 두 사람이 연관되면 완전히 이야기가 달라졌지만 말이다.

"무슨 문제인데요? 제가 좀 도와 드릴까요?"

아시어스의 제안에 로이가 눈동자를 이리저리 굴리며 갈등하다 살짝 고개를 끄덕였다.

"그게…… 셜리가 나한테 입을 맞췄어. 뺨에 말고, 입술에."

"오."

아시어스가 무심하게 감탄사를 터트렸다.

'누님의 애정 행각을 이렇게 듣게 될 줄은 몰랐는데.'

하지만 그리 놀랄 일도 아니었다. 로이과 샤를로트, 두 사람의 관계에서 적극적인 쪽은 언제나 샤를로트였으니까.

"그게 지금 형님께서 땅을 파고 들어간 것과 무슨 관계가 있죠? 입맞춤이 싫으셨습니까?"

"그건 아닌데……."

로이가 우물거리며 말을 골랐다. 복잡한 제 심경을 어떻게 표현해야 좋을지 스스로도 감이 잡히지 않았던 것이다.

"셜리가 첫 입맞춤은 나랑 하고 싶었대. 앞으로는 나랑 처음을 같이 못 할 테니까, 그게 마지막이라고."

"당연하죠. 다른 사람하고 결혼하면 첫 번째는 무조건 그 사람과하게 되지 않겠어요?"

"어째서?"

"원래 부부라는 게 그런 거예요. 세상 누구보다 가까운 사이죠. 남들한테 못 보여 주는 것도 다 보여 주는 사이잖아요."

"하지만 난 여전히 셜리의 첫 번째를 함께하고 싶어. 내가 셜리의 첫 번째이고 싶다고."

"그럼 형님이 누님과 결혼하시면 되겠네요."

"그러려고 했어. 그런데 셜리는 자기가 불쌍해서 그런 거면 싫대. 셜리는 날…… 사랑한대."

로이가 머뭇거리며 사랑이라는 말을 입에 올렸다.

"아마 셜리는 나도 셜리를 사랑해 주길 바라는 것 같아. 계속 결혼해 달라고 말했던 것도 결국 자길 사랑해 달라는 말이었을 거야."

사랑. 그에게는 참 어려운 감정이었다.

그에게 누군가 샤를로트를 좋아하느냐고 묻는다면 당연히 그렇다고 대답할 거다.

하지만 사랑은 잘 모르겠다.

애초에 사랑이라는 게 뭐지?

로이에게는 너무 어려운 개념이었다.

옆에서 로이의 혼란을 가만히 지켜보던 아시어스가 팔짱을 끼고 그에게 물었다.

"누님을 사랑하는 것도 아닌데, 형님은 왜 누님의 첫 번째가 되고 싶으십니까?"

"난 셜리의 오빠야. 가족이고. 걔가 어릴 때부터 늘 함께였어. 늘 내가 첫 번째였는데 이제 그러지 말라니. 납득할 수 없어."

"그런가요."

아시어스는 이해했다는 듯 고개를 끄덕이고는 로이 앞으로 다가왔다. 그는 안경을 벗어 쥐고 로이가 앉아 있는 소파의 팔걸이에 손을 얹었다. 그리고는 허리를 굽혀 로이와의 거리를 좁혔다.

평소보다 훨씬 가깝게 좁혀진 거리에 로이가 낯설어서 눈을 껌뻑이는 순간, 아시어스가 그에게 입술을 들이댔다.

"으아, 뭐, 뭐, 뭐, 뭐 하는 거야!"

로이가 기겁하며 아시어스를 밀어냈다. 아시어스는 맥없이 뒤로 밀려나며 불만스럽게 미간을 찌푸렸다.

"뭐 하긴요. 형님이랑 입을 맞추려고요."

"미쳤어? 너랑 내가 왜 입을 맞춰?"

"저도 처음을 형님이랑 함께하고 싶어서요. 저도 형님의 동생이고 가족인데, 그러면 안 됩니까?"

"당연히 안 되지!"

"그러니까, 왜요? 저랑 누님의 뭐가 다른데요?"

"그건……."

로이는 아무런 말도 하지 못했다. 그가 정말 샤를로트를 동생으로 아껴서 그녀의 첫 번째를 함께하고 싶었던 거라면, 아시어스의 첫 번째도 기꺼이 함께하고 싶었을 거다. 하지만 로이는 칼릭스나 아시어스를 보면서는 그런 생각을 단 한 번도 하지 않았다. 그 사실을 지금 이 순간에서야 깨달았다.

서서히 로이의 입이 벌어지는 걸 보며 아시어스가 다시 안경을 쓰곤 거칠게 혀를 찼다.

"이런 말은 실례지만, 정말로 솔직하게 제 심정을 말씀드리자면……

형님, 지금 아주 등신 같으십니다."

아시어스의 폭언에도 로이는 아무런 반응 없이 굳어 있을 뿐이었다.

"누군가와 모든 처음을 함께하고 싶다. 그 사람의 첫 번째를 양보하고 싶지 않다……."

아시어스는 로이가 샤를로트를 두고 했던 말을 되새기며 픽 웃음을 흘렸다.

"로이 형님. 사실은 누구보다 확실하게 '사랑'을 알고 계시는 거 아닌가요?"

머릿속을 휘젓는 깨달음과 함께 온몸의 피가 빠져나간 것처럼 로이의 얼굴이 창백해졌다.

"결혼식이 며칠 안 남았어요. 계속 꾸물대다간 '첫 번째를 함께하고 싶은 사람'을 뺏기고 말걸요?"

아시어스의 경고에 로이가 자리에서 벌떡 일어났다. 얼굴은 여전히 창백했지만 눈빛은 또렷하게 돌아와 있었다.

"어서요."

아시어스가 로이의 어깨를 툭 두드렸다. 그것이 신호라도 된 것처럼 로이가 순식간에 방에서 뛰쳐나갔다.

칼릭스라면 로이의 움직임을 쫓을 수도 있었겠지만, 평생 책이나 보고 살아온 아시어스의 눈에는 아무것도 보이지 않았다. 다만 로이가 사라지며 남긴 바람만은 확실히 느낄 수 있었다.

'동굴에 처박힌 용을 끌어내는 임무는 확실히 완수했군.'

아시어스는 조금 전까지 로이가 늘어져 있던 소파에 털썩 주저앉으며 눈을 감았다.

"정작 내 문제는 해결 못 하고 있는 주제에, 뭐가 그리 잘났다고 떠드는지."

그의 입에서 옅은 한숨이 새어 나왔다.

⟨⟨⟩⟩

황제의 집무실 창문이 활짝 열리고 위대한 검은 용이 들이닥쳤다.

"셜리."

로이가 예고도 없이 샤를로트의 집무실에 들이닥치는 건 흔한 일이
었지만, 오늘처럼 창문을 넘어오는 건 드물었다.

'급한 용건이라도 있나?'

샤를로트는 다소 초조해 보이는 로이의 얼굴에 고개를 갸웃거렸다.

열린 창문으로 들이친 바람에 서류가 이리저리 흩날리고 있었다.

'멀쩡한 문을 두고 왜 창문으로 들어오는 거람.'

부관들은 그렇게 생각하면서도 감히 위대한 흑룡 앞에서 험한 소
리를 꺼내지 못했다. 대신 묵묵하게 바닥을 뒹구는 서류들을 수습할
뿐이었다.

"다들……."

됐으니까 그만 나가 봐요.

샤를로트는 부관들에게 그렇게 말하려고 했다. 갑자기 그녀에게
걸어와 다짜고짜 입을 맞추는 로이만 아니었더라면, 분명 그렇게 했
을 것이다.

"허업……!"

갑작스러운 상황에 부관들이 당황해서 입을 떡 벌렸다. 겨우 수습
했던 서류들도 맥없이 손에서 빠져나가 어지럽게 흩날렸다.

하지만 가장 당황한 건 샤를로트였다. 그녀는 자신에게 매달리듯 붙어 오며 입을 맞추는 로이 때문에 정신을 차릴 수가 없었다. 지난 날, 그녀가 로이에게 했던 가벼운 입맞춤이 아니었다. 서로의 숨이 뒤섞이는 깊은 키스였다.

정신없이 파고드는 로이를 감당하고 있던 샤를로트는 굳어 있는 부관들을 발견하고 겨우 정신을 차렸다. 다급하게 로이의 가슴팍을 밀어내니 큰 저항도 없이 그가 뒤로 밀려났다.

"로이! 갑자기 이게 무슨 짓이야?"

샤를로트는 부관들에게 어서 나가 보라는 눈짓을 보낸 뒤 로이에게 따져 물었다. 다급했던 입맞춤에 숨이 차올라 가슴이 쉴새 없이 오르락내리락했다. 부관들이 서둘러 자리를 떠나고 로이와 샤를로트만 남은 집무실에 서로의 거친 숨소리만 가득했다.

먼저 입을 연 쪽은 로이였다.

"셜리. 앞으로도 계속 네 첫 번째를 나랑 같이해 주면 안 될까?"

"로이. 그건……."

"결혼하자, 셜리."

샤를로트의 입에서 거절의 말이 나오기 전에 로이가 다급하게 청혼했다.

"나랑 결혼해 줘. 내가 네 남편 할래. 네 첫 번째를 전부 나한테 줘. 다른 놈한테는 못 줘. 다 내 거야."

로이가 절대 놓지 않겠다는 듯 샤를로트의 옷자락을 강하게 움켜쥐었다.

"네 처음을 다른 사람에게 양보하기 싫어. 세상의 모든 첫 경험을 너랑 하고 싶어. 이게…… 네가 말하는 사랑과 똑같은 걸까?"

횡설수설 이어지는 말에 샤를로트가 눈을 크게 떴다.

"그렇다면, 셜리. 나는 널 사랑하는 것 같아. 아니, 사랑해. 아마도 네가 태어나는 그 순간부터 널 사랑했던 것 같아."

멍하니 로이의 말을 듣고 있던 샤를로트의 얼굴에 서서히 미소가 번지기 시작했다.

"……그걸 이제 알았어?"

그녀가 한껏 미소를 머금은 채 로이를 껴안았다.

"난 처음부터 다 알고 있었어. 로이는 진짜 바보구나."

황제와 흑룡의 결혼식은 성대하게 치러졌다. 위대한 결혼식을 보기 위해 제국 곳곳에서 구경꾼들이 몰려와 수도가 미어터질 정도였다.

"누님이 결국 해냈네. 잠시나마 국서(國壻)[1]가 될 뻔했던 신랑감에게는 안된 일이지만 말이야."

칼릭스는 거대한 인파를 내려다보며 휘파람을 불었다. 그는 오늘 같은 날이라면 저 인파 속에 어머니와 아버지도 있지 않을까 하는 생각으로 열심히 둘의 흔적을 찾는 중이었다.

아시어스 역시 칼릭스를 따라 인파를 훑어보며 코웃음을 흘렸다.

"국서가 될 뻔했던 신랑감? 그런 건 처음부터 없었어."

"응? 그게 무슨 소리야? 누님이 결혼할 거라고 형님한테도 편지를 보낸 거잖아?"

"그래. 결혼을 한다고 하긴 했지. 이 나라랑."

---

1)여왕의 남편

"······어엉?"

"내게 보낸 편지에서 그러더라고. 자기는 나라랑 결혼할 거라나? 도대체 이게 무슨 헛소리인가 하고 상황을 살피러 온 거야."

"어······ 그럼······."

"우리 누님 고집이 어디 보통이야? 마음을 쉽게 접을 리가 없지. 존재하지도 않는 신랑감에 로이 형님이 혼자 폭주한 셈이야."

아시어스의 신랄한 평가에 잠시 눈을 껌뻑이던 칼릭스가 금세 배를 잡고 웃음을 터트렸다.

"역시 우리 누님이 최고라니까!"

그리고 그 시각.

칼릭스와 아시어스의 예상대로 이브리아와 해리도 인파 속에 섞여 성대한 결혼식을 구경하고 있었다. 원래의 모습을 감춘 상태로, 누구도 그들이 선대 황제 이브리아와 대공 해리라는 걸 알아채지 못했다.

"의외네요."

이브리아가 의젓하게 결혼식을 지켜보는 해리가 신기하다는 듯 눈을 반짝였다.

"뭐가 의외인데?"

"내 딸을 로이 같은 놈한테는 못 준다면서 울고불고할 줄 알았거든요."

"그럴 리가 없잖아. 우리가 셜리를 얼마나 잘 키웠는데. 그 애의 선택이라면 확실해."

해리가 당당하게 턱을 치켜들었다. 꽤 진심이 느껴지는 걸 보니 허세를 부리는 것 같지는 않았다.

"아시어스도요?"

"그럼. 우리 아시어스도 믿을 만하지."

"칼릭스는요?"

"음. 그 애의 선택은 조금 의심해 봐야겠지만……."

턱을 매만지며 진지하게 고민하는 해리의 모습에 이브리아가 웃음을 터트렸다.

이 철없는 악마와 결혼할 때까지만 해도 아이를 셋이나 낳아서 이렇게 잘 키워 낼 줄은 몰랐는데, 이제는 제법 의젓한 아버지 태가 나기까지 했다.

자신을 빤히 바라보는 이브리아의 시선을 느낀 해리가 빙긋 웃으며 그녀를 껴안았다.

"이브리아."

이름을 부르는 목소리가 퍽 진지했다.

"다시 태어나면 또 나랑 결혼하자. 두 번째니까 내가 더 잘할 수 있을 것 같아. 아니, 더 잘할 수 있어."

"아직 첫 번째도 안 끝났는데, 벌써 두 번째를 기약해요?"

"예약해 두는 거지. 참고로 너의 세 번째도, 네 번째도 다 내가 예약했어."

"도대체 몇 번째까지 예약할 셈이에요?"

"음. 최소한 백 번째까지는?"

"그렇게 많이 예약하려면 예약금이 아주 비싼데요, 고객님."

"얼마든 기꺼이 내겠습니다, 주인님."

장난스럽게 주고받은 말에 둘의 입에서 웃음이 터져 나왔다.

"그럼 고객님, 예약금은 입맞춤으로 하시죠."

"네, 주인님. 적어도 백 번은 해야겠죠?"

해리의 입술이 미소 지은 이브리아의 입술 위로 내려앉았다.

예약 성립이었다.

물론, 이날의 장난스러운 약속이 죽음 후에 진실이 되어 이뤄질 것 이란 사실은, 이때의 두 사람은 미처 알지 못했다.

오베론가(家) 사람들

– The End